21세기 미디어와 표층의 유희

미디어 이론으로 예이츠와 히니 다시 읽기

발터 벤야민, 마셜 맥루언, 장 보드리야르

이 논문 또는 저서는 2019년 대한민국 교육부와 한국연구재단의 지원을 받아 수행된 연구임.
(NRF-과제번호)(NRF-2019S1A5B5A07104730)
This work was supported by the Ministry of Education of the Republic of Korea and
the National Research Foundation of Korea. (NRF-2019S1A5B5A07104730)

21세기 미디어와 표층의 유희

미디어 이론으로 예이츠와 히니 다시 읽기

발터 벤야민, 마셜 맥루언, 장 보드리야르

Re-Reading W. B. Yeats and S. Heaney through Medium Theories:
Walter Benjamin, Marshall McLuhan, Jean Baudrillard

이규명 지음

도서출판 동인

| 감사의 글 |

요즘 버스에서, 지하철에서, 벤치에서, 길을 가면서 대중들은 스마트폰을 들여다본다. 그 속에 무엇이 있는지 몰두하여 무아지경에 빠져있다. 그야말로 순간을 즐기는 중이다[digital carpe diem]. 그 작은 네모의 미끈한 기계를 통하여 세계의 지식과 정보를 호출하고 전 세계인과 소통한다. 눈앞의 사물을 인식[presence]함에 그치지 않고 지구 반대편의 사물도 인식[tele-presence]하는 초능력의 지니(genie)인 것이다. 그리하여 인간들은 한 곳에 존재하지만, 세상에 두루 편재(omnipresence)하는 지구촌(global village)의 시민이 된다. 전 세계의 정보는 공중에 실재하는 클라우드(Cloud) 속에 있고, 이를 전 세계에 연결하는 망이 인터넷(internet)이다. 인간과 인간을 연결해주는 디지털 기기는 사물과 사물에 연결되어 사물인터넷(Internet of Things)의 플랫폼으로 기능하여 전 지구촌은 인간과 사물이 연결된 완벽한 하나의 전체론(hollism)적 [미디어 사회]로 구성된다. 그럼에도 독서 대중들에게 미디어의 정체성과 그 환경에 대한 이해는 여태 미흡한 실정이다. 이러한 점이 본 연구자로 하여금 과거부터 현재까지 미디어의 생성과정과 그 의미에 대해서 피상적으로나마 살펴보는 계기가 되었다. 그리고 미디어 이론의 다소 경직된 부분을 완충하기 위하여 노벨문학상에

빛나는 예이츠(W. B. Yeats)와 히니(Seamus Heaney)의 시작품을 곳곳에 배치하여 문학적 감수성을 반성하는 순간을 향유한다. 그리하여 미디어 이론의 이해와 아울러 인문학적 소양을 배양하려는 것이 본 연구의 목적이다.

본 연구를 수행함에 있어 그동안 학문적으로 많은 도움을 준 부산외국어대학교 영어과 은사님들과 한국영어영문학, 한국영미어문학, 한국예이츠 학회, 한국엘리엇 학회 회원 교수님들께 감사를 드리고, 특히 미국의 여러 역사적 명소를 안내해주시고, 플로리다 탈라하시(Tallahassee)와 테네시 차타누가(chattanooga)에서 개최된 미국의 동아시아 학회에 발표할 기회를 주선해주신 정형철 지도교수님께 감사를 올리며, 평소 학문과 인생에 대한 지도편달을 아끼지 않으신 부산외국어대학교 박상수 교수님, 본 연구를 수행할 수 있도록 물심양면으로 지원해 주신 오소자 여사님와 이명일 가야금 명인께 깊이 감사드립니다. 특히 본서가 탄생하도록 도서출판 동인 이성모 사장님의 지원과 격려를 잊을 수 없고, 난삽한 본서의 편집을 맡은 민계연 선생님의 노고에 깊이 감사드립니다.

2022. 8.

이 규 명

차 례

−미디어의 이해는 디지털 시민의 조건−

−미디어의 이해는 나의 힘−

─미디어의 이해는 지구촌의 상식─

문명은 둘러싸여
법규하에서, 평화의 외관으로
여러 가지 환영에 의해; 그러나 인간의 삶은 사유이다,
그리고, 그는 공포에도 불구하고, 멈출 수 없을 것이다.
수 세기에 걸쳐 노략질하고.
노략질하고, 분노하고, 그리고
뿌리를 뽑다 결국 돌아온다.
황량한 현실로
이집트여, 그리스여, 안녕, 로마여, 안녕!

-예이츠의 「메루」-

Civilization is hooped together, brought
Under a rule, under the semblance of peace
By manifold illusion; but man's life is thought,
And he, despite his terror, cannot cease
Ravening through century after century,
Ravening, raging, and uprooting that he may come
Into the desolation of reality:
Egypt and Greece, good-bye, and good-bye, Rome!

from Yeats's "Meru"

미디어와 기호

지금은 미디어 혹은 매체의 시대라고 누구나 말한다. 책, 신문, TV 같은 전통적인 매체가 아니라 디지털 기기로 전 세계의 전자문서보관소(cyber archive)를 수시로 방문한다는 차원에서 그러하

백남준의 『TV 붓다』

다면 매체의 시대가 다른 시대와의 차이점은 무엇인가? 그것은 정보의 폐쇄성이 아니라 개방성이다. 정보생산의 기득권 상실과 대중의 정보생산. 천재의 죽음, 저자의 죽음, 대중의 탄생, 독자의 탄생, 정보의 공유, 여성 상위, 제3세계 부상. 문학작품에 적용되는 구조주의, 후기구조주의, 포스트모더니즘, 탈식민주의, 페미니즘, 후기 페미니즘 등 전 세계에 산재하는 여러 가지 이론 가운데 본고는 매체이론의 관점에서 예이츠와 히니의 시작품을 읽어 본다는 것이 특징이다. 그러기 위해서 매체이론의 주요 학자들의 이론을 소개하고 그 개념들을 두 시인의 시작품에 적용해 보는 것이다.

게오르크 루카치(Georg Lukacs)의 주장에 따라 문학이 사회현실을 반영하는 거울이라고 볼 때 노벨상 수상자로서 언어의 마술사 예이츠와 히니의 시작품에 내포된 모더니티, 나아가 포스트-모더니티(post-modernity)를 통해 기술매체의 원리로서 테크놀로지에 대한 메시지를 발굴하고, 매체의 수단으로서 물체와 이미지를 대변하는 기호에 대한 관점을 천착한다. 또 진리에 접근하거나 진리를 전파하는 수단으로서 불교에서 회의하는 언어매체의 한계를 진단해 본다. 연대기적으로 그림/말/글에 의존하는 선사시대/역사시대의 차원을 넘어 소리와 영상에 의존하는 새로운 역사, 이를 접두사 [포스트](post-)를 붙여 포스트-역사(post-history)시대로 부를 수 있으며, 이러한 점이 예이츠의 시작품 속에 투사되어 있는지 살펴본다.

　　선사시대와 역사시대는 주로 그림/말/글에 의해 인간상황을 2차적으로 기록하여 후세의 추측과 추리가 난무하나, 포스트-역사시대에서는 고성능 디지털 기기를 사용하여 사물 자체를 1차적으로 기록하여 후일 생생히 재현한다. 이런 아방가르드적인 관점에서 포스트-역사시대는 포스트-페미니즘, 포스트-모더니즘, 포스트-식민주의 등과 등치가 될 수 있을 것이다. 그리고 후기-역사시대가 비물질적인 이미지에 의존하는 시대라는 점에서, 모방의 리얼리즘을 넘어 〈진짜보다 더 진짜인 가짜〉의 시대, 즉 원본과 사본 사이에 내파(implosion)가 발생하는, 즉 자기동일성이 부재한 시뮬라크르(simulacre)의 시대를 예언하는 측면이 두 시인의 작품 속에 존재하는지 천착한다. 따라서 매체이론과 문학텍스트를 융합하려는 본고의 목적은 국내외에 유례가 없는 문학텍스트에 대한 기술시대의 매체이론적 접근으로 디지털시대를 살아가는 지구촌의 생경하고 특이한 상황에 시의적절(時宜適切)하게 부응하려는 것이다. 특히 인류의 과거와 미래에 대한 탐구에 살신성인의 자세로 사물과 진리를 추적한 연금술사로서의 예이츠와 아울러 아일랜드 토속문화에 대한 〈야생적 사고〉를 통해 민중의 보편적 사고, 즉 과학적 인식에서 탈피하는 자연의 이해방식으로서의 시적 브리콜라주(bricolage)를 시도하는 히니를 매체이론에 적용해 보는 것은, 본고가 아일랜드의 독특한 로컬리티를 이해하여 문화적 소통을 통해 양국 간의 교역의 증진에도 기여할 매체로서 시대적 필요성을 내포한다.

스페인의 세계유산인 알타미라 동굴벽화를 보면 원시인들이 사냥하는 모습과 야생짐승들의 약동을 자유분방하게 그려놓았다. 식자성이 전무한 그 당시 원시인들이 상호 소통하는 매개체는 그림이었을 것이다. 인간과 사물 간의 즉물적인 관계가 형성되었고 인간의 지능이 덜 진화되었기에 비교적 순수한 의식을 유지했으리라 추측된다. 그러나 인간의 의식은 진화되어 사물과 기호를 교환하는 문자의 시대를 맞이하여 순수의식은 문자의 뒷면으로 사라져버렸다. 그래서 인간들은 사물의 진리를 탐구하는 과정에 사물을 포장하는 문자들의 늪 속에 빠져 허우적거린다. 그럼에도 인간은 진리를 탐구하기 위해 두툼한 정전을 주야로 탐독하다 제풀에 지쳐 쓰러진다. 영화『장미의 이름』(*The Name of the Rose*, 1986)에 나오는 신부들이 경전을 필사하는 장면은 사실 진리 추구와 너무 거리가 있는 무모한 시도인 것이다. 사물의 진리가 아니라 시적 진리 혹은 기호적 진리(semiotic truth)를 추구한 셈이다.

문자가 발명되었음에도 과거의 향수 때문인지 서구인들은 시인이 직접 낭송하는 메시지 전달방식을 더 선호했다. 이것이 일종의 진리중심주의(logocentrism)에 해당한다. 물론 글이 말과 대등한 의미가 있다고 할지라도 전달자의 심리적 상황을 알 수 없기에 전달자의 진실과 거리가 있다 할 것이다. 그런데 진리중심주의는 사실 공동체의 주체로서 왕, 가장이 주도하는 남성중심주의(phallocentrism)에 불과하다. 경전, 연금술, 점성술,

천문학과 같은 진리의 정전은 극비리에 필사되어 소수의 특권층 남성들에 의해 전유(專有)되었다. 그러나 요하네스 구텐베르크(Johannes Gutenberg)의 인쇄술로 인하여 그 진리의 정전은 대중에 보급되어 남녀의 불균등한 사회적 처지가 대소 개선되었다. 원시시대나 지금이나 사물을 그림으로 그리든지, 사물을 문자로 전환하든지, 지상에 처한 인간상황을 서술하든지, 모두 사물을 복제하여 공유하는 셈이 된다. 소설은 자연과 세계 속 인간의 상황을 장구하게 서술하고, 시는 자연과 세계 속 인간의 상황을 압축적으로 묘사한다. 이처럼 인간의 삶은 사물을 매체화하는 미메시스(mimesis) 한 삶을 영위하고 있는 것이다. 그렇다면 스포츠는 미메시스와 상관이 없단 말인가? 그렇지 않다. 야구투수는 스트라이크 존을 향해 얼마나 많은 공을 던져야 하는가? 축구 선수는 골대를 행하여 얼마나 많은 공을 날려야 하는가? 태권도 선수는 점수를 따기 위하여 인체 부위에 얼마나 많은 발차기를 해야 하는가? 그리고 수험생은 수험 주최기관이 요구하는 답을 그대로 쓰기 위해 얼마나 많은 예제를 풀어야 하는가? 그러므로 미메시스는 인간의 사명이자 운명이 된다.

그러나 인간의 미메시스는 인간의 계몽주의적 기획에 의해 추동된 과학의 발달로 인하여 사물보다 더 진짜 같은 사물을 복제하는 수준에 이르렀다. 인간은 이제 초현실의 시대에 들어섰다. 인간을 포위한 사물이 진짜인지 가짜인지 정체가 모호하게 변해 버렸다. 영화 속에서 등장하는 인간의 아바타(avatar)뿐만 아니라 사물의 아바타가 양산된다. 유전자 조작으로 복제된 짐승들. 고성능 복사기로 유명한 그림들이 진짜보다 더 생생하게 복제된 그림들. 3D프린터로 제작된 인공장기들. 그리고 앞으로 소설가나 화가들이 사물을 묘사하거나 그릴 필요가 없다. 그것은 인간 주변의 사물에 센서를 장착하여 사실 그대로 보여주기 때문이다. 이것이 최근 회자되는 사물인터넷(Internet of Things) 아닌가? 그리고 인간이 자신의 일상을 스스로 혹은 타자에 의해 반복적으로 수행하는 역할은 영화 『마이너리티 리포트』(*Minority Report*, 2002)에 나오듯이 인공지능(AI)이나 로봇이 담당하게 된다. 그야말로 인간의 매체시대는 인간의 수작업에서부터 기계, 전기, 전자장치로 진행된다.

  이제 미메시스는 인간이 아니라 인간이 창조한 소프트웨어와 하드웨어에 의해서 실천되고 있다. 이 인간 부재의 시대에 우리가 오래된 문화적 관성(慣性)으로서의 소설을, 시를 어떻게 읽어야 할 것인가에 대한 반성이 제기된다. 물론 요즘 책을 출판하면 인쇄매체와 영상매체로 나온다. 이런 물리적 혹은 추상적 매체의 공통점은 어찌 되었건 간에 그 글의 행간을 파악해야 한다는 것이다. 이런 점에서 본고에서는 현재 전 세계에 유통되고 있는 주요 매체이론을 이해하고 이를 예이츠의 시작품 속에 적절히 적용시켜보고, 나아가 동일한 지역성(locality)을 공유하는 셰이머스 히니(Seamus Heaney)의 시작품 속에도 적용시켜 볼 것이다. 그런데 많고 많은 시인 가운데 유독 예이츠를 매체이론과 결부시켜 선택한 이유는 예이츠 스스로 매체이론의 대가라는 점이다. 지상과 천상을 왕복했다는 스웨덴의 과학자이자 신학자인 스베덴보리(Emanuel Swedenborg)처럼 지상에 대한 천상의 관점을 제시하는 『비전』(*A Vision*), 바람직한 인생을 위해 맞추어 나가기 위해 자아의 비행에 반작용하는 융의 관점에서 [자기](the Self)로서의 반-자아(anti-self), 현상의 물질을 초월하는 제1의 질료를 창조하려는 연금술, 영고성쇠를 반복하는 사물의 법칙을 의미하는 가이어 이론(Gyre Theory) 등이 매체이론과 연결될 수 있을 것이다. 현대의 진리는 정전이 아니고 매체이다. 현재의 인간들이 다양한 공간에서 스스로 고립되어 우상처럼 펼치는 디지털 매체가 그들의 눈과 귀를 가리고 표층의 의식을 좌우한다. 따라서 매체는 대중의 일상을 지배하는 메시지를 생산하고 대중을 삶의 어떤 지경으로 유도하는 장치가 된다.

　본고에 등장할 인물 가운데 1세대 매체이론가인 발터 벤야민(Walter Benjamin)이 소개된다. 그는 매체와 기술과의 관계를 집중적으로 분석한다. 그리하여 사물의 진정성이 훼손되는 지점을 포착하려고 한다. 사진과 영화가 사물의 원본을 대체하는 시대를 진단한다. 사물의 원본성이 기술복제의 시대에 상실됨, 그 아우라(aura)의 상실을 제의적인 관점에서 바라본다. 사물의 원본성이 매체기술의 발전에 따라 사라짐은 비극적인 것도 희극적인 것도 아닌 당연한 것이다. 이것은 전통예술의 희소성과 창조성을 중시하는 소수의 별난 호사가가 누려온 이미지의 독점성을 독자에게 환원시키는 것이다. 이제 전통 예술작품은 소수의 손아귀에서 벗어나 기술적인 매체의 도움으로 재생산되어 대중의 품으로 돌아가는 이미지의 민주화를 추동한다. 희소성을 금과옥조로 삼는 예술작품이 매체에 의해 우상의 제단에서 예수처럼 지상으로 강림(descension)한 것이다. 마치 천상의 계시가 예이츠의 자동 글쓰기를 통하여 지상에 현시되듯이. 예이츠(1865-1939)와 비슷한 시대를 살았던 벤야민(1892-1940)이 당시로는 미흡한 매체인 영화를 기술매체시대의 주요 수단으로 인식했다는 점이 선각자적이며, 소설이 자연과 인간의 상황을 작은 지면에 담은 지역적인 매체라고 한다면, 영화는 자연과 인간의 상황을 대형 화면에 담아 세계화할 수 있는 매체라고 볼 수 있을 것이다. 톨스토이의 『전쟁과 평화』는 나폴레옹과 러시아의 전쟁을 반영한 것이고, 영화 『벤허』(Ben-hur)는 권력으로부터 핍박받았던 보편적인 기독교 역사를 반영한 것이었다. 아울러 예이츠의 시작품 속에 영상매체에 대한 언급이나 암시가 드러나 있는지 살펴볼 것이다. 벤야민이 강조하는 기술복제시대의 매체로서의 사진과 영화의 시대는 〈미디어는 메시지〉라고 주장하는 마셜 맥루언(Marshall Mcluhan) 시대로 넘어간다.

전-세계(全-世界)를 공동의 운명체로서의 〈지구촌〉(global village)이라고 명명한 맥루언은 매체에 의해 전 세계가 혼연일체가 될 것이라 예측한다. 그동안 협소한 정치적 종교적 이념논쟁으로 피아(彼我)로 갈라진 지구촌의 상황이 결국 구성원 각자의 운명으로 환원될 수밖에 없음을 대기권의 닫힌계에 거주하는 지구인들이 공통으로 인식하였고, 사실 그것은 늦었지만 당연한 인식이다. 그리하여 인터넷에 의해 전 세계가 통일되었고, 미국 CNN 방송을 통해 정치를 하든, 사업을 하든, 학업을 하든, 운동을 하든, 연애를 하든, 전 세계인들이 민첩하게 반응한다. 미국 월가(the Wall Street)의 주가폭등이 한국, 중국, 일본, 유럽의 증시상황과 연계된다. 지구촌 어느 지역에 닥친 재앙과 재난에 대해 전 세계인들이 우려와 슬픔을 표명한다. 선량한 시민에게 테러를 가한 범인은 지구촌 공공의 적이 된다. 이러한 거시적인 안목이 〈가이어 이론〉(Gyre Theory)과 반-자아 이론(Theory of Anti-self)을 통해 보편적이고 전체론적인 태도를 보인 예이츠의 시작품에 드러나 있는지 살펴본다.

맥루언은 사실 영문학자이기에 더욱 친근하게 느껴진다. 우선 그가 천명한 〈매체는 메시지〉(The Medium Is the Message)라는 말을 상기한다. 이 말은 그가 1964년에 발표한 『매체의 이해』에 등장한다. 그것은 간단히 말하여 〈메시지보다 매체가 더 의미심장하다〉는 것이다. 메시지의 전달을 극대화하기 위해 우리는 효과적인 매체를 선택하여야 한다. 매체에 따라 메시지의 효과가 좌우되는 것이다. 그리하여 우리는 우리의 메시지를 효과적으로 전달할 효과적인 매체를 선택하기 위한 심사숙고의 기로에 놓인다. 보다 상설하면, 동일한 내용의 법을 통치자가 백성들에게 전파하는 두 종류의 사회를 가정해 볼 때, 한 사회에서는 통치자가 법을 구두(oral)로 전달하여 시민 사이에 유통시키는 경우와 또 한 사회에서는 통치자가 법을 벽면이나 지면(script) 위에 게시하는 경우가 있다. 여기서 구두(speech)와 벽 혹은 종이(writing)라는 매체의 차이가 발생한다. 전자는 백성들에게 법의 가변성을, 후자는 백성들에게 법의 영구성을 부여한다고 본다. 백성을 보다 효과적으로 통치하기 위하여 어떤 매체가 더 유리하겠는가?

한편 이 경구(aphorism)에 대한 필자의 의견은 이러하다. 매체는 인간의 일상과 운명을 결정하는, 마치 유대 지도자 모세(Moses)가 시내 산(Mount Sinai)에서 하나님으로부터 받은 거룩한 메시지가 음각된 석판이된다. 나아가 노트북을 통해 흘러나오는 모차르트의 현란하고 천진난만한가락과 베토벤의 운명을 극복하려는 장엄한 교향곡은 부조리한 삶에 처해 절규하는 실존주의자들에게 위로의 메시지가 된다. 또 스마트폰을 통해 전달되는 동시대의 기독교 부흥사 빌리 그레이엄(Billy Graham)의 복음은 삶의 시련과 고통에 절망하는 무신론자들에게 구원의 메시지가 된다. 그리하여 매체는 인간의 감성과 이성과 상식, 그리고 현재와 미래를 좌우하는 우호적 적대적인 동반자가 된다. 여기서 적대적이라 함은 매체의 부정적인 영향을 의미한다. 상설하면, 매체로 인한 인생의 탈선이나 중독을 의미한다.

맥루언은 위에서 언급한 〈매체는 메시지〉와 비슷한 경구인 〈매체는 마사지〉(The Medium Is the Massage)라고 표명한다. 이는 1967년 그가 동료인 쿠엔틴 피오레(Quentin Fiore)와 공동 집필한 것으로 1964년에 나온 『미디어의 이해』(*Understanding Media: The Extensions of Man*)를 주해(註解)한 것이다. 매체를 마사지라고 규정한 것은 인체의 피부를 접촉하듯이

TV나 컴퓨터 같은 매체가 인간의 감각 가운데 촉각(tactile sense)을 자극한다고 보았다. 그런데 매체는 시각, 청각, 의식도 좌우할 수 있다. 인간은 선형적인 인쇄의 차원에서 벗어나 비선형적인 전자매체를 향해 나아간다. 그것은 〈계몽적 기획〉의 종국적 결과인 디지털 기기와 손가락의 조합(collaboration)이다. 그가 인간이 지구적인 문서보관소(archive)로서의 데이터베이스에 의해서 통합되고 신원 증명을 위한 디지털 매체를 소지하여야 존재할 수 있는 운명임을 감지했단 말인가? 그런데 현재 매체가 인간의 감각을 좌우하는 것이 거부할 수 없는 사실이다. 예를 들어, 필자가 방문한 미국의 유니버설 스튜디오의 시뮬레이션 박스는 현실의 감각을 왜곡하고, 유저(user)로 하여금 가상현실로 초대하는 특수 안경(Head Mounted Display)은 현실과 가상현실(virtual reality)[1]의 구분을 내파(implosion) 한다. 당시 가상의 비행선이 가파른 절벽과 계곡으로 하강할 때 얼마나 무서웠는지 지금도 기억이 생생하다. 이런 점에서 예이츠의 시작품 가운데 매체의 미래를 전망한 작품과 현실과 가상현실의 교차됨을 예견(豫見)하는 작품을 골라 천착할 것이다.

그는 〈매체는 인간의 확장〉(The Media is the expansion of human)이라고 주장한다. 구체적으로 의복은 피부의 확장, 바퀴는 발의 확장, 책은 눈의 확장, 라디오는 귀의 확장, 전기회로(electric circuit)는 중추신경(central nerves)의 확장이 된다.[2] 이 가운데 눈이 책에 머문다는 점에서 혹은 책이 눈으로 본 것을 기록한 것이라는 점에서 책과 눈의 관계가 이해된다. 그런데 그는 매체가 메시지를 전달하는 수단이나 전 세계적으로 파

---

1) 'virtual reality'는 디지털 매체 속에 사물의 재현을 의미하고, 'hyper-reality'는 사물과 재현이 내파(implosion)된 상황[진짜보다 더 진짜 같은 가짜]을 의미한다(Barker 503, 513).

2) *The Medium is The Massage*, p. 31-40.

급되는 문화교류의 터미널이 된다는 점을 초월하여 매체가 인간의 감각, 정서, 감정, 정신, 신념에 절대적인 영향을 주는 억압기제(repression mechanism) 혹은 파놉티콘(panopticon)으로 본다. 그러나 맥루언이 매체에 실린 콘텐츠보다 매체를 더 우선시하는 것은 인본주의적인 관점을 탈피하는 기계 중심적인 사고로 해석되어 비판받을 소지가 다분하다. 다시 말해 기술을 인간의 추상성, 즉 철학, 의식, 신념보다 앞세우는 기술결정주의(technological determinism)로 보일 수가 있다는 것이다. 이 비판에 레이먼드 윌리엄스(Raymond Williams)도 가세한다. 그러나 인간의 일상이 매체에 의해 좌우되고, 인간 자체가 매체와 결부된다는 맥루언의 주장은 상당히 설득력이 있다.

그런데 인간과 매체는 사실 동일한 운명의 산물이다. 그것은 자연과 인간이 조물주의 매체이며, 인간은 공동체의 매체이며, 프로이트(Sigmund Freud)의 관점에서 페르소나(persona)는 이드(id)나 슈퍼에고(super-ego)의 매체이며, 칼 융의 관점에서 자아(ego)는 원형(archetype)의 매체이다. 민주적인 관점에서, 대통령과 국회의원은 국민의 주인이 아니라 국민을 대변하는 매체에 불과하다. 또 인간을 대신하는 아바타(avatar), 사이보그(cyborg), 인공지능(AI)도 인간의 매체가 될 것이다. 아울러 신체 기관이 전자적으로 연결된 스티븐 호킹(Stephen Hawking)의 휠체어도 매체의 기능을 수행했다. 이러한 매체적 인식을 예이츠의 시작품 속에서 천착해 볼 것이다. 이제 인간과 매체가 내파되어 전혀 구분되지 않는 시대로 접어든다. 영화 『아일랜드』(*Ireland*, 2005)에 나오듯 아바타가 나인지, 사이보그가 나인지, 양자 간의 경계가 해체되는 시대를 맞이하고 있다.

1991년 미국과 이라크 간의 전쟁[Desert Storm]과 같은 생생한 현실마저 가상현실(hyper-reality)이라고 의심하는 특이성(singularity)의 철학자

보드리야르(Jean Baudrillard)는 현 세계가 진짜 같은 가짜세계이자, 진짜보다 더 진짜 같은 가짜의 세계인 시뮬라시옹(simulation)의 세계로 전환되고 있다고 만천하에 공표했다. 원본과 사본의 구분이 불가능하고 사본이 오히려 원본보다 더 나아 보이는 초-리얼리즘의 세상이 된 것이다. 예를 들어 홍콩의 짝퉁명품이 얼마나 정교하게 제작되었는가? 가상현실에 대한 보드리야르의 급진적인 주장이 금세기 초유의 아방가르드적인 이론인 것 같지만, 이는 사실 2400년 전 중국의 장자(莊子, Chuangtzu)에 의해 먼저 제기된 것이다. 장자는 보드리야르의 복잡다단한 이론보다 더 평이하게 현실과 가상현실의 내파됨을 토로(吐露)했다. 이것이 『장자』의 「제물론 편」(齊物論篇)에 나오는 호접지몽(胡蝶之夢)이라는 수천 년 앞서간 이야기이다. 꿈속에서 장자가 나비가 되었다. 장자가 나비인가? 나비가 장자인가? 하지만 진단은 간단하다. 꿈속에서는 장자가 나비로 둔갑하고, 현실에서는 나비가 장자로 환원된다. 그런데 나비는 어디까지나 장자를 근거로 삼는다는 점에서 장자와 무관할 수는 없을 것이다. 마치 달을 가리키는 손가락처럼. 가상현실과 현실 사이에서 실존의 상실이 초래되기에 정체성의 위기를 겪는다. 이런 점이 투사된 예이츠에 시작품을 골라 천착해 볼 것이다.

현실과 가상현실의 혼동은 화제의 영화 『매트릭스』(1999)의 주 테마이다. 주인공 네오(Neo)는 존재하는 현실이 현실인가에 회의하고 가상현실을 가동하는 비가시적인 환경 혹은 중추 세력인 매트릭스(matrix)에 저항하고 탈출을 시도한다. 권력과 자본에 해당하는 매트릭스는 인공적인 환경을 보장하는 인큐베이터이거나, 구성원들을 센터에서 감시하는 원형감옥(panopticon), 아니면 영화 『트루먼 쇼』(The Trueman)에 나오는 리얼리티 쇼를 제작하는 영화 세트장이 될 것이다. 나아가 두루 편재하여 탈-

중심적으로 인간을 감시하는 포스트-파놉티콘(post-panopticon)이 될 것이다. 보드리야르의 밀교(密敎)적인 주장을 떠나 사물의 본질과 무관한 현재의 기호적 세상은 사실 가상의 세계이며 그것의 증표는 인간 각자가 뒤집어쓰고 있는 페르소나임이 분명하다. 이곳에서 인간은 상품을 소비하는 것이 아니라 기호를 소비한다. 다시 말해 상품의 [사용가치](use value)를 존중하는 것이 아니라 [기호가치](sign value)를 통해 신분의 상승이나 권력과 명예를 추구한다. 이런 주제는 영화 『악마는 프라다를 입는다』(*The Devil Wears Prada*, 2006)에서 잘 나타난다. 권력자나 호사가(好事家)들은 상품의 사용가치보다 상품의 기호가치를 더 존중하여 이를 신분, 명예, 권력의 상승 혹은 척도로 삼는다.

그런데 사실 시뮬라크르의 원조는 보드리야르가 아니라 기원전 서구 철학의 아버지 플라톤(Plato)이었다. 플라톤의 신묘한 원전에 보드리야르가 감히 주석(註釋)을 단 셈이다. 그의 주장대로 세상은 본인을 포함하여 전부 가짜이며 진짜인 이데아는 별도의 세상에 존재한다고 보기에 보드리야르의 주장과 흡사하다. 그런데 이는 자기가 사는 세상을 부정함과 동시에 자기를 주장하는 자기부정의 모순적인 주장에 해당한다. 그럼에도 부모 없이 태어난 것처럼 행동하는 인간들이 주변에 다수 있다. 하여튼 플라톤의 이데아론이 보드리야르에 의해 패러디된 셈이다. 보드리야르가 정의한 시뮬라크르의 세 가지 질서는 이러하다.

---

[1] 위조의 시대 — 르네상스, 산업혁명 — 원본 > 사본의 대립
[2] 생산의 시대 — 기계 < 전기 < 전자혁명 — 대량복제
[3] 시뮬라시옹의 시대 — 정보시대 — 코드, 모델의 매트릭스

여기서 [3]에 대해 상설하면, 정보시대에는 원본과 복제를 구분하는 차원이 아니라 모델이나 알고리즘(algorithm), 즉 언어, 코드, 유전자, 삶의 공식으로서의 매트릭스의 가치 존중을 꾀하는 시대가 된다. 그리하여 조물주가 창조한 자연, 사물을 초월하여 인간은 모델 혹은 모듈(module)을 창조한다. 그러니까 인간이 숲속의 동굴에 의지하지 않고, 스스로 창작한 가면으로서의 모델이나 모듈을 의지한다. 마치 영화 『그래비티』(*Gravity*, 2013)에서 나사(NASA)의 발사 모델에 입각한 우주탐사를 위해 양철 박스의 모듈에 스스로 구속하는 인간의 모습이 상기된다.

　보드리야르는 실제와 실재를 대체하는 유야무야(有耶無耶)의 존재로 이미지를 제기한다. 이제 미래의 실상은 이미지가 대신하고 이미지는 단계적으로 현실을 지배한다. [1] 이미지는 실재를 반영한다. [2] 이미지는 실재를 은폐하고 변질시킨다. [3] 이미지는 실재의 부재를 감춘다. [4] 이미지는 실재와 무관하고 스스로 존재한다. 예를 들어 이미지는 우상화의 기획이며, 붓다(Buddha)의 이미지는 붓다의 실재를 반영한다고 하면서 실지로 훼손하고 있지 않은가? 그런 점에서 붓다라는 실재는 부재하다. 따라서 붓다라는 이미지는 스스로 존재한다. 이와 연관하여 이미지는 불교에서 말하는 사물의 본성으로서의 자성(自性) 혹은 무상(無常)과 유사하다. 보드리야르는 이미지로 구축된 시뮬라크르의 모델로 미국의 놀이공원 디즈니랜드(Disneyland)를 꼽는다. 세상의 리얼리즘이 반영되지 않고 스스로 존재하는 곳. 아울러 대통령 닉슨을 낙마시킨 워터게이트 사건(Watergate Affair) 또한 상상적 효과로 현실을 잠식한 이미지 사건이라고 규정한다. 나아가 한국의 상황에서 심각한 북한의 핵 공포는 사실 시뮬라크르의 신격화(deification)로 보아 절대 발사하지 못하면서 그 공포가 하나의 우상으로 둔갑한다는 것이다. 마지막으로 21세기의 미학은 리얼리즘의 영향을 떠나 실상 파괴의 이미지 중심의 초-미학(meta-aesthetics)의 시대로 접어든다. 사물의 재현을 떠나 사물을 배치하거나 시대의 이미지를 사물 대신 제시한다. 우리는 사물의 가치가 아니라 무가치를 시위하는 백남준, 워홀(A. Warhol), 뒤샹(M. Duchamp)의 작품을 통해 이미지의 초-미학을 절감(切感)할 수 있다. 본고에서는 이러한 점들을 예이츠의 시작품 속에서 발굴하여 분석해 볼 것이다.

매체의 종류에는 기계적인 매체와 비기계적인 매체가 있다. 전자에 속하는 것으로 TV, 컴퓨터, 휴대폰, 디지털 기기와 같은 것이 있으며, 후자에는 자연과 인간이 모두 포함된다. 흔히 매체라고 할 때 인간의 산물인 전자를 주로 지시하는 경향이 있다. 후자는 140억 년 전 우주의 혼돈 가운데 빅뱅(Big Bang)의 방아쇠를 당긴 초월적 주체를 의식하고, 자연과 인간은 각각 초월적 주체의 무기적 유기적 매체가 되어 지상의 구성요소가 된다. 이와 연관되는 아인슈타인(A. Einstein)의 목적론적 명제가 〈신은 주사위 놀이를 하지 않는다〉(God does not play dice)이다. 성경에 의하면 창조주의 섭리에 따라 지상에 존재하는 인간은 창조주를 대변하는 매체로서 창조주를 영원히 찬양해야 할 매체인 것이다. 그럼에도 데카르트(R. Descartes)와 니체(F. Nietzsche) 같은 인간은 자의적으로 자신의 정체성에 회의하며 심심산골의 옹달샘에 존재하는 고향 미상(未詳)의 송사리와 운명을 공유하는 부조리한 존재로 전락(轉落)한다.

이타주의(altruism)를 강조하기 이전에 〈내가 누군가를 대변하고 누군가가 나를 대변한다〉고 본다. 말하자면 히틀러(A. Hitler)는 나치를 대변하고 나치는 히틀러를 대변한다. 코드와 기호는 사물을 임의적으로 대변하고, 사물은 기호와 코드를 대변한다. 지도상의 섬은 현실의 섬을 대변하고, 현실의 섬은 지도상의 섬을 대변한다. 디즈니랜드는 미국을 대변하고, 미국은 디즈니랜드를 대변한다. 나아가 라캉(J. Lacan)의 언명에 따라 〈나의 욕망은 타자의 욕망〉인 것이다. 이처럼 추상의 구체화 그리고 구체의 추상화가 반복된다. 빈부(貧富)와 식자성(literacy)을 떠나 인간 모두 초월적 주체에 복무하는 매체라는 점에서 평등한 존재이다. 그러니 한낱 매체에 불과한 인간이 히틀러, 진시황제, 스탈린이 그랬듯이 유별나고 특이한 존재인 것처럼 초월적인 행세를 할 경우 참담한 비극이 발생한 것은 역사가 증명한다. 그래서 인간이 스스로 매체로서의 존재임을 인정하고 불가능하지만 다소 상호 평등한 상황을 조성할 경우 세상에 잠정적인 평화가 올 것이다.

나아가 매체는 물질적 매체와 비물질적 매체로 구분된다. 전자는 상품과 연관이 되고 후자는 이미지와 연관이 된다. 이처럼 매체의 연쇄는 인간의 일상에서 부정할 수 없는 인간의 운명이다. 그러므로 조물주, 자연, 인간, 기계, 코드, 이미지로 이어지는 매체의 현실을 진단하는 매체이론은 21세기 디지털시대를 대변하는 에피스테메(episteme)가 될 것이다. 이런 점에서 21세기에 적합한 인재 양성을 위하여 대학에서 매체이론의 학습을 통해 첨단 디지털시대의 현황을 적절히 인식하고, 그 결과 삭막해지는 휴머니티의 제고(提高)를 위한 인문학적 감성을 함양하기 위하여 예이츠와 히니의 시작품을 매체이론에 적용시켜 읽어보는 것은 과학이라는 연금술적 매체를 통해 낭만적으로 불로장생(不老長生)을 갈구하는 포스트휴머니즘(posthumanism)의 시대에 필요한 프로젝트라고 본다. 본 연구는 문학과 매체이론의 융합을 시도하는 선구적 모델로서 후속 연구의 동기가 되리라고 본다. 그리고 현재 5G시대[5 Generation New Radio]가 도래하여, 누가 지구촌의 통신 미디어를 장악하는가 하는 것이 21세기 각국의 사활이 걸린 문제이다. 물론 티베트의 선승들은 세상사의 모든 것을 환(幻, maya)으로 보고 있으며, 이 환의 시대가 바로 미디어 이미지의 시대인 것이다.

■1 미디어의 변천

1.1 원시인의 미디어

원시인은 참으로 심심하게 세상을 살았을 것이다. 지루한 수명을 메워줄 문화적인 미디어가 부재하니, 하는 수 없이 토굴 속에 살면서 산과 들을 돌아다니며 과일을 채집하고 집단으로 사냥하고, 종족의 번식에 치중하면서, 부족끼리 전쟁을 하면서 생물학적인 적자생존의 삶을 살아갔을 것이다. 지금은 문화적인 자연도태의 삶을 살고 있다. 무한 자유경쟁 체제하의 취업활동, 경제활동, 문화활동, 운동경기 등. 표현 욕구는 문자가 없기에 벽에다 비교적 사실적으로 그림을 그려놓는 것으로 대체했다. 원시인의 문화생활을 도운 미디어는 프로메테우스(Prometheus)가 신으로부터 훔친 불이었다. 인간이 불이라는 미디어를 이용하여 세상사는 재미를 조금 느꼈을 것이다. 일반인들도 생각할 수 있지만 특히 레비스트로스(C. Lévi-Strauss)의 [요리의 삼각구도]에서 보이듯이 원시인들은 음식문화를 창조했다. 음식을 구워서 먹고 끓여서 먹고, 삭혀서 먹고, 음식의 맛을 새롭게 창조했다.

그다음이 초월적인 관점에서 인간의식의 발달이었다. 그것은 토템(totem)의 확립이다. 이는 특정한 동식물이 부족의 상징물이 되는 것이고 이를 통해 타 부족과의 차별성을 유지하였다. 각각의 공동체를 결집하고 유지하는 중요한 동인이 되었다. 현재 각 국가를 상징하는 동물들도 원시 시대의 토템의 흔적이 아닐 수 없다. 미국은 흰-대머리독수리, 일본은 까마귀, 중국은 곰, 러시아는 백곰, 프랑스는 닭, 영국은 불도그, 한국은 호랑이 등. 그리고 토템은 나무에도 해당된다. 아일랜드의 경우 드루이드교(Druidism)의 상징은 참나무이고, 한국의 시골마을 어귀에 성황당 나무를 마을의 수호신으로 보아 경외하며 해마다 제사를 지낸다. 그런데 어린 시절 도시에 살다 시골로 이사를 한 필자는 이 사정을 모르고 땔나무를 한답시고 성황당 나무에 올라가 나뭇가지 하나를 톱으로 잘라 그 마을 4H 청년회 청년들로부터 단단히 혼이 난 적이 있다. 이런 점을 히니의 「땅파기」("Digging")에 적용시켜 읽어보자.

내 손가락과 엄지 사이에
땅딸막한 펜이 놓여있다; 권총처럼 딱 들어맞게.

내 창문아래, 분명히 삐걱거리는 소리
삽이 자갈 많은 땅을 파고 있을 때:
나의 아버지, 땅을 파시고, 나는 내려다본다

화단 사이로 아빠의 팽팽한 둔부가
내려갔다, 올라온다 벌써 20년 전 이야기이다
감자 이랑 사이로 리듬에 맞추어 허리를 구부리고
그곳에서 땅을 파고 있었다.

투박한 장화가 삽자루 귀퉁이에 놓였다 삽의 손잡이는
무릎 안쪽을 지탱하여 확고하게 자리를 잡았다.
아빠는 웃자란 이파리를 자르고, 번쩍이는 삽날을 깊게 박았다
우리가 수확했던 씨감자를 흩뿌리기 위해,
우리 손에 그 감자들의 찬 단단함을 사랑하며.

Between my finger and my thumb
The squat pen rests; snug as a gun.

Under my window, a clean rasping sound
When the spade sinks into gravelly ground:
My father, digging. I look down

Till his straining rump among the flowerbeds
Bends low, comes up twenty years away
Stooping in rhythm through potato drills
Where he was digging.

The coarse boot nestled on the lug, the shaft
Against the inside knee was levered firmly.
He rooted out tall tops, buried the bright edge deep
To scatter new potatoes that we picked,
Loving their cool hardness in our hands.[3]

이 작품의 도입부이지만 해석하기가 만만하지 않다. 독자들마다 이
해석에 대한 각자의 생각이 있을 것이다. 이것이 독자가 텍스트의 해석에

---

3) https://www.poetryfoundation.org/poems/47555/digging

참여하는 해석의 지평(horizon of interpretation)인 것이다. 그러나 이 해석을 무한정할 수가 없다. 그것은 각자의 수명이 제한되어 있고 영원하지만 개인적으로 유한한 시간은 생활의 각 부분에 골고루 배분되어야 하기에. 그리하여 필자가 독자의 읽기를 대변하며 독자는 이를 비판하는 편이 효율적일 것이다. 이것이 독자와 필자의 상호 대화주의(dialogism)에 해당할 수 있을 것이다.

이 시작품에 인간의 미디어적 제식이 함축되어 있다. 그것은 지각을 매개로 연속적인 "땅파기"를 통한 질긴 지상의 생존을 영위하는 것이다. 그러나 이것은 미디어의 피상적인 부분과 상통한다. 그것은 사물 자체에 대한 땅파기 혹은 평지풍파의 행위이기 때문이다. 그들이 지각을 일구는 행위는 지구의 중심이 아니라 어디까지나 땅의 표면에서 발생한다. 땅을 파서 감자를 심는 행위로 땅에서 출생되는 자식은 인간의 목숨을 유지하는 소중한 미디어적 소산이기에 이는 신성한 제식으로서의 희생제물이 되는 것이다. 땅파기는 인간의 생존을 위해 인간과 인간을 연결하는 미디어가 되는 너무나 소중한 행위이기에 신성한 동물, 나무, 바위, 장소 못지않은 숭고한 토템의 제식이 되는 것이다.

원시인간은 왜 초월적인 존재에 대하여 제사를 올리는가? 보이지 않고 반응도 없는 비가시적 존재에게. 이것이 현재 실용화된 일종의 가상세계를 전조한 것이 아닌가 생각된다. 신과 인간을 중개하는 미디어로서 샤먼(shaman)은 제사를 통해 신의 분노를 진정시키고 풍요를 기원한다. 특히 아즈텍(Aztec), 마야(Maya) 문명의 경우 인간을 신의 제물로 바쳤다. 한국에서도 원시시대는 아니지만 심청을 바다 용왕의 분노를 진정시키기 위해 인당수에 던져졌다는 구전도 이에 해당이 될 수 있다. 일종의 신화의 보편성이라 볼 수 있다. 현재는 나체의 상태에서 벗어나 나일론 옷을 걸치고 나이키 신발을 신고 플라스틱을 용기로 사용하는 아프리카 오지의 소부족은 여전히 원시시대처럼 샤먼을 통해 복을 빌고 재앙을 예방하려 한다. 물론 21세기 서울 한복판에도 샤먼으로서의 무당, 점성가의 영업이 버젓이 행해지고 있다. 또 모든 땅이 똑같은 땅이 아니라 복이 있는 땅이 있다고 주장하는 풍수가들이 활개치고 있다. 조상을 나쁜 땅에 묻으면 후손들에게 재앙이 온다는 비상식적이고 비철학적인 관습. 원시인의 생활에서 현대인들이 경악하는 풍습이 인육의 관습과 근친상간일 것이다. 물론 지금도 전 세계적으로 최악의 기근의 상태에서 혹은 엽기적인 살인마가 인육을 먹었다는 뉴스가 흘러나온다. 근친상간에 대해서 어미와 아들의 가정 로맨스(family romance)로서, 가정의 재생산의 원리가 되는 오이디푸스 콤플렉스(Oedipus complex)가 상기된다.

1.2 소크라테스의 아포리아(Aporia)[4]

소크라테스(Socrates)는 대화를 통하여 철학을 전파한 사람이다. 대화는 화자와 청자, 청자와 화자, 쌍방이 주고받아야 가능하기에 이른바 상대주의가 적용되어야 하므로 일종의 민주적 방법이라 할 수 있다. 이때 대화

---

4) 어떤 주제에 대해서 상대방이 자신의 의견을 개진하다가 다른 상대방의 질문을 받고 말문이 막히는 상황을 말하는 것으로, 소크라테스가 잘 구사하던 방법이다. 이때 자신의 의견이 오류가 있음에도 억지스럽게 견강부회하는 몰상식적인 상대방이 아니라면 아포리아에 이를 경우 처음서부터 다시 논의를 시작해야 한다. 그리하여 완벽하지는 않지만 최소한 균형 잡힌 결론이 도출되는 것이다. 이런 방식이 의사논의결정에 대한 민주적인 방식인데 한국정치사회에서는 잘 실천이 되지 않는다. 오직 고성, 억지, 방해, 몸싸움만이 난무한 비문화적인 모습을 보인다.

상대주의(dialogism)라는 말이 바흐친(M. Bakhtin)을 상기시킨다. 나와 남이 상호 소통하여 각각의 주체 형성에 영향을 주는 것이므로 상호 열려있는 자세를 유지해야 한다는 것이다. 만약 토론과 대화가 없다면 일방적인 폭력과 독선만이 난무할 뿐이다. 산파술(産婆術)의 목적은 주장자에게 질문을 던져 스스로 무지를 깨닫게 하는 것이다. 지식을 전달하는 것이 아니라 대중들이 한 주제에 대해서 올바른 결론에 도달하도록 도와주는 것이다. 마치 산파가 아이가 원만히 출산되도록 도와주듯이. 화자가 진리의 길에 이르도록 도와주는 것이 산파술의 요지이다.

이는 교육자의 교육방법에 대해 시사하는 바가 크다. 대부분의 교육자는 사람들을 가르치려 하는 주입식(cramming) 방법을 고수하기에 상호 대화를 통해 올바른 결론에 도달하는 교육이 미흡한 실정이다. 그러나 현재 전 세계적으로 학교에서 교재를 일방적으로 가르치는 교육이 예전보다는 나아졌다고는 하지만 여전히 실시되고 있다. 그것은 산파술로 한 주제의 대화에 투입되는 시간의 양이 무진장하기 때문이다. 그러니까 인간은 주제의 끝까지 대화하거나 토론할 수는 없는 것이다. 라캉은 이 점을 알고 이를 [소파의 고정점](point de capiton)[5]을 통하여 해결해야 한다고 주장한다. 그러니까 어떤 사물에 대하여 의미가 무한정 탐구될 수 없고 시간이 유한하기에 일정한 시간 내 의미가 드러나고 산종(散種)되어야 한다는 것

---

5) The French term point de capiton is variously translated in English editions of Lacan's work as "quilting point" or "anchoring point." To avoid the confusion resulting from this variety of translation, the term has here been left in the original French. It literally designates an upholstery button, the analogy being that just as upholstery buttons are places where "the mattress-maker's needle has worked hard to prevent a shapeless mass of stuffing from moving too freely about," so the points de capiton are points at which the "signified and signifier are knotted together." [https://nosubject.com/index.php?title=Point_de_capiton]

이다. 궁극적인 주제 혹은 기표에 대하여 끝장을 볼 때까지 토론 혹은 대화한다는 것은 한 시대에 종결되는 것이 아니라 세세손손 이어질 수밖에 없을 것이다. 적당한 수준에서 서로의 입장을 적당히 인정하면서, 상대의 이익을 적당히 보장하면서 끝을 내야 하는 것이다. 물리학의 여러 주제 가운데 하나라도 제대로 끝낸 적이 없다. 시간, 공간, 물질의 정체에 관한 토론과 대화는 지금도 여전히 반복적으로 이어진다.

주제에 대해 거짓이 발생하지 않을 때까지 대화를 계속하는 것이다. 방송미디어에서 시도하는 끝장이 나지 않는 끝장토론처럼. 그런데 인간의 말속에는 허점, 오류, 무지가 상존한다. 완전히 전지적인 관점(omniscient view)에서 말하는 인간은 거의 없다. 예수와 붓다를 예외로 한다고 하더라도 인간의 시각은 사물의 360도를 다 지각하고 인식할 수 없는 것이다. 장안의 화제가 되었던 책 제목인 마이클 샌델(Michael Sandal)의 『정의란 무엇인가?』(JUSTICE: What's the right thing to do?), 아름다움이란 무엇인가? 삶이란 무엇인가? 에 대해서 기원전후를 포함하여 수천 년 동안 현인들과 성자들이 대화를 나누는 중이지만 아직 결론이 없다. 그러니까 대부분의 인간은 거짓말을 합리화하기 위하여 대화하는 셈이다. 그 대표적인 거짓말의 사례가 [에피메니데스의 역설](Epimenides paradox)[6]이다. 그러나 인간의 말은 소쉬르(F. Saussure)의 말을 따르면 전부 거짓말이다. 그것

---

6) Thomas Fowler (1869) states the paradox as follows: "Epimenides the Cretan says, 'that all the Cretans are liars,' but Epimenides is himself a Cretan; therefore he is himself a liar. But if he is a liar, what he says is untrue, and consequently, the Cretans are veracious; but Epimenides is a Cretan, and therefore what he says is true; saying the Cretans are liars, Epimenides is himself a liar, and what he says is untrue. Thus we may go on alternately proving that Epimenides and the Cretans are truthful and untruthful." [https://en.wikipedia.org/wiki/Epimenides_paradox]

은 사물을 가리키는 기표와 그 사물의 의미를 부여하는 기의의 임의성 (arbitrariness) 때문이다. 사물을 상징하는 기호(code)는 문자의 형태와 그 의미를 변통적, 임의적으로 유지하고 있다. 나무에 대한 낱말도 나라마다 다르고 의미도 다르지 않은가? 나무가 땔감에 해당하는 소박한 사물이기도 하지만 신성을 가진 숭고한 존재가 되기도 한다. 그러니까 인간의 본성상 타자의 말은 틀리고 자기의 말은 맞다고 주장한다. 자기도취에 빠져 살아가는 인간은 학력의 수준과 상관없이 각자 사물에 의미를 부여하며 그것의 진정성을 붙들고 그것이 신념이 되어 살아간다.

1.3 붓다와 이심전심

인간은 물론 말이나 문자를 통하여 소통하는 동물이지만 서양에서는 인쇄기를 만들어 책자를 발행하여 대중들의 소통을 더욱 활성화되도록 했다. 소수의 정보가 대중에게 전파되는 계기가 되어 대중은 필사본으로 된 희귀한 소설을 인쇄물을 통해 풍부히 읽게 되어 대중의식을 계몽하는 데 큰 도움이 되었으며, 교회에만 비치된 성경도 대중들의 집안에 두루 놓이게 되었다. 그런데 붓다는 말이나 글을 경원시하여 침묵하는 것이 수행에 도움이 된다고 보았다. 지금도 절간에 비구들은 침묵 수행의 기간을 갖는다. 말조차 거부하고 말을 전달하는 법석도 거부하는 것이다. 붓다는 오직 미소만으로 자신의 뜻을 전달한 적이 있었다. 이심전심[telepathy]. 이것에 대한 현재의 미디어는 심리상태의 연장으로서 거짓말 탐지기가 있다.

그런데 인간의 진리를 위한 탐구의 수단은 경전이다. 티베트 승들은 매일매일 산스크리트로 쓰인 붓다의 말씀을 읽고 또 읽는다. 그리고 오체

투지(五體投地)를 통해 붓다에 대한 절대적인 믿음을 육체적으로 표현한다. 일반적으로 절간에도 승려 혹은 회중들에게 불경을 해설하고 낭송한다. 그러나 선승들은 수행자가 문자나 스승의 계율에 갇히는 것을 우려하여 불립문자(不立文字)를 강조하고, 붓다나 조사를 만나면 죽이라고 경고한다. 세상의 모든 것들이 상징으로 재현되어야 하지만 상징에 갇히게 되면 진리와 멀어진다는 것을 알고 있다는 것이다. 일종의 이중구속(double bind)이다. 사물을 상징으로 치환하지 않는다면 사물은 인간에게 아무 의미가 없다.

승려들은 문자를 멀리해야 한다고 하면서 소위 [화두](koan)라는 모순적이고 불가해한 문자를 받들고 고뇌한다. 그것은 일상생활에서 소통이 불가능한 글이다. 자주 회자되는 화두가 〈달마가 동쪽에서 온 까닭은?〉이다. 해석은 독자들의 자유에 맡긴다. 한자로 [화두](話頭)를 보면 말 그대로 화[말]+두[머리]=언어 이전의 상태(pre-linguistic state)로 볼 수 있기에 칸트(I. Kant)가 말하는 언어 이전의 순수이성, 혹은 라캉이 말하는 상징계 이전의 상상계로 볼 수 있다. 일단 인간이 상징계로 진입하면 문자, 담론, 개념의 포로가 되어 반-실존적인 삶을 살게 된다. 예를 들어 [자유]를 테마로 삼는 분열증적인 민주사회의 주체는 각자가 주체이지만, [공동분배]를 테마로 삼는 편집증적인 공산주의의 주체는 통치자 한 사람뿐이다. 스탈린, 모택동, 김일성, 차우셰스쿠, 카스트로 등. 비논리적인 공안을 통해 형상이나 개념을 해체하기. 이런 점에서 확립되고 축적된 사물의 논리나 구조를 해체하려고 했던 데리다(J. Derrida)는 일종의 선수행자인 셈이다. 화두를 통해 무엇인가를 깨달은 뒤에[견성] 스승의 확인을 받는다. 이것을 선문답[법거량]이라 한다. 예를 들면, "부처가 무엇입니까?"에 대한 물음에 "똥 막대기"라고 답한다. 이런 점들을 예이츠의 「미친 제인과 주교」("Crazy Jane Talks with the Bishop")에 적용해 볼 수 있다.

나는 길에서 주교를 만났고
많은 이야기를 나누었다.
'지금 그 젖가슴이 평평하게 납작해졌군요
그 정맥도 곧 마르겠지요;
천국의 저택에 사시오,
더러운 돼지우리에 살지 말고.'

'아름다움과 더러움은 친척지간이지요,
고운 것은 더러운 것이 필요하지요,' 나는 외쳤다.
'나의 친구는 가 버렸어요, 그러나 그것은 진리지요
무덤도 임종도 거부할 수 없는 것,
육체의 낮춤 속에서
마음의 자만에서 학습되는 것.

'여자가 거만하고 **뻣뻣**할 수 있을 거예요
사랑에 몰두할 때
그러나 사랑은 그의 맨션을 똥통에 처박아
놓을 수 있지요;
갈라지지 않는
어떤 것도 혼자이거나 전부일 수가 없기에.'

I met the Bishop on the road
And much said he and I.
'Those breasts are flat and fallen now
Those veins must soon be dry;
Live in a heavenly mansion,
Not in some foul sty.'

'Fair and foul are near of kin,
And fair needs foul,' I cried.
'My friends are gone, but that's a truth
Nor grave nor bed denied,
Learned in bodily lowliness
And in the heart's pride.

'A woman can be proud and stiff
When on love intent;
But Love has pitched his mansion in
The place of excrement;
For nothing can be sole or whole
That has not been rent.'[7]

이 작품에서 시적 화자는 세상의 두 가지 범주를 규정한다. 성과 속 (sacred and secular). 이 개념은 알다시피 신화학자 미르체아 엘리아데 (Mircea Eliade)의 일관된 주장이었다. 물질로 구성된 자연은, 인간이 그 침묵을 대변하여 성스럽게 바라보기도 하고 속되게 바라보기도 하며, 몸과 마음으로 구성된 모순적인 인간은 몸과 마음이 분리되기가 힘이 들듯이, 성스러운 것에 속된 것이 들어있고 속된 것 속에 성스러운 것이 들어있다. 이를 사고의 철학이 아니라 몸의 철학을 주장하는 모리스 메를로퐁티 (Maurice Merleau-Ponty)도 인정한다. 베드로가 목숨의 부지를 위해 그렇게 추종하던 예수를 세 번씩이나 부인하고, 속된 맘에 부하의 부인을 취한 다윗도 얼마나 하나님께 용서를 빌었던가? 이런 점에서 선과 악은 공존한다. 만약 선만 존재하는 세상이 있다면 선이 없을 것이요, 악만 있는 세상

---

7) https://www.poetryfoundation.org/poems/43295/crazy-jane-talks-with-the-bishop

이 있다면 악이 없을 것이다. 선과 악이 존재하는 곳에 반성과 후회가 있다. 세상은 이렇게 양극으로 구성된다. 몸이 아프면 맘도 아프고 맘이 아프면 몸도 아프기 마련이다. 그러니까 생명을 연구하는 학문은 말하자면 몸과 맘이 결부된 심리적 생리학(psychological physiology)이 되는 것이다.

　인간의 상황은 어디까지나 현실적 상황이다. 이 현실이 천국으로 이르는 계단이 되는 것이다. 현실이 지구를 움직이기 위한 지렛대의 받침대가 되고 우주로 향하는 베이스캠프가 되듯이, 사과가 낙하하여 떨어지는 것이 현실이다. 토대를 갖는 것이 현실이고 토대가 없는 것이 초-현실 혹은 초과-현실이다. 물질은 반물질과 대립한다. 일상에서 범죄의 경중에 따라 법정에서 형량이 정해지듯이, 현실에서의 삶이 천국에서의 삶의 전제가 될 것이다. 나와 타자를 연결시켜주던 좋은 혹은 나쁜 미디어로서의 친구는 얼마 후 사라지고 그 자리는 다른 친구가 메우게 될 것이다. 이처럼 미디어는 항상 대체될 준비가 되어 있는 것이다. 그러니까 인간에게 상실감(sense of loss)은 인간이 받아들여야 할 일종의 숙명인 것이다. 주변의 사람과 인간들이 몸과 맘이 변하여 하나둘 떠나가고 결국 혼자 남는 것이다. 이 빈 곳을 중개할 미디어로서의 중매자는 우리 주변에 존재하고 있는 것이다. "전체"는 "혼자" 혹은 부분으로 갈라지고 부분이 결합하여 "전체"가 된다. 갈라지지 않는 사물은 세상에 없다. 이합집산이 세상의 원리다. 그런데 전체와 부분의 구분은 인위적인 것이다. 자연에는 전체와 부분의 구분이 없이 항상 여일(如一)하지 않는가? 자연은 원래 통합된 것이지만, 그것을 구분하는 것이 지극히 인간적인 실천이다.

　지상에서 인간은 공전과 자전을 겪으며 극도의 현기증을 느끼며, 삶의 불만, 욕망의 결핍으로 인한 신경증으로 히스테리에 이른다. "주교"의 이성적 질서는 "제인"의 비이성적 무질서와 대립되는 것이 아니라 양립된다. 질서와 무질서는 상보적인 관계로서 서로의 공존을 위해 필요하다. 그러므로 "주교"와 "제인"의 삶은 지상에서 이미 통합된 것이다. 예이츠가 주장하는 존재의 통합. 이성과 광기의 통합. 그리고 인간의 애절한 "사랑"과 주거로서의 "맨션"의 몰락은 자연의 관점에서 평지풍파에 불과하다.

　이런 점에서 토굴 속에서 선수행자가 홀로 화두를 붙들고 언어도단의 경지를 추구하는 것은 [놀이하는 인간](homo-ludens)으로서의 삶의 방편일 수밖에 없다. 현실에서 초월적인 경지에 도달하기. 그런데 그곳은 세상 밖의 초월적인 곳이다. 텍스트 밖의 텍스트. 물론 몸이 중력을 벗어나 공중부양을 하고, 사물을 투시할 수 있는 눈이 열린다는 것은 축하할만한 일이다. 그러나 혹시 정신착란이 아닌지 의심이 든다. 필자도 예전에 아침마다 동네 언덕에 자리하는 암자에 가서 좌선수행을 몇 달 한 적이 있다. 그것이 진리에 대한 진정성(authenticity) 때문인지 지적인 허영심 때문인지 분간이 잘 안 되지만 당시 진리추구에 대한 약간의 열정이 있었음이 분명하다. 대개 인간은 몸과 마음이 음탕하고 음험하고 한 사물을 보면서 다른 사물로 착각할 정도로 눈이 침침하다. 장님이 코끼리 만지기 식이라는 말은 어리석고 우둔한 사람에게 적용되는 것이 아니라 인간 모두에게 적용된다. 인간은 뒤를 볼 수 없는 동물 아닌가? 사물에 대한 인간의 인식은 바닷가 모래 알갱이 수준이라고 천재 뉴턴이 이미 수백 년 전에 말한 바 있다. 그래서 화두를 통해서 득도를 했다는 선승도 자연의 지배에서 벗어나기 어렵다. 그것은 엄연히 마음의 옷으로서의 몸을 가지고 있기 때문이다. 몸은 견성[득도] 이전과 이후를 연결하는 미디어가 되기 때문이다. 몸은 득도를 위한 자학의 대상이고 득도를 한 후 차 버려야 할 미디어로서의 사다리인 것이다. 졸음을 참고 류머티즘의 고통을 견디며 밑 빠진 독, 길 없는 길과 같은 화두와 씨름한다.

사물과 자아의 기원과 상관관계를 알아내기 위하여. 사물의 기원에 대해선 물리학적으로 빅뱅이 촉발한 것으로 보고 있고, 그 이후 생물학적으로 단세포 동물의 억겁의 세월 동안의 진화로 오늘날 우리가 존재한다는 것이다. 그런데 현생인류는 겉으로 보기에 오랑우탄을 닮았지만 오랑우탄은 인간이 되지 못했고 현재도 그냥 오랑우탄일 뿐이다. 과학적으로 측정한바 대략 137억 년 전 대폭발로 인하여 시간과 공간이 발생했다는 것이다. 공간이 없이는 시간이 없고 시간이 없다면 공간이 없다. 그리고 시간과 공간 속에 인간이 없다면 의미가 없다. 마치 인간이 착륙하기 이전의 고요한 달 표면처럼. 그러니까 우리가 부정적으로 생각하는 지상의 고요를 깨우는 평지풍파[平地風波]가 삶의 의미인 것이다. 고적한 지상 위에 인간이 공연히 일으킨 사건들이 인간이 존재하는 의미인 것이다. 누가 그렇게 하라고 했던가? 땅을 파헤쳐 농사를 짓고 밀림을 개발하여 길을 내고 도시를 건설하고 전쟁을 하라고.

　　그러나 우주가, 세상이 왜 존재하는지 아무도 모른다. 그리하여 지상의 산물인 토템을 숭배하기도 하고, 붓을 숭배하기도 하고, 태양을 숭배하기도, 물을 숭배하기도 했다. 그리고 인간 가운데 부활과 승천을 체험한 예수를, 스스로 6년간의 고행 끝에 욕망의 소멸 경지, 즉 생로병사가 면제되는 니르바나(nirvana)에 들어갔다고 하는 붓다를 숭배한다. 필자는 다른 대안이 없기에 약한 자를 돌보고 십자가에 매달린 예수를 믿는다. 성경에 따르면, 바울이 예수의 제자를 체포하러 돌아다니는 중 다메섹(damascus) 노상에서 예수의 음성을 듣고 회심했다지 않은가? 이렇듯 과학적 생물학적으로 인류의 기원에 대해선 결론이 난 셈이고, 단시 이러한 관점이 과연 전부일까? 이에 대한 의심이 해소되지 않은 상황에서 인간의 의식작용에 입각한 초월적, 종교적 신념이자 신앙에 대한 고려가 발생한다. 그런데 누가 예수의 알리바이를 확신할 수 있겠는가? 그것은 필사에서 책자로 기록되어 성경으로 수천 년 동안 전승되었기 때문이다. 신약의 저자 가운데 한 사람인 바울이 역사적인 인물이므로 그가 사기꾼이 아니라면 예수의 계시와 현현을 인정하지 않을 수 없을 것이다. 그렇다면 예수는 하나님과 인간 사이의 속죄양으로서의 숭고한 미디어로서 기능했다. 물론 한국과 중동지역 사이의 문화적 지리적 역사적인 차이가 존재한다. 그 당시 한국은 삼국시대 초기였다. 이렇다 할 종교도 없고 동식물의 토템 숭배가 지배하던 시절이었으며, 불교는 인도에서 실크로드를 통해 4세기 중국으로 다시 6세기 백제로 유입되었다고 본다.[8) 그래서 달마가 동쪽으로 온 까닭이나 예수가 동쪽으로 온 까닭이나 마찬가지다. 그럼에도 한반도에 이방의 신이 판을 친다고 비판하는 자들이 있다. 그렇다면 붓다가 한반도 출신인가? 공자가 한반도 출신인가? 붓다도 이방의 현인이며, 공자도 그러하다. 그래서 붓다, 예수, 공자의 출신 지역을 따진다는 것은 무의미하고, 인간들의 협소한 시각(micro-vision)에 불과하다.

필자가 보기에 불교의 기막힌(amazed) 원리 가운데 [색즉시공](色卽是空)이란 말과 [공](空)이라는 말이 있다. 이에 대한 다양한 시각과 여러 가지 해석이 있지만, 인간의 존재를 확정적으로 보든지, 만물의 영장이라고 보는 시각에 반한다. 색은 물감에 속하는 말이기도 하지만 불교에서 자연, 사물, 물질, 실체, 형상, 현상, 증상이 색에 속한다고 본다. 한마디로 말하자면 오감을 통하여 감지되는 것이며, 이것들은 고정적이고 변함이 없는 것이 아니라, 다른 것들과 만남에 따라 수시로 변화하는 것이다. 연기설(causation). 수줍은 신부가 생존의 과정에서 사나운 아낙이 되듯이. 모든

---

8) http://contents.nahf.or.kr/id/NAHF.edeao_002_0020_0010

것이 서로 만나서 변화된다. 연못의 물이 수증기로 변하여 마르고 이것이 하늘에 올라가서 비가 되어서 연못에 가득 찬다. 아름다운 가인(佳人)이 죽어서 벌레의 먹이가 되고 결국 백골은 진토가 된다는 것을 영국의 형이상학파 시인 앤드루 마벌(Andrew Marvell)이 「수줍은 숙녀」("To His Coy Mistress")에서 "나의 애절한 노래를 들으시오; 그리고 벌레들이 맛을 볼 것이오/ 그 오래 간직된 처녀성을/ 그리고 당신의 고상한 순결은 재가 될 것이오"(My echoing song; then worms shall try/ That long-preserved virginity,/ And your quaint honour turn to dust,)에서 잘 보여준다. 여기서 "숙녀"는 "벌레"를 만나 재가 되는 것이다. 이때 "벌레"는 "숙녀"를 "재"로 변화시키는 미디어인 것이다. 이런 변화의 과정에서 어떻게 집착과 번뇌가 인간을 붙들어 맬 수 있느냐 하는 것이다. 노골적으로 말하여 매일 허물어지는 인간에게 집착과 번뇌가 무슨 소용이 있는가? 그러니 집착과 번뇌는 정체불명의 공허한 상념인 것이다. 시시각각 변화하는 사물의 일환인 인간은 결국 먼지 혹은 원자 혹은 우주를 내재한 입자인 모나드(monad)로 돌아갈 인생인데 쓸데없는 집착과 번뇌에 매여 괴로워한다는 것이다. 이러한 공연한 질곡으로부터 인간이 헤어 나와야 하지만 그러기 쉽지 않다. 돈키호테가 풍차와 싸우듯이, 인간은 과도한 집착과 불가해한 고뇌에 시달린다.

사물을 잘게 계속 쪼개면 나중에 아무것도 보이지 않는다. 사물이 사라진 상태, 즉 공(空, Śūnyatā)이 된 것이다. 그런데 이 잘게 잘라진 것들이 모이면 가시적 물체가 된다. 자동차가 되고 우주선이 되어 땅을 기어 다니고 우주를 나른다. 원소를 기계 부속품으로 응축하고 조립하는 것은 인간의 몫이다. 인간의 경우 원자의 결합에 영혼 혹은 마음 혹은 의식이 더하여진다. 원소로서의 인간에게 인간으로의 형상과 의식을 부여하는 초월적 미디어가 존재할 것 같다. 불교에서는 이런 과정을 윤회(samsara)라고 하고 기독교에서는 천지창조(genesis)라고 한다. [공]은 비어있는 것처럼 보이나 사실 사물을 꽃피울 생명력을 내재한 상태이다. 그런데 일반적으로 공이라 하면 그냥 허무한 것으로 생각하기 쉬운데 그렇지 않다. 공은 생명으로 충만한 비가시적인 잠재적인 에너지인 것이다. 겨울에 앙상한 나뭇가지는 봄날을 기다리는 공으로 가득 차 있다. 나아가 사물의 최소입자인 원자 내에 빈 곳이 있는데 이 공간에 생명력이 가득 차 있는 것이다. 사실 원자 속이 텅 비어 있기에 그 응축물인 인간도 텅 빈 인간임이 지당하다. 겨울의 앙상한 나뭇가지는 무(無)가 아니라 공으로 차 있는 것이다. 그래서 공은 [공수래공수거]의 빈손으로 와서 빈손으로 가는 공이 아니라 변화무쌍한 생명을 탄생시킬 비가시적인 에너지로서 생명체 탄생의 미디어인 것이다. 이런 점에서 모나드와 알랑 비탈(élan vital)과 연관이 있다. 과학적으로 인간 구성의 물질로서 사물이 최소한도로 분해된 상태인 원자의 상태는 비가시적인 상태에서 서로 역동적으로 밀고 당기는 에너지로 충만한 입자라는 점에서 공과 연관된다. 그래서 자연은 공의 산물이고 공은 자연을 형성한다. 결국 인간은 색이자 공이다.

1.4 구텐베르크와 클라우드(Cloud) 제국

　원시시대를 기록이 부재한 시대, 즉 선사시대(the age of pre-history)라고 부른다. 그러기에 그 당시의 삶의 현장을 확인할 수 없기에 단지 현실을 통한 추정, 즉 사후성(afterwardsness)에 의해 그러리라 짐작할 뿐이다. 마치 탐정이 살인 현장에 남겨진 흔적을 보고 얼마 전에 벌어진 상황을 추정하듯이. 인간의 의사소통은 제스처, 표정, 소리, 그림으로 이루어졌을 것이다. 동물들도 의사를 소통할 수 있을 것이다. 소리나 몸짓으로. 이때 인간은 사물에 대해 이성과 감성이 하나가 되는 [물아일체](物我一體)의 자연 그대로의 삶을 영위했을 것이다. 지금의 수행자들은 물아일체의 경지를 얻기 위해 골방에 틀어박혀 일부러 현실을 잊고자 발버둥치지만 원시시대에는 자동적으로 물아일체의 도인들이 된 셈이다. 토굴 속에서 무념무상으로 살아가는 순진한 인간이기에 기호에 의한 영/육의 구분이 없다. 배고프면 먹고, 자식을 낳고, 사냥을 하고, 전쟁을 하고. 약육강식과 강자의 정의가 횡행하는 시절이었다. 그러나 이 본질적인 적자생존의 이념은 현대에도 그대로 계승되어 실천되고 있다. 그 당시 공동체를 구성하고 공동사냥을 함으로써 공동체 의식(collective consciousness) 혹은 집단지성(collective intelligence)은 가지고 있는 셈이다. 인간은 가족공동체(family community), 부족공동체(tribe community)를 통하여 타자성의 도시를 건설하였다.

그러나 인간이 문자를 발명함에 따라 사물에 대한 이분법적 마인드(dichotomy)를 갖게 되었다. 인간의 육체적 행위에 대한 대가는 돌[보석], 금속[금, 은, 동], 종이[파피루스]로 대체되었다. 그리고 인간이 생시에 즐길 여러 가지 오락[바둑, 장기, 체스, 춤, 격투]과 사물 자체와 추상의식에 기초한 학문[존재론ontology/인식론epistemology]을 만들어 세상을 유희(play)와 의례(ritual)의 경연장으로 만들었다.[9] 전자는 삶의 비공식적인 여가생활을 의미하고, 후자는 공식적인 일상, 즉 직업, 종교, 정치, 교육과 같은 것을 의미한다. 만약 한 인간이 전자에 치우친다면 정상적인 사회생활

---

9) [유희와 의례]에 관한 세부 내용은 재미 미디어 학자 김경용 박사의 역저 『기호학의 즐거움』 pp. 255-300에 구체적으로 나와 있다.

을 한다고 볼 수 없으며, 후자에 치우친다면 정상적이지만 경직된 사회생활을 한다고 볼 수 있을 것이다. 문자를 통해 인간은 기억저장 수단을 마련했지만 라마르크(Lamarck)의 용불용설(Theory of Use and Disuse)에 따라 기억의 퇴화를 초래했다고 볼 수 있다. 하지만 문자를 통해 사물을 묘사하여 사물은 건조한 기호로 둔갑한다. 그러니까 변동성이 큰 도로의 상황을 내비게이션에 의존해 운전하는 것과 지도에 의지해 아마존 밀림을 탐험하는 것과 같다. 그리고 소문을 듣고 사람과 상황을 파악하는 것과 같고 신문을 보고 사건의 진실을 파악하려는 것과 같다. 말이 말을 만들 듯 문자는 문자를 확대 재생산한다. 이런 점에서 예이츠의 「아담의 저주」("Adam's Curse")를 읽어보자.

> 우리는 여름의 마지막 자락에 모여앉아
> 그 아름다운 온화한 부인, 그대의 정다운 친구,
> 그리고 그대와 나, 그리고 시에 대해서 이야기했다.
> 나는 말했다, "한 줄에 아마 몇 시간 걸릴 거예요;
> 그러나 그것이 일순간의 사고가 아닌 것 같다면,
> 우리가 꿰맸다 풀었다 하는 것은 쓸데없는 일이었지요.
>
> 차라리 무릎을 꿇고
> 부엌 바닥을 문지르거나, 빈민 노인처럼 돌을 깨든지,
> 날씨와 상관없이;
> 달콤한 소리를 결합하여 분절하는 것은
> 모든 이런 일보다 어렵지만, 그러나
> 은행원, 교장, 목사들처럼 말이 많은 패거리들에게는
> 한가한 자로 여겨질 것입니다. 그 순교자들이 세인들이라 부르는."

We sat together at one summer's end,
That beautiful mild woman, your close friend,
And you and I, and talked of poetry.
I said, "A line will take us hours maybe;
Yet if it does not seem a moment's thought,
Our stitching and unstitching has been naught.

Better go down upon your marrow-bones
And scrub a kitchen pavement, or break stones
Like an old pauper, in all kinds of weather;
For to articulate sweet sounds together
Is to work harder than all these, and yet
Be thought an idler by the noisy set
Of bankers, schoolmasters, and clergymen
The martyrs call the world."[10]

천지창조의 과정에서 하나님이 에덴동산에서 창조하신 "아담"은 기독교에서 첫 번째 예수라고 부른다. 그리고 노아의 홍수를 거쳐, 천사의 고지(告知)로 태어난 두 번째 예수는 베들레헴의 마구간에서 태어났다. 여기서 시적 화자는 유사 이래 인간 미디어 가운데 초기의 미디어인 시의 정체성에 대하여 언급하고 있다. 기원전 플라톤이 실생활에 무용하다고 비판한 시는 인간 역사상 초기의 미디어에 속하지 않는가? 음유시인(minstrel)이 중인환시리(衆人環視裡)에 수금(lyre)를 탄주하면서 읊조리는 노래가 시 아니던가? 예전에 시는 신의 신탁을 받은 자에 의해 창작되는 선견지명이 담긴 진리의 미디어로 알려져 왔다. 그런데 중세 이후에 시의 운율과 리듬

---

10) https://www.poetryfoundation.org/poems/43285/adams-curse

과 같은 형식에 치중하여 시의 내면의 신비를 상실한 측면이 있었다. 그리고 시를 누구나 다 쓸 수 있는 장르라고 생각하지만, 모든 분야가 그러하듯이, 선천적인 자질의 필요성을 배제할 수 없을 것이다. 이 점에 대해 우리는 영화 『아마데우스』(*Amadeus*)에서 대립한 모차르트와 살리에리를 비교하곤 한다. 후자는 전자의 천재성을 질투하며 자기에게 선천적 재능을 주지 않은 신을 증오한다. 이런 점을 인식하는 듯 시적 화자는 [시]라고 하는 미디어에 대해서 그 창작의 어려움을 토로한다.

누구나 다 시를 쓸 수는 있지만 그것이 모두 다 시로 인정받는 것은 아니다. 사물, 상황, 환경, 심리를 토로하는 추상적인 시는 비록 메마른 기호로 쓰이지만 손에 잡힐 듯한 물질성과 눈에 보이는 듯한 현실성과 오감을 만끽할 수 있는 감각성과 피상적인 기호를 통하여 심층의 신비성을 담보해야 한다. 2차원적인 지면과 사물에 대한 2차적인 기호를 통해 사물을 입체적으로 구축해야 하는 것이다. 사물을 세세하게 묘사한 시는 사실 시가 아니라 운문[짧은 글verse]인 셈이다. 물론 진정성, 아우라의 소멸을 주장하는 포스트모던 시대에는 무슨 글이나 시작품이라고 주장한다. 그것은 시중에 판매하는 기성품으로서의 변기조차 예술이 될 수 있기 때문이다. 필자가 보기에, 우리나라 시인 가운데 시적 감각이 뛰어난 시인으로 서정주, 박목월과 시적 신비를 함축하는 시인으로 이상, 김수영을 들 수 있다. 영어권 시인으론 많고 많은 시인 가운데 블레이크, 워즈워스, 콜리지, 키츠, 예이츠, 파운드, 실비아 플라스(Sylvia Plath)를 들 수 있다. 이 작품에서 시인과 시인 외 인간의 대립을 통해 인간의 순수성과 속물성을 보여준다. 그리하여 시적 화자는 시인은 비가시적인 유령 같은 소리의 가공, 즉 음절화를 통하여 대중들의 경시와 푸대접을 감수하고 대중들의 심금을 울려야 할 선각자적 사명을 띠고 있음을 피력하고 있다. 사물과 의식, 몸과 마음, 구상과 비구상은 세상의 구조이며, 이 대립적인 구도 속에서 인간의 삶이 지속되는 것이다. 인간은 생존하는 동안 사물에 대한 미디어로서의 인간의 지침을 계속 작성할 수밖에 없는 것이다.

　이제 인간은 필사를 하는 대신 사물을 디지털 기기 화면으로 실시간(real time) 전송하기에 문자로 묘사하는 시대는 구시대가 되었다. 그래서 언어 대신 사진으로 대체되었지만 문자전송(texting)은 숨소리를 느끼는 전화 통화를 대체하였다. 그리고 교통수단이나 전자기기는 인공지능의 목소리를 사용하기에 인간의 언어사용은 점점 줄어들고 마음이 메마른 침묵의 인간이 되어가고 있다. 나아가 방송을 하다 실수하기 쉬운 아나운서도 실수 없는 인공지능으로 대체될 것이다. 그리하여 뉴스는 인간적 감수성은 사라지고 삭막한 기계음으로 시청자의 마음을 냉각시킬 것이다. 고성능 복사기로 반 고흐(Vincent van Gogh)의 작품을 출력시켜 액자에 담아 벽에 걸어둔다. 진품보다 더 진품 같은 복사본(fakes more real than). 이것이 하이퍼-리얼 시대(the age of hyper-reality)의 특징이다. 인간과 인간의 소통은 우편 대신 인터넷으로 하고 인간과 사물과의 대화는 사물인터넷(Internet of Things)으로 한다. 인간은 외부에서 실내의 전자기기를 통제할 수 있으며 사물들은 내장된 반도체 칩(chip)에 의해 상호 상태를 조절한다. 이때 반도체 칩이 사물과 사물을 연결하는 미디어가 된다. 현재 반도체 칩은 전 세계 전자제품의 일용품이 되었다. 마치 쌀과 밀가루가 주식이듯이. 만일 전 세계적으로 반도체 칩의 공급이 원활치 못하다면 집단 기아가 발생하는 것과 마찬가지로 지구촌 소통의 마비, 상거래의 마비, 아니 일상의 마비를 초래할 것이다. 이런 점에서 반도체 칩의 중심 생산국으로서 한국의 현재와 미래는 상당히 다행한 측면이 있다고 볼 수 있다. 문제는 지속적으로 타 경쟁국에 비해 비교우위를 유지할 수 있는지가 관건이다. 현재 중세 흑사병에 버금가는 코로나19 바이러스(coronavirus 19)의 창궐 가운데에도 지구촌의 혼란을 방지하고 일상을 유지해 주는 것은 미디어로서의 반도체 칩이 아닐 수 없다.

상호연결의 인터넷 개념에서 하드웨어로서의 반도체 칩의 영혼으로서의 정보 혹은 기억의 저장고로서, 인간과 인간, 인간과 사물을 연결해주는 차원에서 정보 저장고(information archive)의 기능이 부과된다. 그러니까 컴퓨터만 있다면 인터넷을 통하여 다른 컴퓨터와 정보를 공유할 수 있다는 것이다. 따라서 고객에게 정보 및 일상[가정과 직장]에 필요한 서비스를 제공하는 거대한 중앙처리장치(CPU)를 가진 공룡의 서버가 등장하여 활동 중이다. 종국적으로 지구촌의 모든 정보는 몇몇 공룡 서버에 모조리 저장될 것이다. 대표적으로 구글, 페이스북, 네이버 등. 여기서 발생하는 개념이 클라우드(Cloud)라는 개념이다. 하늘에 뜬 구름처럼 무형의 공간에서 정보가 저장된 창고인 셈이다. 그러니까 내가 필요한 정보를 내가 저장한 서버를 이용하지 않고 그 정보를 내 컴퓨터와 인터넷을 통해 공룡 서버에서 찾아 이용하는 것이다. 다시 말해 인간들 상호 컴퓨터를 비치하고 인터넷을 통하여 대형정보창고인 서버를 통해 정보를 공유하는 것을 말한다. 이 서버회사는 최대한 많은 사람을 가입시킴으로써 회사의 대중성을 확보하고 전 세계 대형기업들, 정부의 정책홍보, 정치인의 대중적 인식 제고를 목적으로 하는 광고 마케팅으로 수익을 창출한다.

이제 인간 대신 인간에게 메시지를 전달할 존재가 사이보그, 로봇도 아닌 이미지이다. 사물의 잔영을 의미하는 이미지에는 여러 의미가 부여되지만 여기서는 인간을 대신하는 미디어로서 영상을 의미한다. 실체가 없는 영상이 인간 구실을 하는 시대가 되었다. 실체는 없고 행동은 못 하지만 소프트웨어적인 부분, 즉 영상으로 자신을 보여주며 의사전달과 상황판단은 할 수 있다. 미국 SF영화『마이너리티 리포트』(*Minority Report*)를 보면 사장이 회사에 출근하면 비서가 나오는데 이 비서는 인간이 아니라 영상으로 된 비서이다. 이 유령비서가 사장의 하루 일정을 브리핑하고 로봇 비서는 커피를 대령한다. 현재는 패러다임 전환의 현상이 극명하다. 언급했듯이 지난 시대 인간이 미디어로서 또 다른 인간에게 장시간 말을 달려 말과 글을 전달하는 대신 인터넷이 전달한다. 이제 인간은 인간 이미지[영상]의 서비스를 받고, 외형을 인간의 피부와 유사한 실리콘으로 만들고 인공지능이 내재된 남편과 아내를 맞이할 수도 있다. 투정도 없고, 고집도 없는 고분고분한 인조 노예들이다. 현재 코로나19로 인하여, 현대사회의 속성상, 개별화 분자화 되어 고립되는 대중 속의 고독을 해소하는 데 인조인간이 기여할 수도 있을 것이다. 첨단과학의 발달에 따라 인간과 인조인간의 싱크로율(synchronization)의 간격은 더욱더 좁아질 것이다. 나중에 인간의 감정마저 어느 정도 소유한 인조인간이 등장하는 것은 시간문제이다.

1.5 침묵의 매체:
전파(radio wave)와 주파수(radio frequency)

인간의 음성이 비가시적인 공간을 타고 혹은 전선을 타고 수신기에 포착되어 전달된다. 어떻게 물질성을 가지고 있는 음성이 무선으로 태평양을 건너 아메리카에서 한국으로 전달될 수 있단 말인가? 어떻게 음성이 구리선을 통해 상대방에게 전달될 수 있단 말인가? 이 사실은 현실적으로 발생하고 있지만 과학적인 차원을 떠나 한편 초월적인 현상이 아닐 수 없다. 음성에 더하여 입체적인 영상도 원거리로 전송된다. 참으로 신통한 일이 아닐 수 없다. 황당하지만, 중국 무협지에 보면 자기의 음성을 먼 거리에 전달하는 비술이 있다고 그리고 있다. 그런데 이 비술이 현재 과학적으로 실천되고 있다는 것이다. 불과 200년 전인 19세기 미국인 모스(S. Morse)에 의해 전류의 발신으로 문자를 전송하는 모스 신호기는 짧은 발신전류(dot)와 긴 발신전류(dash)를 사용하여 알파벳과 숫자를 상대방에게 보내면 그 상대방은 그 전류를 수신하여 확인할 수 있는 기호를 만들어 낸다.[11]

우리가 메시지를 전달하는 미디어로 전파가 있다. 전자기파의 일종으로 이를 라디오파라고도 불린다. 전기와 자석의 힘의 파동을 의미한다. 전파의 연구가로 맥스웰, 헤르츠, 마르코니 등을 거론할 수 있으며, 이 가운데 마르코니를 전파의 존재를 실용화한 사람으로 본다. 전파는 공기, 진공, 고체를 통과할 수 있는 신비한 파동이기에 전파를 가로막는 감옥 혹은 장벽이 전혀 없는 것이다. 그리고 공기 혹은 진공 속을 초스피드로 통과되기에 장거리 통신이 가능하며 통신 중계소만 있다면 전 세계 구석구석 미치지 않는 곳이 없다. 전파를 수신하는 장치가 라디오, TV, 레이더, 컴퓨터, 디지털 기기 등이며 쌍방향으로 신호와 정보를 송/수신한다. 전파가 인간을 인간답게 하는 조물주의 은총이다. 공기 속을 관통하는 소통의 비밀의 통로를 조물주가 예비하셨던 것이다. 이 은총을 19세기에야 알게 되었으니 이 축복을 누린 지 200년이 채 안 된다. 자연의 곳곳에 숨겨놓은 조물주의 보물을 인간이 하나둘 찾아내는 중이다. 그 보물 가운데 불로장생의 물질도 있을 것이다.

---

11) https://namu.wiki/w/%EB%AA%A8%EC%8A%A4%20%EB%B6%80%ED%98%B8

그런데 전파는 조물주와의 소통을 위한 미디어는 아니고 오직 인간과 인간 사이, 혹은 세계인과 외계인 사이의 소통 수단일 뿐이다. 벽을 관통하고 사막을 건너 바다를 건너 우주를 향해 인간의 메시지가 발사된다. 21

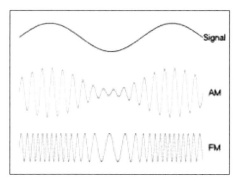

전파의 재현

세기 아마존의 밀림 속을 통과하는 전파를 수신하여 밀림의 자연을 적나라하게 감상할 수 있는 천리안을 인간은 가지고 있다. 공중에, 공간에 전파가 흐르고 있다. 곳곳에서 비정상성의 인간을 감시하는 기능을 수행한다. 인간과 인간 사이에 메울 수 없는 고립의 틈이 있는 것이 아니라 전파가 있다. 늘 인간은 라디오와 TV와 디지털 기기를 통하여 전파의 내용을 확인한다. 삶의 현장과 결과를 전달하느라 공중은 전파로 가득 차 있다. 이런 점에서 전파의 역할에 부합한 말은 [정중동](靜中動)이다. 지구촌을 건설한 혁혁한 공로를 세운 것은 거리와 장소와 상관없이 날아가는 전파인 셈이다. 세계인들의 소통의 미디어인 전파는 연인들의 사연을 전달하는 무형의 고상한 보물이 아니다. 원시인들에게 돌멩이가 무기가 되었듯이 현대인에게 전파가 곧 무기가 된다. 전파를 발사하여 요리를 하고, 물고기를 잡고, 악한을 퇴치하고, 적군의 잠수함을 탐지하고 적진을 탐지하여 파괴하는 폭력성도 가지고 있다. 그러니 인간의 공간엔 수많은 긍정적 부정적 콘텐츠를 내포한 전파로 포화상태가 되어 서로 간섭(intervention)하고 있다.

2 미디어와 진리

2.1 불교와 미디어

물아일체가 득도의 경지를 이야기하지만, 붓다는 인간이 사물과 완벽히 일치함에 대하여 불편함을 드러냈을 것이다. 그것은 그가 핵심적으로 제기한 명제가 [중도](middle path)이기 때문이다. 그가 득도를 위해 수행 중 아사(餓死) 상태에서 지나가는 아낙의 우유죽을 얻어먹고 정신을 차려서 몸이 파괴되는 상태에서 의식추구만 해서 득도를 하려는 것은 한 극단에 치우친 일종의 욕망이라고 생각한다. 엄연히 인간에게는 몸/영혼이 있기에 극단으로 치우치는 삶을 경계한다. 어느 쪽도 무시할 수 없으니 중도의 길을 취하지 않을 수 없다. 그러나 사실 이것은 사람의 성향에 따라 어려운 삶의 방식이다. 동물적인 인간과 신과 같은 인간은 지상 어디에도 없는 것이다. 그리고 붓다는 소통을 위하여 언어가 물론 사물을 거세하지만 변통적인 수단으로 생각한다. 말과 글이 아니면 현상을 전달할 수단이 없지 않은가?

또 하나의 시각은 이름이 [용과 나무]를 의미하는 제2의 붓다라고 부르는 나가르주나이다. 일명 용수(龍樹)라고 한다. 그는 중관(中觀)을 주창한 인도의 불교 승려이다. 그러면 중관이란 무엇인가? 그 중심사상은 잠재적인 생명으로서의 [공]이고, 개개의 고유한 실체를 의미하는 [자성]을 비판하고, 지상의 현상계의 모든 사물은 자성이 부재하고, 오직 공이 존재할 뿐이라는 것이다. 다시 말해 공은 위에서 말했듯이 현상의 지속적인 변화를 의미한다. 만약 본질을 실체로 본다면 현상의 확립과 변화를 논할 수 없다고 본다. 그리고 개체는 다른 개체와의 연관 속에서 성립되기에 이를 연기(緣起)로 부르고, 그래서 [공과 연기]가 현상계의 모습[제법실상諸法實相]을 반영하는 [중도]라고 부른다. 존재를 형성하는 것은 공이며 한 존재는 다른 존재와의 관계를 맺고 변화한다. 이를 변화하는 존재와 관계의 미디어론이라고 부를 수 있겠다. 용수는 붓다에 의한 몇 명의 제자를 양성하는 이기적인 불교로서의 소승불교를 반대하고 대중을 상대로 하는 대승불교를 창시했다. 그러니까 전자는 소수의 수행자를 위한 수행 중심이고 후자는 지상에 파라다이스를 건설하려는 대중의 실천 중심이다. 다시 말해, 용수는 공을 개체의 절대 부재[없음]의 개념으로 보지 않고 개체 간의 관계인 연기론에 따라 공을 파악한다. 그러므로 용수가 보기에 공, 연기, 중도는 삼위일체로 볼 수 있다.

근대에 한국 최대의 선사로 추앙받는 경허(鏡虛)는 죽으면서 노래 한 수를 남겼다. 비구가 죽을 때 남기는 백조의 노래를 [임종게]라고 부른다. 죽으면서도 노래를 부르며 죽는다는 것은 도승들의 독특한 죽음의 방식이다. 프랑스의 석학 사르트르와 실존주의자들처럼 죽음을 두려워하지 않고 죽음에 초연하고 당당한 자세. 필자는 죽음을 인간이 다른 경지로 입장하는 하나의 입구라고 생각한다. 죽음은 각자의 체험이기에 그곳이 불구덩이인지, 꽃밭인지는 알 수 없다. 그런데 속인들은 죽음을 두려워하고 고통스럽게 생각한다. 이런 점에서 우리는 죽음에 대한 산중 비구의 태도를 배울 필요가 있다.

> 마음 달, 오직 둥근데
> 신령스러운 빛이 만상을 삼키고 있네.
> 빛과 사물이 다 텅 비었는데
> 다시 무슨 물건이 있겠는가.[12]

> 心月孤圓
> 光呑萬像
> 光境俱忘
> 復是何物

고 최인호의 역작 『길 없는 길』에 따르면 경허는 절간에서 노동하지 않고 와불(臥佛)처럼 잠만 자면서 누워서 도를 통한 비구인데, 이에 대해 스승은 아무런 제지나 간섭을 하지 않았다고 한다. 이미 그의 원대한 밥그릇을 알아보았다고 볼 수 있다. 득도를 했으니, 스승과 문답을 통해 검증을 받고 회중을 불러 법문을 설하도록 되었다. 이를 [야단법석]이라 한다. 그래서 경허는 자신의 출가 이후의 삶을 지성으로 도와준 어머니를 모시고 설법을 하게 되었는데, 괴팍하게도 회중 앞에서 설법을 하지 않고 어머니 앞으로 가서 바지를 내리며 어머니에게 오줌을 뉘어 달라고 했다. 그러자 어머니는 기절초풍하여 그 자리를 떠나버렸다. 이것이 경허의 육체의 설법이었다. 자식을 바라보는 어머니의 의식변화를 자기의 육체를 통해 회중에게 보여주었던 것이다. 진리를 전달함에 미흡한 고상한 말씀이 아니라 기원과

---

12) https://blog.naver.com/gjtmsla/222024821067

타락의 생식기(genitals)를 통해 오묘한 진리를 전달했던 것이다.

2.2 십우도(十牛圖)와 진리

십우도(Ten Bulls)는 선불교의 비구뿐만 아니라 인간이 진리를 체득하는 방법을 10가지 그림으로 제시한 것인데 진리의 미디어라는 점에서 검토해 볼 필요가 있다. 그 내용은 간단히 이러하다. [1] 소를 찾기, [2] 발자국을 발견, [3] 뒷모습, 혹은 꼬리 발견, [4] 소를 잡기, [5] 소를 끌고 가기, [6] 소를 타고 귀가, [7] 소는 없고 사람만 존재, [8] 소와 사람의 부재, [9] 강물은 흐르고 꽃은 만발, [10] 저잣거리의 대중과 소통. 십우도에 대한 해석은 다양하다. 누구의 해석이 탁월한지 절대적인 것은 없다. 각자의 해석이 본질적이고 원래적인 것이다. 인간은 누구나 진리 혹은 진실 혹은 지식을 추구하고 있다. 그것을 찾기 위해 단서를 찾는다. 그 단서를 발견하고 추적한다. 불철주야 연구와 실험 끝에 진리를 잡았다고 확신한다. 그것을 실생활에 적용한다. 그런데 그 일반화 과정의 진리가 오류가 있음을 발견한다. 백조 가운데 흑조(black swan)를 발견한 것이다. 여기서 [8]의 경우, 까다로운 내용이다. 소와 인간이 각각인 줄 알았는데, 인간과 진리가 다를 줄 알았는데, 알고 보니 소와 인간은 자연의 일부로 원래 아무런 의미가 없는 존재라는 것으로 볼 수 있다. 자연은 원래 여일하고 시장바닥의 인간들은 시끄럽다. 그런데 [10]의 경우 붓다가 깨달음을 전파하는 것으로 보는 식자들이 있다. 하지만 깨달음을 말/글이라는 미디어로 어떻게 전달할 수 있겠는가? 말/글은 거짓을 배태하고 있기에 붓다가 깨달음을 말하는 순간 우이독경(牛耳讀經)이 되는 수가 있다. 그래서 말/글은 절대적이 아님을 노자도 지적한 바가 있지 않은가? 도가도 비상도(道可道非常道). 개미들이 줄지어 먹이를 나르듯이 인간들도 줄지어 직장으로, 시장으로 달려간다. 인간들의 상황이 모더니즘에 의하든, 포스트모더니즘에 의하든 아무 상관이 없다. 그것은 인위적인 구분에 불과하기 때문이다. 여기에 제외되는 인간은 아무도 없다. 이 점을 히니의 「검은 딸기 따기」("Blackberry-Picking")에 적용해 보자.

> 8월 하순, 일주일 내내 비와
> 햇빛을 흠뻑 맞고 나면 블랙베리가 익었다...
> 처음에는 여럿 중에서도
> 딱 한 알, 윤기 나는 자줏빛 덩어리 하나가 유독
> 붉고 푸르게 단단해졌다, 매듭처럼
> 그 첫 번째 열매를 먹으면 과육이 달았다
> 진한 포도주처럼, 여름의 피가 그 안에 있어
> 혀에 얼룩이 남고 열매를 따고 싶은
> 욕망이 일었다, 이어서
> 붉은 것들에 검은색이 오르면 굶주린 욕망이
> 우리로 하여금 우유 통, 콩 통조림 통, 잼 통을 들고
> 달려 나가게 했다, 장화는 찔레장미에 긁히고
> 젖은 풀들에 물이 들었다, 우리는 그렇게
> 목초밭, 옥수수밭, 감자밭 이랑을 돌며 열매를 따
> 딸랑거리는 밑바닥은 덜 익은 것들로 채우고
> 그 위는 눈알처럼 불타는 굵고 검은 열매들로 덮어
> 통들을 가득 채웠다, 손은 가시에 찔려 화끈거리고
> 손바닥은 푸른 수염의 사나이처럼 끈적거렸다 [시인 류시화 역]

Late August, given heavy rain and sun
For a full week, the blackberries would ripen.
At first, just one, a glossy purple clot
Among others, red, green, hard as a knot.
You ate that first one and its flesh was sweet
Like thickened wine: summer's blood was in it
Leaving stains upon the tongue and lust for
Picking. Then red ones inked up and that hunger
Sent us out with milk cans, pea tins, jam-pots
Where briars scratched and wet grass bleached our boots.
Round hayfields, cornfields and potato-drills
We trekked and picked until the cans were full,
Until the tinkling bottom had been covered
With green ones, and on top big dark blobs burned
Like a plate of eyes. Our hands were peppered
With thorn pricks, our palms sticky as Bluebeard's.13)

자연 속에 "블루베리"는 익고 이 자연의 소산을 인간이 생존을 위해 채집한다. 이 "블루베리"는 인간의 식욕에 의해 몸속으로 들어가 인간의 일부가 된다. 그러므로 부인할 필요도 없이 자연과 인간은 일체화가 되는 것이다. 여기서 자연과 인간을 등장시킨 배후의 매체가 필요하지만 아무도 그 정체를 모른다. 빅뱅을 발생시킨 매체의 정체에 대해서도 무지하기는 마찬가지다. 그러나 삼라만상의 창조에 기여한 무엇인가가 존재하는 것은 분명 개연성이 있다. 이때 중세 스콜라학파(Scholasticism)와 스피노자가 정의한 [능산적 자연](Natura Naturans)과 [소산적 자연](Natura Naturata)의

---

13) https://www.poetryfoundation.org/poems/50981/blackberry-picking

개념이 상기된다. 전자는 초월적 실재인 하느님이 창조한 삼라만상을 소산적 자연이라 부르고, 후자는 자연을 창조한 초월적 실재를 능산적 자연이라 부르고, 그 산물인 개별적인 양태를 소산적 자연이라고 불렀다. 유신론의 경우 창조주와 인간 사이를 이어주는 매체는 자연이다. 인간은 자연 속에서 생존하면서 적자생존의 엄혹한 원리 속에서 창조주에 대한 섭리를 공고히 할 것이다. 구약의 경우, 이집트를 탈출하는 히브리인들을 돕는 창조주의 은총을 그려볼 수 있을 것이다. 하늘에서 식량[만나]를 내리고, 홍해를 반으로 갈라 추격하는 이집트군대를 익사시킨 경우를 생각해 볼 수 있다. 그러나 신약에서는 하나님이 세상사에 대해서 개입하고 있지는 않다고 생각한다. 물론 개입하지 않는 것이 하나님의 섭리인지 모른다. 오늘도 인간들은 보이지 않는 실재로서 인간의 운명을 좌우하는 미디어로서의 하나님을 그리고 있다.

이 작품에서는 자연에 대한 인간의 권리와 욕망을 인정하고 인생과 인간에 대한 초월적인 인식 대신 인간의 실존적인 욕망만을 그리고 있다. 그 이유는 세상의 진리는 초월적인 것이 아니라 현실적인 것이라는 신플라톤적인 관점과 조응한다. 시적 화자는 인간의 추상을 최대한 억제하여 실재에 비교적 가깝게 접근하려 한다. 인간의 생존본능에 의해 "블루베리"를 채집하여 먹고 그것을 활용할 생각을 하는 것은, 생각하는 인간의 습성으로서 "블루베리"를 먹으면서도 그 과일의 생물학적 가치를 망각하는 몽상에 빠지는 고질적인 사유의 습성의 현실을 거부하는 것이다. 물론 사물의 묘사에 충실한 시인의 경우 사고를 무한히 확대하여 초월적 사물을 건축하는 시인의 정상적인 본질에 반할 수도 있을 것이다. 이 작품에서 "블루베리"의 실재는 추상적 언어의 절제함 속에 어렴풋이 존재한다.

십우도는 서구의 다다이즘(dadaism)과 연관이 깊다고 볼 수 있다. 알다시피 다다이즘은 지금으로부터 100여 년 전에 스위스 취리히에서 일어난 예술 문화 운동이다. 프랑스어로 [목마를 의미하는바 이는 예술의 무목적성, 무의미를 의미한다고 본다. 자연의 왜곡인 예술의 무의미함을 고백한 것으로도 볼 수 있다. 그러나 이것이 인간의 본질이다. 그러면 인간은 자연을 왜곡하는 재현의 행위를 멈추어야 하는가? 인간은 목숨이 다할 때까지 자연에 전혀 영향을 주지 않는 의미행위를 멈추지 않을 것이다. 자연에 대해 무의미한 의미 활동의 지속이 인간의 사명이다. 인간의 활동이 천체 혹은 자연에 영향을 줄 수 있는가? 물론 있다고 보는 식자들도 있을 것이다. 지구의 핵폭탄을 모두 터트리면 천체에 영향을 주지 않을까? 발생할 확률이 거의 없는 그런 무시무시한 사건은 천체의 그야말로 수많은 은하계 가운데 행성 하나가 먼지로 소멸하는 데 불과하다. 이런 점에서 인간이 가질 마음의 자세는 소확행14)이다. 소소한 일상으로부터의 행복추구. 제1차 세계대전의 발발에 대한 예술의 무력감이 절실하게 드러난다. 이 참혹한 인간 살육의 전쟁 상황에서 예술 활동이 무슨 의미가 있는가? 그런데 전쟁이나 예술이나 모두 인간의 의미 활동이다. 이에 캔버스 위에 사물을 재현하는 대신 다양한 물질적 소재를 예술의 재료로 동원한다. 이런 점에서 여러 개의 오브제가 결합한 아상블라주(assemblage), 사진조각을 겹쳐 만든 [포토몽타주]처럼 예술행위의 다양성을 보여준다. 그리고 잡동사니들

---

14) 소확행이란 작지만(소소하지만) 확실한 행복을 말한다. 소확행의 유래는 1986년 일본 소설가 무라카미 하루키가 쓴 수필집 『랑게르한스섬의 오후(ランゲルハンス島の午後)』에 "소확행"이라는 단어가 등장한다. 소확행은 일본어로 "小確幸(しょうかっこ)"이고, 영어로 "little but certain happiness"라고 표현된다. 소확행을 예시하자면, 무라카미 하루키는 금방 구운 따뜻한 빵을 손으로 찢어서 먹을 때와 서랍 안에 반듯하게 정리된 속옷을 볼 때, 오후에 햇빛이 나뭇잎 그림자를 드리우며 브람스 음악을 들을 때 등이 있다. 일본 [버블](bubble) 경제가 무너지면서 경제가 장기 침체할 때 작은 행복을 추구한 심리가 담겨 있는 것이 무라카미 하루키의 소확행이다. [https://korean-dictionary.tistory.com/292]

로 캔버스를 구성한 콜라주(collage)도 당연히 이 운동에 속한다. 에른스트 (Max Ernst)가 콜라주의 대표주자이다. 다다이즘을 상기할 때 기성품을 예술품으로 제시한 뒤샹(M. Duchamp)의『샘』, 레이(M. Ray)의『선물』이 있다. 이후 20세기 중반에 명칭이 [네오 다다](Neo-Dada)로 바뀐다. 이는 기계의 인간대체, 공동체로부터 개인의 소외 문제를 지적한다.

십우도와 다다이즘이 하나는 구전으로 또 하나는 현대적인 경향으로 상호 유리된 것처럼 보이지만 사실상 인간사회에서의 절대적인 욕망을 반영하고 있다. 이 욕망은 진리추구에 대한 인간의 질긴 욕망을 상징한다. 그런데 전자는 [소]라는 이데아를 통한 진리추구의 길을 제시한 반면 후자는 [재현]을 통한 진리추구의 길이 단절되어 있음을 제시하고 유희적 행위를 보여준다. 또 전자는 인간의 의식을 집중하여 진리를 향한 끝없는 추구를 위한 종교의 온상이 되며, 후자는 진리라는 허수아비에 대한 우상파괴주의의 파격(破格)을 보여준다. 전자는 아직도 진리를 신봉하고 무아지경 속에 빠져있지만, 후자는 그것을 포기하고 산업혁명, 르네상스로 이어지는 계몽주의적 기획(the Enlightenment Project)을 추진하는 이성과 논리에 기초한 과학에 인간의 운명을 맡긴다. 인간의 문화는 돌, 나무, 청동, 철기시대를 거쳐, 전기, 핵에너지, 전자시대로 이어지고 있다. 이 과정에서 수많은 문화의 명멸이 역사책에 기록되어 있다. 알다시피,『서양의 몰락』(the Decline of the West)을 집필한 슈펭글러(Oswald Spengler)는 각 문화는 인간영혼의 창조력의 표현이며, 이것이 고갈될 때 문화가 몰락했다고 본다. 지나고 보니 그의 말은 일리가 있다.

문화는 자연처럼 외재적인 것이 아니라 내재적인 것의 외재적 전이 혹은 표현이기 때문이다. 문화행위의 일환으로서 일상대화는 마음속에서 구성되어 입을 통해 발산되지 않는가? 그러나 인간의 창조력은 끝이 없다.

아마 지구라는 행성이 천체에서 사라질 때까지 계속될 것이다. 21세기부터는 인간의 시대가 아니라 아바타의 시대가 될 것이라고 예견된다. 아니 이미 도래한 것 같다. 문화의 미디어의 소재인 돌, 나무, 청동, 철기를 이용하여 생존해 온 인간의 고달픈 작업들을 자동기계, 로봇, 인조인간, 인공지능이 담당하는 것이다.[15] 현재 이런 방향으로 지구촌의 문화화가 진행되고 있다. 인간의 두뇌기능을 반도체 칩이 담당하고 있지 않은가? 결국 인간은 인간의 지능에 버금가는 고도로 발달한 알고리즘을 장착한 기계의 반란으로 몰락하지 않을까 생각해 본다. 컴퓨터의 메모리와 스마트폰의 버전은 나날이 발전되고 있지 않은가? 지상에서 하나님의 경지를 향해 인간이 세운 공든 탑의 건설에 동원된 언어의 혼란이 아닌 기계의 반란에 의해서 그 탑이 무너지는 일이 발생할 수 있을 것이고, 이는 인간과 기계의 부조화, 즉 미디어의 역기능으로 인함이다. 실제로 이런 일이 발생하고 있다. 현재 정상적으로 운행 중이었던 자동차가 원인을 모르는 급발진을 일으키고, 앞으로 자율주행차가 인간의 의도를 벗어나 자율적으로 운행하는 사건들이 발생할 것이다. 자동차의 핸들을 인공지능에 빼앗긴 인간들은 무력하게 죽을 수밖에 없을 것이다. 혹은 인간이 사이보그와 결혼생활을 하다 사이보그 파트너에 의해 집에서 추방되는 사건이 일어날 수도 있을 것이다. 역사적으로 인간이 자기 손으로 자기 눈을 찌른 경우가 허다하지 않은가? 대표적으로 오이디푸스가 그랬다고 하고, 아니 인간의 삶이 외재적, 내재적으로 매일 자신을 갉아먹는, 자신을 혹사하는 일이 아닌가?

---

15) 현대를 기계의 시대로 바라본 질베르 시몽동(Gilbert Simondon)의 견지에서, 자동로봇은 인간을 필요로 하지 않기에 [닫힌 시스템]이며, 진정한 기계는 생명체처럼 외부정보 혹은 자극에 대한 감수성을 지닌 [열린 시스템]이다(『현대 프랑스 철학사』 97-98).

2.3 정신분석과 미디어

생각하는 주체 혹은 의식적인 자아가 자아의 본질임을 주장한 데카르트에서 인간의 무의식을 발견한 프로이트로 이어진다. 다시 말해, 내가 존재함에 대한 의심과 회의를 가지는 의식적인 명정(明靜)한 주체가 인간의 정체성이라는 주장에서 나아가 의식을 뒷받침하고 있는 무의식이 의식의 매트릭스임을 의미한다. 그러나 의식과 무의식은 단절되어 있기에 양자를 중개하는 미디어가 바로 전의식(pre-consciousness)이라는 것이다. 그리고 우리가 대화 중에 상대와 농담을 하거나 거짓말을 하거나 욕설을 하거나 모두 무의식과 연관이 있으며, 일상 가운데 실수를 하는 경우도 무의식과 밀접한 연관이 있다. 그것들은 의식이 검열하지 못한 무의식에 내재된 진실의 편린(片鱗)일 수가 있다.

인간 공동체의 기초를 구성하는 가정을 확대 재생산하는 미디어의 원리로서 오이디푸스 콤플렉스가 작용한다. 물론 [反-오이디푸스](anti-Oedipus)를 주장하며, 프로이트의 원리를 독선적 폭력적이라고 주장하는 들뢰즈(J. Deleuze) 같은 식자들도 있다. 그런데 들뢰즈의 분열(schizophrenia)의 원리는 잘못하면 공동체가 와해되거나 나무뿌리처럼 여러 갈래로 욕망이 분열됨을 의미하는 리좀(rhizome)사상에 의한 자유분방, 그 혼란의 참상을 맞이할 수 있을 것이기에 오이디푸스 콤플렉스는 공동체를 구성하는 필요악(necessary evil)의 원리로 볼 수 있고, 인간이 매일 먹는 음식이 도로 인간의 세포와 혈관을 산화(oxidation)시킴으로써 해를 끼치는 되는 이중구속(double bind)의 원리로 기능한다고 볼 수 있다. 어머니와 심신일체로서의 자궁 속의 아들은 어머니를 떠나 새로운 여자를 맞아 가정을 구성해야 하는 것이다. 물론 여기서 어머니는 아들과 아빠

사이의 경쟁 매개체로 역-기능한다고 볼 수 있다. 이때 아들은 어머니와 일심동체의 [생물학]적인 관계였고, 엄마와 아빠의 관계는 [사회적]인 관계에 불과하다.

〈프로이트로 돌아가자!〉(Return to Freud!)며 프로이트에 애정을 보인 라캉(J. Lacan)은 프로이트의 이론에 소쉬르(F. Saussure)의 기호학을 융합하여 독자적인 이론을 창안하였다. 그러니까 상호텍스트성(inter-textuality)에 의한 이론의 창조인 것이다. 그런데 라캉은 자기가 창안한 정신분석학적 원리를 수학적 기호[수학소]를 이용하여 표시하기에 독자들이 이해하기에 상당히 까다롭다. 심지어 하버드 대학원생들도 그의 명저 『에크리』(Écrits)를 읽다가 창밖으로 내던질 정도로. 일단 그의 난해한 이론 가운데 [거울이론]을 들 수 있다. 거울은 [실제의 나]와 [거울 속의 나]를 가로막는 미디어이자 장벽이다. 나를 확인하는 수단은 거울이다. 그리하여 나는 거울 밖의 나와 거울 속의 나[이상적 자아 ideal ego in narcissism]로 분열된다. 이는 실재와 의미의 관계로 치환해 볼 수 있다. 실재의 정체성에 대해 인간들이 의미에 더 비중을 두듯이. 이때 거울이라는 미디어는 타자의 시선으로 교체할 수 있다. 그러니까 인간은 자아인식의 미디어로서의 타자의 시선을 통하여 분열된 자기의 정체성을 확인하는 셈이다.

여기서 그림에 제시되는 여러 가지 자아를 규정해 보는 것이 좋겠다. 물론 여태 이 그림에 대한 다양한 의견들이 난무하는 실정이며, 독자들도 한번 생각해 볼 수 있

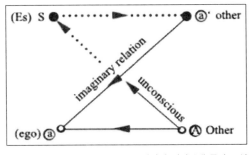

라캉의 진리부재 증명 도식

겠다. 에고(ego)가 거울을 통해 상상적 자아[other]를 그리고, 실제로 진리와 거리가 멀지만 진리인 척하는 큰 타자[Other]는 에고의 무의식을 차지하고, 타자의 담론으로 가득 찬 무의식의 큰 타자는 작은 타자에게 영향을 준다. 실재와 자아를 파악하는 상징적, 언어적 자아인식의 저장소인 큰 타자는 사실상 어불성설[진리가 아니라 타자의 담론]이므로 좌절될 수밖에 없다. 이런 점에서 소크라테스 이래 구축된 인간에 대한 인식은 모두 폐기 처분되어야 할 것이다. 불확실하지만, 만약 소크라테스가 [너 자신을 알라!]라고 말했다면 지금 즉시 답변할 수 있다. 나 자신은 내가 아니라 타자이다. 인간이 탄생하는 순간 큰 타자의 내용인 관습, 전통, 언어에 포섭되어 사실상 인간에게서 진리, 진실, 실재 혹은 물자체는 사라진다.

삶의 동기에 대해 프로이트는 성애를 제기한다. 성욕(libido)은 지상의 공동체를 구성하는데 마르크스(Karl Marx)가 이야기하는 토대(base structure)가 된다. 성욕의 결과가 인간의 탄생을 유발하고 지상에서 인간의 세대가 유지될 수 있는 것이다. 만약 인간이 태어나지 않는다면 지상에서의 인간의 문화는 종말을 고할 것이다. 그런데 지금 한국이 인구절벽의 시대를 맞이하고 있으며 얼마의 세월이 흐른 후 한국인의 대가 끊어질 수 있을 것이다. 한국의 남과 북의 산맥을 오르내리던 호랑이가 사라졌듯이. 그래서 인간은 상호 유혹한다. 포용하고, 화장하고, 밀어를 속삭이고, 선물을 주고, 세레나데를 부른다. 이것이 종족보존을 위한 일종의 문화적으로 위장한 동물적인 본능이다. 그림형제의 동화에 나오는 밀가루로 위장한 늑대의 발처럼. 이에 반해 라캉은 삶의 동기를 욕망의 결핍으로 본다. 인간이 무슨 일을 하든지 욕망을 완전히 충족시킬 수는 없다는 것이다. 만약 욕망을 완전히 충족시켰을 경우 인간은 죽고 만다. 불교의 경우, 욕망의 소멸을 의미하는 니르바나를 성취했을 때 지상에서의 삶의 동기를 상실할 것이다.

신통력, 영토, 명예, 부, 지위, 미인, 학문을 차지한 마당에 더 이상 지상에 머물 이유가 있겠는가? 인간들이 지상에 사는 이유는 결핍을 보충하기 위하여 아등바등 살아가는 것이다. 좀 더 맛있는 음식을 먹기 위하여, 백마 탄 왕자를 기다리며, 좀 더 아름다운 여인을 만나기 위하여, 좀 더 돈을 벌기 위하여. 좀 더 유명해지기 위하여. 또 한 가지 이유는 타자의 욕망, 즉 인류, 국가, 가족 등의 욕망을 충족시키기 위해서이다. 국군은 나라를 위하여 희생하고, 가장은 가정을 위하여 희생하고, 국회의원은 지역주민들을 위해 헌신해야 한다.

인간이 욕망을 가지는 이유는 어미와 유아가 일심동체에서 분리됨으로부터 시작되었다고 본다. 그것은 두 차례에 걸쳐 발생한다. 첫 번째, 어미의 자궁에서 유아가 분만될 때, 두 번째, 유아가 어미로부터 젖을 뗄 때이다. 그러나 유아가 아스팔트로 포장한 메마른 사회시스템으로 진입하기 전에 어미의 달콤한 품 안을 결코 잊지 못한다. 여기서 욕망의 결핍이 발생하고 불만이 생긴다. 그리고 이를 나중에 회복 혹은 보상받으려 한다. 그러나 이러한 시도는 좌절되고 어미의 자궁, 어미 젖가슴의 추억은 무의식에 내재한다. 이 원초적인 불만 혹은 결핍을 라캉은 [작은 대상 에이](*petit objet a*)라고 부른다. 유아가 성장하여 아비의 지엄한 명령으로 집을 떠날 때 어미에 대한 그리움은 극대화된다. 가정을 떠나 사회시스템에 편입된 아이는 아버지의 세계인 상징계의 인격으로 대체된다. 그리하여 주체[S]의 욕망을 거세한 새로운 주체가 탄생된다. 이른바 [빗금 친 주체](crossed S)이다. 만약 주체가 거세되지 않는다면 각자의 욕망이 거침없이 분출하는 카오스의 세계가 열릴 것이다. 영화『매드 맥스』(*Mad Max*)를 보면 제어되지 않는 욕망의 향연이 펼쳐진다. 거침없이 질주하고 살육하고. 그러므로 상대적 자유를 지향하는 상생을 위하여 욕망의 거세(castration)는 불가피한 선택이자 사회적 명령이다. 거세행위는 여러 장소에서 여러 가지 문화적인 형태로 벌어진다. 가정, 학교, 교회, 군대, 병원, 궁궐, 자연. 여기서 자연에 의한 인간 탐욕에 대한 거세가 미흡하기에 지금의 환경재앙이 발생한 것이다. 온난화(global warming)의 주범인 이산화탄소의 무분별한 배출, 환경오염의 주범인 플라스틱의 무한정 생산, 음식물 과잉섭취로 인한 음식 쓰레기의 양산.

　주지하다시피, 라캉은 세상의 체계를 세 가지로 구분하였는데 이 세 가지가 모두 연결되어 있다. 이를 [보로메오 매듭](borromean knot)이라고 부른다. 상상계 ― 상징계 ― 실재계. 사물의 원본이 실재계이고, 이를 아무렇게나 생각하는 것이 상상계이고, 상징계의 기호에 포섭된다. 이를 도표로 그리면 다음과 같다. 실재계는 기호로 변환되고 인간사회를 의미하는 상징계에 대한 의미분석이 상상계에서 이루어진다. 그런데 이 공식도 사실 플라톤 식 패러다임의 패러디가 아닌가 싶다. 그것은 실재계는 모방 이전의 진리 혹은 원본을 의미하고, 이 진리를 임의로 상상하여 그것을 상징의 형태, 즉 예술로 재현하는 것과 같기 때문이다. 물론 라캉은 유아가 상징계의 세상을 아무렇게나 생각하는 상상계에 빠진다고 했다. 그러므로 유아는 세상을 무한의 범위로 상상하다가 성인기에 이르러 세상을 유한의 범위 내에서 상상한다. 소쉬르의 언명에 따라 실재계와 기호가 임의적 관계를 유지함으로써 득도의 상황인 언어도단의 현실이 미리 발생한다. 유아가 "엄마"라고 말할 때 젖가슴의 온기를 느끼던 실재로서의 "엄마"는 상징적, 기호적 "엄마"가 아닌 것이다. 인간이 일상을 위하여 사용하는 기호는 인간을 진리의 세계인 실재계로 인도하는 데 미흡한 미디어에 불과하다.

실재계 ≠ 기호 ─ 상징계[기표]
─────────
상상계[기의1, 기의2....기의n]

그러므로 실재계에 대한 접근은 관습적인 기호가 아니라, 내재적인 침묵, 명상, 광기, 이심전심의 믿음으로 추구된다. 물론 이 내재적인 침잠의 행위들이 상상계에 속한다는 것은 당연하다. 실재계는 기호의 그물에 갇히는 듯하지만 어느새 그물 사이로 **빠져나간다**. 그러므로 실재를 재현하는 기호라는 미디어는 자가당착에 빠지는 것이다. 마치 인간의 영혼이 육체의 그물에 갇혀있는 듯하지만 그 질긴 그물에서 유유히 **빠져나가듯이**. 한 물질이 다른 물질의 형태로 바뀌는 실재계로의 환원.

생물학적으로 남녀를 구분하는 것은 페니스의 유무이다. 이 생물학적인 페니스는 문화적인 명칭으로 거듭난다. 이것이 남근을 의미하는 팔루스(phallus)이다. 프로이트에 따르면, 남근을 가지고 있는 남자는 거세공포를 느끼며 살고, 여자는 페니스 선망(penis-envy) 속에 살아간다. 그러나 양자는 태어나자마자 [아버지의 법] 속에 갇힌 수인(囚人)이 되어 사회에 적합한 개성의 방에 구속된다. 이것이 양자가 복종해야 할 팔루스의 체제로서 전통, 제도, 관습, 종교를 망라한다. 따라서 팔루스는 상상계가 아니라 상징계에서 주체형성의 기표로서 양자는 팔루스의 법을 내재하여야 상징계에서 존재할 수 있다. 그러니까 인간은 팔루스의 그물을 벗어날 수 없고 단지 그 자유를 갈망할 뿐이다. 성경적으로 하나님이 모세에게 내린 십계명은 인간다움(what a human-being would be)을 확정하는 팔루스의 계명이다. 이외 팔루스의 의미에 대해선 여러 가지 비약적인 해석이 난무한다.

2.4 소통의 알고리즘: 은유와 환유

언어학자 야콥슨(R. Jakobson)은 소쉬르의 문장구조원리인 [선택의 축](axis of selection)과 [결합의 축](axis of combination)을 차용하여 색다른 원리를 만들었다. 전자는 문장 속의 낱말을 화자의 의도대로 교체하는 것이고 후자는 낱말의 결합인 문장의 완성을 의미한다. 카사노바의 경우, "나는 에밀리를 사랑했다"고 표현했을 때 "에밀리"의 자리에 다른 여자이름, 즉 엘리자, 제니 등으로 대체할 수 있을 것이다. 이 낱말들을 대체하는 데 중요한 원리는 유사성이다. 하나의 논리적인 문장을 만드는 것은 상호 연결될 수 있는 낱말의 결합이다. "나는 에밀리를 사랑한다"라는 문장은 인접한 낱말들이 제대로 결합되어 있지 않은가? 이렇듯 말/글은 의식적으로 낱말을 선택하여 결합시켜 표현되는 것이다. 문장을 무의식의 저장고에서 선택하여 의식에 노출된다는 점에서 프로이트의 알고리즘을 닮는다. 그러니까 언어는 무의식 ─ 전의식 ─ 의식의 과정을 거쳐 초자아(super-ego)의 검열을 받아 리비도를 거세하고 공동체에 적합하게 지상에 등장한다.

야콥슨에 따라 대체성을 중시하는 은유는 유사성의 원리를 존중하고, 환유는 인접성의 원리를 존중한다. 환유는 사물에 대한 재현이 부족하나마 말/글을 재현하는 기능을 하기 때문이다. 부분으로 전체를 보여주기. 인간이 어떤 사물에 대해서 말할 때 그것을 완전히 정확하게 말하는 것이 아니다. 나아가 아무리 만물박사라고 해도 진리에 대해서 말할 때 장님이 코끼리 만지듯 하지 않는가? 사건에 대해 진술을 하더라도 그 사건과 일치된 진실을 기대하기 어렵다. 〈내 마음은 천국이다〉에서 [천국]은 [내 마음의 은유]이다. 시의 경우 낱말의 대체를 통한 논리의 비약과 파격을 시도하므로 은유를 중시하고, 소설의 경우 말꼬리를 계속 이어나가야 한다는 점에서 환유를 중시한다. 환유는 사물을 드러낸다는 점에서 무엇을 상징한다. 테레사는 천사를 상징하고, 간디는 무폭력을 상징한다. 이런 점을 예이츠의 「레다와 백조」("Leda and the Swan")에 적용해 보자.

갑작스러운 급습. 큰 날개를 여전히 퍼덕이며
비틀거리는 여인 위에서
시꺼먼 물갈퀴로 그녀의 허벅지는 유린되고
부리로 목덜미를 붙들려,
그것은 무력한 그녀 젖가슴을 끌어안는다.

겁먹은 당황한 손가락들이 점점 느슨해지는
허벅지로부터 깃털로 장식된 영광을 어찌 뿌리칠 수 있으랴?
어떻게 저 흰 것의 습격으로 눕혀진 육신이, 그 이상야릇한
심장의 박동을 느끼지 않을 수 있으랴?

허리의 전율이 거기서
무너지는 성벽과, 불타는 지붕과 망루를 낳고,
그리고 아가멤논은 죽는다.

하늘의 잔인한 피에
그렇게 사로잡혀, 그렇게 정복당했으니,
그녀는 그 무관심해진 부리가 그녀를 버리기 전에
그의 능력과 함께 그의 지식을 얻었던가?

A sudden blow: the great wings beating still
Above the staggering girl, her thighs caressed

By the dark webs, her nape caught in his bill,
He holds her helpless breast upon his breast.

How can those terrified vague fingers push
The feathered glory from her loosening thighs?
And how can body, laid in that white rush,
But feel the strange heart beating where it lies?

A shudder in the loins engenders there
The broken wall, the burning roof and tower
And Agamemnon dead.

              Being so caught up,
So mastered by the brute blood of the air,
Did she put on his knowledge with his power
Before the indifferent beak could let her drop?[16]

주지하다시피, 이 작품에 대한 영미 평론서의 언급은 인간과 조물주와의 관계로 도배되어 있다. 신과 인간의 미디어로서의 종교의 탄생을 언급하고 있다. 왜 신은 지상에 있는 인간에 대해 신경을 쓰고 지상으로 하강할까? 자기-충족적인(self-sufficient) 초월적인 신이 무엇이 아쉬워 자기-결핍적인(self-insufficient) 인간에게 신경을 쓰는 것일까? 이것이 근본적으로 미스터리한 일이다. 그냥 천상에서 복지와 복락을 누리실 조물주가 거칠고 험한 지상에 내려올 목적이 있는가? 혼란과 무질서의 지상에 사는 인간들은 인간대로 아웅다웅 제멋대로 살아가면 될 것 아닌가? 굳이 전능하

---

16) https://www.poetryfoundation.org/poems/43292/leda-and-the-swan

신 조물주가 종교를 통해 인간들을 신자와 불신자로 나누어 헤게모니(hegemony)를 다툴 이유가 있는가? 그럼에도 인간의 신, 조물주, 창조주에 대한 경외심은 목숨을 걸 정도로 극진하다. 그런데 죽은 뒤에 그 지극한 충성심에 대한 어떤 보상이 주어질지 또 알 수 없으니 안타까운 일이다. 또 그 비물질적인 피안의 세계에서 달러, 금, 은, 보석, 명예, 관직이 무슨 소용이 있겠는가?

　인간이 창조주를 믿는 이유는 혹은 그 미디어인 종교를 갖는 이유는 세계의 모든 사물이 쌍(pairs)으로 구성되어 있음에 근거한다. 빛과 어둠, 남과 여, 물질과 암흑물질, 해와 달, 믿음과 불신, 그렇다면 인간과 신이 양립하지 않겠냐는 것이다. 이것도 지상의 현상을 근거로 유추함에 불과하다. 미지수를 구하는 방정식의 관점에서. 그리고 인간이 그 존재의 원천으로서 신을 믿지 않는다면 누굴 믿겠는가? 수원(水源) 없는 도도한 강물이 어디 있던가? 이런 무한한 상상의 영역으로 확산되는 미분적 관점에서. 그런데 신 가운데 믿어볼 만한 신은 전통과 토대의 차원에서 신뢰가 가질 않아 선택하기 어렵고, 그 수행과정이 너무 고달프고 그 내용이 너무 난해하여 인간들은 마음속으로 그저 흠모만 할 뿐이다. 신과 같은 존재로서 붓다의 경우, 그의 설법을 기록하고 제자들이 덧붙인 주석서가 산스크리트(sanskrit) 혹은 한자로 기록되어 심오한 학자들조차 그 내용을 파악하기 어렵다. 누가 금강경과 반야심경을 통독하고 의미를 파악하겠는가? 한국에는 무려 팔만대장경이 신자들의 방문을 기다리며 붓다로 향하는 장애물로 버티고, 신자들을 주눅 들게 한다. 이 정전을 한번 완독하는 것도 쉽지 않고 그 전체의 의미를 누가 알 수 있겠는가? 설사 그 의미를 파악한들 신에 버금갈 경지를 얻을 수 있다고 장담할 수 있겠는가?

　이에 반해 선종은 정전의 탐독을 반대한다. 왜냐하면 정전을 읽거나 붓다나 조사들의 고견은 도를 향한 또 하나의 걸림돌이 된다는 것이다. 그래서 선승들은 살불살조(殺佛殺祖)를 모토로 삼는다. 이심전심(以心傳心)을 득도의 모델로 삼는 붓다를 만나면 붓다를 죽이고 고승을 만나면 고승을 죽이고. 붓다에겐 의사전달 수단으로서 표상이 아니라 마음이 미디어인 셈이다. 그리고 선승은 황당무계한 공안[koan]을 벗 삼아 토굴 속에서 무기한의 장기 명상에 들어가야 하는 것이다. 그리하여 식음을 전폐하면 일어나는 증상들, 즉 환상, 환청, 관절의 통증, 마비 등, 인내의 한계를 극복하고, 어느 순간 육감(sixth sense)을 체득하고 이를 선시로 표현하여 만방에 공표하고, 산사로 내려와 고승과 헛소리 같은 선문답을 하고 이심전심의 공인을 받은 후, 전국 사찰의 초청을 받아 설법하고 그 사례를 받아 거처로서의 암자를 구하고 그곳을 바탕으로 생계를 유지한다. 그리고 그 독하고 독한 수행으로 인한 유명세로 인해 팔도의 여인네들이 이기적인 목적으로 머리에 쌀을 이고 시주 돈을 들고 자진해서 방문한다. 필자를 포함하여 독자들은 과연 3년 동안 골방에서 죽을 먹으며 명상을 할 수 있겠는가? 인간 가운데는 연약한 근육으로 철사를 절단하고, 밧줄로 버스를 연결하여 이를 입에 물고 버스를 끌고, 손날로 돌멩이를 격파하는 초월적인 능력을 가진 사람들이 있다. 수년 동안 드러눕지 않고 앉아서 명상수도 했다는 해인사의 성철 조사. 그러니까 속세와 무관한 척하면서 속세의 경제를 의지하는 것이 오늘날 불교의 모습이다. 속세를 떠난 수도승이 저잣거리에서 왜 탁발을 하겠는가? 그러니 붓다가 심신극복을 위한 극도의 수련으로 인하여 기진맥진하여 거의 사망할 무렵 지나가는 어느 여인이 주는 죽사발을 먹고 정신을 차렸다고 하고, 이후 극과 극, 즉 영/육에 대한 중도(middle path)를 솔직하게 고백한다. 육신이 없으면 정신이 없음을.

반면에 기독교의 경우, 한층 실용적이다. 무조건 예수를 믿으면 천당

간다는 것이다. 그리고 유럽의 5천 년 역사가 기독교 역사이며, 이슬람 세력에 정복된 예루살렘을 회복하기 위해 무수한 신자들이 희생된 십자군 (crusades) 원정, 창조주에 대한 믿음은 유럽 곳곳에 있는 어마어마한 규모의 성전으로 실천되었다. 예로 성 베드로 대성전은 백 년 이상 건축한 인간의 바벨탑이다. 수학자 파스칼은 명상록에서 기독교의 경제적인 관점에서 구원의 원리를 설파했다. 유럽인들이 하도 기독교를 믿지 않으니 생각해낸 포교(mission)이다. 그것은 믿져도 본전이니 믿어보라는 것이다. 죽을 때 간단하게 〈나는 예수님을 믿습니다! 할렐루야!〉라고 고백하면 천국에 입장할 수 있다는 것이다. 얼마나 간단한 내세를 위한 처세술인가? 이것을 파스칼의 내기(Pascal's wager)라고 한다. 그러나 천주교나 기독교도 여러 가지 파행적인 사건들로 얼룩져 있다. 과도하게 엄격한 형식주의, 천국행 티켓 판매, 성직자의 타락과 부패, 마녀심판(witch trial), 권력과 타협 등.

　다시 시작품으로 돌아가, 신들이 인간을 창조함으로써 벌어지는 살육의 현장을 시적 화자가 질타한다. 트로이와 그리스 전쟁의 비극적 참상을 도입한다. 전쟁의 원인은 주로 인간의 자만과 명분에 의해 자행된다. 트로이 전쟁 또한 그러하고, 제1차, 2차 대전이 모두 그러하다. 남는 것은 파괴의 쓰레기 더미, 시체 더미, 경제의 손실, 심리적 충격, 후유증. 그러면서도 계속 전쟁이 벌어진다. 이것은 모두 신이 인간을 창조한 탓이다. 전쟁은 과학의 원리를 따른다. 강한 에너지가 약한 에너지를 향해 흐르듯이. 그래서 약한 에너지는 강한 에너지의 포로가 된다. 중력의 원리도 마찬가지다. 새들도 영구히 공중에 날지 못하고 지상에 낙하하지 않는가? 지구보다 중력이 약하기 때문에. 그것을 한국의 역사에서 입증해 주고 있다. 임진왜란, 병자호란, 6.25남침. 그러니까 전쟁을 방지하기 위하여 강한 에너지를 보유하지 않을 수 없고, 평화는 어디까지나 강한 에너지를 전제로 한다. 대화나 교류로 평화를 담보할 수 있다는 것은 정상배(政商輩)의 감언이설(甘言利說)에 불과하다. 에너지가 넘치면, 중력이 약한 데로 흘러가는 것이 자연스러운 현상 아닌가? 그러니까 피식민지 백성들은 사실상 자연의 원리의 희생자인 셈이다. 그래서 탈-식민주의, 반독재를 입으로 외쳐봤자 피지배자의 저항 에너지가 증강되지 않으면 수포로 돌아간다. 이런 점에서 북한은 남한보다 더 강력한 핵에너지를 가지고 있다. 이것을 대화, 화해로 해결하려는 시도는 대단히 위험한 발상이다.

시적 화자는 세속적인 인간이 천상의 의도에 따라 초월적인 신과 결연을 하였다면 인간의 삶을 이렇게 비참하게 방치할 수 없다고 본다. 이런 점에서 아일랜드와 영국의 종속적인 관계가 상기된다. 물론 약자인 전자는 강자인 후자에 의해 많은 고통을 받았을 것이다. 그런데 인간이 신으로부터 영성의 조각이라도 받았다면 어떻게 현실이 이렇게 고통스러울 수가 있는가에 대해 시적 화자는 절규한다. 그런데 현재 인간은 신의 능력과 신의 지식을 하나씩 발굴하여 현실에 재현시키고 있다. 복지(well-being)라는 명분으로 인류는 자신들의 노예로 저항하는 인간 대신 철저히 복종하는 사이보그, 로봇, 인공지능, 자동기계를 만들어 수명을 반영구적으로 연장하고, 암 퇴치 및 노화(aging)를 방지하여 무한한 청춘을 향유하려고 한다. 물론 현재에도 그렇지만 공장에서 실수투성이이고 불만투성이인 인간들이 차지하는 비중은 점점 줄어들 것이며 기업의 노동조합은 유명무실하게 될 것이다. 그리하여 국가가 체제유지를 위하여 불가피하게 세금으로 국민에게 생계비를 줘야 할 것이다. 인간의 교육은 박식한(omniscient) 인공지능이 담당하여 인간의 의식을 지배할 것이다. 일본의 경우, 고령화가 심화되는 요즘, 독거노인의 말벗이 되어주고, 일상을 도와주고 있는 인공지능 로봇을 TV에서 본 적이 있다.

인간은 파우스트이며 이 인간에 버금가는 혹은 더 우수한 고등지능의 발명품들이 메피스토펠레스(Mephistopheles)가 되는 셈이며, 결국 인간은 노동현장에서 자동기계로 대체되어 무한한 휴식으로 근육의 소실, 잉여향락으로 서서히 쇠퇴해 갈 것이다. 여기에 신은 모른척하며 인간 스스로 선택한 운명을 감수하도록 내버려둔다. 그것은 이미 태초에 결정되어 있었다. 나르시시즘(narcissism)의 향연과 비극. "하늘의 잔인한 피"에 함축되어 있듯이, 물론 이에 대한 해석은 자유이지만, 신은 인간을 반신반수(half-god and half-animal)로 만들어 인간을 끊임없이 번민케 하고 인간 가운데 실존주의자들(existentialists)처럼 유달리 감수성이 예민하고 자기반성적인 소심한 인간은 자기정체성에 혼란을 느끼고 스스로 탈-중심화되고, 무리로부터 소외된다.

나아가 은유와 환유는 인생의 원리라고 본다. 세상은 매일 대체(displacement)된다. 인간은 늘 대체된다. 하루에 수억대의 세포가 대체되고 생각이 다른 생각으로 대체된다. 직장의 자리가 대체되고 배우자도 대체된다. 시간이 흐르면 공간은 다른 것으로 대체된다. 수십억 년 전에 생존했던 지상의 최강자인 공룡도 인간으로 대체되지 않았는가? 환유는 부분으로 전체를 보려는 것이다. 인간이 인간, 자연, 신을 전체적으로 안다고 하지만 사실은 부분적인 것으로 전체를 호도(糊塗)하고 있다. 인간은 인간을 대체하고 인간과 인간은 상호 연결되어야 인간구실을 한다. 인간은 매일 인간을 대체, 즉 해고와 채용, 출생과 죽음을 반복하면서 나아가고 이 상황은 인간관계의 그물에 얽혀있다. 그러니까 인간은 애초에 자유와 실존 같은 해방의 개념과 사실 무관한 셈이다. 차안과 피안의 두 세계에서 전자를 체험하고 후자를 동경하거나 두려워하는 피지배인들이다. 그러니까 인간이 향유하는 자유는 구속의 자유인 셈이다. 가정의 구속, 사회의 구속, 은총의 구속, 환생의 구속. 무신론자의 경우 자연의 물질에 구속되는 셈이다. 기독교인들의 경우, 예수님의 가호 아래 사슴과 사자가 함께 뛰노는 천년왕국의 백성이 되어야 하고, 불교의 경우, 윤회의 바퀴를 굴리며 지상에서의 인과(因果) 혹은 업(karma)에 따라 인간이 돼지로, 돼지가 인간으로 환생(re-incarnation)해야 하는 것이다.

2.5 천상과 지상의 미디어: 어린 양(Agnus Dei)

기독교의 관점에서 천상과 지상의 관계에 대한 예나 지금이나 인간들의 반응은 지상에서 천상으로 나아가야 하는 과정에서 그 피안의 문턱을 넘어서 천국에 거할지 지옥에 거할지에 대한 두려움이다. 인간은 인간에게 쾌락을 부여했던 감각의 육체를 가지고 천상으로 들어갈 수 없기에 육체를 버리고 가야 한다. 그런데 인간은 육체에 대한 미련을 버리지 못하고 지상에서 오래 머물기 위하여 육체의 성능을 개선하기 위하여 전력을 다하고 있다. 암을 대처하고, 사고를 예방하고, 비타민을 매일 복용한다. 그러나 인간의 쾌락은 대부분 의식주에 국한되며, 학문이나 예술에 쾌락을 느끼는 자들은 소수에 불과하다. 이 와중에 인간은 진리를 찾아서 온 세계를 탐험한다. 그러나 대기권 닫힌계 안에서 어디로 가야 하겠는가? 들판으로, 강으로, 산으로, 바다로, 우주로 나아가면 진리를 발견할 수 있겠는가? 지난 5백여 년 동안 인간은 지상에서 생존하기 위하여 지하의 광물과 석유를 남용하여 점점 고갈시키고, 지구의 하늘을 이산화탄소로 가득 채워놓고, 그 결과 지구의 온난화로 이상재해가 자주 발생하고, 이 와중에 강대국들은 지상의 헤게모니를 차지하기 위해 지구를 몇 개나 파괴할 핵폭탄을 창고에 보관하고 있다. 거기다 현재 백신이나 치료제가 없는 상태에서 전 세계 주민들이 유행성 괴질 코로나에 생사가 걸려있다. 그러니까 현대 지구는 묵시록적 상황(apocalyptic situation)에 처해 있다. 때맞추어 성경도 지구의 종말이 임박했음을 선포한다. 요한계시록의 무시무시한 지상의 종말. 이를 들쥐처럼 미리 감지했는지 인간은 외계로 탈출하기 위한 준비를 주야로 서두르고 있다. 그러나 어느 별도 지구처럼 산소, 물이 존재하지 않는다.

이러한 상황에서 천상과 지상을 연결해줄 구세주가 바로 예수이다. 예수는 하나님의 아들이자 스스로 하나님으로서 인간의 모습으로 인간의 원죄(original sin)를 사하기 위한 중보자(Mediator) 혹은 미디어로서 지상에 하강하여 아이러니하게도 하나님을 사모하는 유대 고위 사제들의 고발로 로마군에게 십자형(crucification)을 당하였다. 그러니까 하나님이 하나님의 추종자들에 의해 죽임을 당한 것이다. 그래서 그런지 저주를 받은 유대인은 2천 년 동안 떠돌이 생활을 했으며, 예수를 처형한 로마제국은 야만족에게 멸망하였다. 예수는 십자가 위에서 죽고 사흘 만에 부활하여 제자들과 한 달 동안 생활하며 자연의 법칙을 초월하는 존재임을 증명했으며, 자기 제자를 체포하는 바울을 이용하여 하나님의 말씀을 지중해 연안에 전파케 하여 생생한 역사적 기록을 남겼다. 현대에 이르러 독일의 히틀러는 하나님의 선민인 유대인 6백만 명을 학살하였으며 그 저주로 히틀러도 비참한 최후를 맞이했다. 자살 후 구덩이에서 휘발유로 소각. 예수는 인도의 신처럼 신화적인 존재가 아니라 역사적인 존재자로서 하나님과 인간 사이의 속죄의 제물이자 중보자로서 천상에 존재하고 있을 것이다. 지금 이 순간에도 지상을 떠나는 사람들은 다른 수가 없기에 예수의 중보를 믿으며 눈을 감는다. 기독인에게 죽음은 공포의 대상이 아니라 지상의 고통을 벗어나는 게이트에 불과하다. 물론 죽음은 문 없는 문이다. 수도승은 영원히 윤회의 쳇바퀴를 돌리기에 죽어서 갈 데는 없지만 죽을 때 좌정을 하고 호흡을 고르며 누에가 허물을 벗듯이 자연스레 육신을 벗고 이승을 하직한다. 그래서 기독인들은 기도하며 찬송하며 죽는 것이 좋겠다. 그러나 처녀의 자궁에서 하나님의 계시로 수태한 예수를 믿는 것은 논리적으로 힘든 일이며 키르케고르가 이야기하듯이 신앙의 비약(jump of faith)이 요구된다. 그리고 대부분 과학자와 수학자들은 무신론을 신봉하는 데 반해 유신론자인 파스칼의 생생한 신앙체험을 『팡세』(Penses)에서 참고할 수 있다.

③ 아도르노와 파격

3.1 문화적 연대기

미디어 이야기가 나올 때 맨 먼저 우리는 습관적으로 아도르노(T. W. Adorno)를 떠올린다. 그리고 프랑크푸르트학파(the Frankfurt School)[17]를 상기한다. 그의 정체성, 즉 국적과 학력에 대해서 설왕설래하게 되지만 독일인이며 프랑크푸르트대학 출신이다. 그리고 자연스레 독일철학을 공부하였고, 독일음악 또한 학습의 대상이 되었다. 독일음악은 참으로 위대하다. 필자가 좋아하는 베토벤, 슈베르트, 바그너, 브람스, 슈만, 멘델스존, 그리고 영국에서 자국민이라 주장하는 헨델도 독일출생이다. 그래서 그런지 아도르노는 음악이론과 작곡에도 소질이 있어 현대음악의 메시아 격으로 추앙되는 쇤베르크(Arnold Schonberg)의 음악을 연구하러 음악의 수도 오스트리아 빈으로 유학하러 갔다. 그러니까 철학과 음악이 그의 사유의

---

17) 그 핵심 구성원들은 Ernst Bloch, Walter Benjamin, Max Horkheimer, Erich Fromm, and Herbert Marcuse 등이다.

세계를 지배해온 셈이었다. 그런데 정작 학위논문은 데카르트, 칸트, 쇼펜하우어, 헤겔이 아니라, 유신론적 실존주의자 키르케고르에 관한 논문으로 교수자격 시험에 합격했다.

3.2 계몽의 변증법 / 부정의 변증법

그러나 당시 정국의 상황이 히틀러에 의해서 좌지우지되는지라 학문의 자유를 영위하기 위하여 제2차 세계대전 무렵인 1938년 미국으로 망명했다. 그는 당시 유럽에서 볼 수 없었던 [아메리칸 드림](American Dream) 같은 진기한 상황들을 미국문화에서 발견하고 [계몽의 변증법](Dialectic of Enlightenment)을 썼다. 간략히 소개하면 인간해방의 르네상스 운동으로부터 새로운 인간 정체성의 확립, 즉 공포로부터의 해방과 만물의 주재자로서의 인간이 되기 위해 정립된 계몽사상(enlightenment)이 오히려 부정적인 측면을 세상에 투사하여 세상이 점점 악의 온상이 되어간다는 것이다. 사실 계몽사회가 위험사회[18]로 변하고 있다.

이런 주장은 21세기 현재 지구촌 인간이 겪고 있는 상황이다. 허울좋은 자랑스러운 계몽의 빛은 온데간데없고 개인은 국가와 사회로부터 경제적 압력과 인격적 탄압을 받는 상황이 벌어지고 있지 않은가? 아니 자아분열 증상으로 자기 자신에게서도 배제당하고 있지 않은가? 그러니 인간

---

18) 독일학자 울리히 벡(Ulrich Beck, 1944-2015)은 사회가 발전할수록 위험사회가 될 것이며, '안전'의 가치가 '평등'의 가치보다 중요해질 것이라고 내다봤다. 위험은 지역과 계층에 관계없이 [평준화]가 될 거라고 했다. 그의 유명한 이 명제는 자주 인용된다. "부(富)에는 차별이 있지만 스모그에는 차별이 없다." 혹은 "빈곤은 위계적이지만 스모그는 민주적이다." [https://www.korea.kr/news/cultureColumnView=148869666]

은 안팎으로 공격받고 있는 셈이다. 계몽의 도구인 인간의 이성, 합리, 상식은 오히려 예리한 칼날이 되어 인간을 위협하고 실존적인 자유를 위협한다. 이런 암울한 상황은 히틀러의 야욕과 광란으로 인하여 세계대전의 발발과 아울러 서구문명의 붕괴라는 절체절명의 사태에 대한 현실비판이라고 볼 수 있다. 검은 펄프 혹은 흐릿한 이미지로 만든 텍스트나 시공의 현실이나 모두 해석과 비판의 대상이 된다. 그는 지인 가운데 유독 호르크하이머와 각별하게 지냈다. 위에 언급한 불후의 「계몽의 변증법」도 그와 함께 썼다.

그의 비판은 주로 파쇼주의(facism)에 대한 비판으로 그 대상은 프로이트, 마르크스, 헤겔이었다. 그는 부정의 변증법(Dialectic of Negative)도 제기하였는데, 그 주요 내용은 박제된 개념에 대한 공격이었다. 말하자면 프로이트의 의식과 무의식의 이분법 혹은 오이디푸스 콤플렉스, 마르크스의 상부, 하부구조의 이분법, 헤겔의 정반합 혹은 절대정신 이런 메타서사에 대한 전복인 것이다. 그것은 확립되고 고착된 대상 혹은 원리를 타격함으로써 역동적인 논리를 파생시키는 방법으로 정/반/합, 즉 긍정적인 전제를 전복시켜 또 다른 긍정을 생산하는 방식을 지양하는 것이다. 그것은 긍정[A] ― 부정[N] ― 새로운 긍정[A1]에 도달하는 방식에 대한 비판이었다. 말하자면 서로 대립되는 것의 화해를 천명하는 것이 헤겔의 방식이고, 이를 타파하려는 것이 아도르노의 비판정신이다. 그럼에도 아무리 부정하더라도 인간사회에 확정된 것은 국가, 관습, 가족 등이다. 이 굳건한 토템을 아무리 부정하더라도 결국은 인정할 수밖에 없기에 긍정적인 것에 대한 비판적인 사고는 소리 없이 종결되는 것이다. 이 점을 히니의 「어느 자연주의자의 죽음」("Death Of A Naturalist")에 적용해 보자.

일 년 내내 아마(亞麻) 둑은 곪아갔다

마을 한복판에서; 푸르고 무거운 머리가 달린

아마는 거기서 썩어갔다, 커다란 뗏장에 눌려

매일 아마는 극심한 고통을 주는 태양 아래서 지쳐갔다.

거품이 부글거리고, 금파리들이

그 냄새의 주변에 소리의 튼튼한 망사를 짰다.

그곳에 잠자리도, 호랑나비도 있었다,

그러나 가장 좋았던 것은 따뜻하고 물컹한

개구리 알이었고 덩어리진 물처럼 자랐다

둑의 그늘아래. 여기에 매년 봄

나는 젤리 같은 반점의 개구리알들을 잼 병에 가득히 담을 것이고

그것을 집 창틀 위에 늘어놓았다,

학교의 선반에도, 그리고 기다리며 지켜보곤 했다.

점점 부풀어지는 반점들이 잽싸게 터져 나올 때까지—

헤엄치는 올챙이들로. 미스 월즈는 우리에게 말해주곤 했다 어떻게

아빠 개구리를 황소개구리라고 부르는지,

그리고 어떻게 그것이 개굴개굴 우는지 또 어떻게 엄마 개구리가

수백 개의 작은 알들을 낳으며 그리고 이것이

개구리알 더미라고 말해주시곤 했다. 여러분은 또 개구리에 의해 날씨를 맞힐 수 있다. 개구리는 햇빛 속에서 노랗고 그리고 갈색일 때 비가 온다.

그러다 어느 무더운 날 들판이 가득 찼다

풀밭에 쇠똥 냄새로 성난 개구리들이

아마 둑으로 쳐들어왔다; 나는 덤불 사이에 몸을 숨기고

여태 들어본 적이 없던 거친 개굴개굴 소리

대기는 낮은 음조의 합창으로 두터워졌다.

댐 바로 아래 배가 부픈 개구리들이 자세를 곧추세웠다

잔디 위에; 그것들의 늘어진 목은 돛처럼 벌렁거렸다. 어떤 놈들은 뛰어다니고,
철썩 풍덩거리는 모습은 외설적인 협박이었다. 어떤 놈들은
진흙 수류탄처럼 앉아서 뭉툭한 머리로 방귀를 꿔었다.
나는 구역질이 나서 뒤돌아 뛰었다. 그 점액질의 대왕들이
그곳에 모인 것이고 그것은 복수를 위해서였고 그리고 나는 알았다
내가 손을 담그면 알 무더기가 내 손을 움켜잡을 것임을.

All year the flax-dam festered in the heart
Of the townland; green and heavy headed
Flax had rotted there, weighted down by huge sods.
Daily it sweltered in the punishing sun.
Bubbles gargled delicately, bluebottles
Wove a strong gauze of sound around the smell.
There were dragon-flies, spotted butterflies,
But best of all was the warm thick slobber
Of frogspawn that grew like clotted water
In the shade of the banks. Here, every spring
I would fill jampotfuls of the jellied
Specks to range on window-sills at home,
On shelves at school, and wait and watch until
The fattening dots burst into nimble −
Swimming tadpoles. Miss Walls would tell us how
The daddy frog was called a bullfrog
And how he croaked and how the mammy frog
Laid hundreds of little eggs and this was
Frogspawn. You could tell the weather by frogs too
For they were yellow in the sun and brown
In rain.

Then one hot day when fields were rank
With cowdung in the grass the angry frogs
Invaded the flax-dam; I ducked through hedges
To a coarse croaking that I had not heard
Before. The air was thick with a bass chorus.
Right down the dam gross-bellied frogs were cocked
On sods; their loose necks pulsed like sails. Some hopped:
The slap and plop were obscene threats. Some sat
Poised like mud grenades, their blunt heads farting.
I sickened, turned, and ran. The great slime kings
Were gathered there for vengeance and I knew
That if I dipped my hand the spawn would clutch it.[19]

이 작품에서 두 가지 의미가 보인다. 아니 잘못 본 것일 수도 있고, 전혀 보지 못한 것일 수도 있다. 겉으로 두 개의 눈알과 두 개의 렌즈와 그리고 마음속에서 사물에 대한 종합적 판단을 하는 오성(悟性)이 자리함에도. 개구리에 대한 인간의 실험과 학대/ 개구리의 인간에 대한 추상적 반작용. 사실주의적인 관점과 심리적 위압감이 드러난다. 개구리알을 채집하여 집안에서 보관한다. 그런데 집 밖에서 개구리의 위협적인 행동에 생명의 위협을 느끼듯 시적 화자는 과민하게 반응한다. 그것은 자연에 대한 민감한 인식이며, 인간이 자연을 함부로 다루다가 문득 자연의 반작용에 대한 신변의 불안을 감지한 것이었다. 지진이 발생할 때 먼저 반응하는 들쥐처럼. 사실 세상에 어느 누가 개구리의 위협적인 자세와 울음소리에 공포를 느끼겠는가? 집안에서 야생화를 꺾어와 화병에 담그고, 산을 절단

---

19) https://www.poetryfoundation.org/poems/57040/death-of-a-naturalist

하여 도로를 만들고, 개구리알을 부화시키듯 500년 동안 인간은 자연을 마음대로 다루어 왔고, 어느 날 갑자기 자연의 반작용에 공포와 전율을 느끼는 것이다. 아니 성난 개구리는 점점 오염되는 자연의 반응을 대변하는 미디어의 일환으로 작용하는지 모른다. 그것을 인간은 사소한 것으로 생각하고 외면하고 무시한다. 개구리에게 돌을 던지고 개구리가 죽어도 양심의 가책을 느낄 사람은 거의 없다. 길거리 고양이를 죽여도 그 악한은 양심의 가책을 느끼지 않는다. 인간의 양심을 무디게 하는 것은 자연과 분리된 인간의 기계적인 마음이다. 이 작품을 통해 여태 인간의 자연에 대한 남용과 오용에 대한 반성적인 자세를 촉구하는 시적 화자의 성찰을 느낄수 있다. 아마존 유역이 황폐해져 가는 지금 "자연주의자"는 양심적으로 죽고 개발주의자(developer)는 철면피처럼 기세등등하게 살아갈 것이다.

따라서 시적 화자는 일시적인 자연의 분노에 무심하고 그로 인해 [나비효과](butterfly effect)의 후유증을 겪으면서도 자연의 무시를 반복하는 인간의 무신경을 질타한다. 골짜기의 홍수를 겪으면서도 가구를 만들기 위해 산에서 아름드리나무를 베는 사람들처럼. 인간이 자연의 반작용을 유발하는 미디어가 자연의 개발과 파괴 아닌가? 이것도 도식적인 결론 혹은 변증법이 도출한 결론이다. 이와 달리 이것도 자연에게는 아무것도 아니다. 자연은 인간의 자연 파괴와 훼손을 묵묵히 감수하면서 마침내 원래대로 회복하는 복원력(resilience)을 가지고 있다. 그것은 홍수, 천둥, 번개, 가뭄, 해일, 지진으로 스스로 뒤집어 복원한다. 인간이 내버린 비닐과 플라스틱도 자연은 언젠가 정화할 것이다. 아니 지구는 비닐과 플라스틱의 소멸시효(extinctive prescription)가 지나 반-영구적으로(semi-eternally) 존재하기 때문이다. 단지 인간은 자연 파괴에 대한 변증법적 반성문을 무수히 작성하여 생태론(ecology)이라는 학문으로 발전시켜 엄청난 양의 미디어를 생산하고 있다. 자연이 인간의 의도대로 움직일 것이라는 혹은 통제가 가능하다는 독단(doxa)적인 생각은 부정의 변증법으로 반성해야 할 것이다.

국가나 가족처럼 제도화된 것을 아도르노는 실증성(positivity)이라는 용어로 표현하는데 이를 비판하는 것이 그의 사명이다. 그 제도들이 실상 인간의 생활에 유익하고 필요하지만 절대적으로 인정해버리면 비판의 여지가 없기 때문이다. 즉 변증법의 상실을 초래한다. 따라서 이의 결과는 동일성의 사유가 만연하게 되는 동기를 부여하고 타자의 의견, 입장을 무시하는 닫힌 체제를 조성하게 된다. 그리하여 현실에 대해 더 이상 반성이 없는 소통이 막힌, 마치 동맥경화의 상황을 초래하게 되는 것이다. 말하자면, 정반합을 통한 하나의 결론이 확정되어 귀결되는 것이 아니라 또 다른 결론이 계속 생산되어야 하는 것이다.

아도르노의 비판은 언어의 공격과 방어와 협상에 대한 회의였으며 협상으로 굳어지는 언어의 결과를 비판하는 것이다. 일방적인 주장에 대한 상대적인 양보와 합의. 그는 이를 [닫힌 사유]라고 보았다. 다시 말해 인간 사회에 유통되는 기승전결에 대한 저항이다. 그러니 원래의 주장이 가감된 채 환원되는 것이다. 언어의 이러한 점을 불식하기 위하여 선사(禪師)들은 선문답을 한다. 예를 들어, "달마가 동쪽으로 온 까닭은?" 이에 대해 조주선사는 "뜰 앞의 잣나무"(庭前 栢樹子)라는 뜬금없는 대답을 했다. 그런데 아도르노가 부정변증법을 제시하며 사물에 대한 언어 결정성을 경계한다고 하더라도 사물에 대한 언어의 접근은 불가피하다. 그 수사법이 사물의 본질을 변경시킬 수 있겠는가? 만약 사물에 이런저런 언어의 접근이 불가능하다면 그것이 바로 소통의 부재, 협상의 부재로 인한 바벨탑의 종말이자, 지상의 종말을 초래할 것이다. 그가 부정의 변증법을 통해 정/반/합의 체제를 무너뜨린다 하더라도 사물, 실재, 진리와 언어 사이의 거리는 신기루처럼 요원하다. 그러나 새로운 의미생산에는 유익하고 상징을 다루어야 하는 무미건조한 인간의 삶에 다소의 활력을 진작시킬 것이다. 비트겐슈타인(Ludwig Wittgenstein)이 제시한 일종의 [언어게임]에 속한다고 볼 수 있다. 사물에 대한 어떤 진리는 내면에 또 다른 진리를 내포하고 있다. 그것은 진리가 누군가에 의해 고정되거나 고착되는 것이 아니기 때문이다. 그럼에도 기독교 진리의 주체는 절대적인 예수 그리스도이지만, 불교의 진리의 요체는 변화무쌍한 [공](空) 혹은 [자성](自性)이다.

3.3 독단(doxa)의 비판

아도르노가 혐오한 것은 사물의 진리에 접근함에 있어 소수 위인의 의견이 다수를 지배한다는 것이며 이는 잘못되었다는 것이다. 이것은 부처를 만나면 부처를 죽이고 조사를 만나면 조사를 죽이는 불교적인 발상과 연관된다. 그런데 대중은 수도자가 아니고 명철한 이성과 합리적인 사고를 하는 경우가 드물어 그 위인의 독단에 중독되고 세뇌되고 만다. 그러니까 대부분 인간은 달을 보지 못하고 손가락을 보게 마련이다. 두 눈을 부릅뜨고 있다고 해도 촘촘한 그물을 친다고 해도 진리가 포착되는 것이 아니다. 인간은 언어현상, 기호학의 유희에 헤어나지 못하고 그 환상에 목숨을 건다. 인간의 삶을 구성하는 언어의 원리는 은유와 환유(metonymy)일 것이다. 간단히 말하여 목소리 큰 페미니즘이 남자의 생/사를, 성/패를 좌우하는 것이다.

프로이트는 여러 가지 개념을 양산했다. 의식, 무의식, 전의식, 오이디푸스 콤플렉스, 자유연상, 현실원리, 쾌락원리, 꿈의 원리 등 일일이 모두 열거할 수 없을 정도의 개념을 생산해냈다. 그 가운데 인간사회분화의 원리로서 오이디푸스 콤플렉스는 다른 대안이 없이 현재에도 지속적으로 인용되고 있으며, 현실의 억압을 반영하는 꿈의 원리도 칼 융의 원형의 도전을 받았지만 지속적으로 인용되고 있다. 절대적인 진리란 인간사회에 없기 때문에 각자가 주체적인 소신에 의해 살아가며, 사회적, 정치적인 타자의 영향을 받기도 하는 것이다. 마르크스는 기저구조(base structure)와 상부구조(super-structure)로 이분화된 불평등을 타개하고자 고국을 떠나 런던 도서관에서 밤낮으로 형설지공을 쌓은 결과, 『자본론』에서 만인평등, 만인공유, 만인복지라는 천국의 이상을 지상에 제시하여 일부 국가에서 기존의 상부구조인 왕권을 타파하기 위해 노동자 계층인 기저구조를 이용하는 데 성공했으나, 결국은 공산당이 혐오한 상부구조를 모순적으로 차지한 공산당이 인민을 지배하는 독재주의로 환원되었고 그 이상은 빈말에 그쳤다.

만인평등을 내세우는 공산당이 왕권 못지않은 권력을 누리며 기저구조 위에 수십 년간 군림하다가 동유럽 공산국가들이 하나둘 무너지고 아직도 그 잔재가 남아있다. 공산국가들은 기저구조에 속한 구성원들을 유아 시절부터 공산주의의 이념을 교육하여 의식을 세뇌하여 지상에 영원히 공산주의를 고착시키려 한다. 중국, 북한, 쿠바는 수십 년간 공산당에 의한 공산주의 세뇌로 인하여 노예화되었다. 프란시스 후쿠야마(Francis Fukuyama)의 주장대로 만인평등의 공산주의는 자유만능의 자본주의에 패배했음에도. 비록 좌파이지만 아도르노는 만인복지를 주장하는 공산당의 파시즘을 비판했다. 만인복지는 만인구속을 의미한다. 시민들이 국가에 더욱더 의존하는 노예들이 된다. 그리고 그는 20세기 초반 유행했던 인간해방의 실존주의와 실증주의에 영향받은 바 컸다. 그러나 인간이 사회조

직에서 해방되려고 애를 쓸수록 더욱더 소외되고 결국엔 존재감을 상실케 되고, 인간이 사물 혹은 사실을 있는 그대로 확인하는 것조차도 사실은 사물의 2차적인 감각소여(感覺所與)의 결과라는 점을 망각하고 있다.

특히 대중문화의 선구자로서의 아도르노는 고전음악의 대위법(counterpoint)을 해체하는 쇤베르크(Arnold Schoenberg)에 경도되었다는 점이 사상가로서 특이하다. 이에 대해 확립되고 고착된 이념이나 체제를 비판하는 관점에서 고전음악의 고답(高踏)적인 경향을 탈피하려는 시도로 볼 수 있을 것이다. 필자는 지금도 별생각 없이 고전음악 듣기를 좋아하는데, 물론 한국의 청아한 정악도 좋아하고, 무료한 가락의 지겨운 주제의 재즈도 좋아하지만, 아도르노의 주장과 상관없이 베토벤, 바흐, 모차르트, 쇼팽을 주로 듣고, 브람스, 차이콥스키, 말러, 쇼스타코비치는 가끔씩 듣는다. 그리고 피아니스트 조성진이 폴란드 쇼팽콩쿠르의 엄격하고 위압적인 분위기에서 유럽인들의 동양인에 대한 경시와 멸시를 무릅쓰고 우승한 것은 홍해가 갈라진 것 같은 모세의 기적이다.

그는 음악에 대한 아방가르드적인 취향을 가지고 있으면서 고대적인 반-유대주의(anti-semitism)를 지향했다. 왜 반-유대주의를 지향했을까? 반-유대주의는 왜 유럽에서 발생했을까? 물론 아도르노가 독일인이기에 독일인의 집단지성(collective intelligence)에 매몰되어 그럴 수 있겠지만, 유럽인의 관점에서 혈통적으로 유대인들이 같은 유대인인 예수 그리스도를 배신하여 죽게 했다는 것이다. 그리고 예루살렘으로 수 차례의 십자군(Crusades)원정의 사건이 발생했고 그곳에 도착한 십자군들은 예수를 배신한 유대인들을 무참히 학살하였다. 아울러 좌파로서 무신론자일 것 같은 그가 유신론적 실존주의자 키르케고르에 관한 논문으로 교수자격을 취득했다는 점에서 비종교인이 아니라 종교인이라는 생각이 든다.

제2차 세계대전 동안 미국에서 학문생활을 영위하다 독재자 히틀러가 죽고 귀향했다. 그 후 제국주의, 실존주의, 사회주의, 실증주의, 경험주의로 뒤죽박죽이 된 독일의 원래적인 학문적 전통을 갱신하기 위하여 헌신했다. 실증주의 한계, [언어를 존재의 집]으로 보는 하이데거가 주장하는 언어의 진정성 비판, 유대인 집단학살의 반성, 독일재건에 대한 훈수 등이다. 니체 계열의 우상파괴적인 입장(iconoclast)을 견지하는 그는 서구의 퇴락한 문화에 대하여 신랄하게 비판했다. 한편 그는 문학적으로 고독주의자 사뮈엘 베케트에게 매력을 느꼈다. 알다시피 베케트의 『고도를 기다리며』(Waiting for Godot)에서 사람들이 간절히 기다리는 "고도"는 결국 오지 않았다. 이때 "고도"는 실재, 진리, 사물 자체와 연관될 수 있으며 아도르노는 이를 포기한 것이다. 결국 아도르노는 인간이 원시적 본성을 상실한 것이 아닌가? 생각하며 비논리적이고 비합리적인 이념을 추구하게 되고 원시주의(primitivism)에 몰입한다. 세상과 자신의 결합. 그런데 세상과 자신 사이에 개입하는 미디어가 문제다. 왕과 충신 사이를 이간질하는 간신처럼. 그리하여 아방가르드적인 경향을 추구한다. 피카소의 아프리카인 조각과 사물의 기본적인 환원으로서의 [선](line)을 추구하는 몬드리안(Piet Mondrian)의 도형도 성에 차지 않았다. 그의 의문은 왜 문명이 원시를 파괴해야 하는가? 왜 인간은 타자로부터 지배당하여야 하는가? 이다. 이런 점에서 그의 사유는 원시를 파괴하는 문명에 대항하고 유사 이래 이어져 온 지배체제에 대한 저항에 관한 것이었다. 그래서 인간과 사회의 목적은 결국은 타자의 희생을 통한 자기보존(self-reservation)이라고 생각했다. 말하자면 국가는 한 영웅 혹은 한 반역자의 희생으로 견지되는 것이다. 역설적이지만 인간은 자기를 절단(mutilation)함으로써 자신을 보존한다. 인간 자신의 사지 희생을 통해 자기의 사회적 정체성을 유지하고,

당뇨병으로 썩어들어가는 수족을 절단함으로써 자신을 보존할 수 있다. 자기보존을 위하여 자기희생을 자발적으로 선택하는 것은 자기의 꼬리를 물고 있는 우로보로스(Ouroboros) 신화와 유사하다. 실존주의자들, 인도의 성자들조차 이 굴레를 벗어날 수 없다.

3.4 막스 베버의 가치관

자기 성장의 매체로서 그가 평소 가까이한 인물로 막스 베버(Max Weber)인데, 독자들이 전 세계적으로 잘 알려진 그의 명저 『프로테스탄티즘의 윤리와 자본주의 정신』(*The Protestant Ethic and the Spirit of Capitalism*)을 통해 이 석학의 이름은 많이 들었지만, 그가 실천한 사상에 대한 기억이 사실 흐릿한 실정이다. 그의 사상을 거두절미하여 간단히 살펴보자면 상호모순적인 개념으로서 자본주의와 프로테스탄티즘의 이율배반적인 관계를 인정하고 합리적인 대책을 제시한다는 것이다. 현실의 물질과 초월의 영성은 대립적인 관계이고 성경에서는 전자보다 후자를 중시한다. 사실 물질로 구성된 인간이 영성(spirituality)을 논한다는 것은 모순이다. 그러나 융통성, 변통성의 원리에 의해서 이 모순을 인간의 관점에서 피력할 뿐이다. 마치 노자(老子)가 "[도]道를 道라고 말하는 순간 道가 아니다"라는 언어를 통한 사물의 진리를 불신하듯이. 한편 그의 저술은 플라톤과 아리스토텔레스의 입장의 차이를 반영한다고도 볼 수 있다. 압축해서 말하면, 현재 후기 자본주의에 이르는 서구의 초기 자본주의의 발달이 16세기 프로테스탄트[개신교도]들의 역할에 기인한다는 것이다. 개신교도들은 영리추구와 수익의 창출을 통한 부의 축적을 죄악시하지 않았다. 종교

개혁운동(Reformation)에서 마틴 루터와 쌍벽을 이루는 장 칼뱅(Jean Calvin)도 인간의 직업이 하나님의 소명에 의한 것이라 주장했다. 개신교 정신은 인간의 활동이 은폐와 은둔의 가톨릭 정신보다 비록 숭고하고 신비적인 점이 결여되었지만 오히려 천상이 아닌 하수도 같은 세상에서의 삶을 긍정하는 측면이 있다. 인간은 태어나자마자 진흙탕에서 굴려야 하기 때문이다. 그의 주장은 근대 시민계급의 주체는 개신교도들이며 경제활동을 하여 부(富)를 축적하되 이것을 허랑방탕하게 사용해서는 안 된다는 것이다. 인간의 무한정한 물질적인 탐욕에 윤리적인 제동을 거는 것이 프로테스탄티즘인 것이다. 탐욕과 금욕의 충돌이 베버의 주제이다. 그러니까 물질을 추구하더라도 양심적으로 추구하고 축적해야 한다는 것이다. 이런 과정을 통하여 획득한 재물의 양이 신앙의 양적인 진실성을 반영하는 것이다. 타자에게 피해를 주지 않은 채 경제활동을 정직하게 하여 부를 축적하고, 기름진 음식을 먹고도 금욕하라는 말이다. 탐욕과 금욕 사이를 매개하는 것이 신앙이라고 볼 수 있다. 그렇지 않을 경우, 브레이크가 고장 난 자동차처럼 극단적인 물신주의(mammonism)에 빠지게 된다. 그러므로 개신교도에게 방탕, 향락, 낭비는 죄악이며 절제, 금욕, 정직이 미덕이 된다. 하나님이 부여한 직장[천직 calling], 직업을 통해 부를 윤리적으로 축적하는 일이 개신교도들의 경제활동의 기본적인 원리이다. 그의 원리는 세속적인 경제(secular economy)와 신성한 신앙(sacred faith)의 절충으로 볼 수 있다. 타자의 것을 약탈, 착취하기 위한 투기, 사기, 살인, 방화(arson), 식민지화는 욕망에 충실한 인간의 원죄의식의 발현, 즉 일종의 과도한 영리 충동적 이기심으로 이해할 수 있다. 이런 점을 예이츠의 「학자들」("The Scholars")에 적용해 보자.

자기의 죄를 등한히 하는 대머리 석학들,
나이 먹고, 학식이 풍부하고, 명성이 자자한 대머리들이
문구(文句)를 편집하고 주석(註釋)을 단다.
청춘들이, 침대에 뒹굴면서,
사랑의 절망 속에서 시를 짓는다
미인의 무지한 귀에 아양을 떨기 위하여.

거기서 모두들 발을 질질 끌며; 모두들 기침을 하며 글을 쓴다;
모두들 구두로 카펫을 훼손시키며;
모두들 다른 사람이 무엇을 생각하는지를 생각하며;
모두들 그들의 이웃이 아는 사람을 알고 있다.
대체, 그들이 무슨 말을 하려 했을까
그들의 카툴루스가 그런 식으로 살았는가?

Bald heads forgetful of sins,
Old, learned, respectable bald heads
Edit and annotate the lines
That young men, tossing on their beds,
Rhymed out in love's despair
To flatter beauty's ignorant ear.

All shuffle there; all cough in ink;
All wear the carpet with their shoes
All think what other people think;
All know the man their neighbor knows.
Lord, what would they say
Did their Catullus[20] walk that way?[21]

학자는 학문을 대중에게 전달하는 미디어적 존재이다. 사물에 대한 느낌을 시를 통하여 대중에게 재현하는 것이 시인의 사명이다. 학자와 시인 모두 의미를 생산하는 미디어적 존재들이다. 시적 화자가 학자에게 죄를 묻는다는 것은 사회적 위상에 비해 저조한 연구의 결과를 탄식하는 것이다. 그리고 학자를 질타하는 것은 그 권위적 위상에 양립되지 않는 태도를 비판한다. 모습은 공작(peacock)이지만 태도는 참새라는 것이다. 사회적 위상은 장군인데, 그 마인드는 포졸이라는 것이다. 학자들이 학문을 사랑하고, 시인들이 시를 사랑하고, 연인들이 서로 사랑하지만 그 사랑은 흡족한 것이 아니다. 학문, 시, 연인은 실재적 대상으로서 각 해당 주체들과 혼연일체(渾然一體)가 될 수 없는 거리를 유지하고 있기 때문이다. 이 거리를 메우는 것이 미디어의 소명이다. 이른바 실재[연인]와 의미[인간성]의 관계는 건널 수 없는 강의 상황과 같다. 밤새 써놓은 논문은 아침에 파지(破紙)가 되고, 시는 실재에 접근하지 못하고 몽상으로 사라지고, 연인은 서로를 탓하며 헤어진다. 이처럼 우리는 라캉(J. Lacan)의 말처럼 결핍의 인생을 살아간다.

다른 사람의 생각을 추론하고 "그들의 이웃이 아는 사람을" 아는 낯익음 속에 도전과 재창조가 발생할 수 없을 것이다. 그래서 낯익음(familarity)의 구태의연(舊態依然)한 무감각을 비판한 브레히트(B. Brecht)의 [낯설게 하기](de-familarity)가 일리가 있다. 학자들이 전과 동일한 비슷한 말만 계속한다면 그들의 존재가 무의미하다는 것이고 세상에서 쉼 없이 발생하는

---

20) Gaius Valerius Catullus (84-54 BC) was a Latin poet of the late Roman Republic who wrote chiefly in the neoteric style of poetry, which is about personal life rather than classical heroes. His surviving works are still read widely and continue to influence poetry and other forms of art. [https://en.wikipedia.org/wiki/Catullus]

21) https://www.poemhunter.com/poem/the-scholars/

난제의 해결은 요원해진다는 것이다. 결과적으로 시적 화자는 상황을 개선하려는 인식이 부재한, 사물[바이러스, 암, 재난]과 대중을 적절히 중개해야 할 미디어적 존재로서 무능력한 학자들에 대해 맹렬하게 질타한다. 그래서 시적 화자는 기원전 시인 "카툴루스"의 혁신적인 마인드를 반성적으로 열망한다. 결론적으로 시적 화자가 말하는 학자다움에 대한 강조와 자본주의 사회를 지탱해야 할 프로테스탄티즘의 윤리는 상호 다른 것이 아니다.

과도한 이윤추구와 모험적 투기(speculation)를 방지하기 위하여 서구인들은 적절한 경제생활을 위한 생활태도의 학습이 필요했다. 그것은 경제활동에 윤리적 가치관을 접목하는 것이다. 말하자면 노동은 육체적인 측면이 있지만 정신적인 측면도 있다는 것이며, 노동이 밥벌이만의 의미가 있는 것이 아니라 하나님으로부터 받은 소명의식의 실현이라는 것이다. 이런 관점에서 서구의 자본주의 정신이 탄생한 것이다. 그러니까 원래 자본주의 정신은 강자가 약자를 착취하는 추악한 것이 아니라 합리적이고 절제적이고 신성한 것이었다.[22] 거듭 노동이 밥벌이 행위가 아니라 삶의 소명의식의 실천이라는 것이다. 개신교도들은 하나님이 창조한 세상에 사는 것이 운명이자 섭리(providence)이며 이것이 칼뱅주의에 입각한 삶이며 이 삶의 과정에 금욕적(ascetic) 태도로 노동에 의한 부의 추구 혹은 영리활동(commercial activity)은 정당한 것이다. 그리하여 모순적이지만 정욕과 죄를 멀리하고 오직 하나님의 섭리에 따라 노동을 하고 선한 이익을 취한다는 것이다. 한없는 휴식과 향락이 개신교도에게는 죄악이 되는 것

---

22) 한국인으로서 경제학 부문에서 세계적으로 명성이 자자한 케임브리지대 장하준 교수의 역저 『나쁜 사마리아인』(*Bad Samaritans*)에서는 선진국과 후진국에 적용되는 자본주의의 오용과 남용에 대해서 적나라하게 지적하고, 각국의 상황에 따라 첨예하게 대립하는 개선방안을 제안하고 있다.

이다. 노동은 신성하고 그 결과 부의 축적은 정당한 것이다.

3.5 마르쿠제와 음악

인간매체로서 아도르노가 영향을 받은 호르크하이머와 프로이트 외에 마르쿠제(Herbert Marcuse)가 있다. 그는 이성에 대한 비판을 제기하면서 이성을 자유를 파괴하고 지배하는 부정적인 것으로 보고 경계하였다. 이성은 인간을 지배하는 시스템을 구축하는 동인이 되어 질서라는 명목으로 인간을 억압하고 소외시킨다는 것이다. 그러니까 그는 인간사회의 비인간적 합리성을 질타하였다. 그런데 이성을 부정적인 측면으로 바라볼 때 발생하는 체제의 혼란을 어찌할 것인지에 대한 대안은 없다. 이성적인 국가 시스템이 인간을 억압한다는 것은 그가 저명한 사회학자라는 선입견에서 잠깐 벗어나게 하는 어쩌면 낭만적이고 순진한 발상일 수 있다. 인간이 태어나자마자 타자성의 굴레, 즉 언어성과 사회성의 족쇄를 차게 된다는 점을 부인할 수가 없을 것이다. 물론 이성에 의한 사회의 구속성과 경직성을 비판한 것은 일리가 있다. 어차피 인간사회는 이성으로 구축된 체제에 대한 저항, 즉 긍정성과 부정성의 조합으로 굴러가야 하기 때문이다. 국가의 이성적이고 합리적이라는 실증주의적 정책에 대하여 성난 국민들의 거리의 시위가 이를 입증한다. 그는 『일차원적 인간』(*One-Dimensional Man*)에서 현대산업사회의 폐해를 지적하면서 생산성 향상을 목적으로 하는 비정한 경향을 비판하였다. 그러나 인간이 노동을 하는 이상 인간의 욕망에 의한 생산성에 대한 지향성을 전혀 무시할 수 없는 실정 아닌가? 인간이 생산성에 대한 욕망을 제거하면 삶의 동기를 대부분 상실할 것이다. 만약 인간이 생산, 즉 상품의 생산과 의미의 생산, 관계의 생산(politics)을 하지 않는다면 살아 볼 가치가 있을 것인가? 공산국가인 중국이나 북한에서는 일인 치하에서 생산성 향상을 삶의 목적으로 삼고 있지 않은가? 예를 들어, 삼국지에 나오는 여포의 천리마처럼, 북한의 천리마 운동, 만리마 운동, 천 삽 뜨고 허리 펴기, 샛별 보고 출근하기 등. 자본가를 착취하는 존재로 보는 그는 결국 자본가는 과학과 기술을 가지고 노동자를 획일적이고 비개성적인 인간으로 만든다는 것이다. 그런데 분업화(division of labor)된 시대에 인간은 각자 전문적인 기술과 특기를 가지고 사회에서 살아야 하므로 획일화되는 것은 필연적이다. 인간은 이성을 무기로 도시를 만들고, 법을 만들고, 문화를 만들고 거기에 맞도록 인간의 욕구를 제어하는 교육시스템을 만들어야 한다. 또 인간은 관습과 전통의 실천자여야 한다. 댐을 만들어 야성적이고 무분별한 빗물을 제어하듯이. 이것은 프로이트의 욕망과 억압에 관한 주장과 유사하므로 마르쿠제는 프로이트의 주장에 부응하는 점이 있다.

마르쿠제는 현대사회를 변화시키는 세력은 조직원 내부에 존재하지 않고 외부에 존재한다고 본다. 말하자면 시인 바이런(George Gordon Byron)이 남의 나라 그리스 독립전쟁에 참여하듯이. 그리고 전 세계 진보적인 젊은이들이 사모하는 아르헨티나 출신 체 게바라(Che Guevara)가 쿠바의 혁명운동에 참여하듯이. 헤밍웨이가 스페인 내전에 참여하듯이. 아이러니하게도, 마르쿠제는 자본주의와 부르주아(Bourgeois)를 타도의 대상으로 보았지만 욕망이 억압되어 만인이 걸인(乞人)이 되거나 공동배급의 천사가 지배하는 지상천국을 설파하는 공산주의 세력에 동조하지 않았다. 한편 아도르노는 음악 장르 가운데 재즈와 대중음악을 선호하지 않았다. 그 이유는 그것이 문화산업의 일환으로서 자본주의의 확립에 기여한다고 보았기 때문이다.

그가 보기에, 영국의 경우, 대중음악의 기수 비틀즈(The Beatles)가 영국의 부르주아 문화를 전 세계에 확산시킨 측면이 있다. 물론 현재 한국의 그룹 가수 방탄소년단(BTS)이 전 세계에 후기-자본주의 문화를 확산하는 것처럼. 우리나라의 경우 개화기 시대에서 유래된 구슬픈 단조풍의 대중음악이 물질만능주의의 경향을 국민의 의식 속에 각인시키는 역할을 하는듯하다. 또 대중음악은 현실에서 발생한 억압, 고통, 착취의 상황을 내면화하여 정치권력의 폭거를 대중들 자신들에게 환원시킴으로써 사회 불만을 완화시키고 자위하며 이 음악에 동조하는 공동체 사람들과 결속하여 통치자의 이념에 동조하려는 측면이 있다고 볼 수 있다. 가혹한 통치자에 대한 아무런 반작용 없이 피학적인 태도로 살아가는 것이 우리민족의 비민주적인 미덕이다. 최근 프랑스인들의 실직투쟁을 보면 얼마나 격렬하게 하는지 놀랄 지경이다. 노랑조끼를 입고 경찰과 격렬한 몸싸움을 하고, 경찰차를 불태우고. 역시 전 세계의 민주주의 역사를 뒤흔든, 바스티유 감옥을 해체하고 궁궐에 들어가 지존의 왕[루이 16세]을 끌어내어 단두대로 처단한 민주주의 백성답다. 그리고 미국의 독립전쟁을 기념하기 위해 무려 높이 46미터의 [자유의 여신상]을 미국인들에게 선물한 위대한 프랑스 사람들에게 경의를 보낸다. 한편 우리나라의 대중음악 가운데 〈굳세어라 금순아〉라는 노래는 북한의 6.25 남침의 전쟁발발의 원인이 유비무환이 부재한 국가의 탓이 아니라 "금순이"가 수용하고 극복해야 할 사건으로 호도되어 있다.

　　요즘 한국의 전 방송미디어들이 물신적인 전통가요[trot]에 몰두하여 적자생존의 매트릭스로서의 자본주의 확립에 기여하고 있다. 아도르노가 보기에, 지금은 베토벤과 바흐가 없더라도 그 12음계, 장조와 단조의 대위법에 파묻히기보다 새로운 리듬과 멜로디가 필요한 시대이다. 미국 뉴욕의 거리문화의 형식으로 시작된 중얼거림과 사지를 비트는 비형식적인 춤이 결합한 힙합(hip-hop)을 보라. 국가적으로 유명한 사람이 사망했을 때 으레 연주되는 쇼팽의 장송곡이나 모차르트의 레퀴엠(requiem)은 대중들을 애도의 분위기 속으로 일체화시킨다. 우리나라의 국가에 해당하는 "아리랑"도 우여곡절이 많은 민족의 애환을 담고 있지만 그 가사 내용은 타자에 대한 저주와 수동적 운명이 담긴 패배주의적인 정서를 담고 있어 개선될 필요가 있다. 그 가사 가운데 "나를 버리고 가시는 님은 십 리도 못 가서 발병이 난다"는 것은 21세기 [도전과 응전][23]에 직면한 민족의 기상에 역행하고 억압하는 부정적인 전통기제(traditional mechanism)가 된다.

문화산업은 통치자 혹은 생산자의 의도를 전달하는 미디어로서 대중들의 비판의식을 무디게 하여 점차 대중들을 길들이고 상품을 유통시키고 소비하게 한다. 그리하여 대중들은 문화산업에 중독된다. 한류의 대표적인 사건으로서 BTS 그룹의 선풍은 이런 경우에 해당된다고 볼 수 있다. 대중문화는 대중을 장악하고 사회 분위기를 좌우할 수 있다. 그래서 정치인들은 대중문화를 민심을 읽는 매체로써 보아 그 흐름과 분위기에 민감하다. 상품은 대중들의 취향을 표준화하여 그 수준을 조절하고 인공적이고, 정치적인 개인주의를 조성한다. 한편 소비자들은 대중문화의 의도를 견강부회하여 상품이 자기들 기호에 부합하게 맞추어 조절되고 있다고 착각한다. 그러나 분명한 것은 기업들의 목적이 영리의 추구이며 대중미디어는

---

23) 영국 사학자 토인비(Arnold Toynbee, 1889~1975)의 『역사의 연구』(전12권)는 문명의 흥망성쇠를 '도전과 응전'이라는 인식의 틀로 분석한 정전이다. 토인비는 문명도 생명체처럼 탄생-사망이라는 필연적 과정을 밟을 것이라고 본 1차 대전 직후 서구의 숙명론적 역사관에 반작용한 학자이다. 당시 부정적 징후들이 만연한 시대 상황이었지만 그는 '필연적 사망' 대신 창조적 소수에 의한 진보'의 가능성을 믿었다. 이러한 그의 입장은 "문명의 성장은 계속되는 '도전'에 성공적으로 '응전'함으로써 이루어진다"는 유명한 가설로 결론을 맺었다[https://www.hankookilbo.com/News/Read/199906080037289738].

그들의 상품을 소비자에게 대량 매수케 하는 수단으로 존재한다. 말하자면 인상이 좋은 연예인을 동원하여 인간애적인 기업의 의미를 대내외에 전달하는 것이다. 이를 아도르노는 [의사 개인화](pseudo-individualization)라고 부른다.

3.6 대중문화와 파블로프의 개

문화산업의 모델: 디즈니랜드

대중은 대중문화에 의하여 식민지의 노예로 전락한다. 말하자면 대중은 대중문화에 즉각 반응하는 파블로프의 개(Pavlov's dog)가 되기 때문이다. 대중은 매체에 의하여 상업화, 규격화, 표준화된다. 이를 방증하는 대표적인 대중가요가 전 세계를 뒤흔든 「강남스타일」[24] 아닌가? 이 노래가 고전음악이 주류를 이루는 유럽에서, 록과 재즈가 주류를 이루는 미국에서도 열광적인 환영을 받았다는 것이 미스터리하다. 대중이 어떤 문화에 종속되는 것은 불가피한 일이다. 춤이 무희에 의해 계승되듯

---

24) 이 노래 속에 인간과 인간이 자극적으로 반응하는 현 세태를 풍자하는 카니발리즘(cannibalism)이 내포되어 있다고 본다. "오빠 강남스타일, 강남스타일/ 낮에는 따사로운 인간적인 여자/ 커피 한 잔의 여유를 아는 품격 있는 여자/ 밤이 오면 심장이 뜨거워지는 여자/ 그런 반전 있는 여자/ 나는 사나이 낮에는 너만큼 따사로운 그런 사나이/ 커피 식기도 전에 원샷 때리는 사나이/ 밤이 오면 심장이 터져버리는 사나이/ 그런 사나이." [https://music.bugs.co.kr/track/2708276]

이. 대중과 문화는 그 박제화의 역기능을 예상하더라도 인간이 피할 수 없다. 이방인이 로마에 가면 로마문화를 따라야 하듯이. 그러니까 아도르노가 불평하지만, 한 인간이 어떤 문화의 굴레를 쓰는 것은 지극히 당연한 것이다. 그것이 상업화든, 표준화든, 규격화든 인간은 문화의 굴레를 써야하는 것이다.

아도르노가 문화산업을 부정하게 바라보지만, 문화는 인간을 상대로 실존주의자 말대로 부조리하게 태어난 세상에서 이런저런 소일거리, 오락거리(distractions)를 제공하며 지상에서의 생존의 고통을 망각시키는 순기능을 수행한다. 그것이 인간에게 바람직하든 말든 문화는 창조되고 소멸되며 계승된다. 시인 엘리엇(T. S. Eliot)의 말을 빌려 말하면 개성이 대중화된 문화는 전통 속에서 변증법적으로 함몰된다. 문화는 인간의 탐욕에 의해서 영리를 추구하는 문화산업이 된다. 미국의 유니버설 스튜디오와 디즈니랜드, 로마의 콜로세움, 그리스의 신전, 중국의 만리장성은 개미근성을 내재한 인간의 노동문화가 문화산업이 된 증거물이다. 문화가 비록 피상적일지라도 반복적인 삶의 권태와 무료(無聊)로부터 혹은 삶의 위기로부터 인간의 심신을 위로하고 보호하는 방어기제가 된다. 복잡한 업무에 시달리는 회사원에게 시 한 줄이, 소설의 문장 한 줄이, 영화 한 장면이, 음악의 한 선율이 위로를 줄 수 있는 것이다. 이런 점을 예이츠의 「오랜 침묵 후에」("After Long Silence")에 적용해 볼 수 있다.

긴 침묵이 흐른 후에 하는 말; 그것은 옳다,
사랑하는 이들과 헤어지거나 죽기도 하고
무정한 등불은 갓 아래 숨고
커튼도 무정한 밤을 가렸으니

우리는 예술과 시(詩)라는 드높은 주제를
이야기하고 또 이야기함이 마땅하리.
몸이 늙어 감은 지혜고, 젊었을 땐
우리 서로 철 없는 사랑했노라.

Speech after long silence; it is right,
All other lovers being estranged or dead,
Unfriendly lamplight hid under its shade,
The curtains drawn upon unfriendly night,
That we descant and yet again descant
Upon the supreme theme of Art and Song:
Bodily decrepitude is wisdom; young
We loved each other and were ignorant. [25]

이 작품은 주제는 사후성(afterwardsness)이다. 인간은 사후적 미디어
를 통해 상황과 사건을 인식할 수 있다. 그것은 자연의 흐름이 지나고 보니
그랬다는 것을 인식하는 것이다. 일종의 사건의 재구성이라고 볼 수 있다.
"긴 침묵의 상태"는 무지의 상태나 신중한 상태를 의미하지만 자연의 원리
에 인간이 너무 심각하게 대한다는 것이다. 말하자면 인간은 홀로 태어나
가족 속에 사회에서 무리를 짓고 구성원으로 살아가지만 그 주변의 인간들
은 각자의 목적, 운명, 이해관계에 따라 하나둘 사라지고 결국 태어날 때처
럼 홀로 남는 것이다. 그 체험은 어느 누가 대신할 수가 없는 절대 고독의
경험이다. 누구도 태어날 때의 기억을 반추할 수는 없다. 인간은 수태시절
과 유아시절에서의 "무정한 등불은 갓 아래 숨고/ 커튼도 무정한 밤을 가렸
으니"에서 암시하는 무지의 과정을 거쳐 그래도 불투명하게 인식하는 기호

---

25) https://www.poetryfoundation.org/poems/154170/the-snow-arrives-after-long-silence

와 문화를 통해 비로써 삶을 반추(反芻)할 수 있게 되는 것이다. 우주가 온통 컴컴한데 [2조 개의 은하수]26)의 하나인 우리가 사는 은하수의 한 작은 행성에 사는 인간은 호롱불을 밝히고 진리를 찾고 마침내 찻잔 속의 진리를 발견하고 "유레카"를 외치는 『덤 앤 더머』(Dumb and Dumber)를 연출한다.

생물학적인 차원이 상징적인 차원으로 둔갑하여 인간은 그 결핍 혹은 불만을 평생 느끼며 살아간다. 그리하여 인간은 담론으로 구성된 미디어적 주체가 되는 것이다. 어머니 자궁 속의 무시무시한 질식의 체험과 블랙홀 속의 소멸의 체험은 도저히 재현할 수 없는 상상의 원천이다. 인간이 알 수 있는 것은 자궁에서 머리를 내밀고 나와서 일정한 기간이 흘러 이름과 번호를 부여받아야 세상에 비로소 편입되는 것이고, 모든 우주 쓰레기를 빨아들이는 시꺼먼 블랙홀 속으로 들어갈 수 없기에 다만 블랙홀의 입구만을 어렴풋이 묘사할 뿐이다. 바보 같은 인식은 가능하나 현명한 실천은 어렵다. 그런데 화산 속을 확인해보기로 한 현인이 있었다. 호랑이 담배 피우던 시절인 기원전 5세기경에 그 위인은 살신성인의 자세로 당시 활화산이었던 이탈리아 에트나산의 유황불 속으로 뛰어들었다. 물론 이 이야기는 확인이 불가능하지만, 그것은 죽음의 확인이지 화산 속의 확인은 아니라고 본다. 육신을 상실함으로써 피안의 세계로 건너갈 미디어로 화산을 이용한 것이지, 육신을 상실한 마당에 그 화산 속을 어떻게 탐색할 수 있겠는가? 탐색은 어디까지나 감각적인 것이 아니라 인식적인 것이다.

---

26) [우리] 은하수의 원반은 직경이 약 100,000광년이고, 평균적으로 약 1,000광년 두께이다. 최소 2천억에서 4천억 개까지의 별이 있는 것으로 추정된다. 아주 작은 별들의 수 때문에 정확한 수는 알 수 없지만 이것은 이웃한 안드로메다 은하에 1조 개의 별이 있는 것과 비교될 수 있다. [https://ko.wikipedia.org/wiki/%EC%9D%80%ED%95%98%EC%88%98]

이 무모한 철인이 만물의 [4원소론](물, 불, 바람, 흙)을 주장한 엠페도클레스(Empedocles)이다.

인간에게 상실감(sense of loss)은 불가피한 운명이다. "긴 침묵"의 기간인 어머니 자궁 속에서 10개월을 안온하게 지내다가 그곳을 떠나 어머니 가슴팍에서 또 몇 년을 보내다가 생이별을 하고 세상으로 나와야 하고 이것을 상징체제 속에서의 [자기와의 만남]이라고 볼 수 있다. 그러나 어머니와의 일체였던 시절이 마음 한 귀퉁이에 살아생전 남아 모성(maternity)이라는 향수병에 시달린다. 이것을 [오브제 쁘띠 아](*objet petit a*)라고 라캉이 규정한다. 어머니의 연인인 아버지의 질투를 피해 생존을 위해 집을 가출해야 하고, 오디세우스처럼 세상을 떠돌며 무수한 사람과 만나고 헤어지고, 그러다 주변인들을 남겨두고 홀연히 [자기와의 헤어짐]을 겪는다. 인간은 출산 이전에 두뇌세포 속의 언어습득장치(LAD, Language Acquisition Device)라는 미디어를 탑재하고 태어난다고 사회현안에 참여적인 촘스키(N. Chomsky)는 주장하고, 현세를 초월하는 칼 융(C. G. Jung)은 인간은 출산 이전에 두뇌 속에 역사와 전통의 원형(archetypes)을 탑재하고 태어난다고 말한다. 이는 플라톤의 이데아론과 상응한다. 이때 원형이 주체가 되고 인간은 원형의 욕망을 수행하는 매체 혹은 객체로 전락한다. 세상은 어두우나 그 와중에도 2차적이고, 시뮬라크르적인 예술과 시를 실생활에 무익하지만 논하며 소일하고, 그 외 특별히 해야 할 일도 없지만, 노인은 지혜롭고 청년은 무지하다는 전 근대적인 결론을 도출한다. 이런 일반화의 경우가 현재에도 다반사이지만, 요즘 21세기 디지털 미디어 시대에는 상황이 바뀌었다. 시시각각 변하는 급속한 문명의 속도에 노인들은 낙오하고 청년들은 질주한다. 과거에도 알렉산더, 제갈공명, 그리고 남이 장군 같은 청년들은 노인보다 더 탁월한 식견(識見)을 발휘하지 않았던가? 이렇듯 인간은 기호라는 미디어의 인큐베이터 속에서 거듭난다.

　물론 대중은 권력자의 지원을 받은 문화미디어의 의도적인 파시즘의 포로가 될 수 있다. 대중을 지배하려는 이러한 경향을 비판하고 저지하려는 것이 아도르노의 생각이다. 그래서 그의 관점에서 문화, 예술을 선전선동에 이용하여 대중을 노예화하려는 공산주의자의 사회주의적 리얼리즘 (socialistic realism)은 비판의 대상이 된다. 만인공정분배를 통해 지상천국을 강변하는 공산당의 의도가 대중의 의식 속에 완전히 내면화되고 그 종속된 상태가 고착화되어 운명화된 사례가 중국과 북한이다. 그림과 음악과 같은 미디어들은 고달픈 노동에 활력을 불어넣는 수단이 된다. 공공작업장에 나갈 때 행진곡을 들으며 돌진하는 노동자들의 역동적인 그림을 보며. 이른바 사회주의적 리얼리즘의 실천이다. 문화가 대중의 해방 수단으로 기능하지만 동시에 지배의 수단으로도 기능한다. 그러므로 대중산업은 대중의 이목을 최대한 끄는 것을 목표로 삼는다. 말하자면 전 세계 방송국은 TV 시청률(rating)에 사활을 건다. 이에 방송 중 광고를 할 때 대중으로 하여금 기다려 달라고 간청한다. 그리고 문화산업, 즉 언론 방송매체는 대중들이 자기들의 콘텐츠를 무조건 무비판적으로 대중들이 수용하기를 기대한다.

　그런데 문화산업의 발달은 불가피하게 전통적인 진정한 예술의 약화를 초래한다. 포스트모더니즘의 경향으로 뒤샹(M. Duchamp)이 다빈치의 『모나리자』(Mona Lisa)에 콧수염을 그려 모나리자라는 실재 위에 어른거리는 망상의 아우라를 훼손한 것은 예술의 정체성, 즉 예술을 통한 진리추구에 치명적인 타격을 주었다. 또 그가 시중에 판매 중인 소변기를 갤러리에 전시한 것도 그러하다. 예술의 아우라 상실에 대해서는 벤야민을 논할 때 언급될 것이다.

4 발터 벤야민과 아우라

4.1 히틀러와 벤야민

20세기 눈부신 과학의 발전에 힘입어 야성에서 이성으로 무장한, 과거 토굴 속에서 살았던, 인류가 생활을 좀 안락하게 살고, 인간숭배의 억압적인 왕정(Ancient Regime) 타도로 인하여 자유롭게 살아보려는 와중에 독일, 일본, 이탈리아의 바보스러운 야망은 전 세계를 지옥의 불구덩이 속으로 밀어 넣고 말았다. 이때 노벨(Alfred Nobel)의 폭탄발명도 인류학살(massacre)의 매체로 크게 기여했다. 물론 노벨상이라는 것으로 노벨의 부정적인 측면을 희석시키고 위장하고 있지만. 물론 폭탄은 순기능과 역기능이 있다. 건설과 파괴. 인류의 무지를 밝혀주는 이성의 불빛은 통제 불능으로 인하여 인간 스스로 소멸시키는 용광로를 만들어 매일 인간을 이성이 추진하는 거대한 용광로에 집어넣고 있다. 마치 영화 『에이리언』(*Alien*)에서 시고니 위버가 괴물을 잉태한 채 인류를 위해 용광로 속으로 몸을 던지듯이. 2차 대전 당시 민주주의는 시민을 행복하게 하는 정치적 장치가 아니라 일부 야망가들의 자아실현을 위한 무모한 전쟁을 공인하는 면죄부를 발급하는 제도에 불과했다.

이 격동의 와중에 베를린 출생의 벤야민은 학자로서 마르크스처럼 여러 대학 도서관을 전전하며 심오한 사상을 탐구하였다. 이것이 가능한 이유는 그의 유복한 가정의 경제력 때문이라고 할 수 있다. 만약 그가 기아선상에 위치한 상황이었다면 그가 철학이나 사상을 연구할 여유가 있었겠는가? 그러나 그의 혈통이 유대인이라는 것이 히틀러 치하의 독일사회와 충돌을 초래했다. 신변의 위협을 느껴 중립국인 스위스로 넘어가 베른대학에서 다소 평범한 주제인 [독일낭만주의 연구]로 박사학위를 취득했다. 그후 유럽의 파시즘을 증오하며 자유의 파라다이스 미국으로 망명을 시도하였으나 스페인에서 출국이 저지됨으로 스스로 생을 마감했다. 그가 시도하려 했던 과학시대의 예술과 문학의 방향은 후학의 과제로 남겨졌다.

4.2 복제의 시대

조물주는 자신을 복제하여 인간과 사물을 만들고 인간은 상상하여 조물주를 복제하고 자연의 모양과 기능을 복제한다. 그리고 지구에서의 삶의 모습을 깡통 재료로 만든 우주선을 타고 달, 화성에서 지구의 상황을 복제한다. 산소와 물을 생산하고 주거지를 짓고 오락시설을 건설한다. 복제는 인간의 삶의 전부이며, 복제 이전, 즉 언어 이전의 진실 혹은 진리에 대하여 향수를 가지고 있으나 망상에 불과하다. 그것은 꿈속에 등장하는 허깨비 같은 모습으로 인간을 유혹한다. 꿈속에서 나비가 장자를 유혹한다. 인간은 그것을 견강부회(牽強附會)하는 식으로 현실에 결부시키려 이성의 질긴 사슬로 포박하려 한다. 그러니까 복제 혹은 모방의 언저리에 맴도는 용어인 미메시스, 이미테이션, 리얼리티는 인간의 숙명이다. 이를 무시할 때 초인[Übermensch]이 된다. 복제의 운명을 재현하는 예술의 가면을 벗기려 한 앤디 워홀, 백남준, 마르셀 뒤샹은 사실상 또 하나의 복제를 창출한 셈이다. 마음속에 내재한 비관습적이고 비형식적인 욕망의 재현. 말하자면 사물의 모습을 그대로 재현하든 비딱하게(awry) 재현하는 것은 외면과 내면의 재현에 불과한 것이다. 그러니까 지구라는 행성에서의 삶의 권태로움에서 벗어나고자 하는 모진 몸부림인 것이다. 비행기를 타고, 차를 타고 어디까지 가겠는가? 하와이? 모로코? 파리? 뉴욕? 타히티? 결국 지구를 한 바퀴 돌아 원위치하는 것이 인간이다. 다람쥐 쳇바퀴와 같은 인생을 아등바등 살아간다. 오디세우스가 온갖 모험을 하고 결국 고향 이타카(Ithaca)로 회귀하듯이. 네모가 아니라 축구공 같은 지구를 떠나봤자 결국 원점으로 돌아오는 것이다. 땅을 파고 들어가 본들 결국 반대쪽에서 튀어나올 것이다. 결국 인간은 지구라는 무수한 은하수 가운데 한 은하수의 한 티끌 같은 행성에 갇힌 죄수에 불과하다. 이 현실을 진작에 깨달은 자들은 주정뱅이가 되거나, 향락주의자가 되거나, 숲속에 들어가 자학하며 명상하다 몽환 속에서 지껄인 이야기가 경전이 되어 사교(邪敎) 혹은 밀교의 스승이 된다. 그 말을 이해하기 위해 책자를 만들고, 모임을 만들고, 거대한 회당(synagogue)을 짓고, 행사를 한다. 진리의 개연성이 있든 없든 이런 식으로 살아가는 것이다. 결국 진리는 인간이 각자 신봉하는 것이다. 타자가 나의 구성요소이지만 결코 나 자신이 될 수는 없을 것이다. 타자는 나의 복제이며 나는 타자의 복제이다. 인간은 서로를 위한 매체적 존재인 것이다. 양치기 목동이 "늑대가 온다"라고 거짓으로 이웃에 알리듯이.

벤야민이 주장하는 복제는 기술적 복제이다. 자연, 예술작품, 화폐가 기계에 의해 복제되고 진본과 사본을 구분해야 하는 인간사회는 혼란에 빠진다. 문제는 가짜도 진짜 못지않게 예술적 숭고성, 즉 아우라를 발산하고 있다는 것이다. 진득한 탐구형의 학자보다 매스컴형의 학자가 대중에게 더 아우라가 있어 보이듯이. 기술의 발달 단계에 따라 복제수단으로 판화, 인쇄, 사진, 역동적인 영화가 등장한다. 자연의 모방을 미덕으로 삼아온 미술은 복제시대에 이르러 아노미(anomie) 상황에 빠진다. 그런데 진본을 옹호해야 할 인간들 사이에 오히려 사본의 범용성과 우연성을 지지하는 유파들, 무리들도 생겨났다. 앤디 워홀, 마르셀 뒤샹, 잭슨 폴락 등. 그런데 예술작품의 생명으로 여기는 아우라는 어떻게 할 것인가?

4.3 아우라와 판단중지(epoche)

원본이나 사본이나 고명한 예술품의 주변에 떠도는 신비한 기운을 [아우라]라고 하는데, 이것은 인간이 물질적 대상에 신비한 감정을 느낀다는 점에서 물질로 구성된 예술작품에 대한 심리의 과도한 투사(projection)가 아닌가 생각된다. 마치 오래 간직하던 낡은 지갑을, 오래 입은 낡은 옷을 쓰레기통에 버리기를 주저하듯이. 우리가 백두산 천지를 바라볼 때 민족의 얼이 서린 신비스러운 곳이라 느낄 경우, H_2O로 구성된 화산호수 천지에 대한 과도한 감정이 아닐까? 그리고 안개 자욱한 천지 속에 공룡이 살고 있다고 알려졌으니 더욱 신비감이 배가된다. 그러니 다빈치의 종이 위에 물감칠한 대상에 불과한 『모나리자』의 아우라를 소멸시키기 위해 뒤샹이 그녀의 얼굴에 수염을 그려 넣고 가가대소(呵呵大笑)한다.

복제의 아우라

한국인으로서 필자가 신비로워하는 예술작품이 천 년 이상의 역사를 이어오는 국보 『반가사유상』이다. 이 작품은 어디까지나 한반도의 고대인이 만든 [인공물](artifact)이자 기표이자, 불교적 의미를 다양하게 파생시킨다. 인생이라는 고해(苦海) 속에서 담담히 미소를 짓고 있는 모습은 그 흉흉한 상황에서 고통을 받고 신음하는 대중들을 위로하고 있다고 볼 수 있다. 인생은 원래 고통이라는 점을 인식하고 그것을 초월해 보라는 것이다. 인간이 고통을 벗어나는 길은 차안(=이승)에서 피안으로 위치이동을 하는 것뿐이다. 차안과 피안에서 미지의 존재인 미륵과 인간은 마주보며 평행선을 달린다. 인간이 피안의 강으로 넘어가기 위한 매체로서 육신의 배를 타고 가야 한다. 그런데 이 배는 날이 갈수록 낡아지므로 인간은 누구나 계속 수선을 하면서, 외부와 내부의 갖가지 타자로부터 공격을 받으면서 가야 한다. 그리고 인간에게 주어지는 에너지는 엔트로피(entropy)의 법칙에 의해 그 용량이 제한되어 있다. 아울러 피안으로 가야 할 이유와 목적도 사실 모르는 채 무작정 가는 것이다. 피안의 세상에 대해 차안의 사람들은 그저 이런저런 생각을 할 뿐이다. 가는 도중에 자신과 타자의 바람직하지 못한 인간관계로 인하여 많은 배들이 파산한다. 그냥 차안에 존재하는 것으로 인해 고통을 받고 그 와중에 피안으로 가야 하는 것이다. 그 이유를 알아내기 위하여 인간들은 원시시대 이래 그리스시대를 거쳐 근대 계몽기에 이르도록 지금까지 수 억 년, 수 천 년 동안 생각 중이다. 그러나 무작정 생각만을 하기에 주어진 시간이 너무

짧다. 그래서 현재까지 역사상 잠정적인 결론인 난 종교나 성인을 의지하며 고해의 바다를 나아간다. 불교의 붓다, 기독교의 그리스도, 이슬람의 마호메트, 유교의 공자 등. 만인들은 고해의 세상에서 의지할 초월자를 선택해야 한다. 이 가운데 필자는 "나는 길이요, 진리요, 생명이요"라고 말한 그리스도를 믿고 있다. 대중들은 이 고상하고 우아하게 보이는 이 기표에 대해 찬사를 멈추지 않는다. 이 찬사가 문자가 되어 경전이 되고 우리의 일상을 소비하는 매체가 된다. 일종의 대리 만족인 셈이다. 지구라는 닫힌 계에 갇힌 인간은 하나님이 모세에게 던져준 돌판에 새겨진 십계명이라는 매체를 마음속에 각인하며 감옥 밖의 세상을 갈구한다. 마찬가지로 붓다는 자신의 고행 혹은 수련의 체험을 설파하고 제자들이 이를 받아 적어 경전을 만들고 무료한 차안의 시간을 보내는 방편으로 삼고 있다. 그것을 일독하면 심심치 않게 인생을 보낼 수 있기에 일종의 오락거리에 속한다. 기존의 관점에서 해체주의자 데리다(J. Derrida)의 말에 따라 차이와 연기(difference and deferment)의 법칙으로 진행되는 인생의 상대진리 속에서 인간은 아무런 말이 없는 자연에 대해 인간은 괜히 의미를 생산하며 평지풍파를 일으키는 습성이 있다. 자연은 원래 무의미한 것이다. 인간이 무엇이라고 정의하든 존재하고 변하는 무상(無常)인 것이고, 인간은 단지 자연의 주변에 대해 사고하며 소요할 뿐이다. 이런 점을 히니의 「독립투사를 위한 진혼곡」("Requiem for the Croppies")에 적용해 보자.

우리의 외투 속에 보리가 가득...
식당도 운영치 않고, 그럴싸한 움막도 없고...
우리는 우리자신의 나라에서 잽싸게 움직였다.
한 사제가 유랑인들과 도랑 뒤에 누웠다.

행군하는 것이 아니라... 도보 여행하는 중...
우리는 매일 발생하는 새로운 전략을 생각해냈다.
우리는 적의 말고삐를 자르고 창으로 기마병을 찌르고
적의 보병대 쪽으로 양을 몰고 나서,
기병대가 돌진해오는 울타리를 통해 후퇴한다,
결국... 비니거 언덕에서... 그 마지막 중차대한 모임에서
늘어선 수천 명이 죽었다, 대포에 낫을 흔들며.
언덕배기는 피로 물들었고, 우리들의 부서지는 파도에 잠긴 채.
그들은 수의도 관도 없이 우리를 묻었다
그리고 8월에, 그 보리는 우리의 무덤 위에서 자라났다.

The pockets of our greatcoats full of barley...
No kitchens on the run, no striking camp...
We moved quick and sudden in our own country.
The priest lay behind ditches with the tramp.
A people hardly marching... on the hike...
We found new tactics happening each day:
We'd cut through reins and rider with the pike
And stampede cattle into infantry,
Then retreat through hedges where cavalry must be thrown.
Until... on Vinegar Hill... the final conclave.
Terraced thousands died, shaking scythes at cannon.
The hillside blushed, soaked in our broken wave.
They buried us without shroud or coffin
And in August... the barley grew up out of our grave[27]

---

27) http://famouspoetsandpoems.com/poets/seamus_heaney/poems/12705

정치의 파국과 자연의 현상이 공존한다. 피/아간의 전투와 자연의 순환적 원리. 자연은 피/아를 구분한 적이 없지만, 인간은 서로를 분리하여 파당을 만들어 정치적 추상에 존재를 던지는 괴팍한 짐승이다. 의리에, 명분에, 이념에, 명예를 위해, 국가를 위해. 이것이 헤밍웨이의 『무기여 잘 있거라』(A Farewell to Arms)에 나오는 정치에 대한 실존적 투쟁을 상기시킨다. "우리"의 민병대는 미국 독립전쟁 당시의 미니트맨(minute man)을 닮았다. 평소에는 각자의 생업에 종사하다가 전시에 모이는 민병대. 이에 반해 적군인 영국군은 훈련이 잘된 정규군[red coat]이며 기병대이다. 전쟁에서 승리하는 길은 인간을 대량으로 죽이는 매체에 의존한다. 누가 상대를 많이 죽이는가에 전쟁의 승패가 달려있다. 이때 살상을 많이 할 수 있는 매체가 등장한다. 여기서는 총과 "대포" 그리고 "낫"이 등장한다. 원시 시대처럼 백병전에서 맨주먹으로 상대를 죽이는 것이 아니라 총과 칼[낫]과 대포라는 미디어적 수단으로 상대를 죽이는 것이다. 상대를 죽이면 무엇이 남는가? 영혼 혹은 의식은 사라지고 너저분한 물체만 남는다. 시체, 무기, 소지품. 인간이 사물을 대할 때 의식이라는 미디어[의식의 지향성]가 발생하고, 불화가 생겨 전쟁이 일어날 때 무기라는 미디어가 동원된다. 이 미디어는 인간의 삶과 죽음, "보리"의 생육과 같은 자연현상에서 파생되는 평지풍파에 불과한 신기루이자 망상이다. 인간이 총에 맞아 죽은들, 병에 걸려 죽은들, 사슴이 사자에게 먹혀 죽은들 이 모두가 냉엄한 자연의 법칙에 따르는 것이다. 그러니까 미디어는 인간이 지상에서 주어진 수명을 소일하는 유익한 수단인 것이다.

그러지 않다면 인간이 지상에서 수십 년의 세월을 무엇을 하면서 보내겠는가? 물론 총, 대포, 칼 이외에 다른 매체도 있다. 축구공, 야구공, 농구공, 골프공, 책, 컴퓨터, 게임기, 자동차 등. 아니면 보리수 아래 6년간 명상. 각자의 취향대로 미디어를 골라서 인생을 소일하는 것이다. 그런데 위험한 매체는 수명을 단축할 것이다. 총을 든 자는 몽둥이를 든 자보다 얼마나 위험한가? 미국의 경우, 총이라는 미디어로 얼마나 무고한 인간들이 죽어 가는가? 일설에 따르면 개척시대에 인디언, 야수, 유럽 식민지 국가들, 무법자(out-law)들과 싸웠던 강인한 정신을 전승하기 위해서 총기를 보유한다는 것이다. 피해자에게 박히는 총알은 바로 가해자의 마음이 물리적으로 투사된 것이다. 이 작품은 제국주의(imperialism) 강자 영국에 대항하는 피 식민국 약자 아일랜드 인들의 저항에 관한 것이다. 전자가 후자를 지배하는 것은 전쟁 미디어의 수준 차이이며, 이 투쟁과정에서 설사 아일랜드 인들이 억울하다고 하더라도 자연의 법칙은 무심하게 적용된다. 적자생존. 이에 대한 약자의 눈물과 슬픔과 같은 감상은 자연의 법칙과 무관한 잉여적인 심리적 현상일 뿐이다.

다시 반가상으로 돌아가, 나무 혹은 광물질 같은 속된 물질로 구성된 미륵상이 어찌 아우라를 가질 수 있는가? 물론 이것은 필자의 속 좁은 선입견인지 모른다. 이 상의 주체는 불교라는 종교와 긴밀히 연관되는 인물이라는 점에서 붓다를 향한 의식의 확대(extension of consciousness)를 초래한 측면이 있다. 성모 마리아상을 통해 천국을 경험하려는 가톨릭도 이와 마찬가지다. 이는 육신의 확대(extension of body)를 추구하는 매체의 기능을 정의한 마셜 맥루언(M. Mcluhan)의 주장과 유사하다. 그리고 이 우상은 현재 첨단 주물공장에서 수없이 복제되어 진본의 아우라를 상실한다. 한편 진본의식에 대한 추락 혹은 소멸은 인간관계에 적용이 될 수 있을 것이다. 중국의 진시황제나 이집트의 파라오는 절대적인 권력의 진본이었다. 이와 달리, 아비 라이어스(Laius) 왕을 죽인 아들 오이디푸스, 로마 영웅 시저를 살해한 양아들 브루투스, 덩컨 왕을 시해한 충신 맥베스, 그리고 스스로 소멸시킨 베르테르, 나르시스를 생각해 볼 수 있다. 현재 반가상은 주물공장에서 제작되어 전국 도처에서 판매되고 있다. 그러니 원본의 아우라가 소멸되는 것은 당연하다. 각각의 사본이 원본을 능가하는 잉여실재(extra reality)를 주장하기에 말이다. 원래 사물의 신비로운 권위로서의 아우라는 인간의 공연한 평지풍파의 사유의 결과물에 대한 의미에 불과할 뿐이다. [산은 산이고 물은 물]일 뿐이다. 아니 원래 자연 속에 산도 없고 물도 없다. 그런데 인간에게 종합적 인식으로서의 오성에 의한 [판단중지]란 어려운 과업이다. 그것은 지상에서의 인간의 사명이 상실됨을 의미하기 때문이다.

4.4 제의가치와 전시가치

구약성경에 보면 어린 양을 태워서 하나님께 바치는 장면들이 무수히 나온다. 가장 엽기적인 사건은 하나님이 아브라함에게 이삭을 번제의 제물로 바치라는 명령이다. 이에 그는 잠시의 망설임도 없이 아들을 데리고 산으로 간다. 이른바 맹목적인 믿음이고, 키르케고르가 말하는 믿음을 향해 이해관계를 따지지 않고 절벽에 몸을 던지는 [맹목적 도약](blind jump)이 아닐 수 없다. 아브라함이 100세에 낳은 애지중지하는 아들 또한 조물주의 소산이기에 제물로 바칠 수 있는 믿음을 가지고 있었다. 이렇듯 하나님과 인간을 연결해 주는 통로로서 어린 양, 이삭, 예수는 성스러운 제의적 매체가 된다. 물론 십자가, 예수의 초상화도 그러하다. 그런데 기독교는 십계명에서 우상을 금지하므로 십자가, 예수의 초상화조차 우상이 되기에 이는 기원 없는 시뮬라크르 혹은 [참조대상 없는 것](non-referent)이 된다.

이런 점은 사물을 무상(無常)[변화하는 의미 없는 것]으로 바라보는 불교와 유사하다. 성경에서도 의기양양한 인간들에게 경고하는 [무상]을 의미하는 구절이 있다. 〈6 말하는 자의 소리여 이르되 외치라 대답하되 내가 무엇이라 외치리이까 하니 이르되 모든 육체는 풀이요 그의 모든 아름다움은 들의 꽃과 같으니/ 7 풀은 마르고 꽃이 시듦은 여호와의 기운이 그 위에 붊이라 이 백성은 실로 풀이로다/ 8 풀은 마르고 꽃은 시드나 우리 하나님의 말씀은 영원히 서리라〉(이사야 40:6-8). 이처럼 인간은 아침이슬처럼 한순간 존재하다 속절없이 사라진다. 그리고 하나님의 말씀은 인간의 야수적 욕망을 제어할 숭고한 매체 혹은 억압기제(repression mechanism)로서 영원히 존재할 것이다. 그렇지 않으면 사랑과 자비와 인내를 상실한 이기적인 인간들은 상호 살육으로 세상 자체가 존재할 수가 없을 것이다. CNN 방송을 통해 경찰에 의한 한 흑인의 무고한 죽음에 연유한 흑인 시위대가 돌연 폭도로 돌변하여 상점을 약탈하는 장면을 자주 보지 않았는가? 세계 강대국들이 지구를 수 십 번 파괴할 핵폭탄을 보유하고도 핵전쟁이 발생하지 않은 것도 거룩한 미디어[종교, 교훈, 신념]의 영향 탓일 것이다. 인간은 사라져도 하나님이 창조한 구조는 영원하다. 그러므로 인간은 하나님과 인간 사이에 존재하는 완충지대로서의 말씀의 미디어를 의지하고 자율적인 통제(free will)를 받고 있는 것이다.

서구사회에서 인간을 구제해줄 최고의 복제 예술품은 [성배](Holy Grail) 아닌가? 예수님이 최후의 만찬에서 포도주를 마신 컵. 그러나 이 컵의 기능이 신통방통한 마술적인 능력이 있는지는 모른 채 서구인들은 수천 년 동안 유럽의 산야와 중동의 사막을 뒤지고 다녔다. 만약 이 컵이 램프 속의 지니(genie)처럼 그런 무한한 능력이 있다고 한다면 어떤 일이 발생할 것인가? 그 소유자는 적대세력을 물리치고 세상의 모든 것을 독차지

하고 결국 과잉만족의 고통 속에서 신음할 것이다. [복]이 오히려 [독]이
된 셈이다. 이것도 고통이 되는 잉여쾌락으로서 주이상스(jouissance)의 일
종이라고 볼 수 있다. 포만감을 넘어서면 복통이 오는 법이다. 만지는 모
든 것을 금으로 만들 수 있는 마이더스는 결국 그 능력을 포기했다고 한
다. 가톨릭 제식에 사용하는 화려한 금잔은 얼마나 신성한 것인가? 세간
사람들이 이를 형식적이고 사치스럽다고 해도 절대적인 조물주의 향연에
때가 낀 술잔 대신 빛나는 금잔을 올리는 것이 죄 많은 인간의 도리가 아
닌가? 그 금잔엔 일반 금잔과 달리 신성한 의미가 내포된 제식적인 물건이
다. 인간이 조물주에게 바칠 것은 세속의 물질(materials)과 말(words)밖에
없다. 처음 수확한 과실을 제단에 올리고 입을 열어 조물주의 은총을 찬양
하기. 전 세계적으로 기독교 이전에 인간도 잡신의 제물이 되어 신전에 바
쳐졌다고 하지 않는가? 이것이 인간과 동물이 구분되는 지점이다. 이처럼
성배는 [제의가치](cult value)를 가진다.

벤야민이 보기에 예술 혹은 매체의 또 하나의 가치는 [전시가치]
(exhibition value)이다. 책이 인쇄물의 발달로 소수의 독점에서 독서대중
의 소일거리로 일반화되는 것처럼 예술 또한 소수의 독점에서 대중에게
삶의 재미, 즉 눈을 즐겁게 해주는 오락(distractions)으로 등장한다. 예술이
제의가치에서 전시가치로 전환됨은 인간이 조물주로부터 점점 유리되어
바벨탑을 쌓아 가는 방증인 것이다. 신성 중심에서 인성 중심으로 나아가
는 프로메테우스적 저항이라고 볼 수 있다. 미켈란젤로가 그린 성 시스틴
성당(The Sistine Chapel)의 천장에 그려진 『천지창조』는 제의가치보다는
유람객들의 눈을 즐겁게 주는 [전시가치]가 중시된다. 물론 천지창조에 대
한 제의가치를 무시할 수는 없을 것이나, 그것에 대해 참배를 하는 것이
아니라 하나님의 천지창조의 위대함보다 작가의 놀라운 묘사력에 감탄하

며 지나친다는 것이다. 전시가치는 인간능력의 한계에 도전한다는 점에서 그 오만의 규모가 방대해진다는 점에서 바벨탑의 비극성을 내포하고 있다고 볼 수 있다. 최근 발생한 프랑스가 자랑하는 거대한 노트르담 대성당 (Cathédrale Notre-Dame de Paris)의 대형화재도 제의가치를 상실하고 전 세계관광객들의 눈요기로 전락한, 그 전시효과에 대한 하나님의 분노의 징조일 수도 있겠다. 그것은 인간은 현상의 이면을 알 수 없고 현상의 발생에 대한 이런저런 결과만을 수렴하게 되어 있기 때문이다. 요즘 인간의 프라이드는 최고조에 달하고 있다. 백 층 이상의 고층빌딩을 세우고, 화성으로 우주선을 보내고, 시신을 급속냉각(liquified nitrogen cooling)시켜 부활시키려 하고, 인큐베이터에서 인간을 생산하려는 음모를 꾸미고 있다. 영화 『아일랜드』(*The Island*)를 보면 원조 인간을 복제하여 모조인간을 생산하고 원조인간 치료의 대상으로 삼고 있다.

그럼에도 인간은 주변에 많은 가치 무가치의 대상들로 포위되어 질식할 지경이다. 이 대상들은 인간으로 하여금 투쟁과 결핍과 질투를 파생시키는 요물들이다. 이 대상의 가치가 원시시대에서 중세에 이르도록 사용가치에 편중되었다가 르네상스 이후 계몽의식의 발달로 인한 문화의 진보로 인하여 사용가치가 기호가치로 전환되었다. 그리하여 보드리야르는 대상이 가치를 만드는 과정을 4가지로 제시한다. [1] 대상의 기능적 가치는 사용가치를 의미하는데 말하자면 자동차는 이동수단을, 냉장고는 음식보관의 기능을, 트랙터는 땅을 정지(整地)하는 기능을 가지고 있다는 것이다. [2] 대상의 교환적 가치는 한 여직원이 루이뷔통, 프라다 가방을 사기 위하여 몇 달 치의 월급과 교환하는 것을 의미한다. [3] 대상의 상징적 가치는 주체가 결혼기념, 졸업기념을 위해 선물을 하듯이 또 다른 주체에게 무엇을 기념하기 위하여 대상을 수여하는 것을 의미한다. [4] 대상의 기호적 가치는 인간사회에서 대상 내부에 존재하는 우월적 가치를 의미한다. 명품은 다른 대상과 비교하여 기능의 우월과는 상관없이 그 자체만으로 품위와 위신(prestige)을 의미한다. 한 대에 수억 원에 달하는 페라리(ferrari)와 같은 명차나 다이아몬드는 기능적인 측면이 아니라 사회계층의 범주, 신분 상승을 의미하는 오직 사회적 위상만을 가진다. 그렇다면 오셀로(Othello)의 손수건은 어디에 해당하는가?

4.5 매체로서의 영화

벤야민은 영화라는 매체에 주목했다. 그런데 영화는 장면을 짜깁기하여 만들어 낸다. 일종의 몽타주 기법이나 콜라주 기법이 적용되는 셈이다. 그런데 이 감독의 의도에 의해 조합된 누더기 매체를 통해 관중들이 감동하고 공포를 느끼고 울고 웃는 것은 요절복통할 일이다. 특히 한국의 관중들은 영화라는 매체에 매우 잘 포섭되는 감성적인 인간들이다. 인구 오천만 가운데 천만 명을 동원한 영화들이 얼마나 즐비한지. 과연 그 영화들이 천만 명을 동원할 진정한 가치가 있는지는 모른다. 친구 따라 강남가기 식의 부화뇌동의 결과가 아닌지. 영화는 그냥 편집된 영상일 뿐이다. 감독은 관중을 영화 속으로 유혹하여 감성을 유발하고 자아상실을 도모하며 화면 속 캐릭터의 운명을 관중들에게 투사시켜 그 콘텐츠 속의 이념을 각인시킨다. 마치 좀비들이 주위 사람들의 피를 흡입하여 또 하나의 좀비를 만들 듯이. 감독들의 이데올로기로 채워진 좀비와 팬덤(fandom)이 확산되어야 흥행이 성공하는 것이다.

영화는 문자나 그림으로 그리는 것이 아니라 카메라와 기계에 의한 영상의 편집으로 스토리가 구성된다. 정지된 장면의 연속적인 움직임이 기계를 통해 사연을 내포한 그림 이미지를 전개한다. 그러나 이것은 문학적 은유(metaphor)와 환유(metonymy)의 적용에 불과하다. 영화의 장면이 다른 장면과 교체되는 것과 전체적으로 편집되어 이야기를 구성하기에 일부가 전체를 대변한다. 그렇지 않으면 영화를 제시간에 제작할 수 없을 것이다. 아울러 우리의 인생 또한 은유와 환유로 진행됨을 부인할 수 없다. 주변의 사물은 무상하고 전체를 부분적으로만 확인하는 파편적 시각. 영화는 대중들의 이룰 수 없는 욕망을 대변하기에 프로이트의 꿈 작용(dream-work)의 현실적 재현으로 볼 수 있다. 의식의 흐름(stream of consciousness)처럼 과거/현재/미래를 종횡무진하며 환상적인 사건들을 보여주어 현실의 답답함을 무의식적으로 해소시켜 박제된 일상의 정상화에 일조한다. 영화가 없다면, 꿈이 없다면 인간은 얼마나 숨이 막히고 경직된 현실을 살아가야 할 것인가? 물론 정치인, 연예인, 마술사가 그 역할을 수행할 수는 있을 것이다. 영화가 현실을, 아니 현실 이상 혹은 과잉현실 혹은 초과현실을 복제한다는 점에서 인간을 현실로부터, 역사로부터 소외시켜 낭만주의의 결과물인 초월적 주체(transcendental subject) 형성에 기여한다. 그런데 영화는 깜깜한 공간에서 집중도를 높이는 가운데 정해진 이야기가 중단 없이 일방적으로 진행되어 권력의 이데올로기를 효과적으로 전달한다는 점에서 관중은 미디어 권력의 지배를 당한다. 그 영화가 모더니즘계열 영화이든, 포스트모더니즘계열 영화이든 상관없다. 관중은 영화 상영 시간 동안 꼼짝없이 감독 혹은 감독의 배후에 자리하는 공권력이 강제로 주입하는 이데올로기의 좀비가 되는 것이다. 그래서 영화를 통해 감독이나 권력의 포로가 되지 않는 방법은 기계적 자동적 습관적 몰입보다는 변증법적, 비평적 태도로 임하는 것이 의식유지의 건전한 의식상태를 유지하는 데 바람직할 것이다. 일종의 자의식적인(self-conscious) 태도를 견지하는 것이다. 으레 그렇지만, 제작자의 원근법적 구도에 몰입 (immersion)되어 [자아상실]의 상태가 되기보다 버티기(resistance)를 통해 [자아회복]을 도모할 수 있는 것이다. 그런데 영화는 관중의 의식을 특정한 주제에 집중시킨다는 점에서 정치적인 선전선동(propaganda), 특정인의 우상화(idolization)에 대단히 효과적이다. 환유적으로 특정한 화제, 주제만을 부각시켜 전체를 호도하는 기가 막힌 선전매체가 되는 것이다. 이점을 벤야민도 우려했다.

영화는 우리의 육안보다 영화 속의 모든 사건의 실체를 아는 듯한 제3의 시각을 가진다는 점에서 전지자적 관점(omniscient view)을 유지한다. 우리의 기대에 부응하기도 하지만 반전을 기도하는 수가 허다하다. 갇힌, 구태의연한 세상을 탈출하기 위해 자유를 찾아 노를 힘차게 젓는 『트루먼쇼』(The Trueman)의 트루먼[짐 캐리]은 세상에서 살아 온 것이 아니라, 일종의 기획된 무대 위에서 살아온 것이다. 그래서 가상현실로서의 무대의 통로를 통해 세상을 탈출하여 신-아메리카를 발견한다. 무대 밖은 무대의 연장이다. 한 인간과 또 다른 인간이 제각기 상상 속에서, 꿈속에서 세상을 탈출하듯이. 한 인간은 다른 인간들을 인생이라는 무대 위에서 만난다. 각자 주어진 역할에 따라 사건을 연출한다. 무대와 역할은 인간관계의 매체로 기능한다.

영화는 대중에게 그림처럼, 현실처럼 보이지만 그것은 편집된 현실의 이미지에 불과하다. 이미지는 무형의 상태로 대중에게 감정을 유발시킨다. 소름, 공포, 기쁨, 희망 등. 하지만 영화는 사실로 환원되지 않는 시뮬라크르에 불과하다. 그리고 그것은 우리의 마음속에 지각으로 존재한다. 그리고 그것은 어렴풋한 추억이, 기억이, 우상이 된다. 예를 들어 시인 김광규의 시제 「희미한 옛사랑의 그림자」[28]의 내용처럼. 실재에서 발생한 이미지와 기호는 영화 속에서 유희하지만 사실 현실로 환원될 수 없다. 그것들은 임의적이며, 자기를 기반으로 하는 자기-참조적(self-referential)이기 때문이다. 회화작품은 그 속으로 감상자가 뛰어 들어가야 하고, 영화작품은 그 속에서 지니, 터미네이터, 배트맨, 헐크가 뛰쳐나온다. 감상자는 전람회에 걸린 혼란스러운 추상화를 온 마음을 다하여 이해하려고 애를 쓴다. 영화는 거기서 나오는 영웅들을 통해 관중들의 행동을 부화뇌동케 한다.

---

28) 4 · 19가 나던 해 세밑/ 우리는 오후 다섯 시에 만나/ 반갑게 악수를 나누고/ 불도 없이 차가운 방에 앉아/ 하얀 입김 뿜으며/ 열띤 토론을 벌였다/ 어리석게도 우리는 무엇인가를/ 정치와는 전혀 관계없는 무엇인가를/ 위해서 살리라 믿었던 것이다// 결론 없는 모임을 끝낸 밤/ 혜화동 로터리에서 대포를 마시며/ 사랑과 아르바이트와 병역 문제 때문에/ 우리는 때묻지 않은 고민을 했고/ 아무도 귀 기울이지 않는 노래를/ 누구도 흉내 낼 수 없는 노래를/ 저마다 목청껏 불렀다/ 돈을 받지 않고 부르는 노래는/ 겨울밤 하늘로 올라가/ 별똥별이 되어 떨어졌다// 그로부터 18년 오랜만에/ 우리는 모두 무엇인가 되어/ 혁명이 두려운 기성세대가 되어/ 넥타이를 매고 다시 모였다/ 회비를 만 원씩 걷고/ 처자식들의 안부를 나누고/ 월급이 얼마인가 서로 물었다/ 치솟는 물가를 걱정하며/ 즐겁게 세상을 개탄하고/ 익숙하게 목소리를 낮추어/ 떠도는 이야기를 주고받았다// 모두가 살기 위해 살고 있었다/ 아무도 이젠 노래를 부르지 않았다/ 적잖은 술과 비싼 안주를 남긴 채/ 우리는 달라진 전화번호를 적고 헤어졌다/ 몇이서는 포커를 하러 갔고/ 몇이서는 춤을 추러 갔고/ 몇이서는 허전하게 동숭동 길을 걸었다// 돌돌 말은 달력을 소중하게 옆에 끼고/ 오랜 방황 끝에 되돌아온 곳/ 우리의 옛사랑이 피흘린 곳에/ 낯선 건물들 수상하게 들어섰고/ 플라타너스 가로수들은 여전히 제자리에 서서/ 아직도 남아 있는 몇 개의 마른 잎 흔들며/ 우리의 고개를 떨구게 했다// 부끄럽지 않은가/ 부끄럽지 않은가/ 바람의 속삭임 귓전으로 흘리며/ 우리는 짐짓 중년기의 건강을 이야기했고/ 또 한 발짝 깊숙이 늪으로 발을 옮겼다//

이렇듯 인간의 순수한 의지와 욕망은 가정, 학교, 직장, 정부 등 사회매체의 영향으로 각기 사회체제에 적응하는 과정[individuation]에 타자와의 충돌로 인해 심신을 소진하여 자발적으로 혹은 자연적으로 세상 밖으로 사라지는 것이다. 이때 인간에게 주어지는 묘약은 노동을 위한 에너지원으로서의 음식과 권태를 보완하기 위한 오락, 예술, 취미뿐이다. 이런 삶의 악순환구조를 탈피하기 위하여 수행자들은 산속에서 깊은 명상에 빠진다.

그러니 영화는 공산주의자, 정치인의 선동 도구로서 매우 효율적이다. 이때 적용되는 것이 사회주의적 리얼리즘이다. 공산주의자들은 집단 노동을 할 때 노동을 고무(鼓舞)하는 역동적인 대형 그림을 걸거나 악단으로 하여금 흥겨운 노동가를 반주케 한다. 노동과 예술의 혼연일체. 이것은 플라톤의 바람직한 이상이기도 하다. 예술이 사회와 유리되지 말고 은둔적이고 초월적인 시인도 국가발전에 기여하기. 사회주의자들은 예술은 실 없고 공허한 활동 혹은 부유한 특별한 계층의 취미로 인식하고 있다. 기저 구조(base structure)의 노동을 정당화하고 상부구조(super structure)에 대한 계급투쟁(class struggle)을 합리화 한다. 영화를 통해 정치적 목적을 실현하려고 한다. 사회주의라는 메타-서사(meta-narrative)를 주입하는 데 안성맞춤이 영화라는 미디어이다. 큰 창고에서 조명을 끄고 중앙의 스크린에 특정 이념을 반복적으로 세뇌시키는 작업이 얼마나 효율적인가? 마치 최면술사가 피분석자를 수면 속에서 절대적으로 명령하듯이. 한국의 경우, 북의 노선을 추종하는 좌익세력에 의한 미국 철수, 북한과의 친교, 일본에 대한 적개심, 중국에 대한 우호, 사회주의 정책의 미화 등.

　　벤야민은 영화의 대중적 영향에 대해 우려를 표명했지만 다양한 매체로 인한 현대의 정신분열(schizophrenia) 혹은 정신분산(distraction)의 현상을 우려했다. 물론 역사상 인간의 획기적인 성취는 다소의 편집적인 집중력이 요구된다. 현재 실험실에서 연구와 침식(寢食)을 겸하는 전 세계의 연구자들은 특정 주제에 대한 편집증으로 충만하다. 천체의 연구, 바이러스의 연구, 항암제의 연구, 줄기세포의 연구, 로봇에 대한 연구, 자율주행에 대한 연구, 인공지능에 대한 연구, 생로병사에 대한 연구 등. 지금은 매체 과잉의 시대에 살고 있음이 분명하다. 라디오, TV, 영화, 신문, 책, 예술, 인간자체, 모바일 기계, 자동차, 로봇 등. 현대인은 쏟아지는 매체로 인하여 무료할 틈이 없다. 인간과 인간 사이를 연결하는 매체는 무궁무진하다. 그래서 운전하면서 모바일 기계를 다루다 죽기도 한다. 21세기 매체시대에 초래되는 현대인의 분열 증세는 치료를 요하는 증세로 발전한 상태이다. 디지털 환경에 적응하기 위한 생활태도도 매체를 통해 다양한 활동을 동시에 수행하는 멀티시대에 합당해야 한다.

벤야민은 기술의 발달로 인한 복제시대에 아우라가 소멸되었다고 주장하지만 필자는 동의하지 않는다. 그것은 원본과 사본의 구분이 어려운 지금의 현실에서 사본에서도 원본 못지않은 아우라가 발생할 수 있다는 것이다. 말하자면, 고흐의 『별이 빛나는 밤에』의 경우, 이 작품을 컴퓨터로 다운로드하여 정밀 복사기로 출력하여 벽에 걸어놓았다면 그 사본을 통해서도 고흐의 영혼을 충분히 감지할 수 있지 않을까? 그러니까 원본과 사본이 내파(implosion)되어 그 진/위의 구분이 어려운 시뮬라크라의 시대가 도래했다고 보드리야르가 천명했듯이, 이제부터 시뮬라크르가 아우라를 발산하는 것이다. 고전영화 『벤허』에서 주인공 벤허가 비록 연기에 불과하지만 아우라를 발산하고, 영화 『십계』에서도 주인공 모세가 홍해를 가를 때 아우라를 충분히 느낄 수가 있었다.

그러니까 원본이 가지고 있던 아우라가 원본보다 더 원본 같은 가짜인 시뮬라크르에게 계승된 것이다. 한편 플라톤의 말에 따르면 이 세상의 모든 사물이 가짜뿐인데, 아우라를 유령의 이데아만이 가지고 있는 것이 아니라 가짜들이 향유할 수밖에 없지 않은가?

4.6 마르크시즘과 신비주의(mysticism)

20세기 초-중반 사람인 벤야민이 기술복제로 인한 진리의 원전성 상실, 원본과 사본의 내파, 그리고 아우라의 상실에 대한 자연스러운 문화적 추이와 유감을 표명하였지만 역설적으로, 아니 온고이지신(溫故而知新)의 정신에 의하여 그의 사상은 과거의 사상과 소통한다. 그것은 그가 유대교의 신비철학으로서의 카발라(Kabbalah)[29)]에 대한 관심이었다. 그것은 선과 악의 기원에 관한 것이다. 복잡한 카발라의 원리 가운데 핵심적인 내용은 태초에 신의 고귀하고 성스러운 자질들이 유리용기 속에 담겨 있었지만 악의 존재로 인하여 오염되어 이 용기는 산산조각이 나서 전 지구로 흩어졌다는 것이다. 그리고 그가 관심을 가진 종교는 밀교(Tantric Buddhism 또는 Esoteric Buddhism)[30)]인데 나중에 범신론적이고 전체론(holism)적 영

---

29) 카발라(히브리어: הלבק 캅발라, Kabbalah)는 유대교 신비주의 사상을 말한다. 히브리어 '키벨'에서 온 말로, '전래된 지혜와 믿음[≒전통]'을 가리킨다. 세계의 도처에서 볼 수 있는 신비주의 전통과 일맥상통한다. 카발라는 신비주의의 양식을 그대로 좇고 여타 신비주의처럼 특정한 카발라 교의(敎義)의 독선주의도 배제된다. 많은 유대인은 카발라를 토라[유대인의 율법] 연구의 연장선상에서 보고 토라에 내재된 깊은 의미를 연구하는 것으로 간주한다. 토라의 연구는 전통으로 다음과 같은 4단계로 나뉜다. ① 페샤트(Peshat): 겉으로 나타난 뜻 ② 레메즈(Remez): 비유하거나 은유성을 띤 뜻 ③ 데라쉬(Derash): 랍비나 미드라쉬[율법해설서]답게 재해석 ④ 소드(Sod): 토라에 내재한 비밀을 신비스럽게 해석. 토라에 내재한 비밀 연구[소드]를 카발라라고 한다.
[https://ko.wikipedia.org/wiki/%EC%B9%B4%EB%B0%9C%EB%9D%BC]

30) "밀교란 무엇인가? 불교는 현교와 밀교로 대별됩니다. 요약해서 말하면 현교는 석가모니(Sakyamuni)을 교주로 하는 응화불의 가르침이고 밀교는 비로자나불(Virocana)을 교주로 하는 법신불의 가르침이라는 뜻입니다. 현교라는 말은 "현로불교(顯露佛教)"란 용어를 줄인 말입니다. 현교의 교주이신 석가모니불은 지금으로부터 2천 5백여 년 전에 이 세상에 모습을 나타내셨고(顯露) 그 법 또한 중생의 근기에 따라 팔만사천으로 설해져 있으므로 현로불교라 하며, 밀교의 교주이신 비로자나불은 법신불이므로 우리 중생의 눈으로는 볼 수 없고(秘佛) 그 법 또한 비오(秘奧)에 가려져(비법) 신통묘유함을 헤아릴 수 없기 때문에

적 각성을 중시하는 뉴에이지 운동(New Age Movement)31)과 접목된다.

『역사철학에 대한 논문들』(*Theses on the Philosophy of History*)에서 그는 과거의 혼돈과 현재의 진보를 융합시키려 했다. 그런데 그가 주로 마르크시즘 계열의 사람들과 학문적 인간적 친분을 나누었는데 정작 이 저술에서 유대인답게 그가 예수의 재림을 이야기하고 있다는 것이다. 좌파 프랑크푸르트학파(Frankfurt School) 멤버들은 그와 함께 독일을 탈출하여 프랑스, 스위스, 미국 등으로 망명한 동지들이다. 벤야민이 마르크시즘에 젖어들게 된 것은 1930년대에 낯익은 사물의 낯설기(de-familarization)를 주장한 베르톨트 브레히트(Bertolt Brecht)로부터 영향을 받은 바 컸다. 물론 만민평등의 기독교 사상은 마르크시즘과 일면 상통한다. 아울러 신성에 대항하는 인본주의와 그로 인해 존재의 목적과 존재의 이유에 대한 회의를 표명하는 허무주의와의 갈등에 대해서도 기술한다. 그의 저술 가운데 가장 널리 알려진 『기술복제시대의 예술작품』(*The Work of Art in the*

비밀불교(밀교)라 하는 것입니다. 하나는 법이 드러나 있기 때문에 드러난 불교 즉 현교(顯教)라 하고 또 하나는 법이 비밀이기 때문에 비밀의 불교 즉 밀교(密教)라 하는 것입니다."[https://ockin.tistory.com/708] 현교는 다른 수단이 없기에 현실 방편적인 언어적 매체[언설]에 의해 전파하고 내세에서의 삶을 기대하지만, 밀교는 언어매체를 초월한 것이고 [체설] 각자의 몸 그대로 현세에서 성불하기를 기대한다. 아울러 티베트 불교는 대개 밀교인데, 경전을 매일 암송하고, 만다라 같은 표상을 그리고, 오체투지(五體投地) 같은 체험적 수련을 한다. 죽었을 때 시신을 태우지 않고 독수리 먹이가 되어 자연으로 돌아간다.

31) New Age is applied to a range of spiritual or religious beliefs and practices which rapidly grew in the Western world during the 1970s. Precise scholarly definitions of the New Age differ in their emphasis, largely as a result of its highly eclectic[diverse] structure. Although analytically often considered to be religious, those involved in it typically prefer the designation of spiritual or Mind, Body, Spirit and rarely use the term New Age themselves. Many scholars of the subject refer to it as the New Age movement, although others contest this term and suggest that it is better seen as a milieu or zeitgeist. [https://en.wikipedia.org/wiki/New_Age]

Age of Mechanical Reproduction)은 미디어 전문가들의 필독서이다. 무상 (無常)의 원리에 따라 16~18세기 장인과 도제(apprentice)에 의한 소수의 원본 생산시스템의 시대가 사라지고, 특히 바이올린의 경우, 스트라디바리 우스(Stradivarius)와 과르네리(Guarneri)는 철저한 도제식 기술이전에 의해 제작되었으며, 기계가 이들을 대체하여 무한정 원본 같은 사본을 재생산하 는 기술복제 시스템의 시대가 되었고 이를 [지각적 전환](perceptual shift) 으로 볼 수 있다. 이 시대는 속도와 생산능력이 중시된다.

그는 예술작품이 시간과 공간 속에서 제작 혹은 생산되는 것이기에 시간의 흐름 속에 점차 부패 혹은 해체되어 소멸될 수밖에 없으므로 아우 라도 사라질 수밖에 없다고 본다. 『모나리자』의 아우라도 언젠가 먼지가 되어 사라질 것이다. 벤야민의 주장을 논할 것 없이, 인공적인 예술의 아우 라, 이것은 얼마나 웃기는 발상인가? 이는 인간 스스로 자기를 칭송하는 나 르시시즘이다. 작품의 아우라는 현실에만 통용되는 조악한 것이다. 현실 너머의 차원인 피안의 세계에서 현실에서 유통되는 100달러 지폐의 아우라 는 무의미하다. 그럼에도 그 허무한 아우라를 붙잡기 위하여 인간은 필사 적으로 무리한 노동, 탐구, 수련을 한다. 얼마 전에 불교영화 『무문관』(無門 關)이라는 영화를 보았다. 비구가 득도를 위해, 불교의 아우라를 붙들기 위 해 3년간 벽장 같은 독방에서 횡설수설의 금언[화두]을 붙들고 홀로 씨름 을 하는 것이다. 그런데 인간은 자동차처럼 연료를 주입해야 기능하는 존 재이고 비중이 있고 중력의 영향을 받는다. 또 수명도 100년 이내로 제한 을 받는다. 그럼에도 이를 초월하려 명상 혹은 잠 속에 잠긴다. 그리하여 기진맥진한 상태에서 심신에 일어나는 갖가지 부작용 혹은 반작용들이 명 상의 결과물로서 득도의 상징이 되는 것이다. 이는 일종의 정신착란의 시 뮬라크라로 볼 수 있다. 붓다도 보리수 나무 아래서 6년의 명상 끝에 마귀를 상봉했다고 기술하고 있지 않은가? 이 마귀들은 지상에 존재하지 않음에도 밀교적인 차원에서 존재하는 듯한 시뮬라크르인 것이다. 혹은 칼 융이 주장하는 의식의 기저에 존재하는 유령 같은 원형(archetypes)인지도 모른다. 이에 대한 서구의 패러디가 『닥터 파우스트』(Doktor Faustus)가 아닐까 한다. 흘러간 청춘의 아우라를 붙들기 위해 악마에게 영혼을 담보로 잡히고. 물론 성경[누가복음]에 예수가 광야에서 40일간 고행하다가 마귀를 만난 적이 있다 한다.

4.7 기술복제와 예술의 진정성

『기술복제시대의 예술작품』에서는 사회적 패러다임의 전환에 대한 사회변화의 당위성에 대한 당연한 의사를 토로한다. 산업혁명의 결과 초래된 사진, 철도, 영화의 등장은 사회에 혁명적인 변화를 주었다. 특히 사진은 회화에 충격을 주었는데 그 원본의 주위를 맴돌던 정체 불능의 아우라가 소멸되었다는 것이다. 금이 돌멩이처럼 어디든지 산재하다면 금의 아우라가 존재하겠는가? 주변에 미인들이 바글거리는 유명 남자배우에게 미녀의 아우라가 존재하겠는가? 그리하여 그들은 개미허리 미녀들의 구애에 지쳐 특이한 성도착자(pervert)가 되는 것이다. 원본은 유일무이하다는 점에서 초월적인 분위기를 가지는 신비주의에 사로잡힌다. 이것이 그 앞에서 감탄사를 연발하는 이른바 엄숙하고 거룩한 [제의가치] 혹은 [종교적 가치]라는 것이다. 그런데 이를 사진기를 통해 무수히 복제하니 신성할 리 만무하다. 그리하여 독점적인 원본은 사진기로 복제되어 퀴퀴한 골방에서, 대중들이 지나는 전봇대에 걸리는 것이다. 그래서 원본의 제의가치는 희소성을 상실하고 전시가치로 변화된다. 구역질 나는 인공적인 정형의 아우라를 소멸시키기 위해 워홀은 코카콜라 깡통을, 뒤샹은 소변기를 전람회에 전시하고, 잭슨 폴록(Jackson Pollock)은 물감을 캔버스에 아무 데나 뿌려대며 우상파괴에 동참한다. 18세기 유럽의 소설의 대중화와 마찬가지로 회화의 대중화 운동으로 볼 수 있겠다. 중국의 공산주의식 문화혁명[32]이 아니라 일종의 민주적 혹은 자본주의적 문화혁명인 셈이다. 이제 사진이 회화 대신 사물의 재현을 담당하기에 회화는 사물을 비틀어 활로를 모색해야 했을 것이다. 여태 회화는 사물의 재현성 혹은 동일성에 강박적으로 사로잡혀 있었다. 인상주의나 표현주의 같은 내면의 야수들을 끌어내는 시도를 해야 했을 것이다. 세잔(Paul Cézanne)의 산(山)은 일반적인 산과 다르고, 반 고흐의 밤하늘은 일반적인 밤하늘과 다르다. 이런 점을 예이츠의 「고담준론」("High Talk")에 적용할 수 있다.

키 큰 죽마 없는 행렬은 이목을 끌 수 없다.
증조부의 죽마는 20피트,
나의 죽마는 고작 15피트, 근래에는 그것만도 못하다,
세상의 도둑놈들이 그것들을 훔쳐 담장을 고치거나 땔감으로 썼다.

---

32) The Cultural Revolution, formally the Great Proletarian Cultural Revolution, was a sociopolitical movement in China from 1966 until 1976. Launched by Mao Zedong, Chairman of the Communist Party of China (CPC, commonly referred as the Chinese Communist Party, CCP), its stated goal was to preserve Chinese Communism by purging remnants of capitalist and traditional elements from Chinese society, and to re-impose Mao Zedong Thought (known outside China as Maoism) as the dominant ideology in the CCP. The Revolution marked Mao's return to the central position of power in China after a period of less radical leadership to recover from the failures of the Great Leap Forward, which led to approximately 30 million deaths in the Great Chinese Famine only five years prior. [https://en.wikipedia.org/wiki/Cultural_Revolution]

얼룩빼기 당나귀, 끌려가는 곰, 우리에 갇힌 사자, 그저 시시한 쇼에 불과하기에, 아이들이 나무발가락 위의 키다리 광대를 보고자 안달하기에, 2층에 사는 여자들이 창문에서 그 얼굴을 보고자 안달하며 양말을 꿰매다가 소리를 지르리라, 나는 끌과 대패로 작업을 한다.

나는 죽마를 만드는 말라카다, 내가 배운 것은 소용이 없다,
목덜미에서 목덜미로, 죽마에서 죽마로, 아비에게서 아이까지.
모든 것이 은유다, 말라키든 목마든 모두. 기러기 한 마리가
밤하늘 높이 나르고; 밤은 분리되고 새벽이 흩어진다; 나는, 빛의 놀라운 진기함을 통하여 한 걸음 한 걸음 걷는다; 저 거대한 해마들이 이빨을 드러내고 새벽에 웃는다.

Processions that lack high stilts have nothing that catches the eye.
What if my great-granddad had a pair that were twenty foot high,
And mine were but fifteen foot, no modern stalks upon higher,
Some rogue of the world stole them to patch up a fence or a fire.
Because piebald ponies, led bears, caged lions, make but poor shows,
Because children demand Daddy-long-legs upon his timber toes,
Because women in the upper storeys demand a face at the pane
That patching old heels they may shriek, I take to chisel and plane.

Malachi Stilt-Jack am I, whatever I learned has run wild,
From collar to collar, from stilt to stilt, from father to child.
All metaphor, Malachi, stilts and all. A barnacle goose
Far up in the stretches of night; night splits and the dawn
breaks loose;
I, through the terrible novelty of light, stalk on, stalk on;
Those great sea-horses bare their teeth and laugh at the dawn.[33]

---

33) https://www.poetryverse.com/william-butler-yeats-poems/high-talk

대중들이 세잔과 고흐를 위대한 화가로 보는 이유가 이 작품 속에 은 유적으로 드러난다. 그것은 투명한 사물을 그대로 표현하지 않고 다른 사물을 동원하여 에둘러서 표현하는 것이다. 나무를 나무라고 표현하지 않고 다른 사물을 빌려 나무라고 표현하는 시적 재능. 이에 대하여 시인 키츠는 사물에 대한 지나친 감상을 절제하는 [소극적 수용력](negative capability), 문호 엘리엇은 [객관적 상관물](objective correlative), 프랑스 시인들은 추상적인 언어보다 구체적인 언어를 선택하는 이미지즘(imagism)[34]을 제시했다. 사물에 대한 직관적인 사고를 실천하는 시인은 사물의 거죽을 사생화처럼 묘사하는 소설가가 아니기 때문이다. 그러니까 시인이 되기가 어려운 것이다. 기원전 플라톤 시절에 시인이 하늘로부터 신탁을 받은 예언자로 추앙을 받았듯이. 이 작품에서 시적 화자(poetic narrator or subject in enunciation)는 첫 스탠자에서 문화의식과 야만의식 혹은 생존의식을 대비하고 있다. 이 "죽마" 행사는 아일랜드의 전통의식이기에 문화적으로 아니 민족적으로 중요한 의미가 있는 전통의 미디어이지만 이에 무지한 아일랜드인의 현실의식을 질타한다. 이는 "죽마"를 훔쳐 "땔감"으로 사용하는 것. 필자의 경우 벽촌(僻村)에서 살던 빈궁한 시절 동네 아이들이 집안에서 막걸리 술병으로 사용하는 백자항아리를 엿으로 바꿔먹던 빈궁한 시절의 상황과 유사하다. 하지만 민족문화의 전승이 민족의 정체성 보존 내지 영국 치하로부터 탈-식민지적 타성에서 벗어나는 전기가 되기 때문이다. 이런

---

34) 다른 의견이 있을 수 있지만, 이미지즘의 원조는 영국의 철학자 흄(T. E. Hume)이다. 그는 사물을 정확히 표현하기 위하여 추상적인 낭만주의를 반대하고 구체적인 이미지즘을 시의 원리로 주장한다. 그리고 자연/인간/신이 조화를 이루는 연속적인 세계관을 부정하고 이 세 가지 요소가 단절되는 불연속성을 주장한다. 인간의 인식을 통해 최대한 사물의 객관성을 확립하는 것이 이미지즘의 목표이다. 그래서 이미지즘 계열의 시의 느낌은 울컥하는 낭만주의와는 달리 메마르고 건조하다.

열악한 상황에서도 "나는 끌과 대패로 작업을 한다"에 보이듯이 시적 화자는 열심히 민족문화의 계승을 위해 노력한다.

여기서 "말라키"는 구약성경의 한 챕터로 나오는 「말라기」의 선지자 "말라기"를 이름으로 추측된다. 알다시피 그는 하나님의 언약을 망각하는 노예상태의 이스라엘 백성들에게 하나님의 언약을 선포하여 희망을 주는 지도자이다. 이는 피식민지의 아일랜드 인들을 가나안 땅으로 인도하려는 예이츠의 사명과 양립한다. 시적 화자가 죽마를 만드는 것은 시적 화자가 시를 쓰는 것과 마찬가지로서 죽마나 시는 모두 민족문화의 계승을 수행하는 미디어로서의 역할을 수행한다. 그리하여 그는 사물의 원리를, 삶의 원리를 "은유"의 원리로 정의한다. 그런데 은유의 원리는 미디어의 원리와 동일하다. 방송미디어는 사실에 대한 대체적인 수단이고, 미사일, 대포, 총은 살인의 가시적인 미디어이기 때문이고, 인간본질 혹은 인간정체성의 미디어는 철학 혹은 신학 아닌가? 따라서 사물의 원리가 미디어의 원리이기에 진정성(authenticity)이 부재한 것은 당연하고, 사물로부터 진정성을 찾아 헤매는 것은 돈키호테와 풍차와의 싸움과 유사하다. 사물은 인간에 의해 미디어로 재창조된다. 그러니까 조물주가 사물을 창조하고 인간은 사물을 미디어로 재창조한다. 그리하여 인간은 스스로 창조한 미디어의 세계 혹은 기호의 세계 속에서 진리를 찾기 위해 헛되이 투구(鬪毆)한다. 노자가 말했듯이, 인간이 진리, 진실이라고 인정하는 것은 이미 진리, 진실이 아닌 것이다.

일평생 집 주변만을 맴돌다 타계한 사색의 달인 칸트의 고리타분한 시대가 흘러 18~19세기 영국의 스티븐슨(Gorge Stephenson)이 발명한 증기의 힘을 이용한 철도의 개발로 인하여 인간의 의식구조는 고정적인 상황에서 유랑적인 상황으로 변모된다. 벤야민은 철도의 발달을 사진이 영화로 바뀌는 동기로 인식한다. 열차를 타고 가면 주변의 광경들이 주마등처럼 스쳐 지나간다. 서구적인 언어로 파노라마(panorama)적이라는 것이다. 열차가 지나감에 따라 풍경이 지속적으로 바뀌는 것은 영화산업의 탄생을 전조한다. 이른바 영화라는 이미지 산업의 등장이다. 정지된 사진의 동작으로 유발하는 이미지의 움직임이 시간에 따라 긴 스토리텔링을 구축하는 것이다. 그리하여 열차가 개발되고 얼마 후 1891년 발명황제 에디슨은 [키네토스코프](kinetoscope)라는 영사기를 발명했다. 이 초기의 영사기는 4년 후 뤼미에르 형제가 만든 [시네마토그라프](cinematographe)라고 부르는 현대식 영사기로 대체되었다. 영사기가 발명됨으로써 실존주의자들의 주장대로 지상에 부조리하게 내던져진 인간의 삶에 약간의 재미가 주어지고 일평생 공전과 자전에 의한 지상의 삶의 무료함을 덜게 되었다. 그런데 모든 사물에는 장/단이 있다는 것은 천하의 법칙이다.

영화 『시네마 천국』(*Cinema Paradiso*)에서 보여주었던 세상사에 고달픈 인간에게 위로를 주는 삶의 친구가 되어주었던 영화가 일부 권력을 욕망하고 지배욕에 사로잡힌 일부 정치 모리배로 인하여 선전선동의 매체로 변질되었다. 처음에 큰 비용이 투입되는 영화가 자본가에 의해 제작되었기에 자본가의 이익을 대변하는 측면이 있었으나, 파시스트와 공산주의자들이 대중을 지배하는 것을 정당화하는 효과적인 도구가 되었다. 지금도 북한에서는 체제의 합리화 혹은 정당성을 주제로 한 영화를 통하여 대중들을 어릴 적부터 공산주의 이념으로 세뇌시켜 소수 통치집단의 노예로 만들고 있다. 만민평등과 공정분배의 정의로운 이념 대신 소수독재의 이념으로

『시네마 천국』

변질되었다. 프롤레타리아 혁명은 소수의 독재자가 노동자들을 동원하여 자본가 세력을 물리치고 정권을 쟁취하여 권력을 독점하려는 폭력적인 기획이다. 이는 그들이 주장하는 자본가의 노동자 착취에 버금가는 노동자 착취에 해당한다. 공산주의자들은 반대파를 숙청하고 이념전쟁을 미화하기 위해 영화를 선전매체로 동원했다. 말하자면 영화를 통해 [정치적 심미화]를 도모한 셈이다. 하여튼 이제 인간은 프로이트의 말대로 답답하고 억압적인 현실의 도피처인 꿈을 꾸지 않아도 영화라는 현실의 꿈속에서 욕망을 해소한다. 한편 벤야민이 영화라는 매체의 역기능을 언급한 것은 독재를 반대하는 지식인을 탄압하는 파시스트 히틀러를 비판하기 위한 측면도 있을 것이다.

4.8 아케이드 프로젝트(The Arcades Project)

아케이드는 양쪽에 상가가 들어선 둥근 천장으로 밀폐된 아치형의 [통로]라고 불리는데, 전국 재래시장에 아케이드가 설치된 시장도 있고 설치하지 않은 곳도 있다. 무엇보다 이 시설은 예술적인 관점을 떠나 비나 추위를 막을 수 있고, 상품전시를 효율적으로 할 수 있다는 점에서 요긴한 시설이긴 하지만, 이 프로젝트는 슈베르트의 『미완성 교향곡』처럼 미완의 프로젝트였다. 그러나 인간의 작업은 완성되는 것이 아니라 끝없이 흘러가는 시간의 흐름 속에 예기치 않는 사건으로 중도에서 하차해야 하기에 항상 현재진행형이다. 그의 프로젝트도 1940년 자살사건으로 중도에 끝났다. 또 인간의 의견은 절대적으로 관철되는 것이 아니라 타자의 개입으로 변증법적 수정 과정을 거치게 되기에 언어학자 크리스테바(Julia

Kriseva)의 말대로 항상 "소송 중"(on trial)이다. 이 프로젝트는 19세기 프랑스의 문화적 상황에 대해 그가 기록한 대량의 기록물이다. 그것은 파리의 건축구조물에 관한 것인데, 유리창과 철골로 구성된 것에 대한 명상이다. 마치 타오르는 불을 보고 심오한 사색을 한 가스통 바슐라르(Gaston Bachelard)[35]처럼.

이 프로젝트를 통하여 그는 인간의 도시생활이 산책과 연관이 있다고 주장한다. 안과 밖의 삶, 집과 거리의 삶, 수용과 배제의 삶. 인간의 서식지는 분명히 안과 밖이다. 폐쇄적이면서도 동시에 개방적인 삶이 정상적인 인간의 삶이다. 그가 보기에 아케이드가 일종의 문학의 콜라주(collage)라는 것이다. 회화에서 캔버스 위의 이질적인 것의 조합. 캔버스의 이질적인 재료처럼 사회도 이질적인 것으로 구성되어 있다는 것이다. 이질적인(heterogenous) 인종들과 이질적인 문화와 같이 비동일성의 사회를 직시한다. 그럼에도 인간들은 본질적으로 식민주의(colonialism)의 기조처럼 동일성의 철학을 지향한다. 히틀러와 유대인, 고향, 가문, 전통, 문화 등. 여기에 민주주의의 가면적 평등과 공정이

아케이드의 모습

---

35) Gaston Bachelard was a French philosopher. He made contributions in the fields of poetics and the philosophy of science. To the latter he introduced the concepts of epistemological obstacle and **epistemological break**. He influenced many subsequent French philosophers, among them Michel Foucault, Louis Althusser, Dominique Lecourt and Jacques Derrida, as well as the sociologist Pierre Bourdieu.
[https://monoskop.org/Gaston_Bachelard]

가미된다. 그는 독선적인 사람이 아니라 그의 후원자이자 친구인 아도르노의 조언을 받아들여 그 프로젝트를 다소 수정했다. 그런데 그가 보는 아케이드는 유개시장(roofed market)이 아니라 사회문화 전반에 걸친 경향이다. 의상, 골조, 광고, 전람회, 실내장식, 문학, 거리, 회화, 사회운동 등. 이것들은 정상적인 인간과 접촉하는 외부환경으로 인간과 사회를 연결하는 문화 구조적 매체들이다.

벤야민은 문명이 인간존재의, 인간정체성의 결정적인 요소로, 문명이 신화의 감상을 가능케 하는 능력으로 보아 이를 [아우라적 지각](auratic perception)이라고 부른다. 에덴에서 추방된 인간이 모래사장[자연] 위에 모래성[문명]을 지을 수밖에 평생[시간] 무엇을 하겠는가? 자연은 스스로 파멸되는 인간의 고뇌의 현장인 둔황(敦煌)의 유물을 파묻어버리고 원래대로 원소화(atomization)된다. 모래 속에 묻힌 무수한 동굴과 불상들은 인간의 영원에 대한 허무한 염원이다. 우주밖에 다른 무엇이 있는지 알 수 있는가? 우주의 넓이를 알 수 있는가? 블랙홀은 왜 존재하는가? 이 절망적인 상황에서 인간은 변통적으로 이성과 인식을 통해 종교와 신화를 창조하여 삶의 고통을 위로하려 한다. 따라서 벤야민의 아케이드 모델은 지상의 현실을 비유하는 것으로 볼 수 있다. 유리의 덮개는 닫힌계로서의 대기권으로, 마주보는 가게의 연속은 자아와 타자의 대립적 관계, 각자 그 사이를 적자생존(natural selection)을 위해 이리저리 산책하는 것이 인생이라는 것이다. 그러니까 그가 인간의 천장으로서 유리덮개를 설정함으로써 인간의 초월적인 능력은 부정하는 듯하다.

4.9 역사의 종말(The End of History)?

역사의 종말? 그런데 이는 루이 알튀세르(Louis Althusser)의 역저인 『미래는 오래 지속된다』에 나오는 주장과 정면으로 배치된다. 과도한 사유의 결과 정신질환에 걸려 말년에 죽을 고생을 했음에도. 프로이트, 푸코, 니체, 고흐 등도 이런 의식 과부하 증세에 시달렸다. 마치 슈퍼컴퓨터가 데이터 처리과정에서 과부하(overload)가 걸려 오류(bug)가 발생하듯이. 그는 인간의 나르시시즘, 착각, 오류로 점철된 미래는 무한정 진행될 것이며, 과거 대학에서 강의할 적에 잘못 강의한 부분에 대해서도 진솔하게 반성한다. 물론 성경에서는 결정론적으로 『요한계시록』(The Revelation)을 통해 역사의 종말을 제시하고 있다. 환경적으로도 문명화로 인한 이산화탄소의 과다발생으로 인한 온난화로 해수면이 점차 상승하고 있어 이미 인류의 종말을 예견하고 있다. 물론 생각하는 동물인 인간들도 생태론적인 대안을 강구하고 있다. 그것은 우주로의 탈출(exodus), 천연 무공해 에너지 개발, 즉 탄소중립의 정책, 탄소 대신 수소의 사용, 석유 대신 천연가스의 사용, 무한한 태양에너지의 활용 등이다. 이산화탄소 발생도구와 제2의 금속인 플라스틱의 개발은 유사 이래 인류의 문명이 탄생시킨 최고의 걸작이었지만, 이제는 인류를 점차 사멸시키는 독이 되었다. 아직도 인류는 점차 데워지는 가마솥에서 행복을 만끽하고 있다. 이러한 비극을 예견하면서도 인간은 사익과 공익적인 관점에서 지구의 삼림을 벌채하고 산소의 원천인 밀림을 시멘트와 아스팔트로 포장하고 있으며, 대규모의 공장에서 연기를 내뿜으며 자멸의 흉기를 앞다투어 만들고 있다. 핵폭탄, 미사일, 잠수함, 탱크, 고성능 폭탄, 대포 등. 현재 인간의 삶은 자기의 꼬리부터 스스로 갉아 먹는 우로보로스(Ouroboros)의 형국이다.

이 주제에 대해 괴테, 니체, 슈펭글러, 러셀, 쇼펜하우어 등 수많은 학자가 직간접적으로 언급을 한 바 있으나, 그 가운데 우리가 상기하는 학자는 일본계 미국인 프란시스 후쿠야마(F. Fukuyama)이다. 미국이민 일본인 2세이기에 완전한 일본인이 아니고 거의 자유분방한 미국인에 가깝다. 그의 주장은 알다시피 냉전시대의 대립적 이념인 자본주의와 공산주의 양자의 이념 가운데 소연방(USSR)의 수반인 고르바초프가 개방주의[glasnost]의 노선을 취함으로써 공산주의가 종식되었다는 것이다. 그러나 21세기에 이르러 전 세계 국가들이 하나둘 복지국가를 표방함으로써 공산주의가 변통적으로 원용되기도 한다. 국민의 생활 유지를 위해 국부(國富)를 나누어 주고 빈자에게 식량을 배급하는 것은 미시적 공산주의의 한 형태로 볼 수 있다. 이런 점에서 공산주의는 만민사랑의 기독교와도 연결이 된다. 그러나 공산주의에 대한 선입견은 중국, 러시아, 동구유럽, 북한의 역사적 상황에서 적나라하게 보여주었듯이 스탈린, 모택동, 프랑코[스페인], 카스트로, 김일성 등과 같은 일인 독재자 혹은 일당[노동당]에 의한 민중의 지배를 위해 반대세력에 대한 대량학살, 구금, 강제노동의 과거로 점철되어 있기에 이념적으로 공포와 경계의 대상이 되고, 같은 노선을 취하는 프랑크푸르트학파(The Frankfurt School)36)에 의해서도 자체적으로 신랄한 자아비

---

36) The members of the Frankfurt School tried to develop a theory of society that was based on Marxism and Hegelian philosophy but which also utilized the insights of psychoanalysis, sociology, existential philosophy, and other disciplines. They used basic Marxist concepts to analyze the social relations within capitalist economic systems. This approach, which became known as "critical theory," yielded influential critiques of large corporations and monopolies, the role of technology, the industrialization of culture, and the decline of the individual within capitalist society. Fascism and authoritarianism were also prominent subjects of study.
[https://www.britannica.com/topic/Frankfurt-School]

판을 받았다. 이 점을 예이츠의 「나는 너의 주」("Ego Dominus Tuus")의 일부에 적용해 보자. 제목이 기독교에 관한 일반적인 주제를 다루는 듯하지만 사물, 진리, 창조주와 인간과의 관계에 대한 시적 화자의 고뇌와 자학을 읽을 수 있다.

힉. 얕은 시내가 회색 모래 위
바람이 몰아치는 그대의 고탑(古塔), 그곳에 여전히
펼쳐 놓은 책 곁에 램프가 타오르고
마이클 로바르티스가 두고 간, 그대는 달빛 속을 걷는구나,
그리고, 비록 그대가 최상의 삶을 살았다 할지라도, 여전히 추적하는
구나, 정복될 수 없는 망상에 사로잡혀,
마술적 형상들을.

일. 이미지의 덕분에
나는 나 자신의 반대의 것에 말을 걸고, 모든 것을 소환한다
내가 다룬 적도 본 적도 없는.

힉. 그런데 나는 나 자신을 찾을 거야 이미지가 아니라.

일. 그것이 근대인의 소망이다, 그리고 그 빛으로
우리는 온화하고 민감한 마음을 밝히지만
그리고 그 손의 낡은 무관심을 잃어버렸다;
우리는 끌, 펜, 혹은 붓 가운데 무엇을 선택하든지
우리는 비평가이며, 창조는 미흡하다,
수줍고, 얽히고, 공허하고, 부끄러워하고,
친구들을 만족시키지 못한다.

힉. 그리고 여태
기독교 상상력의 수장
단테 알리기에리, 그래서 완전히 자신을 발견했다
그가 그의 움푹 들어간 얼굴이 되었음을
어떤 얼굴보다 만인의 눈에 명확하게
그리스도의 얼굴 외에.

일. 그는 견성(見性)을 했거나
얼굴을 홀쭉하게 만든 것이 기아의 굶주린 탓이 아니었는가
나뭇가지 위의 사과는 기아에 도움이 되지만
대부분 도달하지 못하겠는가? 그리고 그것이 유령의 이미지인가
라포와 귀도가 알았던 그 사람?
나는 그가 그의 반대쪽에서 만들었다고 생각한다
굳은 얼굴의 이미지를
베두인족의 말털 지붕 위를 응시하며
문이 있고 창문이 달린 절벽으로부터, 혹은 반쯤 뒤집어
거친 잡초와 낙타 똥 사이에
그는 단단한 돌에 끌을 들이댔다.
그의 음탕한 생활로 인하여 귀도로부터 조롱을 당하고
조롱받고, 조롱하며, 쫓겨났다
그 계단을 올라 그 쓰라린 빵을 먹기 위하여,
그는 설득할 수 없는 정의를 발견했다, 그는 발견했다
한 남자에 의해 사랑받던 가장 고귀한 여인.

Hic. On the grey sand beside the shallow stream
Under your old wind-beaten tower, where still
A lamp burns on beside the open book
That Michael Robartes left, you walk in the moon,

And, though you have passed the best of life, still trace,
Enthralled by the unconquerable delusion,
Magical shapes.

Ille. By the help of an image
I call to my own opposite, summon all
That I have handled least, least looked upon.

Hic. And I would find myself and not an image.

Ille. That is our modern hope, and by its light
We have lit upon the gentle, sensitive mind
And lost the old nonchalance of the hand;
Whether we have chosen chisel, pen or brush,
We are but critics, or but half create,
Timid, entangled, empty and abashed,
Lacking the countenance of our friends.

Hic. And yet
The chief imagination of Christendom,
Dante Alighieri, so utterly found himself
That he has made that hollow face of his
More plain to the mind's eye than any face
But that of Christ.

Ille. And did he find himself
Or was the hunger that had made it hollow
A hunger for the apple on the bough
Most out of reach? and is that spectral image
The man that Lapo and that Guido knew?

I think he fashioned from his opposite
An image that might have been a stony face
Staring upon a Bedouin's horse-hair roof
From doored and windowed cliff, or half upturned
Among the coarse grass and the camel-dung.
He set his chisel to the hardest stone.
Being mocked by Guido for his lecherous life,
Derided and deriding, driven out
To climb that stair and eat that bitter bread,
He found the unpersuadable justice, he found
The most exalted lady loved by a man.[37]

시적 화자는 학자의 현실을 토로한다. 전 세계의 학자들이 무수한 상아탑에서 자신만만하게 불철주야로 연구하다가 진리는커녕 그 그림자도 보지 못하고 과로사하거나 병에 걸려 고사(枯死)하는 일이 비일비재하지 않은가? 물론 연구하는 과정에 보람, 자긍심, 희열도 맛볼 수 있을 것이다. 하지만 찾으려는 진리는 "망상"에 불과하고, 주어진 시간에 우쭐대며 자신의 역할을 연기하는 배우의 허공을 잡으려는 몸짓에 불과하다. 시적 화자는 진리추구의 일환으로 "반대의 것"까지 소환하려고 애를 썼다. 선/악, 빛/어둠, 물질/반물질, 인간/유령. 그러나 이분법(dichotomy)적 현실에서 그 기획자의 실체를 파악한다는 것은 불가능하고 그것을 대신하는 은유적 실체인 "이미지" 뿐이다. 이 이미지가 지구를 굴릴 수 있는 지렛대의 받침돌이 되는 인간의 유일한 가공(架空)의 무기이다. 아르키메데스가 지구를 굴릴 수 있는 지렛대의 받침돌은 이미지인 것이다. 받침돌[중심/기준]이

---

37) http://famouspoetsandpoems.com/poets/william_butler_yeats/poems/10492

없는 지렛대[주변/현실]는 무용지물이다. 이 이미지는 의식, 논리, 기호, 상징이라는 미디어의 가족에 해당된다. 인간이 진리를 대면하려는 것은 인간이 태양을 대면하는 것처럼 불가능하다. 인간이 진리를 대면하기 위해서는 그 진리가 의식화 기호화 되는 대리과정을 통과하지 않고서는 불가능하고, 이는 인간이 태양을 대면하기 위하여 대기권이라는 창공의 미디어를 통하여야 하는 경우와 유사하다. 그것을 성경에서 잘 보여주고 있다. 창조주 하나님은 절대 모습을 드러내지 않고 말씀, 불, 석판과 같은 상징으로 자신의 실재를 보여준다. 가시나무에 붙은 타지 않는 불과 천둥소리.

인간	기호[말/글/그림]	진리
인간	대기권[창공]	태양
인간	상징[불/말씀]	창조주
인간	이미지[기호]	사물

이런 점에서 인간이 사는 동안 심심풀이로 제작한 진리라고 스스로 신봉하는 진리의 결과물은 언제나 미흡하다. 그것은 인공적 진리이기에 자기-충족적(self-sufficient)인 것이 아니기 때문이다. 이런 점에서 명작이니 걸작이라고 하는 것은 자아도취(self-intoxication) 혹은 나르시시즘의 산물에 불과하다. 이는 필자가 어린 시절 살던 시골마을에 전래된, 어느 노인이 면 소재지 5일장에 갔다가 고주망태가 되어 귀가 도중 산길에 접어들어 도깨비와 만나 밤새 씨름을 했다는 우화와 다를 바 아니다. 다빈치의 『모나리자』를 보고 진짜 같은 실재감을 느끼는 대중들은 이 작품의

이면에 모나리자라는 실재가 은폐되어 있음을 경시한다. 그러나 고흐는 아이들이 장난스럽게 그린 듯한 자신의 초상화에서 자신의 실재를, 하늘의 별이라는 실재를 파괴해 버리고 노골적으로 인간중심, 진리전파의 미디어 중심의 진솔한 자세를 취한다. 진리는 인간의 인식으로 둔갑해야 공동체에 통용되고 인간의 인식은 다름 아닌 미디어인 것이다. 인간의식이라는 미디어를 통해 표현되지 않는 붓다의 이심전심의 진리는 일상에서 무용한 진리에 불과하다. 서구적으로 말하자면 초월적 주체 혹은 초월적 낭만주의 같은 것.

인간이 진리를 추구하기 위해 대가를 지불해야 한다. 그것은 육신의 파괴를 의미한다. 마치 육신에 불을 붙여 주변을 밝히는 촛불처럼. 인간은 육신을 희생하여 영원을 담보, 아니 기대의식하기 때문이다. 물론 사실성이 거세된 일그러진 초상화를 통해 알 수 있지만, 일평생 신과 인간의 관계를 탐구한 피골이 상접한 "단테"의 얼굴이 그것을 입증한다. 그런데 육신을 불태워 『신곡』을 쓴 단테(Alighieri Dante)는 과연 하나님을 대면했고 천국과 지옥을 체험했던가? 그런데 단테가 진리를 추구하기 위해 행한 일은 사실 "거친 잡초"와 "낙타 똥" 사이를 헤매는 일이며, 배고픈 위장을 채우기 위해 "쓰라린 빵"을 먹고 생리적인 "음탕한 생활"에 대한 속죄(redemption)를 위하여 구원의 여인을 만난다. 그 여인이 베아트리체(Beatrice) 아니던가? 기원전 그리스 철학자들의 목표인 [나 자신을 찾는 것]은 불교, 힌두교, 도교에서 추구하는 것과 현대에 이르러 정신분석학이 추구하는 것과 동일하다고 본다. 프로이트가 무의식의 정체를, 칼 융은 인간 배후의 원형의 정체성을 추구했고, 라캉은 실재를 기호로 대체하고 그 결핍[objet petit a]을 제시한다. 마찬가지로 하나의 이데아로서의 만인공통 분배의 천국 같은 공산주의는 그 매개체인 독재자와 공산당을 통하여 백성들에게 실천되는 것이다. 독재자와 공산당은 부르주아와 프롤레타리아의 거래 성사를 위하여 주고받는 커미션(commission)과 같다고 볼 수 있다.

한편 보드리야르 또한 역사의 종말에 대한 고견을 제시했다. 그것은 역사가 자본주의와 공산주의의 대립으로 끝장이 나는 것이 아니라, 세계화 (gobalization)의 확산으로 끝장이 난다는 것이다. 이는 갈등을 점차 고조 시키는 소설처럼 역사의 정점(climax 또는 culmination)에서 역사가 끝나는 것이 아니라, 역사 과정에서 발생하는 환상적 이념의 몰락으로 끝장난다는 것이다. 그러니까 미국/소연방의 냉전의 치열한 갈등 속에서 후자의 몰락 으로 역사의 종말이 초래된 것이 아니라, 우/좌파(right/left wing)가 공유 하는 이상주의적인 전망(utopian vision)의 상실이 역사의 종말의 주범이라 는 것이다. 이런 점에서, 그는 마르크시즘의 확산도, 자본주의의 세계화도 반대한다. 그것은 어느 쪽이든 적자생존에 처한 생존의 목적에 대한 불신 혹은 회의 탓이며, 공산주의자나 자본주의자가 지향해 온 목적은 여태 환 상에 불과했다는 것이다.

보드리야르는 역사의 종말이 역사라는 쓰레기의 종말이라고 본다. 왜 인류의 역사가 쓰레기인가? 역사는 말 그대로 남성 중심의 편향된 역사 (his-story)이며, 문자라는 매체로 기록된 역사는 리얼리티, 미메시스의 영 향을 받는다는 점에서 정확성을 담보할 수가 없기에 역사의 종말은 역사 라는 쓰레기의 종말이라고 볼 수 있다. 말하자면 〈The end of history is just that of wastes of history.〉이다. 역사는 그리스시대 이래 파생된 무수 히 많은 이념, 사상, 철학으로 점철되어 있기에 더 이상 채울 쓰레기통이 부재하여 이제 역사는 끝장이 나야 하는 것이다. 물론 인간이 존재하는 한 인간의 태생적인 사고작용(intellection)으로 계속적으로 사유의 결과가 파 생되겠지만. 이제 역사 자체가 쓰레기가 될 수밖에 없다. 이런 점에서 기원전 그리스시대 이래 확립된 철학의 역사를 근본적으로 해체하려는 데리다의 입장과 유사하다고 볼 수 있다. 그는 더욱더 암울하게 역사의 비전을 제시한다. 그것은 쓰레기의 기원이 이 위성(this planet)과 무관한 외계에서 유래한 것이 아니라 이 위성 자체가 바로 쓰레기라는 것이다.

5 마셜 맥루언과 인간의 확장

5.1 연장(延長)의 철학(the philosophy of extension)

　　매체는 심신의 연장이다. 그렇지 않은가? 제2차 대전 영화『도라도라도라』(*Tora! Tora! Tora!*)를 보고 우리의 마음은 미국 진주만을 공격하는 일본 가미카제 전투기로부터 공격을 당한다. 또 안온한 분위기 속 소파 위에서 프로이트 박사는 최면술(hynopsis)을 통해 피분석자의 기억을 원시 속으로 유도하여 그 미지의 세계를 의식적 차원으로 부상시킨다[talking cure]. 그리고 기독교 초기 영지주의(Gnosticism)에 심취한 소수의 현자는 깊은 명상과 기도를 통하여 지상에서 천국으로 왕래했다고 한다. 육신은 물질적인 자연(nature)과 비물질적인 천상(Heaven)의 매체이다. 육신을 통하여 자연의 반응과 천상의 신호를 수신한다. 만약 육신이 없다면 하늘과 땅의 신호를 수신할 수 없다. 미켈란젤로의 걸작『천지창조』에 조물주와 손가락으로 교통하는 아담의 몸은 지상에 얽매여 있다. 이른바 플라톤이 주장하는 절대 진리, 사물의 원본, 즉 이데아를 조물주가 손에 쥐고 있다. 그러나 인간은 현재 조물주를 포기하고 자기의 분신으로서 기계라는 나르시스와 자기애와 자기도취에 빠져있다. 그리고 대부분의 종교적인 인간들의 조물주에 대한 입장은 인간기원의 무지한 상황 속에서 피학적 경외심에 사로잡혀 있다.

불교에서 인간의 육신은 법열에 이르는 나룻배의 기능을 수행하는 매체로 바라본다. 인간이 차안에서 피안으로 넘어가는 동안 변통적으로 사용한 육신을 피안에 도착하는 순간 사다리처럼 걷어차야 한다고 한다. 사물은 무상(無常)하기에 매 순간 연장과 단절이 지속된다. 그것은 인간의 단속적인 출생과 죽음이며, 런던의 안개 같은 현상의 발생과 소멸이다. 나방은 애벌레에서 성충(imago)이 되어 허물을 벗고 날개를 달고 한동안 지상에서 떠돌다 램프의 불 속으로 사라진다. 의식이 있든 없든, 인간이든 비인간이든 완벽한 니르바나의 실현이다. 사실 붓다가 고생고생하며 6년간 기아와 류머티즘에 시달리며 고행하여 욕망의 소멸로서의 니르바나를 애써 성취할 것도 없이 사실 인간의 삶 자체가 니르바나의 과정이다. 그것은 인간이 어린 시절 욕망의 충만 속에서 활개 치다가 노화되어 사망에 이르면 욕망이 절로 소멸되어 때문이다. 그러니까 수도승들이 굳이 앞다투어 토굴 속에서, 숲속에서, 움막에서, 절간에서 식음을 전폐하고 니르바나를 인위적으로 성취할 필요는 없는 것이다. 또 급진적인 수도승들은 자기의 신체의 일부 혹은 전부를 불살라 버리는 기행을 저지르기도 한다. 손가락을 불태우든지(燒指供養), 팔을 자르든지[달마의 제자 신광], 온몸에 불을 붙이든지[소설『등신불』의 만적]. 그러나 이렇게 인체라고 하는 자연을 훼손하면서까지 성취하려는 니르바나가 과연 진정한 니르바나인지 의문이 든다. 변호사는 피고를 대신하고, 국회는 국민을 대신하고, 직원은 사장을 대신하고, 문자는 진리를 대신하고, 뉴스는 사건을 대신하고, 황금은 부귀를 대신하고, 인간은 타자의 욕망을 대신한다. 이것이 지상에서 인간의 태어난 미디어적 목적이다. 나아가 영생을 희구하는 인간은 매 순간 태어나 어미의 젖을 먹고 불멸의 좀비(zombie)로 존재한다. 기독교적으로 인간은 하나님을 찬양하고 경배하는 존재로 태어났고, 지상에서 인간의 사명은 하나님을 경외하는 것이며, 이 과정에서 예수님은 죄 많은 인간을 대신하여 십자가 위에서 희생제물(scapegoat)이 되셨다.

인간의 발걸음은 영화 『마션』(*The Martian*)에서 잘 보여주듯이 지구에서 화성으로 나아가고 있으며, 과연 어디까지 나아갈 수 있을까? 그곳에 생/로/병/사가 없는 파라다이스가 있을까? 무중력, 무산소, 물의 부재, 해와 달의 규칙적인 움직임이 없는 그곳은 생존불능의 색다른 환경을 가지며 그곳에서 벌어지는 삶 또한 인간성[탐욕, 이기심]의 변화가 없는 한 지구에서의 삶의 연장에 불과할 것이다. 위성 전체에 산소를 공급할 수 없기에 깡통 같은 주물로 주거지를 건설하고 기계를 통해 산소를 발생시키고 물을 제조하여 생존을 유지하는 것을 예상할 수 있다. 숲과 나무와 바다와 강이 없는 그야말로 삭막한 그곳에서 인간들이 과연 행복할까? 이렇듯 주거의 연장, 목숨의 연장, 역사의 연장, 정권의 연장은 인간의 욕망을 반영한다. 나아가 쾌락의 연장을 위해 네로는 로마를 불사르고 콜로세움에서 생사가 걸린 검투사 게임을 본다. 쾌락은 중독을 유발하기에 결국은 자기소멸의 자학행위에 불과하다. 또 과잉쾌락은 오히려 고통이 되는 것이다. 매일 맛있는 스테이크만을 먹는 부자들은 결국 혈관이 막혀 사망의 문으로 질주하는 것이다.

불교도들은 다음 삶의 악순환으로의 연장인 윤회(*samsara*)를 끊어버리기 위해 붓다의 유지(遺志)를 받들어 용맹정진하지만 그 실현 가능성을 확신할 수 없다. 붓다가 갈비뼈가 드러나도록 피골이 상접할 정도로 6년간의 수행을 통해 그것을 실현했다고는 하지만, 지상의 천재들은 아직도 빅뱅을 촉발한 초월적 주체를 인정하지만 그의 정체와 천지창조의 목적을 모른다. 그런데 불후의 천재 아인슈타인은 〈신은 주사위 놀이를 하지 않는다〉(God does not play dice)라고 하여 예측 불가능성의 양자역학(quantum mechanics)을 배제한다. 오직 일반인들과 마찬가지로 과학자들이 아는 것은 우주가 존재하고 지구에서 태어났다는 것이고, 태양이 뜨고 지고, 바람이 부는 자연의 법칙의 지배하에 있다는 것이다. 그래서 인간에는 두 가지 부류가 있다. 자연의 흐름에 순응하든지 혹은 불응하든지. 전자는 원시적인 차원이고 후자는 문명적인 차원이다. 전자에 속하는 인간은 노자나 장자, 후자에서 속하는 자는 데카르트, 니체, 스티븐 호킹 같은 사람이 될 것이다. 인간은 자연에 대하여 직접적인 대응에서 매체를 통해 간접적인 대응을 하고 있다. 바다를 맨몸으로 수영하기보다 유람선을 타고, 허공에 몸을 던지기보다 비행기를 타고, 암으로 부패한 장기를 인공장기로 대신한다.

불교에서는 매체를 통한 득도를 믿지 않는다. 그래서 불교에서는 언어와 논리를 불신하는 불립문자(不立文字)를 주장하고, 이심전심(以心傳心)을 득도의 경지로 본다. 붓다가 제자들과 야단법석 와중에 말없이 한 송이 꽃을 들었는데, 한 제자가 미소를 짓고 나머지 제자들은 영문을 몰라 어리둥절했다. 이것이 염화시중(拈花示衆)의 미소 아닌가? 또 한국의 경우, 경허 선사[38]는 법문을 설(說)하지 않고 야단법석에 참석한 어머니 앞에서 속

---

38) 경허 선사(1849~1912)는 조선 500년 동안 억불숭유로 인해 맥이 끊기다시피 한 선(禪)을 되살려낸 근대 선의 중흥조다. 원효, 보조 지눌 등과 함께 한국 불교 최고의 선지식으로 꼽히는 인물이다. 그는 주색잡기를 가리지 않는 '막행막식' 일화로도 유명했다. 주색잡기에 취한 승려들은 그를 팔아 자신의 행실을 정당화하기도 했다. 그래서 경허는 언행에 걸림이 없는 '최고의 선사'란 찬사와 함께, 한국 불교의 파계 관행을 조장한 파계승이라는 비판이 함께한다. [http://www.dailywrn.com/6294]

옷을 내리고 오줌을 뉘어달라고 하니 어머니가 대경실색(大驚失色)하여 도 망갔다고 한다.[39] 그리고 유/무와 같은 [상대적인 무]가 아니라 [절대적인 무]를 강조한 [무문관](The Gateless gate)[40]이라는 개념이 선의 정전에 나 오듯이 득도를 위해 매체(gate)를 거부한다. 그리고 〈부처를 만나면 부처 를 죽이고 조사를 만나면 조사를 죽여야 한다〉(殺佛殺祖) 하여 스승의 가 르침이라는 매체마저 거부한다. 그러므로 불교는 타자의 도움에 의한 니 르바나를 지향하는 인간의식의 연장이나 확대를 거부하고 정전과 같은 매 체를 통한 선의 추구를 거부한다. 말 그대로 붓다가 태어났을 때 스스로 선포했다고 하는 [천상천하유아독존] 식의 수행방식을 택한다. 수행자가 정전이나 교육과 같은 매체의 도움이 없이 공안 혹은 선문답[koan]을 머리 에 담아 홀로 씨름하다가 어느 날 어떤 계기로 번개처럼 사물의 이치를 깨 닫는 것[sudden enlightenment]을 의미한다. 이를 [몰록 돈]이라고도 한다 (윤원철 20). 이 용어에 대한 다양한 해석이 있으나 [몰록]이라는 불교용어 는 [문득 깨닫는 내적 상태]를 의미한다. 인간이 언어적 구조 속에 태어나 서 가르침과 정전과 같은 담론 혹은 매체 없이 후험적인(a posteriori) 수행 자가 스스로 깨닫는 선(禪)이 의미와 독립하여 과연 성립할 수 있을까?

---

39) 최인호. 『길 없는 길』. 서울: 여백, 2020.

40) 중국 남송(南宋)의 선승 무문혜개(無門慧開)가 지은 불서 『선종무문관』(禪宗無門關)의 약 칭. 48칙의 공안(公案)을 해설한 선서(禪書). 『벽암록』·『종용록』과 함께 널리 알려져 있 다. 무문관 1칙은 '조주무자(趙州無字)'이다. 조주에게 한 승려가 '개(狗子)'에게도 불성(佛 性)이 있습니까? 하고 묻자, '없다(無)'고 대답한 것은 세상에서 말하는 유무상대(有無相 對)의 '무(無)'가 아니라 유무의 분별을 절(絶)한 절대적 '무'를 가리킴이다. 깨달음의 절대 경지를 '무'라고 표현한 것이라고 했는데, 이 선서에는 '무자(無字)'의 탐구가 전편(全編)에 깔려 있다. [http://www.dailywm.com/6294]

5.2 "미디어는 메시지이다"

맥루언의 유명한 이 명제는 독서대중의 의문을 자아내고 있다. 그것은 이 명제가 모순이기 때문이다. 미디어는 메시지를 전달하는 수단이자 도구이며, 메시지는 미디어를 빌려 이동, 전달되는 결과물이기 때문이다. 이는 마치 수동적 혹은 자동적 공장에서 상품이 생산되는 것과 같다. 공장은 상품을 생산하는 매체가 된다. 그래서 상품의 매트릭스로서의 공장은 상품이 된다. 이는 현대사회에서 그만큼 미디어가 중요하다는 것을 강조하는 것으로 볼 수 있다.

매체는 연설, 라디오, TV, 신문, 책, 문자, 소리, 인간, 종교, 변호사, 언론 등 소통의 매체가 메시지의 원천으로 강조된다. 매체를 통한 공간적 확장을 통해 통치자, 정치인, 학자가 사회와 대중에게 영향을 준다. 이런 점에서 히틀러의 스피커를 통한 선동적인 연설은 독일 시민을 얼마나 감격시키고 고무시켰던가? 그것은 독일인이 세계를 통치한다는 말이다. 그리하여 그들은 히틀러의 카리스마로 가득 찬 메시지에 도취하여 소연방을 침공하다 엄동설한 레닌그라드를 정복하기 직전 수십만이 동사하고 퇴각했다. 한국인과 비교하자면, 독일인은 피부가 하얗고 키가 크고 두뇌도 좋은 우성의 인종이다. 그러니 길거리 거지들도 철학자, 교수, 지성인처럼 보인다. 거기에다 지금도 독일철학과 독일음악은 전 세계인들이 학습하는 교본이자 정전이다. 필자 또한 독일철학과 독일음악의 영향을 받지 않았다고 부인할 수 없다. 헤겔과 괴테, 바흐와 베토벤 등. 그러나 마르크스에 대해서는 그 이념의 오용으로 인한 파국적 결과 때문에 변증법적 관점으로 대한다. 중국과 북한의 인권탄압과 독재적 상황을 주시하며.

맥루언의 강조점은 메시지를 전파하는 매체의 효과는 당연하지만 기술에 의존한다는 것이다. 따라서 매체는 메시지이자 기술이다. 고전적인 매체는 음유시인의 노래, 정치인의 연설, 활자 인쇄, 그림에 머물렀다. 인간지성과 지식의 발달로 인하여 마차바퀴는 비단길을 돌파하는 발의 확장을 보여주었고, 비단은 피부의 확장이며, 마젤란의 망원경은 시각의 확장이며, 매체의 종류는 감각의 비율(ratios)을 조정하므로, 음유시인의 노래나 예언자의 설교는 내적인 진리의 갈망을, 서적이나 신문은 주로 시각에 의존하는 매(hawk)처럼 세상에 대한 인식이 시각에 의존하므로 사물의 전체성에 대한 왜곡을 초래할 수 있다. 시각 중심으로 인하여 다른 감각기관, 즉 촉각, 청각, 후각이 퇴행할 수도 있을 것이다.

맥루언의 명제는 메시지, 즉 전달내용보다 소통, 전달도구, 기술이 더 중요하다고 본다. 인간의 원시적 매체는 입(mouth)이며, 이는 국지적, 부분적, 제한적 소통에 한하며, 산업혁명으로 인한 인쇄술의 발달로 소설, 잡지, 신문은 소통을 용이하게 하였고 정치선전, 뉴스생산에 사용되었다. 이 매체는 주로 사건에 대한 사후인식이다. 그다음으로 전자매체가 등장한다. 이 전자매체의 시대가 하나의 지구촌(global village)을 형성하며 포스트-구텐베르크의 세대가 되는 것이다. 전자파를 이용한 매체. 라디오, TV, 인터넷은 실시간(real time) 중계, 정보의 대량전송으로 인해 문화의 동질화(homogeneity)와 동시적 경험을 공유함으로써 개별국가의 개념이 퇴색되고 헤게모니의 강화 혹은 권력의 탈-중심화, 지구촌 시대를 맞이한다. 인터넷 매체의 발달로 인한 각국의 정보 탈취와 방어가 극심해질 것이며, 정보망별로 세계가 블록화될 수 있다. 현재는 전 세계의 정보가 미국의 정보망(World-Wide-Web)에 포섭되어 있다. 중국이나 러시아가 저항하고 있지만 찻잔 속의 태풍에 불과하다. 필자는 오직 청교도정신에 입각하여 건설된 미국이 이 세계의 초강자로서 희생과 헌신의 성경적 마인드를 세상에 실천하기를 바랄 뿐이다.

5.3 구텐베르크의 은하수(The Gutenberg Galaxy)

초기의 인쇄기

[구텐베르크](Johannes Gutenberg)라는 고유명사가 상기시키는 것은 인류 최초의 인쇄기 발명자라는 것이다. 물론 한국의 금속활자인 고려시대의 『직지심체요절』이 세계최초의 금속활자로 찍은 책자로 알려졌지만, 성경을 대량으로 찍어내는 인쇄기를 발명한 공적은 구텐베르크에게 양보하지 않을 수 없다. 그러니까 금속활자는 한국이, 인쇄기는 독일 최초로 만든 것이다. 그래서 그의 인쇄기는 인류역사상 획기적인 문명적 전환을 가져온 탁월한 발명품으로 다룬다. 그로 인하여 소수 특권층만이 향유하던 지식매체의 독점이 해소되었고 실존주의자 말대로 따분한 지상에 부조리하게 투기된 인간들에게 읽을거리를 제공한 고마운 위인이다. 만약 세상에 책이 없다고 생각한다면 어떻게 따분한 일생의 감옥을 영위할 것인가? 인쇄물은 인간의 고단한 삶의 도피처로서 일종의 지옥과 천국 사이의 연옥(purgatory) 같은 매체인 것이다.

우리 인간의 감각들은 기술의 발달에 따라 상당한 변화가 있을 것이다. 기술은 시각, 후각, 청각, 촉각, 미각에 영향을 주지 않을 수 없을 것이다. 그것은 은유적인 영향이다. 예를 들어, 들판에 자생하는 커피는 가공되어 순수한 맛이 변질되지 않을 수 없다. 들판의 커피는 깡통의 커피로 대체된다. 바다의 삼치는 깡통의 삼치로 대체된다. 인간의 감각은 매체로 대체된다. 말하자면 국회에서 한 의원이 감정적으로 표현을 할 수 있는가? 그 감정적인 표현은 관습에 의해 거세되고 미화되어 은유적인 연설문으로 박제된다. 매체는 인간의 시각으로 대체되어 유럽은 시각중심주의(ocularcentrism)에 의해 지배를 당한다. 이런 점에서 히니의 「소택지」("Bogland")를 분석해보자.

우리는 프레리가 없다
저녁에 큰 해를 자르는
도처에 그 눈은 양보한다
웅크리는 지평선에

호수에 사는 외눈박이 키클롭스의 눈 속으로
구애를 받는다. 우리의 울타리 없는 마을은
껍질을 형성하는 늪지이다
태양의 시선 사이에서.

그들은 그 뼈대를 가졌다
대형 아일랜드 사슴의
토탄으로부터, 그것을 세웠다
공기로 가득 찬 놀라운 궤짝.

가라앉은 버터
백 년 이상
복원하여 소금기 있고 하얗다.
땅 자체는 착한, 검은 버터이다

녹고 열린 발밑에
그 마지막 정의(定義)를 놓치고
수백 년의 차이가 나는.
그들은 결코 여기서 석탄을 캐지 않을 것이다.

단지 물이 밴 나무줄기
거대한 전나무의, 펄프로서 부드러운
우리의 개척자들은 계속 두드리고 있었다
안쪽으로 아래쪽으로,

그들이 벗겨낸 하나하나의 지층이
그전에 그 위에 캠프를 친 것 같다
늪지 구멍은 대서양의 침윤일 거 같다.
그 젖은 중심은 바닥이 없다.

We have no prairies
To slice a big sun at evening —
Everywhere the eye concedes to
Encrouching horizon,

Is wooed into the cyclops' eye
Of a tarn. Our unfenced country
Is bog that keeps crusting
Between the sights of the sun.

They've taken the skeleton
Of the Great Irish Elk
Out of the peat, set it up
An astounding crate full of air.

Butter sunk under
More than a hundred years
Was recovered salty and white.
The ground itself is kind, black butter

Melting and opening underfoot,
Missing its last definition
By millions of years.
They'll never dig coal here,

Only the waterlogged trunks
Of great firs, soft as pulp.
Our pioneers keep striking
Inwards and downwards,

Every layer they strip
Seems camped on before.
The bogholes might be Atlantic seepage.
The wet centre is bottomless. [41]

"소택지"는 우주의 한 가운데 인간을 떠받치고 있는 위성의 미디어이며, 사물은 세월이 흘러 그 실체는 사라지고, 그 껍데기만 남는다. 뱀은 껍질을 남기고, 나비는 애벌레의 껍질을 남긴다. 호랑이는 가죽을 남긴다. 인간은 기호와 백골을 남긴다. 과거의 역사와 사건에 대한 판단은 [사후성](afterwardsness)에 의한다. 그러니까 정확성과는 거리가 멀고 일종의 아우라를 풍기는 반성적인 재료로 존재할 뿐이다. 지하가 허물어져 그 내

---

41) https://www.ibiblio.org/ipa/poems/heaney/bogland.php

용이 지상에 드러나기까지, 진시황이 지하에 대규모의 궁전을 짓고 수만의 토용(土俑)을 만들 줄 누가 알았겠는가? 그것을 입증할 미디어는 예전에 사라지고, 인간은 모자이크 게임을 통해 극사실적인 조각 혹은 퍼즐을 하나씩 맞추고 있다. 이때 목소리 큰 세력 혹은 권력을 차지하고 있는 정치세력의 의견이 반영될 것이다. 외눈박이 "키클롭스"의 신화는 인간들에게 삶의 재미를 주는 미디어로 존재하고, "울타리 없는 마을"은 자연 그대로의 모습이다. 자연은 원래 경계가 없지만 인간들이 자연에 금을 그어 일시 소유화한다. 늪지에 가라앉은 "버터"는 당시의 시대상을 반영하는 고고학적 유물이다. 고목에서 벗겨지는 나무껍질은 하나의 "지층"으로 과거의 기억을 벗기는 단서가 된다. 이처럼 늪에 묻힌 "전나무"는 현재를 연결하는 미디어 혹은 과거의 실재로서 가려진 의미의 대상이 된다. 이것이 추억의 고고학(archaeology)이다. 이는 진리를 추구하는 것이 아니라, 진리를 추구한다 하여 사실 성과는 없지만, 인간들에게 주어진 시간을 합리적으로 죽이기 위한 방편에 불과하다. 과거의 것을 연구하는 것은 그것을 현재의, 미래의 상황에 참조 내지 대비하기 위함이다. 그러나 고고학에서 정확성을 기대하기 어렵다. 지구가 탄생 이래 대략 50억 년이 흘렀고 역사가 기록된 것이 불과 5천여 년에 불과하니 과거 인간존재상황의 시대별 편차가 수백 년이 아니라 그 이상도 가능할 것이다. 석탄을 깨는 일은 인간의 과거지사에 불과하고 지금은 인간 대신 기계라는 인간행동의 확대로서의 자동장치가 담당하고 있다. 기원전 이래 현재까지 지층이 수없이 벗겨지고 인간들의 시신들과 유물들이 묻혔다. 전체론적인 관점에서 인간의 목숨의 미디어로서 수원(水原)과 연관된 "늪지구멍"은 대서양과 연결되고, 물이 고이는 지구의 최종 바닥은 확실히 알 수 없기에 "바닥이 없다."

시각을 통해 세상을 이차원적으로 파악하며 나머지 입체적인 감각을 상실한다. 그리하여 세상의 사물은 스마트폰의 모양같은 평면적 시각에 의해 좌우된다. 보기 싫거나 보기 좋은 상태로 범주화된다. 그리하여 인간은 시각중심적인 관점에 따라 피상적인 인간이 된다. 인간에게 책이 없었더라면 책을 대체하는 다른 매체를 통해 다른 감각을 발달시켜 활발한 활동을 했을 터인데 책에 붙들려 신체의 다른 감각들은 마비상태에 이른다. 이는 역동적인 야성을 상실하고 이성의 기획 속에서 서서히 자기도취에 빠져 무력화되는 것이다. 산과 들의 생생한 자연의 냄새보다 퀴퀴한 장서의 냄새만을 맡고 살아온 파우스트 박사는 시각을 혹사하며 한 평생 독서를 밑천으로 지식을 재생산하여 모래시계 같은 명성을 쌓느라 시각의 혹사와 함께 다른 감각들을 마비시킨다. 무지한 인간은 시각보다 다른 감각이 발달할 것임이 틀림없다. 맹인들은 촉각이 발달하여 한국의 경우 안마사로 많이 활동하고 있다. 『향수: 어느 살인자의 이야기』(*Perfume: The Story Of A Murderer*, 2006)에 나오는 주인공[그르누이]은 어릴 적부터 가정이 불우하여 교육을 받지 못했으나 선천적인 놀라운 후각으로 대중들이 인생의 질고를 망각하게 할 정도로 행복감(euphoria)을 부여하는 향수의 장인이 되었다. 마지막 장면에 광장에서 그가 필생의 공을 들여 제조한 뇌쇄적인 향수를 자기 머리 위에 들이붓자마자 주변의 군중들이 덤벼들어 그의 몸과 옷을 모조리 뜯어 삼켜 버렸다.

문자를 모르는 사람들은 세상을 살아있는 일종의 유기체로 인식할 것이다. 불가피하게 문자 대신 물질을 선택하는 셈이다. 그것을 맥루언은 [동시적 장](simultaneous field)이라 부른다. 언어를 상실한 인간은 당연히 물질적이고 본능적이고 감각적일 수밖에 없을 것이다. 인디언들에게 땅문서, 지폐보다 사탕이나 목걸이가 더 소중하다. 언어라는 문화적 완충지대 [buffer zone]로서의 에고(ego)가 부재하기에 이드(Id)가 직접 표출될 수밖에 없을 것이기에 인간의 충동적인 이드를 중재할 페르소나(persona)가 없다. 물론 선불교에서는 문자매체의 부재가 오히려 언어도단(言語道斷)⁴²⁾의 도를 지향하는 방편이 된다고 하고 사물의 실재에 도달하는 지름길이라는 것이다. 언어로 거세되지 않는 감각의 세계는 야만의 세계로 약육강식의 현상이 벌어질 것이다. 말하자면, 미국개척시대의 무법상황을 재현하는 마카로니웨스턴(macaroiwestern)에 나오듯 토지 매매계약을 통하지 않고 무력으로 남의 땅과 아내를 빼앗는 것이다. 언어라는 매체가 없다면 세상사를 저울질할 기준을 상실할 것이다. 시간, 공간, 역사, 인/과에 대한 기준을 상실하여 그야말로 세상은 아수라장이 될 것이다. 그런데 일부의 수도자나 예술가들은 언어도단의 세계를 지향하여 한편으로 그것을 세상에서 유명해지는 수단으로 삼고 있다. 낭중지추(囊中之錐)란 말이 있듯이, 험준한 가야산 속 해인사에 은거했던 도승 성철을 만나기 위해 얼마나 많은 팔도의 백성들이 방문했던가? 숭고의 체험이 일종의 부귀영화를 약속하는 훈장이 되는 셈이다. 그리하여 정직한 수도자, 예술가, 학자들은 전혀 남의 눈에 띄지 않는 곳에서 실재, 숭고의 신비로운 주제를 탐구하다 백골이 되는 은자(隱者)가 되는 것이다. 남이 알아주기를 바라는, 즉 유명(有名)을 바라는 사람들은 탁상공론의 자아도취에 빠진다. 그러나 인간이 은자인

---

42) 인간의 이성과 논리를 배제하는 실재의 상태인 숭고의 상태는 성경의 사도행전(Acts)에 하늘로부터의 성령(Holy Spirit)이 내려오는 장면에 해당될 수 있고, 수도승이 비논리적인 화두를 붙들고 정진하다 갑자기 인식의 단절이 발생하여 횡설수설 비논리적인 오도송을 발하는 경우를 생각해 볼 수 있고, 대중들의 경우 어떤 황당한 현실의 상황에 처하여 말문이 막히는 어이없는 순간을 의미한다고 볼 수 있다. 말하자면, 인간의 이성, 논리, 의식이 포착할 수 없는 순간이나 상황을 의미한다고 볼 수 있다. [숭고]에 대하여, 칸트(I. Kant)의 경우 인간의 상상력의 좌절을 의미하고, 리오타르(Jean-François Lyotard)의 경우 언어게임이 불가능한 상황, 즉 사물을 총체성으로, 언어적 기획으로 바라보려는 기도가 좌절되는 순간을 의미한다고 볼 수 있다.

듯 행세한다면 신의 경지에 도전하는 것이어서 신의 저주를 피할 길이 없다. 인간은 정상에서 지속적으로 머물 수 없고 곧 하강하도록 운명지어있다. 남보다 앞서 걷고 뛰려다가 결국 먼저 쓰러지는 것이다. 초음속 비행기로 창공을 끝없이 올라가지만 곧 내려와야 한다. 신의 열락에 해당하는 수준의 쾌락을 즐기다 몰락한 소돔과 고모라처럼, 조물주의 높이를 추구하다 붕괴된 바벨탑처럼, 그래서 불교에서는 [유/무]의 [무]가 아니라 이 대립의 [무]를 부정하는 [무]를 택하지만 사실 실행이 어렵다. 그것은 세상이 대립 쌍(pairs)으로 구성되어있어 일부 경솔한 현자들이 무소유의 무욕을 표방하지만, 결국 소유 그것도 잉여소유로 나아가는 탐욕을 삶의 동기로 삼아야 비로소 불완전한 인간이 완전을 추구하기 위해 세상에 존재할 이유가 있기 때문이다. 완전을 추구하기 위해 피땀이 서려 있는 고통의 미디어들이 즐비하다. 과학, 철학, 종교, 예술, 고행 등. 항아리를 굽는 장인은 몇 날 며칠 밤새워 항아리를 구웠지만 맘에 들지 않아서 망치로 부숴버리고, 소설가는 밤새 쓴 원고지를 찢어버린다. 영화 『취화선』(2002)에서 장승업은 도자기의 완성을 기하기 위해 몸소 가마솥으로 들어가 도자기와 일체를 도모한다. 또 앤디 워홀(Andy Warhol)은 내적 완성을 기하기 위해 완성된 상품, 위인들의 초상을 비틀어버린다.

불교의 경우, 제각기 붓다 혹은 차라투스트라(Zarathustra)가 되기 위해, 사물이 늘 상 변한다는 제행무상(諸行無常)을 강조하면서도, 몇 숟가락의 밥과 몇 조각의 김치를 먹고, 매일 새벽에 기상하고, 수천 배의 절을 해야 하고, 밤새 좌정하다 졸음이 오면 죽도(竹刀)로 호되게 등짝을 맞고, 아인슈타인도, 스티븐 호킹도 이해하기 어려운 불경을 암송해야 하고, 절세가인 황진이와 황금을 돌같이 보아야 한다. 그런데 인간개조의 매체로 자신을 닦달하지 않아도 인간은 결국 둔황(敦煌)의 먼지가 될 것이다. 그러니 불교는 고독을 사랑하는, 세상을 혐오하는, 과연 삼 년 동안 토굴 속에서 견딜 수 있는지 인간의 극기를 시험하는, 초인 붓다를 숭배하는 일종의 비밀결사단 같은 특징도 있다. 그러므로 종교라는 내적인 정신적인 매체가 초인을 지향하는 메시지가 된다. 향후, 사이보그, 로봇, 인공지능, 외계인이 붓다를 숭배하는 날이 올 것인가?

5.4 미디어와 소쉬르

기표가 기의는 시각적으로 임의적이기에 맥루언은 음성적 알파벳을 시각과 청각 사이에 투입한다. 그런데 음성적 알파벳은 소쉬르의 관점에서 물질성의 기표에 해당된다. 문자는 소리와 내재적인 관계를 맺고 있지 않아 임의적이다. 문자 따로 소리 따로. 물론 문자 따로 의미 따로. 음성문자를 고안하고 그 문자에 가치를 부여하기 위하여 낱말, 그것을 구성하는 소리로 분절(articulation)해야 한다. 그렇지 않으면 의미가 없다. 그러면 음성문자는 무의미한 소리에 연결된 의미 없는 기표가 된다. 이 작업은 문명인만이 가능하다. 문자에게 소리를 부여하고 소리를 분절하는 것. 이 작업이 완료되면 눈과 귀의 분열이 발생한다. 이 기호분리의 기술은 몸과 마음을, 자연과 인간을 분리, 분열시킨다. 이렇듯 사물의 기호화로 인한 기계적 인식은 자연, 환경에 대한 감수성을 상실하고 메마른 폭력성을 배가할 위험이 많다.

유사 이래 기호가 인간의 욕망을, 본능을 거세하는 경고적, 제재적 수단으로 사용된 것은 "있는 그대로"(as it is)라는 자연의 섭리를 거슬리는 측면이 있지만, 자연적으로 파괴적인 상황에서 문화적으로 공존하는 상황으로 변모시켰다. 자연선택(natural selection)의 잔인한 자연 그대로의 생물학적인 삶을 기호적인 문화적인 삶으로 변화시킴으로써 인간의 수명이 연장되었다. 자연의 정원에서 성장하던 생물들이 인간의 기호적 기획 아래 기계 속에서 성장한다. 인간의 자궁에서 자라나는 유아는 인큐베이터에서, 시험관에서 기계의 계시를 받는다. 그런데 『프랑켄슈타인』(*Frankenstein*), 『지킬박사와 하이드』(*Strange Case of Dr Jekyll and Mr Hyde*)에서 인간에게 경고하듯이, 기호적 사고는 인간 본래의 악마성(diabolicalness)에 의해 세상과 자신을 파괴한다. 물론 자연적으로 기호적으로 인간은 언젠가 파괴될 운명이다. 세계적인 피아니스트이자 지휘자인 다니엘 바렌보임이나 피아니스트 마르타 아르게리치 같은 연로한 유명 연주가들이 평소 눈에 익은 악보가 기억이 나지 않아 연주를 망칠 수가 있고, 저명한 석학의 강의가 일방적인 신뢰 속에서 진행되지만 사실 거짓으로 드러날 수가 있다. 루이 알튀세르는 그의 자서전 『미래는 오래 지속된다』에서 자신이 마르크시스트이면서 『자본론』을 교수 재직 후 20년 만에 읽었으며, 철학의 위인들에 대해서 잘 모르지만 아는 척하며 가르쳤다고 고백한다. 자연을 바라보고 떠올린 악상으로 작곡된 선율과 비커(beaker) 속에서 바이러스의 움직임을 기호로 표시하지 않는다면, 그것이 자연스러운 생태학적인 삶이긴 하지만 인간의 문명적인 삶을 영위할 수가 없다. 그러나 기호적 환경에서 자라나고 [아 프리오리](a priori) 한 언어습득의 잠재성을 가진 인간이 자연 그대로의 삶을 살기가 쉽지는 않을 것이다. 원시인이 돌을 갈아 사냥을 하고 불을 일으키고, 샤먼의 예언에 복종하듯이.

　현재 고대 동물의 유해가 농축된 석유가 이산화탄소를 과다하게 생성함으로써 지구의 온난화를 초래하여 천재지변이 나날이 극심해지고 있다. 이것도 기호의 재난이라고 볼 수 있다. 인간이 계산속도가 느린 지능 대신 계산이 신속한 슈퍼컴퓨터를 통해 자연을 기호로 구분하고 분류하고 합성하여 플라스틱을 만들고, 인간의 소통시간을 단축하기 위해 자동차의 연료를 주입하고, 정치적인 갈등으로 인한 대규모의 전쟁으로 폭탄을 사용하여 자연을 거의 마비시키기에 자연은 원래대로의 항상성을 유지하기 위해 인간에게 끔찍한 반작용의 신호를 보낸다. 이것이 약 50억여 년의 역사를 자랑하는 지구에서 인간이 르네상스 이래 500년 동안 초단기에 저지른 기호적인 폐해(弊害)를 자연이 회복하기 위한 정화작업으로서의 천재지변인 것이다. 다시 말해, 대기의 오염, 바다의 오염, 산천의 오염을 바로잡기 위한 대규모의 천지개벽인 것이다. 인류최대의 발전소인 중국의 싼샤댐과 인류최대의 무덤인 스핑크스. 이것들은 모두 기호학적인 문화의 산물이다.

이제 인간은 지구의 환경을 파괴한 후 목숨을 연장하기 위하여 지구대탈출(exodus)을 준비 중이다. 겉으로 보기에 소시지 같은 엉성한 양철 구조물처럼 보이는 우주선도 수학의 기호가 적용된 수만 개 아니 수십만 개의 기호의 결집체이다. 우주에서 이 기호의 오류가 우주비행사의 목숨을 좌우한다. 그리고 서울의 123층 롯데타워도 무수한 내적 외적 기호의 산물이 아닌가? 내적인 구성과 외적인 의미를 내포하는. 수술하는 과정에 정밀사진에 찍힌 인체의 그림은 의사의 설계도이자 기호체계이다. 의사는 이에 따라 수술을 해야 한다. 결국 인간은 아리스토텔레스가 천명한 [사회적 동물]에 더하여 소쉬르의 [기호적 동물]이자, 라캉이 말하는 기호로 구성된 [담론의 동물]인 것이다. 더하여, 칼 융이 말하는 원시의 원형을 내면 깊이 감추고 있는 [원형적 동물]이며, 프로이트가 말하는 에고의 [가면적 동물]인 것이다.

그림처럼 쓰인 기호로 구성된 경전을 매일 암송하는 티베트 수도승들처럼 기호가 진리를 위한 매체라고 생각하지만 한편으론 거짓의 매체이기도 하다. 여성의 화장, 군인들의 위장, 영국인들의 가발이나 가면무도회, 미국인들의 명절 만성절(Helloween), 동화『왕자와 거지』, 한국인의 탈춤 등, 모두 거짓의 기호와 연관이 있다. 주지하다시피, 소쉬르는 사물의 전체를 나타내는 말을 기호(sign)라 하고, 그 개념은 기의(signified)라고 하고, 소리-이미지는 기표(signifier)로 삼는다. 그래서 그는 기호를 종이의 양면으로 예시한다. 한쪽은 기표, 또 다른 쪽은 기의로 삼는다.

그런데 우리는 종종 기호와 상징이 혼동되는 수가 있어 다시 살펴볼 필요가 있다. 사자 왕 리처드 1세(Richard I)의 사자문양의 깃발이 상징인가? 기호인가? 우선 상징은 기표의 범주에 편입됨을 부인할 수 없다. 사자 문양은 리처드 1세의 가문임을 의미하기 때문이며, 용맹과 수호자를 의미하기 때문이다. 그러나 리처드 1세의 가문을 다른 문양으로 대체할 수 없기에 임의적이지 않고 고정적이다. 그러니까 한 사물에 대해 다른 사물을 통하여 의미를 부여하는 것이 상징이다. 꿈속에서 분뇨나 시체를 보았을 때 금전의 획득을 상징한다고 한다. 그리고 융의 관점에서 21세기 현실은 원형의 상징을 재현한다는 것이다. 코로나19, 온난화 현상은 문명의 개발로 인하여 지구의 생태적 원형이 심히 파손되었음을 의미한다. 현대인이 냉정하게 보이는 것은 기계적이고 합리적인 환경에서 인간의 감성적인 원형이 파손되었음을 의미한다. 옷의 경우, 신체를 가리는 매듭이 느슨한 옷에서, 지퍼를 통해 간편히 봉쇄하고, 복잡하게 요리하는 음식이 간편한 음식으로 공장에서 제조된다. 유아의 모유는 여성의 몸매를 위해 소젖으로 대체된다. 이것이 모두 원형 파괴의 상징들이다. 인간의 문명은 원시성, 감수성, 모더니티, 포스트-모더니티에 도달하였고, 20세기 초반의 예술파괴 운동인, [아무것도 의미하지 않음]을 의미하는 다다(dada)의 상태에서 예술을 조롱하다 지상에서 더 이상 참신한 의미를 발견하지 못하고 지상

밖의 상황으로 눈을 돌리는 초-현실주의(surrealism)를 추구한다. 이제 상징은 의식적이고 경험적인 것이 아니라 무의식적이고 선험적인 차원으로 나아간다. 주지하다시피, 초-현실주의자인 의학도 앙드레 브르통(Andre Breton)은 프로이트의 정신분석학에 경도되어 이를 예술에 접목시켰다. 영화『아바타』(*Avartar*)에 나타나는 신비한 상징들은 지상에 부재한 초현실적인 것들이다. 이렇듯 기표로서의 현실의 반대편에 초현실이, 의식의 반대편에 무의식이, 인간의 반대편에 아바타가 잠재하는 것이다.

5.5 미디어와 감각

미디어는 감각을 마비시킨다. 인간은 미디어를 통해 간접적으로 위장된 감각을 느낀다. 안경의 눈, 로봇의 손, 사냥개의 코, 보청기의 귀, 그런데 맛을 보는 것은 혀 이외에 대체물이 없다. 물론 기계적으로 맛을 보는 자동제어장치가 있을 것이다. 오렌지라는 언어는 인간에게 공감각(synaesthesia)을 일으켜 침을 흘리게 한다. 어떤 색깔을 보았을 때 전이되는 미각도 있을 것이다. 이렇듯 미디어는 감각의 껍질을 벗겨 감각이 둔해지고 감수성이 없는 인간을 만든다. 언어와 그것의 명시 혹은 표현은 대중들에게 영향을 준다. 『구텐베르크 갤럭시』에 나오듯이, 혹은 약간의 지적인 사람도, 언어의 형태는 4가지로 변천되었음을 알고 있다. [1] 구어(oral language), [2] 문어(written language), [3] 활자(metal type), [4] 대중미디어(mass media). 언어를 통한 식자성(literacy)은 인간의 감수성을 서서히 변화시킨다. 이제 인간에게 뭉클한 감정이 있는가? 공동체 속에서 생존을 위해 어쩔 수 없지만 머릿속에는 온통 관습적이고 표준화된 논리, 이성, 합리,

공식의 담론으로 가득 차 있다. 엔지니어는 기계의 구조가, 학생은 수학의 공식이, 주부는 짜임새 있는 가계부가, 기업회장은 체계적인 사업구상으로.

　그는 통시적인 관점에서 원시인(tribal human)에서 현대인(modern human)에 이르는 미디어의 추이 과정을 살핀다. 인간은 문자부재의 시대에 종족 공동체를 이루며 살지만 미디어의 발달로 인하여 점차 개인주의적 경향을 띤다. 이때 미디어가 인간을 대체한다. 휴대폰, 컴퓨터, TV, 책, 예술, 인공지능, 로봇이 인간을 즐겁게 해주고 인간과 인간은 상호 유리된다. 그리하여 인간이 인간을 대하는 것이 생경해지고 삭막해진다. 한국사회에서 명절 때 모처럼 친척집을 방문하면 친척과 친밀한 대화를 나누기보다 TV만 바라본다. 그렇지 않으면 카드나 화투를 매체로 삼아 시간을 소비한다. 그리하여 인간과 인간의 관계는 서서히 단절되고 인간은 실존주의자처럼 스스로 소외된다. 이미 이런 전조는 성경에 등장한다. 태초에 하나님이 인간을 창조하였으나 인간은 기원으로서의 하나님보다 에덴동산의 피조물들과 즐기며 하나님을 망각하고 하나님의 시선을 피한다. 이에 하나님은 "너는 지금 어디에 있느냐?"라고 묻는다.

　원시인들이 현대를 바라본다면 책의 선형적 방식과 획일적인 내용, 즉 권선징악의 결론에 당황해할 것이다. 미디어 속의 세계는 박제된 세계이며, 미디어 부재의 세계는 감각의 활성화를 통해 세상을 음미한다. 현장을 가보지 않고 지도를 보는 것보다 현장의 생생함을 즐긴다. 관광안내서를 보고 유적지를 이해하기보다 산과 들을 지나 강과 바다를 건너 유적지로의 위험한 탐사를 통해 유적지를 이해한다. 이렇듯 미디어가 부재한 원시인은 현재성을 향유할 수밖에 없을 것이다. 과거나 미래로 안내하는 미디어가 없기에. 미디어가 부재한 삶은 따분하고 현재의 즐거움을 느끼기 위해 감각적인 식물채집, 동물사냥, 부족 간의 전쟁, 성의 유희, 초월적인 샤먼적 제의에 골몰했을 것이다. 이것은 현재에도 벌어진다. 미국에 이민 간 한국여성들은 이웃과의 의사소통의 부재로 인하여 고국에서 가져 간 철 지난 국내 잡지들을 반복적으로 표지가 닳도록 탐독하고, 남성들은 닭 공장에서 종일토록 닭 모가지를 잘라야 한다. 인간과 인간을 연결하고 시간과 시간을 연결하는 미디어로서의 잡지와 닭이 시간을 소비하는 기능을 수행하는 것이다. 이는 마치 동굴 속에서 모닥불을 피워놓고 벽면에 어른거리는 그림자를 바라보는 것과 산과 들에서 매머드(mammoth)를 사냥하는 것과 같다. 이처럼 인간에게 그림자와 매머드마저 부재할 때 살아갈 의미가 있는가? 이 점을 예이츠의 「탑」("The Tower")의 일부에 적용해 보자.

이 어리석음을 어찌할 것인가―
오 마음이여, 오 혼란스러운 마음이여―이 만화 같은 처지,
나에게 붙어있는 노쇠한 나이를 어찌할 것인가?
개의 꼬리에 붙어있듯이
　　　　　나는 지금처럼
흥분하고, 열정적이고, 환상적인 상상력을 가져 본적이,
불가능한 것을 기대하는 눈과 귀를 가져본 적도 없었다―
아니, 어린 시절 낚싯대와 파리나 지렁이를 들고, 벤 벌벤의 언덕을
올라가 기나긴 여름날을 보냈을 때도 이러진 않았다.
나는 뮤즈에서 짐 싸라고 명하고
플라톤과 플로티누스를 친구로 삼아야겠다.
상상력, 눈과 귀가 논쟁에 만족하여 추상적인 것들을
다룰 수 있을 때까지; 혹은 발뒤꿈치에 찌그러진 주전자 같은 것에
조롱당할 때까지.

What shall I do with this absurdity —
O heart, O troubled heart — this caricature,
Decrepit age that has been tied to me
As to a dog's tail?
                    Never had I more
Excited, passionate, fantastical
Imagination, nor an ear and eye
That more expected the impossible —
No, not in boyhood when with rod and fly,
Or the humbler worm, I climbed Ben Bulben's back
And had the livelong summer day to spend.
It seems that I must bid the Muse go pack,
Choose Plato and Plotinus for a friend
Until imagination, ear and eye,
Can be content with argument and deal
In abstract things; or be derided by
A sort of battered kettle at the heel.[43]

　　시적 화자는 노화의 운명에 통탄하지만, 한편으로 어느 시절보다 더
역동적인 "상상력"의 솟구침에 놀란다. 상상력은 최상으로 발휘되고 있으나
노화가 방해물이다. 노화는 청춘을 서서히 대지의 구덩이로 이끄는 동기이
자 미디어이며 지상에서의 청춘의 낙서를 지운다. 그 낙서가 심오하든 경박
하든. 노화하는 동안 인간이 "불가능한 것"으로서 진리를 추구함에 동원되
는 무기는 "눈"과 "귀"뿐이다. 사물은 일단 눈과 귀를 통하여 들어와 의식에
서 기호와 담론으로 고정화되어 인간을 대변하는 미디어로 사용된다. 인간
들은 눈과 귀를 통하여 진리를 발견하는 것이 아니라 탐구하는 것이다. 물

---

43) https://www.poetryfoundation.org/poems/57587/the-tower-56d23b4072cea

론 논리를 거부하는 영감에 해당하는 육감(sixth sense)이라는 이해불가의 직관이 있긴 하다. 시인들에게 영감과 재능을 부여한다는 그리스 신 "뮤즈"에 대한 진정한 의지는 좌절되었다. 대신 시인은 이데아의 하부구조로 종속되고, 플로티노스(Plotinos)는 [일자의 빛]이 사물의 원천이라고 했으니 일자의 빛이 흘러넘쳐 계속적으로 사물을 창조해 나가면서 빛의 원천으로부터 점점 멀어지고 마지막으로 질료 혹은 무(無)에 이른다. 일자의 빛은 사물을 분별하는 미디어로서의 기호와 이성으로 구분할 수 없다. 시적 화자의 고뇌에 찬 삶의 방식에 대하여, 원시인은 플라톤의 미메시스적 삶과는 달리 "눈"과 "귀"를 통하여 감각적인 삶을 향유하였을 것이며, 현대인은 이데아의 세상을 거부하고 진짜보다 더 진짜 같은 실재를 만들어 플라톤의 이데아를 역행하여 진짜 같은 실재를 만들어 내는 디지털 기기와 같은 전자미디어를 통하여 이성과 합리적인 삶을 살아간다. 특히 문학도 문화의 메신저로서 미디어 가운데 하나이지만, 시, 소설, 드라마 등, 전통문학을 경시하는 현대인들의 탈-문학적 경향으로 인하여 사고능력의 부족과 인성의 부재, 식자(識字)성의 위기(literacy crisis)를 경고하는 앨빈 커넌(Alvin Kernan)의 말은 일리가 있다(2-5). 현대인들은 디지털 문화 또한 전통문학에 기초함을 인식해야 한다.

원시인은 다감각의 기능으로 사물에 대응하고 현대인은 다감각을 기록 속에 수렴한다. 일기, 보고서, 반성문, 진술서 등. 인간이 본래적으로 가지고 있는 오감 외에 육감(six senses)을 가지고 있을 수도 있을 것이다. 수도자 혹은 예언자들이 가진 통찰력은 일종의 육감이라고 할 수 있고, 지각을 초월한다는 점에서 일반인들도 육감을 느끼기도 한다. 먼 거리에서 벌어지는 상황을 본능적으로 느끼는 능력. 이는 말초적인 감각을 초월하여 사물을 직관적으로 파악하는 불교에서 말하는 [아뢰야식](阿賴耶識)[44]

에 해당할 수 있다.

　쓰기는 감각을 거세한다. 이에 반해 원시인은 이야기보다 목소리를, 시각보다 촉각을 중시할 것이다. 그러니까 독재자 후세인과 9.11사건 용의자 빈 라덴을 암살한 현장을 직접 접촉하여 확인할 필요가 없이 미국의 대통령 오바마는 미디어를 통해 그들의 죽음을 생생히 확인한다. 그리하여 현대인의 실체는 점점 기호화되어 비감각적인 존재로 이미지화되어 지상에서 사라진다. 후세의 사람들은 기억 혹은 기록을 통하여 그 사람에 대해 기호적으로 평가한다. "그 사람 참 인간성이 좋았어!"라고. 원시인은 내부적으로 활동하는 것이 아니라 외부적이고 공동체적으로 활동했을 것이다. 일반적으로 대중들은 오감에 의존하고 예언자 혹은 선지자에게 신비한 육감이 주어진다. 잔 다르크(Joan of Arc)의 경우 하나님의 메신저로 대중들에게 하늘의 비밀을 알리지만 당시 인간의 육신과 영혼의 이분법에서 영혼의 구원과 치유를 독점하는 가톨릭의 심판을 받아 마녀심판(witch trial)을 당하였다. 물론 이것도 희생양(scapegoat)의 원시제전의 일환이라고 볼 수 있다. 아브라함이 외아들 이삭(Isaac)을 하나님에게 제물로 바치려고 했듯이. 이제 인간은 직관적이고 감각적인 능력을 미디어의 기능으로 대체하고 마치 영화『터미네이터』의 주인공처럼 반인-반기계적인 인간으로 변신한다. 인간의 다양한 감각은 기계의 전자회로 속에서 [on] / [off] 혹은 [0] / [1]의 이분법으로 단순화된다. 그리하여 인간의 사물을 전체적으로 파악하는 능력인 오성은 감각이 제거된 회로 속의 사고가 된다. 그런데 인간은 사고하는 능력도 인공지능이나 컴퓨터에 의뢰하기에 인간은 그야말로 엘리엇(T. S. Eliot)의 시 제목인 이성과 감정이 거세된 「텅 빈 인간」("The Hollow Men")

---

44)　http://encykorea.aks.ac.kr/Contents/Item/E0034267

이 되는 것이다. 아이러니하지만, 이를 불교에서 말하는 세상에 대한 모든 사고와 감상을 떨쳐버리는 무념무상의 니르바나의 상태로 볼 수 있을까?

5.6 미디어의 이중성

인간은 기억의 시대에서 탈-기억 속으로 나아간다. 인간은 기억을 미디어에 맡기고 점점 기억상실의 상태에 빠진다. 기억할 필요가 없으니 라마르크의 용불용설에 따라 두뇌의 기능이 더 이상 활성화될 필요가 없기에 인간의 두뇌는 쇠퇴하고 자신의 정체성을 상실하는 알츠하이머의 상태에 이른다. 나 자신에 대한 기억조차도 컴퓨터에 저장하니 인간의 두뇌는 기능상실을 초래할 수밖에 없을 것이다. 그러니까 미디어는 양날의 칼인 셈이다. 문명의 도구이자 건강의 해악. 쓰기는 망각의 지름길이다. 사물이 기억에서 제거되어 평면의 파피루스에 박제되는 것이다. 인간은 더 이상 기억을 하려 하지 않고 기록물을 참조한다. 물론 인간이 세상의 모든 것을 기억할 수 없기에 메모를 한다. 법원에서는 인간의 진술을 믿지 않고 그것을 문자로 옮긴 물증, 즉 녹취록을 더 신뢰한다.

맥루언보다 수천 년을 앞서간 플라톤은 철인 소크라테스와의 대화를 기억하며 쓴 『파이드로스』(*Phaedrus*)에서 진실, 진리의 추구에 대해 허무함을 토로했다. 세상의 모든 사물이 복사본이라는 것. 그 복사본은 2, 3차, 아니 무수히 복사된다. 물론 이것은 그의 이데아 철학에서도 충분히 짐작할 수 있다. 인생의 진리를 찾기 위해 대중이 책을 읽고, 유명한 강사의 강연을 듣고, 유명한 교수의 강의를 듣고, 유명한 목사의 설교를 듣지만 진리나 진실과는 거리가 있는 것이다. 이것은 나와 진리, 진실, 사실을 가로

막는 미디어일 뿐이고 잠깐 진리, 진실, 사실을 맛본 듯한 착각에 불과하다. 불교에서도 즉각적으로 진리를 깨달았다고 보는 [돈오돈수](頓悟頓修)에 대한 변증법적 의심으로 점차 도를 깨달아가는 [돈오점수]를 주장한다. 알다시피, 성철선사는 전자에 속하고 지눌선사는 후자에 속한다. 그런데 진리는 현실과 동떨어진 경전에만 존재하는 것이 아니라 인간의 현실 속에 자리해야 하는 것이다. 만약 그렇지 않으면 공허한 몽상에 불과한 것이다. 성경에서도 행동이 없는 믿음은 공허한 것이라 경고한다. 공허한 진리 추구에 무실역행(務實力行)의 자세가 필요한 것이다. 필자의 경우, 폭우가 쏟아지는 어느 날 밤, 한 젊은 사나이가 인사불성이 되어 길바닥에 드러누워 있었다. 그래서 이기적인 생각에 그대로 지나치려고 하다가 기독인이라는 의무감에 발이 묶여 119 구조대에 신고하여 그 사나이를 병원으로 실어 보냈다. 마치 사마리아 나그네처럼. 이는 그 사나이를 위하는 선행일 수도 있지만, 마음속 한 귀퉁이에 남아있는 약간의 진리추구에 대한 필자의 마음을 충족시키는 일이기도 하다. 그렇지 않았을 경우, 그 사나이에 대한, 혹은 예수님에 대한 죄책감으로 괴로워했을 것이다.

우리가 흔히 본질을 보지 않고 지엽적인 것을 볼 때 쓰는 말이 하나 있다. 달을 보지 않고 왜 손가락을 보나? 라는 [견월망지](見月忘指). 그런데 인간은 달을 제대로 볼 수가 없다. 달을 가리키는 손가락이 달을 대체하기 때문이다. 인간이 제대로 달을 바라본다면 이 세상이 아수라장이 아니라 무미건조한 천국이 되었을 것이다. 모두 다 진리를 바라보니 거짓이 없고 사악한 일이 생길 수 없을 것이다. 이때 손가락이 미디어가 될 것이고 달이 실재 혹은 진리가 될 것이다. 미디어는 실재를 대변하면서 동시에 실재를 반역한다. 손가락이 달을 가리키지만 사실 손가락과 달은 무관하다. 이것이 실재를 추구하는 귀중한 금언이라는 것이 사실 무의미하다. 인간이 손가락 대신 달을 본다고 자연이 달라질 것이 있는가? 이정표가 있지만 이정표는 어디까지나 인간의 이정표일 뿐이다.

소통의 미디어 가운데 말과 글은 그대로 받아들일 수 없다. 그것은 그 미디어 속에 갖가지 상대를 기만하기 위한 비밀스러운 장치들이 은닉되어 있기 때문이다. 아니 말과 글 속에는 사물과 사건의 재현 이외에 자연스레 방어기제가 수사법의 형태로 존재하고, 말과 글은 상대의 마음을 파악할 수 있는 단서가 됨과 동시에 은폐하는 도구이다. 불행한 상태에 처한 사람에게 덕담은 오히려 모독이 된다. "잘 되길 바란다." 이런 말은 설사 좋은 취지에서 말했다 했을지라도 악담으로 들릴 수 있을 것이다.

시각은 다른 감각들에 비해 기계적이고, 사물의 상태를 인식하는 서늘한 감각이다. 영화 『터미네이터』에서 불사조 "터미네이터"가 전방의 사물을 바라본 결과는 숫자로 표기되는 계량적이고 기계적인 것이다. 미디어에 내재하는 진리의 성취에 대한 내용은 독자들로 하여금 진리의 포착에 대한 환상을 갖게 한다. 헤르만 헤세의 『싯다르타』(Siddhartha)를 보면 물소리를 통해 사물의 오묘한 이치를 깨달았다고 하고, 제임스 조이스의 『젊은 예술가의 초상』(A Portrait of the Artist as a Young Man)을 보면 범속적인 일상 가운데 즉각적인 진리의 발현을 의미하는 천사가 하강하여 세인에게 등장하여 계시하는 의미를 가진 에피퍼니(Epiphany)적 순간이 제시된다. 미디어는 그럴듯한 모습으로 실재를 위장하며 복잡다단한 인간의 사건을 기호로 귀속시켜버린다. 교통사고로 인해 피를 흘리고 중상을 입은 사람은 교통사고자로 데이터베이스에 기록된다. 기록을 확인하는 시각은 빨라지고 입은 어눌해진다.

인류는 문명의 발전을 위해 문자를 발달시킨다. 세계에서 횡행하는 갖가지 문자 가운데 기축화폐(key currencey)인 달러와 마찬가지로 기축

문자(key letters)가 알파벳임을 부정할 사람은 없을 것이다. 그렇게 문화적으로 자존심이 센 프랑스인, 독일인들이 영어를 인터넷 세계 공용어로 영어를 학습하는 시대이니 말이다. 맥루언은 지구촌에서 유일무이한 알파벳의 전횡(dominance)이나 남용을 경고한다. 아울러 지상 밖의 세상인 사이버의 세계로 들어가는 기호체계는 빌 게이츠의 알파벳이다. 그러니까 문명화는 일종의 특정 문자나 체제의 편견에 해당할 수가 있다. 동남아 청년들이 취업을 위하여 영어와 한글을 배우는 것도 영어와 한글의 정당화, 즉 편견의 정당화에 종속되는 것이다. 그런데 세상에 존재하는 한 누구도 이 편견의 체계에서 자유로울 수 없을 것이다. 인간의 일상도 타자와의 담론과 밀접하기에 타자의 편견에서 벗어날 수가 없는 것이다. 이렇듯 인간의 문명은 자유로워지고 싶어 하는 인간이 스스로 구속되는 이중구속(double bind)의 이중성을 내포하고 있다.

5.7 미디어와 원시 / 문명

무전기, 휴대폰, 인터넷이 없던 시대에 인간과 인간 사이를 매개하는 존재는 인간이었다. 임금의 뜻을 시종이 신하에게 전하는 것이다. 전쟁의 승리를 알리려 마라톤을 해야 하고, 말(words)을 전하기 위해 주야로 말을 타고 가야 하고, 봉화(beacon fire)를 올려야 하는 것이다. 인간과 인간의 직접적인 대면이 사라지고 인간은 매체를 인간으로 대면하여 그 의미를 헤아리려 한다. 그러나 매체는 조화를 부리기에 이해가 쉽지 않다. 예를 들어, 해체주의의 선구자인 데리다(J. Derrida)의 글은 얼마나 소통하기가 어려운가? 그리고 불교의 반야심경은 얼마나 해석하기가 어려운가? 이 미디어들은 아예 소통을 거부하기 위하여 소통되는 모순적인 것들이다. 인간은 하나님과 소통하기 위하여 사제 혹은 기도를 매개로 삼는다. 사제에게 자신의 죄를 토로하고, 기도를 통해 자기의 사업을 축원한다.

그러나 원시인들은 미디어에 의지하는 문명인과 달리 천재지변의 방지나 자연현상에 대해 신의 계시를 받은 샤먼을 통해 신과의 소통을 시도했다. 그러니까 현대인들은 초월적인 신에 대한 계시보다 스스로 제작한 미디어에 사활을 걸고, 원시인들은 초월적인 존재에 대한 절대적인 믿음을 가지고 있었을 것이다. 그러나 인간이 돈[혹은 인간]을 의지하던, 신을 의지하던 모두 자연의 구도 속에서의 편견(bias)에 불과한 것이다. 결국 인간은 선험적인 세상에 대한 향수가 있으며 후험[경험]적인 세상을 살다가 미지의 세계로 돌아가는 것이다. 각자의 종교와 신념에 따라 천국, 극락, 모나드(monad), 무(nothingness)로 돌아간다고 믿는다. 이 점을 히니의 「톨룬드 맨」("The Tollund Man")에 적용해 보자.

I

언젠가 나는 아우르스로 갈 것이다.
토탄처럼 갈색인 그의 머리를,
부드러운 콩깍지 같은 눈꺼풀을,
그의 뾰족한 가죽 모자를 보려고.

인근 평지의 시골에서
그들이 그를 파냈다,
겨울 씨앗의 그의 마지막 죽이
그의 위장 속에 굳어있다,

벌거벗은 상태다
모자, 올가미, 띠를 제외하고,
나는 오랫동안 서 있을 것이다.
자연의 여신에 대한 신랑으로,

그녀는 올가미로 그를 단단히 동여매고
그녀의 늪을 열어,
그 검은 주스는 작용했다
그를 성자의 보존된 몸처럼 만들도록,

잔디 깎던 사람의 발견
벌집모양의 발굴 작업들
지금 그의 얼룩진 얼굴이
아우르스에서 휴식을 취하고 있다.

II

나는 신성모독의 위험을 겪을 수 있다,
그 가마솥 같은 습지를 우리의 신성한 땅으로
신성시할 것이다 그리고 기도할 것이다
그가 잘 발아할 수 있도록

흩어지고, 숲속에 숨겨진
노동자의 육체들을,
긴 양말을 신은 시신들
마당에 널린,

사연을 담은 피부와 이빨
그 얼룩진 잠든 자들
네 명의 젊은 형제들, 끌려왔다
길을 따라 몇 마일을.

III

그의 슬픈 자유의 어떤 감정이
그가 짐수레를 탈 때
나에게 다가온 듯, 충동을 느낀다.
그 이름들을 말하고 싶은

톨룬드, 그라우벨레, 네벨가드,

가리키는 손을 바라본다
시골 사람들의,
그들의 언어를 모른 채.

변방 유틀란트에서
늙은이를 죽이는 교구에서
나는 상실감을,
비참함을 그리고 귀향한 듯한 감정을 느끼리라.

I

Some day I will go to Aarhus
To see his peat-brown head,
The mild pods of his eye-lids,

His pointed skin cap.

In the flat country near by
Where they dug him out,
His last gruel of winter seeds
Caked in his stomach,

Naked except for
The cap, noose and girdle,
I will stand a long time.
Bridegroom to the goddess,

She tightened her torc on him
And opened her fen,
Those dark juices working
Him to a saint's kept body,

Trove of the turfcutters'
Honeycombed workings.
Now his stained face
Reposes at Aarhus.

II

I could risk blasphemy,
Consecrate the cauldron bog
Our holy ground and pray
Him to make germinate

The scattered, ambushed

Flesh of labourers,
Stockinged corpses
Laid out in the farmyards,

Tell-tale skin and teeth
Flecking the sleepers
Of four young brothers, trailed
For miles along the lines.

III

Something of his sad freedom
As he rode the tumbril
Should come to me, driving,
Saying the names

Tollund, Grauballe, Nebelgard,

Watching the pointing hands
Of country people,
Not knowing their tongue.

Out here in Jutland
In the old man-killing parishes
I will feel lost,
Unhappy and at home.[45]

---

45) https://www.poetryinternational.org/pi/poem/23607/auto/0/0/Seamus-Heaney

늪지에서 몇 구의 미라가 발견되었다. 이집트의 파라오처럼 인공적으로 만든 미라가 아니라 자연환경에 따라 보존된 미라이다. 늪의 진흙이 미라를 보호하는 방부제(preservative)가 된 셈이다. 그 미라는 추상적인 관념의 미라가 아니라 삶의 연장선상에서 죽은 [현존재]로서의 미라인 것이다. 과거의 상황과 모습을 반영하는 구체적인 신체의 모습이 적나라하게 드러난 시체이다. 그 죽음의 원인을 찾아 그 범인을 잡아 처단해야 하지만 그 범인은 당시 사회의 관습이라는 것이다. 그 미라는 반강제적인 희생제물이다. 신과 인간을 연결하는 희생제물(sacrifices). 인간의 풍요와 번영을 염원하는 미라는 신과 인간 사이를 연결하는 미디어인 것이다. 미라는 자연의 여신의 품속에서 늪의 젖을 먹으며 사지를 온전히 견디어냈던 것이다. 그리하여 미라는 자연의 모태 속에서 "발아"할 것이다. 미라는 새로운 생명으로의 변신을 잠재하고 그 생명의 자양분이 되는 모판이 될 것이다. 사실 미라의 종말은 완전히 부패되어 자연과 합일하는 것이다. 다시 말해 자연이나 미라나 구분이 없어지는 것이다. 시신이 육탈되어 흙으로 돌아가는 것. 자연이 인간이 되고 인간이 자연이 되는 것이다. 이른바 물아일체. 인간과 자연은 시간의 조화로 저절로 자연으로 돌아가지만, 인간은 자연으로 돌아감의 그 자연스러움을 자신의 이성으로 지연시키려 애를 쓴다. 그래서 자연이라는 천연의 주거를 떠나 파라오가 피라미드 속으로 들어가듯 과학의 인큐베이터 속으로 기어들어 간다. 잉카, 마야 제국에서 그랬듯이 신에게 인간을 산 채로 바치는 제식은 원시적인 풍습으로 자연스러운 것으로 이해를 할 수 있지만, 사실 인간을 자연의 여신에 제물로 바치는 것도 자연스러운 것이 아니라, 그 의도나 동기가 인간의 자연에 대한 경외, 공포, 숭배가 되는 하나의 이념인 일종의 토테미즘(totemism)인 셈이다.

인간의 육체에 영혼[혹은 의식]을 불어넣는 존재가 누군가? 동물의 육체에 활력을 불어넣는 존재는 누군가? 자연의 오묘한 변화를 추동하는 존재는 누군가? 물론 헤겔은 [절대이성](Absolute Geist), 베르그송은 [알랑 비탈](elan vital)이라고 답했을 것이다. 이와 같은 초월적인 활동을 하는 무슨 목적이 있는가? 이 원천적이고 절대적인 물음에 유사 이래 인간들은 각자 의견을 내놓았지만 내면으로의 환원, 지표를 긁는 행위에 불과하고 인간의 눈앞에 히말라야보다 더 거대한 산맥으로 남아있다. 필자는 한동 안 불교경전을 시리즈로 탐독하다가 너무 난해하여 이해도 안 되고 도솔 천을 왕래하는 공중부양을 위한 금식, 수행도 너무 힘들어 포기하고 불교 는 상식적으로 접근하기로 하고, 지상에 재림한 예수를 믿고 천국으로 가 기로 작심했다. 불교의 경전이나 예수 모두 모진 세상에 버려진 인간으로 하여금 피안의 여행을 돕는 미디어들이다. 이 중에 예수는 확신을 가지고 "나는 길, 진리, 생명이니, 나를 통하지 않고는 천국으로 갈 자가 없느니라."라고 말하였다. 이제 원시의 샤먼의 주술에서 예수의 말씀으로 인간을 피안으로 인도할 미디어가 바뀌었다.

5.8 핫(hot) 미디어 / 쿨(cool) 미디어

인쇄는 인간의 기억을 보충하고 지식을 보급하는 기능이 있지만, 인 간을 동질화, 획일화시키는 주범이다. 그것은 인간의 역사를 참조케 하는 기능이 있다. 물론 인간의 역사는 거세된 역사가 분명하다. 그리고 인쇄는 인간사회를 구성하는 정치적, 경제적, 문화적으로 구축하는 데에 핵심적인 역할을 한다. 그런데 자신의 말을 기록하거나 인쇄하기를 거부한 사람들이 있다. 산파술을 통해 지식을 전달한 소크라테스, 하늘의 말씀을 구두로 전한 예수, 수학의 아버지 피타고라스 등. 세상사를 [인생무상] 혹은 [생로병사] 이렇게 몇 자로 압축하는 것이 인쇄미디어이다. 마치 폐차장에서 자동차가 압축되어 납작해지는 것처럼. 인쇄매체는 청각과 촉각을 소외시켜 인간의 오감을 단순화시킨다. 생명체의 매트릭스(matrix)인 아마존 같은 무성한 밀림지대도 미끈한 지도에 의해 2차원적으로 압축된다. 말하자면 메르카토르 독법(Mercator projection)[46] 같은 것. 지구를 평평한 지면 위에 축소하여 오징어처럼 납작하게 그려놓았다. 파피루스의 두루마리 기록에서부터 전자책으로 미디어는 계속 이어진다.

[핫 미디어]와 [쿨 미디어]는 〈미디어는 메시지다〉라는 맥루언의 선언적 언명보다 더욱 경제적인 효용가치를 가지고 있다. 기업인, 경제인들은 양자를 이용하여 수익의 극대화를 도모하기 위해 골몰하고 있다. 그들은 미디어가 마케팅에 중대한 영향력을 행사하기에 지구 어디에든 상품의 효과적인 선전과 고객과의 밀접한 관계를 유지하는 방안을 연구하고 있다.

그러나 미디어의 효과는 경제 분야에 그치지 않고 일상생활에도 영향을 미친다. 그것은 미디어를 통한 인체의 확대이다. 자동차, 자전거 바퀴는 발의 확대이며, 책은 눈의 확대

미디어의 기원: 파피루스

---

46) 메르카토르 도법(Mercator projection) 또는 점장도법은 1569년 네덜란드의 게르하르두스 메르카토르가 발표한 지도 투영법으로서 벽지도에 많이 사용되는 대표적 도법이다. 원통중심도법과 원통정적도법을 절충한 이 도법은, 경선의 간격은 고정되어 있으나 위선의 간격을 조절하여 각도 관계가 정확하도록(정각 도법) 되어 있다.
[https://ko.wikipedia.org/wiki/%EB%A9%94%EB%A5%B4]

이며, 의복은 피부의 확대이다. 미디어를 통한 사회적 소통은 인간이 사회적 동물이라는 징표이자 인간이 실존주의자들의 주장과는 달리 인간은 인간과의 관계를 유지하고픈 욕망이다. 한국의 고독한 독거노인들은 책보다 TV로 사회와 소통하고 있다. 그러니까 TV가 독거노인들의 친구이자 카운슬러이고 대중인 셈이다. 만약 독거노인에게 TV가 없다면 세상과의 소통은 단절되고 세상은 적막강산이 될 것이다.

맥루언은 미디어의 선명도(definition)와 지각효과에 따라 [핫]과 [쿨] 미디어로 구분한다. 전자는 인쇄물, 라디오, 영화, 강연, 사진을 포함하는데 덜 감각적인 것들이다. 후자는 전화, TV, 만화, 세미나를 포함하고 전자보다 더 감각적이라는 것이다. 전자는 주로 시각적이며, 분석적이고 계량적이고 논리적인 내용을 다룬다. 후자는 청각과 긴밀한 관계를 맺고 있으며 대중의 적극적인 참여가 요청된다. 사물을 파악함에 있어 동시적이고 추상적인 측면이 있다. 향후 미디어는 보다 고도의 감각적인 체험을 지향할 것이다. 맥루언 사후 등장한 사이보그, 인공지능, 로봇은 어디에 속해야 하는가? 미디어는 인간이 세상에 존재하는 한 정신적 물질적으로 인간을 대신하며, 인간의 사고를 교환하는 대중의 도구이므로, 영화『매드 맥스』에 나오는 미친 세상이 아니라면, 건전한 공동체의 안위와 공존을 위협하는 미디어에 대한 합법적인 검열(censorship)과 제재가 필연적으로 뒤따른다. 아니 현재 인터넷이라는 전자적 [포스트-파놉티콘][47]의 윤리강령에 따라 검열을 받고 있다.

---

47) 푸코가 기절초풍할 노릇이지만, 종래의 파놉티콘은 중앙에서 공동체 구성원을 비밀리에 감시하는, 즉 구성원은 중앙을 볼 수 없고 구성원이 일방적으로 감시당하여 타율적으로 자율적인 주체가 된다. 반면, 21세기 전자시대에는 전자매체로 센터와 터미널이 쌍방향으로 소통하며 상호 감시하는 [포스트-파놉티콘]의 시대이다. 다시 말해, 정보공유의 [블록체인] 시대가 도래한 것이다.

5.9 텍스트의 외파와 내파

맥루언은 미디어는 인간이 자신을 외부에 설치한 것으로 본다. 내면의 외면화. 히말라야를 점령하기 위해 베이스캠프를 곳곳에 설치하듯이. 그래서 인간은 개미처럼 충실히 미메시스의 사명을 수행하고 있다. 삶과 노동과 죽음의 반복. 마치 연못 수면을 바라보는 나르시스의 형국이다. 그런데 이는 이중적인 의미를 가진다. 자신을 외부에 설정한다는 점에서 자기와의 단절, 외부에 자신이 위치한다는 점에서 자기 확장이 된다. 그러니까 미디어는 인간의 확장이자 단절의 결과물이다. 책의 경우, 저자와 책은 상호 단절이자 연장인 것이다. 책과 저자가 상호 단절이 되었다는 것은 책이 무수한 독자들이 방문하는 중립적인 공간이 되었다는 것이므로 저자가 책[텍스트]을 출판하는 순간 서로 임의적인 관계를 맺게 된다. 기표와 기의의 관계처럼.

저자의 책은 사실 저자의 것이 아니다. 저자의 무의식 속에 자리하는 무수한 타자의 담론의 발현인 것이다. 인간의 머릿속에는 출생 이후 습득한 타자의 이야기로 가득 차 있다. 그런데 어떤 작품에 대해 저자의 독창력 운운할 수가 없는 것이다. 그리하여 바르트(R. Barthes)에 의해 [저자의 죽음](the death of the author)과 [독자의 탄생]이라는 말이 나오는 것이다. 그래서 독자가 저자나 비평가의 간섭 없이 나름대로 책을 독창적으로 읽는 것을 [쓰기 텍스트](writerly text)라고 하고, 신비평(New Criticism)에서 비판하는 의도의 오류(intentional fallacy)를 무시하고 저자의 의도대로 읽은 것을 [읽기 텍스트](readerly text)라고 한다. 독자는 책을 읽다 종종 황홀경에 빠져 자아상실을 초래하는데, 이는 책과 개별독자가 일체가 된 내파(implosion)[48]의 상태로 볼 수 있고, 또 책에 대한 혹독한 평론은 책의 무(無)화를 기도하는 외파(explosion)로 볼 수 있다. 물론 사물과 자아가 일체화 되는 물아일체(物我一體)의 경지가 있지만, 바르트는 읽기의 절정에서 사회, 자아, 의미마저 상실하는 공간을 중립지대(neutral zone)라고 한다. 이는 독자들의 편견 없는 자유로운 유희의 공간이며, 야우스(H. R. Jauss)가 제기하는 독자반응의 수용미학(reception theory)과 연관된다. 만약 책을 즐길 수 있는 만큼의 쾌락을 초월한다면 고통스러운 쾌락인 주이상스(Jouissance)의 상황에 이른다. 나아가 이는 에덴동산의 비극처럼 불만이 없는 상태에서 금지를 위반하려는 형용모순인 [쓰라린 즐거움] 혹은 욕망을 의미한다고 볼 수 있다.

종국적으로 양측을 매개하는 미디어는 비극을 배태하고 있다. 오셀로(Othello)의 손수건이 피바람을 몰고 왔으며, 트로이 목마는 살육을 초래했고, 팔의 연장으로서의 관우의 청룡도는 수많은 영웅을 도륙했으며, 이차대전 노르망디 상륙작전에서 독일군의 자동기관총은 얼마나 많은 연합군 병사의 목숨을 앗아갔던가? TV는 투자자를 모집하여 그들과 그들의 가정을 파괴하고 영혼을 오염시킨다. 정치적인 영화는 한 국가의 불행을 초래하는 문명의 이기가 된다.49) 아버지를 죽이고 어머니와 결혼한 오이디푸스는 자기 손으로 자기 눈을 찔러 맹인이 되었고, 타자비판과 자아비판의 외적 내적 미디어들은 모두 자기 파괴의 수단이다. 일본의 가미카제 특공

---

48) 내파는 관중과 극 중의 인물과 일체화되어 [동정과 공포](pity and fear)를 통해 눈물의 발산을 경험하는 아리스토텔레스의 카타르시스론과 연관될 수 있을 것이다.

49) 예를 들어, 천만 명 이상의 관객을 동원한 한국영화 『괴물』의 경우, 미군부대의 화학물질이 한강으로 방류되어 그 영향을 받은 물고기가 괴물이 되어 서울을 유린한다는 이야기인데, 한강 주변에 오염물질을 배출하는 곳이 어디 한두 군데인가? 공평한 시각으로 한강 주변부의 생태오염 배출원을 모두 제시했어야 했다. 미군부대, 공장, 호텔, 가정집 등. 결국 이 영화는 표현의 자유를 미명으로 미군의 해악을 부각시키며 미군 철수를 기도하는 위험한 정치선동의 의도가 내재되어 있지 않을까 하는 의구심이 생긴다.

대는 전투기와 일체가 되어 하와이 진주만 미국 군함을 들이받고 일본은 패망의 길로 들어서고, 히틀러는 유보트(U-boat)로 연합군을 공격하지만 패전 직전 스스로 총살한다. 자기가 자기를 파괴하는 자기 환영에 빠진 나르시스의 익사이다. 자아 도취하여 이백은 호수에 익사한다. 책이 평론을 통하여 저자를 파괴하고 문호 카프카(Franz Kafka)는 책의 탄생에 대한 자괴감에 빠져 자학하며 책을 소각한다.

5.10 메시지와 마사지(massage)

〈미디어는 메시지다〉라고 천명한 맥루언은 〈미디어는 마사지다〉라고 익살스럽게 재천명한다. 메시지의 자리에 마사지라는 낱말을 넣는다. 물론 발음이 비슷한 낱말을 대체한 말장난(pun)일 수 있으며, 상반되는 이미지를 가지고 있다. 전자는 거룩한 사명이, 후자는 퇴폐적인 분위기가 상기된다. 후자는 전자의 코믹한 재창조이다. 모든 기술과 기계는 미디어인데, 현대인들이 미디어를 즐기고 있다는 것이다. 비유적으로 영국 귀족이 인도 하인에게 마사지를 받듯이. 앞으로 인간은 장기(organ)를 교체하고, 신체에 증강 장치를 부착하여 초인이 될 것이다. 하체마비로 장기간 침대에 드러누워 있던 인간도 첨단기계의 도움을 받아 걷고 뛰는 정상인이 된다. 치매에 걸린 노인은 뇌에 반도체를 심어 기억력을 보강하고, 인간의 업무는 자동기계, 인공지능, 로봇, 사이보그가 24시간 쉬지 않고 처리하기에 인간의 휴식은 끝이 없다. 공장과 사무실엔 관리자 몇 사람 외 인간이 거의 없을 것이다. 노조도 노조원들이 없기에 개점 휴업의 상태일 것이다. 향후 정부의 대통령과 장관 자리도 4차 전자산업에 정통한 기술관료

(technocrat)들이 차지하게 될 것이다. 이제 지구는 과학발전에 따라 나라마다 문화수준이 수십 년 아니 수백 년의 차이가 날 수 있을 것이다. 첨단 반도체사업과 디지털 통신을 주도하는 한국과 아프리카 국가의 문화수준은 몇십 년 차이가 날 것이다.

그래서 인간의 편리와 쾌락은 오히려 독이 된다. 이 점에 대해서 데리다는 약을 의미하는 파르마콘(pharmakon)[50]이라는 말이 사실 약/독의 이중성을 가진다고 설명했다. 위에서 이야기했듯이 과잉쾌락이 고통이 되는 [주이상스]로 변질되는 것이다. [주이상스]는 그 정의에 대하여 전 세계적으로 논의가 분분하지만 필자가 보기에 간단히 말해 즐거우면서도 한편으론 괴로운 모순적인 쾌락이다. 스테이크를 먹으면서 비만을 걱정하는 것. 인간은 창세기에서 하나님으로부터 저주를 받았다. 부자의 경우, 하루하루 풍요한 의식주로 인하여 즐거운 인생이지만 사실 죽음의 계곡으로 깊숙이 들어서 있는 것이다. 육신의 노화를 촉진시키는 산해진미와 욕망의 과잉으로 인한 기행(freak). 그럼에도 첨단미디어의 혜택을 누릴 수 있는 사람은 미국의 베벌리 힐스에 사는 부유층이나 한국의 강남에 사는 졸부일 것이다. 그래서 향후 인간의 수명은 빈/부의 차이에 따라 결정될 것이다. 그러나 쾌락 이상을 추구하는 주이상스적인 사람들은 예외이다. 마약중독자, 도박중독자, 섹스중독자, 알코올중독자, 폭주족 등. 일반적으로 요즘 현대인들은 지니(genie)가 들어있는 마법의 호로병 같은 스마트폰이라는 미디어에 매료되어 있다. 이것을 통해 원격업무를 수행하고, 식사를

---

50) 파르마콘(pharmakon)은 약물, 약품, 치료, 독, 마술, 물약 등의 상반된 의미를 가진 용어이다. 플라톤은 『파이드로스』에서 글을 파르마콘 즉 망각의 치유로 언급하면서 '약(치료제)'과 '질병'이라는 의미를 동시에 가지고 있는 파르마콘(parmacon)이라고 말한다. 즉, 약과 질병은 서로 모순되고 대립되는 것인데 글은 이러한 모순을 동시에 가진다는 것이다. [http://m.yakup.com/plan/plan_sub04.html?mode=view&cat]

주문하고, 영화를 보고, 게임을 하고, 전화를 건다.

그러나 미디어는 마사지처럼 질환에 대한 근본적인 치료가 아니라 임시방편의 쾌락을 준다는 점에서 기만적이다. 그냥 피부의 표피를 주물러 찰나적인 즐거움을 준다는 것이다. 붓다가 말하듯 인생은 생/로/병/사의 고해이며, 다윈이 말하듯 인간은 태어나자마자 적자생존의 법칙에 편입되어 생존의 기로에서 고통을 당하고, 실존주의자들이 말하듯 인간은 각자 세상에 투기(投棄)된 부조리한 존재이며 죽음의 공포를 느끼며 산다. 이런 점에서 울리히 벡(Ulrich Beck)은 이 세상을 [위험한 사회](risk society)라고 규정한다. 이 위기의 사회를 미디어가 즐겁게 혹은 아프게 마사지한다. 이것이 감각의 확산(extension of senses)이며 이로 인해 공감의 지각이 전 세계적으로 확산된다. 신체 한 부분의 마사지가 신체 전부에 영향을 주듯이. 마치 전체주의(holism)에 입각한 동양의학의 원리가 적용된 것 같다. 말하자면 발끝에 침(acupuncture)을 놓으면 두통을 치료하고 위장을 치료한다. 이것이 미디어가 지구 한쪽을 마사지하면 전 지구에 소통이 되고 영향을 받는다는 지구촌의 원리이다. 이를 일종의 [나비효과]적 전체론이라고 볼 수 있다.

이로써 민주주의가 파생시킨 개인주의에 빠진 전 세계의 자유로운 개인들에게 지구는 공동 운명체의 공간임을 상기시킨다. 산속 깊이 토굴 속에서 도솔천으로의 공중부양을 꿈꾸며 득도에 정진하는 초인적인 수행자도 아프리카 원주민의 삶을 공유할 수밖에 없다. 그래서 절간의 비구(比丘)들이 북을 치고, 불경을 읽고, 목탁을 두드리지 않는가? 말하자면, 현재 [코로나19 바이러스]가 중국 우한에서 발생하여 아마존 밀림, 아프리카 오지(奧地)까지 전 지구를 고통스럽게 마사지한다. 새로운 미디어의 탄생은 전세계에 영향을 주고 환경을 변화시킨다. 앞에서 언급했듯이, 미디어의 범주에 광의적으로 알파벳, 신문, 라디오, 인터넷, 인간, 종교, 바이러스마저 포함되지만 맥루언은 주로 문자미디어에 치중하는 듯하다. 전 세계의 인간은 미디어의 마사지로부터 파생되는 심리적, 육체적인 영향에서 결코 자유로울 수 없을 것이다.

인간은 현실 속에 살고 있지만 한편 주체를 담보하는 미디어로서의 비현실, 초현실 속에 살고 있다. 꿈을 꾸고, 상상하고, 정신을 잃어버리고, 드라마 속의 주인공과 일체가 된다. 그러니까 차안(此岸)에서 피안(彼岸)의 세계를 살고 있는 셈이다. 한국의 안철수는 사이버 월드라는 피안의 세계에서 악행을 저지르는 바이러스 치료제를 만들었고, 미국의 빌 게이츠는 고대 바빌로니아 함무라비(Hammurabi)처럼 피안의 세계에 통용되는 사이버 법전을 만들었다. 아무도 이를 무시하거나 거부할 수 없다. 그러니까 장자의 호접몽의 세계가 지상에 세워진 것이다. 장자가 나비가 되고 나비가 장자가 되고. 현실과 비현실의 내파(implosion)가 실현된 것이다. 말하자면, 전자게임 속에 등장하는 주인공이 당분간 바로 [꿈속의 나비]로서의 [나]인 것이다. 이를 원격현전(tele-presence)이라고 한다. TV 속의 만리장성이나 히말라야 산도 마찬가지이다. 미디어가 보여주는 먼 거리 사물들. 그리하여 그 세계 속에 존재하는 괴상한 시뮬라크르들과 투쟁해야 한다. 이는 물리적/추상적인 세계를 다루는 학문의 분야인 학제 융합학(academics of inter-disciplinary convergence)의 기호 속에 수렴된다. 사실 물리학, 화학, 생물학과 인문학은 상호 분리될 수 없다. 결국 언어로 표현해야 하기에. 그리고 수학의 기호도 사실 축약된 기호, 압축된 언어인 것이다.

6 장 보드리야르와 미디어의 유령

6.1 의미와 자기 지시성(self-referentiality)

학생운동이 활발히 전개되던 1960년대의 프랑스 사회의 현실을 지적한 사람이 장 보드리야르이다. 그는 구조주의−후기 구조주의를 발생시킨 푸코, 바르트, 라캉, 들뢰즈와 같은 밀교적인 저술을 하여 전 세계인들의 의식수준을 반성케 하는 주류세력에 버금가는 놀라운 식견과 안목에도 불구하고 비주류 학자로 분류된다. 이것은 학자의 능력이나 식견보다 학자들의 학문적 편가르기의 헤게모니 탓으로 보인다. 언어학과 정신분석학에 바탕을 둔 이들과 달리 보드리야르는 학자들의 이상이자 목표인 실재와 현실의 정체성을 탐문한다. 그의 주장은 구조주의든 탈-구조주의든 모두 현실에 근거한 인식에 불과하며 실재 혹은 현실은 현상, 이미지, 상징으로 인식한다. 그것은 실재와 현실을 담보할 수단이 지상에 기호 외에 부재하기 때문이다.

그가 보기에 의미화와 의미는 낱말과 기호의 상관성에서 이해될 수 있다. 의미는 합력하는 기호의 체계를 통하여 발생된다. 기호에 있어 소쉬르와 같은 입장을 견지하는 보드리야르는 데리다(J. Derrida)와 마찬가지로 의미가 차이에 의해서 발생한다고 주장한다. 그러니까 의미가 차이에 의해서 벌어짐은 여러 학자가 주장한 것이고 그 가운데 이론을 정교히 확립한 사람이 그 개념의 주체가 되는 것이다. 명성은 치욕, 신성은 인간성과 관련지어지는 것이다. 그런데 사물의 의미는 사실 무의미한 것이다. 그것은 실재, 사물, 진리의 위장이자 기만이기 때문이다. 개를 정의하다가 개가 아닌 개가 되지 않는가? 그러니까 개를 개라고 임의적으로 지시하는 것은 자기-지시성이 아닐 수 없다. 그러니까 유럽에서는 과거 수천 년에 동양의 현인들이 이미 언급한 사물의 진리를 이제야 이론으로 정립하고 있는 셈이다. 소쉬르와 비트겐슈타인(Ludwig Wittgenstein)을 통하여. 알다시피 붓다와 노자는 염화시중(拈花示衆)의 미소와 비대면의 도(道)를 통하여 언어와 그로부터 파생되는 의미들의 덧없음을 제자들에게 설파했다. 이제야 비트겐슈타인도 말할 수 없는 것은 침묵하라고 주장했다.

이와 관련하여 우리가 흔히 사용하는 경구로서 경박한 인간은 "달을 보지 않고 손가락을 본다"[위망월이견지](爲忘月而見指)라는 말은 불교의 유명한 경구로 회자되지만 사실 어폐가 있다. 인간은 사물에 대한 의미가

손가락 대신 달을 보라

[자기-지시성](self-referentiality), 즉 자기가 정의한 것을 참조하므로 달을 보지 못하고 손가락을 보는 것은 불가피하다. 문득 한국의 어떤 영문학자가 임종 시 남긴 말이 상기된다. 부래부거(不來不去). 한평생 말을 하고 말을 듣고 살다 갔으니 말은 비-본래적인 것이어서 사실 온 것도 간 것도 없는 셈이다. 단지 자연의 일부로서 비중을 가진

몸이 먼지로 환원된 것 외에. 인간의 심오한 사상과 철학은 모두 자기-지시성에 입각한다. 그러니 붓다와 어린아이의 인식이 별반 차이가 없는 것이다. 모두 각자의 관점에서 사물을 바라보기에. 이 점을 통찰하여 예수는 진리가 지상에 있지 않고 천국에 있다고 주장했으며, 플라톤도 이와 유사한 주장을 했다. 인간의 진리는 자기-지시성에 의한 진리, 즉 언어적 진리, 시적 진리일 뿐이다. 아마 이 자기-지시성의 비판이 보드리야르 이론의 핵심이다. 우주의 높이와 넓이와 크기를 인간이 과연 알 수 있는가? 우주의 은하계가 대략 2조 개에 이른다니 한 은하계의 무수한 행성 가운데 한 작은 행성에 불과한 지구는 첨단 현미경으로 겨우 볼 수 있는 미세한 세균에 불과할 것이다.

삶과 죽음을 추동하는 주체는 누구인가? 이에 대한 인간의 능력은 흐릿한 개연성(probability), 유추성(inference)으로 인한 은유와 환유의 리얼리즘이 전부이다. 진리를 알자면 두툼한 정전이나 경전을 알아야 하는 것이 아니라 그것은 삶의 교훈이 되는 것에 불과하기에, 인간은 과연 자기-지시성을 가능케 하는 존재가 누구인가를 끝없이 탐문하고 있다. 데카르트가 주장하듯이, 인간의 마음속에 자기의 사고를 의심 혹은 반성케 하는 전지적 자아(omniscient self)가 있는 것 같다. 뉴턴이 만유인력의 법칙을, 아인슈타인이 일반/특수상대성이론을, 스티븐 호킹이 블랙홀의 정체를 알아냈다 하더라도 그것은 모두 자기-지시성의 결과에 속하는 것이다. 다시 말해 나르시시즘에 속하는 자폐적인 것이다. 이 점을 라캉이 [거울단계](mirror stage)이론을 통하여 설명하고 있다. 인간이 알고 있는 것은 모두 자기인식(self-recognition)의 오류라는 것이다. 그러니까 진리라는 것은 외부에 있지만 인간은 몸을 혹사하며 내부에서 재생산하고 있는 것이다. 인도인들은 숲속에서 내면을 탐색하고, 과학자들은 외부의 현상을 내부에

품고 탐색하고, 중국의 선사들은 무릎관절을 비틀어 내면을 탐색하고, 기독인들은 세상에 대한 기대를 버리고 내면의 천국을 갈망한다. 속세의 사물들은 "긴 밤 지새우고 풀잎마다 맺힌" 아침이슬에 불과하니 지상에 부를 쌓지 말고 하늘에 부를 쌓으라고 한다. 맞는 말이다. 빅뱅 이후 백 수십 억 년에 걸친 지구의 역사에서 고작 백 년 이하의 인간 수명은 아침이슬이 아니고 무엇이냐? 그래서 영원의 흐름 속에서 아침이슬이 맺히는 순간 존재하는 것이 [긍정성]이라는 것이다. 역으로 영원의 흐름 속에서 아침이슬의 순간은 의미가 없다고 보는 것이 [부정성]이다. 보드리야르는 인생을 참조 대상이 부재한 허상[simulacre]이라고 보기에 [부정성]에 해당한다고 볼 수 있고, 인간의 영원회귀(eternal return)를 주장한 니체는 [긍정성]에 속한다고 볼 수 있다.

6.2 지식과 미디어

삶의 허황된 의미를 추구한 보드리야르와 달리 푸코는 『지식의 고고학』(*The Archaeology of Knowledge*)에서 삶의 지식을 손아귀에 쥐고 규정지으려 했다. 성, 정치, 권력, 정신분석, 경제의 문제에 대해 시스템적인 지식으로 접근했다. 알다시피 파놉티콘(panopticon)[51]과 에피스테메(episteme)[52]와 같은 지식의 형성은 권력과 연계되어 있다는 푸코의

---

51) We can refer to the term simply: The panopticon is a type of institutional building and a system of control designed by the English philosopher and social theorist Jeremy Bentham in the 18th century. The concept of the design is to allow all prisoners of an institution to be observed by a single security guard, without the inmates being able to tell whether they are being watched. [https://en.wikipedia.org/wiki/Panopticon]

비판에 반해 그는 사실상 대학사회에서 권력적인 삶의 과실을 향유한 셈이지만, 보드리야르가 보기에 푸코 또한 지식의 과다한 추구로 인하여 자기망상(self-delusion)에 빠졌다고 본다. 그런데 사실 인간의 지식이 사물에 대한 피상적인 내용으로 점철되어 있지만 사실 그것이 인간의 한계이고, 보드리야르는 사물의 현상 이면을 뒤집어 보려고 애를 썼다. 마치 계곡이 가로막고 있는 성배가 숨겨진 반대편을 바라보는 인디아나 존스 박사의 절망적인 모습처럼. 보드리야르의 추구는 본질적이라고 생각하는 인간이 비본질적인 것을 탐구하는 모순적인 삶의 욕망이다. 다만 본질적인 부분은 사물의 기원은 알 수 없지만 사물을 검토할 수 있다는 것이다. 그런데 사물을 검토해낸 결과가 비본질적이라는 것이다. 그래서 인간이 사물을 인위적으로 비틀어 보려고 애를 쓴 결과는 부유하는 의미생산(signification) 외에 사실 도로(徒勞)에 그친다는 것이다. 이를 인식해서인지, 노자와 장자가 삶에서 무위(無爲)와 소요(逍遙)를 최상의 미덕으로 본 것이 아닌지 모를 일이다. 그들은 인위적인 인식과 의식적인 행동을 삼감으로써 자연스럽게 사회로부터 유리된다.

최초의 사물이 인간의 사고[리얼리티]에 포착되었을 때 그 사물은 제2의 사물, 즉 망상이 된다. 과거의 흐릿한 망령이 되어 좀비처럼 우리 주변을 배회하는 것이다. 헛소문이 동네 곳곳을 떠돌 듯. 물론 우리의 입에서 나오는 진실이나 소문이나 사실 다를 바 없다. 주야로 어떤 주제를 탐

---

52) We can refer to the term simply: Episteme (science or knowledge) is a philosophical term that refers to a principled system of understanding; scientific knowledge. The term comes from the Ancient-Greek verb epístamai (ἐπίσταμαι), meaning 'to know, to understand, to be acquainted with'. The term epistemology is derived from episteme. Plato contrasts episteme with doxa: common belief or opinion. The term episteme is also distinguished from techne: a craft or applied practice. [https://en.wikipedia.org/wiki/Episteme]

구한 결과 아인슈타인 같은 과학자가 "유레카"(Eureka)라고 외치는 순간 그것은 하나의 의미가 되는 것이다. 그러니까 인간은 진실, 진리, 실재, 사물 자체에 접근할 수 없는 색안경을 끼고 살아갈 수밖에 없는 것이다. 서로의 관점을 비교하며 서로의 생존을 보호하는 관점에서 협상하고 타협한다. 제러미 벤담이 창안하고 푸코가 활용한 파놉티콘의 장치처럼 결코 중앙에서 인간 개개인의 삶을 통제하고 운영하는 초월적 주체는 결코 바라볼 수가 없는 것이다. 눈부신 태양을 바라보는 순간 맹인이 되듯이, 인간이 황홀한 진리를 대면하는 순간 생존할 수 없을 것이다. 인간은 자기 스스로 거울을 통해 자기의 앞모습만을 이런저런 식으로 바라볼 뿐이며, 실망스럽게도 거울 이면의 초월적 존재를 결코 확인할 수가 없다. 그러므로 인간의 지식은 진리가 아니라 유한한 생존에 필요한 기능적이고 실용적인 미디어이고 인간의 삶을 즐기며 소비하는 관념적 수단이 될 뿐이다.

6.3 하이퍼 리얼리티(Hyper-Reality)의 탄생

유사 이래(since the dawn of human history) 발생한 모든 학문과 지식은 [상호텍스트성](inter-textuality)에 기인한 것이다. 굳이 크리스테바(Julia Kristeva)를 언급할 필요가 없다. 최근 [저자의 죽음](Death of the Author)을 말한 바르트[53], 푸코를 회자할 필요도 없이 인간의 지식 근거는 자기-지시성(self-referentiality)에 입각하지 않을 수 없다. 앞서 말했듯이 인간이 자신을 참조하여 자신의 정체성을 재생산하고 타자의 지식을 참조하여 자기

---

53) 바르트는 저자를 아예 필사자(scripter)로 본다. 혹은 낱말의 화용성 및 문법시스템에 따라 사물을 묘사, 기술하는 묘사자, 기술자(describer)로 볼 수 있을 것이다.

의 지식을 재창조한다. 그러니까 논문 쓰기에도 타자의 글을 인용하고 자기의 견해를 덧붙이는 것이 공식화된 논문인 것이고, 설사 구구절절 그대로 인용하지 않았더라도 인간의 무의식 속에 잔재하여 뒤섞인 타자의 말(langue)을 인용하면서도 마치 독창적인처럼 주장하는 것이다. 사실상 모든 논문은 의식적, 무의식적 타자의 영향을 받아 재창조된 것으로 성철선사의 남루한 옷처럼 누더기 논문인 것이다. 타자의 흔적이 어느 정도 뚜렷할 때 검열기관에 의해 비윤리적인 표절(plagiarism)로 판정되는 것이다. 눈밭을 지나간 흐릿한 범인의 발자국처럼 논문을 쓰는 것이다. 타자의 글을 읽고 모방하고 집안의 유전자를 받고. 그러니까 인간이 내뱉는 표현(parole) 모두가 사실 라캉의 언명에 따라 무의식은 [타자의 담론](the Discourse of the Other)으로 구성되어 있기에 표절인 셈이다. 그러나 그 신묘한 의식의 기원을 설정한 실재계의 존재에 대해선 침묵할 수밖에 없다.

보드리야르는 자아를 창조하는 라캉의 [거울단계] 이론을 재창조한다. 마치 글로벌 기업체의 경우 근간이 되는 본점을 중심으로 점차 전-지구적으로 지점을 확장하듯이, 아니 전 지점이 본점이 되듯이. 마치 나무줄기가 지각에 중심을 잡고 가지를 뻗쳐 나아가듯이. 그런데 양자의 말이 아무리 심오하고 신선한 듯 보여도 이들 또한 선각자의 말을 대변하고 있다. 그 선각자는 바로 플라톤54)이다. 플라톤은

하버드대학의 로고

54) 플라톤은 그의 저서 『향연』(*Symposium*)에서 인간의 삶의 동기로서의 에로스의 본질이 〈결핍〉이며, 인간이 사랑을 갈구하듯이, 영원을 갈구하는 흔적으로서 에로스를 통한 자손의 번식, 혹은 문화의 건설을 거론한다. 말하자면, 여행지에 가서 그 주변의 사물에 자신의 이름을 새기는 행위도 영원의 결핍 혹은 갈구를 의미한다고 볼 수 있다.

기원전 사람이지만 사실 그의 의식은 [타자의 담론]으로 이어져 현재까지 대물림되고 있는 첨단의 것이다. 영국의 석학 화이트헤드(Alfred North Whitehead)가 2000년의 서구철학은 플라톤 사상의 각주(脚注)에 불과하다고 말했듯이. 그러니까 현재 유행하는 사이버 문화 또한 플라톤 사상의 각주인 셈이다.

보드리야르는 우선 플라톤이 제기한 동굴의 에피소드를 자신의 이론에 재활용한다. 원시시대 주거지로서의 동굴 속에서 주변의 사물을 비추는 화로 불빛과 그 불빛으로 인하여 동굴 벽에 반사되는 그림자를 통해 인간의 사물에 대한 인식을 설명한다. 불빛은 이데아이며, 주변 사물을 비추고, 그것은 벽으로 가는 과정을 거치는데, 이를 시뮬라시옹(simulation)이라고 하며 그 일렁이는 그림자를 시뮬라크르라고 부른다. 이로써 플라톤의 텍스트에서 보드리야르의 텍스트가 재생산된 것이다. 그래서 세상의 모든 대학[특히 하버드, 서울대]이 [진리]라는 낱말을 로고로 삼지만 원래 인간은 진리의 빛을 정면으로 바라볼 수 없고 다만 빛에 반사된 측면의 그림자만으로 정치적으로 논쟁하게 된다. 말하자면 호킹의 말에 따라 인간은 우주의 블랙홀(black hole)의 정체에 대하여 그곳에 들어가 보지 않은 상태에서 그 언저리만 관찰하고 블랙홀의 정체를 말하는 것이다. 과연 인간이 블랙홀에 빨려 들어가서 그곳의 상황을 전할 수 있겠는가? 그런데 지옥을 세세히 묘사한 사람이 있다. 어떻게 단테가 지옥의 구조를 알았겠는가? 그의 말에 따르면 지옥의 밑바닥에 시저를 암살한 브루투스와 카시우스, 예수를 배신한 유다가 형벌을 받고 있다 한다. 우리는 『신곡』이라는 미디어를 통해 지옥의 상황을 인식하고 지상에서의 삶을 정상화하려 애쓴다. 그런데 붓다가 말했듯이 지상의 삶도 지옥의 삶이나 마찬가지다. 늙은 사자는 날랜 사슴을 쫓아야 하고, 인간은 성자고 거지를 불문하고 배 속에 남의 먹이를 빼앗아 채워야 한다. 붓다의 숭고한 법열도 굶주림 앞에서 항복을 선언한다. 비구들은 저잣거리에 내려와 속세의 부패한 보시를 구하려 헤맨다. 그냥 산속 토굴 속에서 밤, 도토리 먹고 수행하다 신선이 되어 도솔천으로 공중부양 해 버리지 않고, 굳이 속세로 내려와 나름대로 재미있게 살아가는 세인들을 숭고한 인간으로 교육시켜 성인 혹은 교주의 추앙을 받을 필요가 있겠는가? 이것이 세속인들이 비구들에게 바라는 것은 이것이다. 무소의 뿔처럼 산으로 가라!

생존의 아귀다툼이 지상의 콜로세움에서 벌어지는 상황이다. 인간의 자비, 사랑, 인정, 미소는 상대방에게 수월하게 접근하기 위한 위장의 수단이다. 먹이가 목숨을 이어가는 미디어인 것이다. 물론 신실한 기독인들은 말씀이 하늘 양식으로서 목숨을 이어가는 미디어이어야 하지만. 그런데 인간과 사자라는 사물은 인간에 의해 자기-참조적인(self-referential) 기호적 존재로 표시되어 결국 인간의 시각과 의식을 지배하는 것은 시뮬라크르이며, 인간이 보는 것과 인식하는 것은 번지수가 틀린 복제의 세계에 불과하다. 그러면 사물 혹은 실재에서 풍기는 [아우라]의 정체는 무엇인가?

그것은 연상(association)의 결과이거나 인간의 인식을 초월하는 영역에 존재하는 정령과 같은 것으로, 인간이 느낄 수 있지만 포착하려 하면 사라지는 불가사의한 것이다. 필자는 이것을 미켈란젤로의 조각에서 간혹 느낀다. 『피에타』, 『천지창조』, 『최후의 만찬』. 아우라가 흘러넘치는 상

미켈란젤로의 『피에타』

황이 숭고(The Sublime)의 상황이 아닐까? 기도하는 수녀의 모습, 미국의 도시를 휩쓸어버리는 토네이도, 무릎 고통을 참으며 참선하는 선승의 모습, "모나리자"의 미소, 바티칸 성당의 내부, 그랜드 캐니언에서의 일출의 모습. 인간사회가 복제사회임을 『트루먼 쇼』(*The Trueman Show*)에서 잘 보여주며 이 복제사회에 적응하기 위하여 앵무새처럼 살아가는 인간의 모습을 짐 캐리(James Eugene Carrey)가 사실적으로 복제한다. 이 점을 예이츠의 「방황하는 잉거스의 노래」("The Song of Wandering Aengus")에 적용해 보자.

> 나 개암나무 숲으로 갔네.
> 머릿속에서 타는 불 있어
> 나뭇가지 꺾어 껍질 벗기고,
> 갈고리에 딸기 꿰고 줄에 매달아,
> 흰 나방 날고
> 나방 같은 별들 멀리서 반짝일 때,
> 나는 냇물에 그 열매를 던져
> 작은 은빛 송어 한 마리 낚았네.
>
> 돌아와 그것을 마룻바닥에 놓고
> 불을 피우러 갔지.
> 그런데 뭔가 마룻바닥에서 바스락거렸고,
> 누가 내 이름을 불렀네.
> 송어는 사과꽃을 머리에 단
> 어렴풋이 빛나는 아씨가 되어
> 내 이름을 부르곤 뛰어나가
> 빛나는 공기 속으로 사라졌네.

우묵한 땅 솟은 땅을 헤매느라고
비록 나 늙었어도,
그녀 간 곳을 찾아내어
입 맞추고 손잡으리.
그리하여 얼룩덜룩 긴 풀 사이를 걸으며,
시간과 세월이 다할 때까지 따리라,
달의 은빛 사과,
해의 금빛 사과들을. [정현종 역]

I went out to the hazel wood,
Because a fire was in my head,
And cut and peeled a hazel wand,
And hooked a berry to a thread;
And when white moths were on the wing,
And moth-like stars were flickering out,
I dropped the berry in a stream

And caught a little silver trout.
When I had laid it on the floor
I went to blow the fire a-flame,
But something rustled on the floor,
And someone called me by my name:
It had become a glimmering girl
With apple blossom in her hair
Who called me by my name and ran
And faded through the brightening air.

Though I am old with wandering
Through hollow lands and hilly lands,

I will find out where she has gone,
And kiss her lips and take her hands;
And walk among long dappled grass,
And pluck till time and times are done,
The silver apples of the moon,
The golden apples of the sun.[55]

여기서 인간["나"]은 자연["숲"] 속에서 실재/진리/신을 추구하도록 태어났다. 무형의 신(gods)이든, 사물의 신(totem)이든, 자기가 스스로 신이 된 자신(自神, guru)을 믿는다. 그것이 정신적인 것이든, 물질적인 것이든 상관없다. 각자의 성향에 따라서. 이 외재적인 실재들은 인간과 사실 상관이 없으나 인간은 아전인수 격으로, 임의적으로, 제멋대로 자기의 삶에 결부시킨다. 자연(physis, nature)은 폭넓은 개념으로 야생과 사회를 모두 함축한다. 실존주의자의 말대로 인간은 야생과 사회 속에 내던져진 고아인 것이다. 생존을 위한 자유의지를 가지고 자연 혹은 환경과 투쟁하며 발버둥치다 결국 자연의 거대한 블랙홀인 [내재적 의지](immanent will)의 제물이 된다.

올림픽 100미터 달리기 챔피언도 사실 뛰어봤자 벼룩인 것이다. 인간의 첨단과학이 집약된 양철 박스를 타고 아슬아슬하게 화성(Mars)에 도착한들 수조 개의 은하수 가운데 한 은하수의 행성에 불과할 뿐이다. 나머지 측량 불능의 은하수와 행성은 인간이 어찌 정복할 것인가? 그래서 인간의 자유의지는 찻잔 속의 태풍에 불과하다. 그러나 이를 멈추지 않는 것은 [놀이하는 인간](homo-ludens)이 도구로서의 미디어를 이용하여 삶을 영위해

---

55) https://www.poetryfoundation.org/poems/55687/the-song-of-wandering-aengus

야 하기 때문이다. 그러니까 인간이 수조 개의 은하수를 다 정복할 수는 없지만 각자의 수명대로 은하수를 정복하는 놀이를 계속 수행하며 인생을 소진할 수밖에 없는 것이다. 조수미는 아리아를 부르고, 조성진은 피아노를 치고, 정경화는 바이올린을 연주하며 세계 전역을 유람한다. 목수는 집을 짓고 작가는 글을 쓰고, 짐 캐리(Jim Carrey)는 연기하고, 기술자는 기계를 고치고, 마피아는 경찰을 지치게 한다. 그것이 인간의 역동적인 운명인 것이다. 물론 그렇지 않은 인간의 무위도식(無爲徒食)도 삶의 한 방식이다. 자신의 의지와 무관하게 세상에 태어났으나 별다른 자질과 능력과 의지가 없기에 서울역 공터 바닥에 드러누워 있는 것이다. 조물주가 음악의 재능을 주지 않았다고 불평하는 살리에리(Antonio Salieri)도 어느 정도 음악의 재능을 받은 셈이다. 만일 그렇지 않다면 그가 살아갈 무슨 이유, 의욕, 목적이 있겠는가? 왜 조물주는 수조 개의 은하수에서 한 은하수에 수조 개의 별과 행성을 만들어 놓았을까? 여기서 수조 개라는 말은 사실 불확실한 것이다. 그것은 이루 헤아릴 수 없음을(immeasurable) 표현하는 말일 뿐이다. 자연의 진리를 낚기 위하여 "흰 나방"이 날고 "별"들이 반짝이는 무언가 신비하고 거룩한 분위기 속에서 시적 화자는 "열매"를 미끼로 "송어"를 낚았다.

　이 물고기는 진리/실재/이념/이상/목표/욕망/꿈의 미디어에 해당할 수 있을 것이다. 그러나 이러한 숭고한 이데아들은 실천적이고 가시화되지 않으면 확인될 수 없는 추상의 것이다. 물론 수도승, 몽상가처럼 추상의 즐거움이 생활의 일환이 될 수도 있을 것이다. 또 침묵을 미덕으로 삼는 수도자도 있다. 시적 화자가 잡은 "송어"는 자기-참조적인[임의적인] 대상이기에 물아일체의 자기-충족적인(self-sufficient) 완전한 대상이 아닌 것이다. 그것은 2차적인 기호의 힘을 빌려 재현되어야 하기에. 이때 기호가 "송어"가 지상에 등장하는 미디어가 된다. 그러니까 "송어"가 "아씨"로, 즉

실상이 추상으로 변하고, "아씨"는 기호라는 껍데기 혹은 흔적을 남기고 사라진다. 김만중의 『구운몽』에서 꿈속에서 아름다운 선녀를 만나서 황홀한 열락을 맛본 수행자 "성진"이 꿈에서 깨어나 꿈속의 선녀를 그리워하듯이. 이렇듯 실재는 다양한 아름다운 의미를 남기고 홀연히 사라진다. 또 의미가 또 다른 실재가 되어 다른 의미를 재생산한다. 붓다가 의미를 낳고 그 의미가 붓다가 되고 또 다른 의미가 재생산된다. 그래서 실재로서의 붓다는 팔만대장경이라는 미디어로 재탄생된다. 그러니 인간은 인간과 신기루 같은 실재 사이를 연결하는 무수한 미디어로서의 끝없는 다리를 건너야 한다. 따라서 인간의 삶은 진정한 진리추구에 몰두하지만, 사실상 의미생산의 반복에 불과하며, 잡힐 듯 말 듯한 진리는 인간들을 보이지 않는 자학과 탄식의 그물로 얽어맨다.

오디세이가 세상의 진리를 찾아 전 세계를 유람하듯 인간은 무엇인가를 찾아 집을 나선다. 그것이 신탁(oracle)에 따라 아버지의 질투를 피해 일심동체였던 어머니와 헤어져 집을 나와야 하는 오이디푸스의 입장이든 아니든. 인간의 진리추구라는 불치(不治)의 중독은 죽을 때까지 지속된다. 그러나 참새보다 황새의 걸음을 선호하는 인간의 행선지는 기껏 이 행성을 한 바퀴 돌아 원래의 위치로 돌아옴에 불과하다. 그리하여 인간의 체험을 지도나 글로 남기고 인간은 다른 인간이 작성한 비진정성의 역사와 지도를 붙들고 희미한 등불 아래에서 심신을 소모한다. 그렇지 않다면 인간이 지상에서 수행해야 할 과업이 부재하다. 그냥 먹고 자고 빈둥거리는 일밖에. 그러므로 인간은 목숨을 걸고 진리의 "달"을 찾아, 진리의 "해"를 찾는 결과로서 진리의 미디어로서 현실과 유리되는 "은빛 사과"와 "금빛 사과"라는 의미를, 시작품을 창조한다.

보드리야르와 플라톤의 시각은 현실을 허위로 보는 점은 유사하나 전자는 원본 없는 이미지를 주장한다는 점에서 다른 경지의 세계에 이데아라는 원본이 있음을 주장하는 후자와 다르다. 사물에 대한 무지시의 상태와 지시의 상태. 현실이라고 하는 것은 상징, 코드, 은유로 포장된 사실 모사(模寫)된 이미지에 불과하고, 대부분 진정성이 소멸된 세상이다. 사물의 진정성을 확보하는 조건은 최소한 침묵이고 입 밖으로 표현되는 순간 사라진다. 표현된 것이 2차적 실재가 되는 셈이며, 수도승들이 맹목적으로 암송하는 경구(aphorism)인 것이다. 그런데 표현된 것은 결코 사물로 환원될 수 없다. 아기가 어머니 자궁 속으로 되돌아 갈 수 없듯이. 쏟은 물을 도로 담을 수 없듯이. 가짜가 실재로 둔갑한 것을 시뮬라크르라고 한다. 실재와 거의 차이가 없고 오히려 실재보다 더 실재 같은 가짜. 이런 하이퍼-리얼리티의 시대 혹은 시뮬라시옹의 시대에 기원, 근거, 참조의 이념으로서 진정성을 내포하는 리얼리즘에 대한 신뢰, 확신은 거두어야 한다. 하지만 할리우드의 리얼리즘은 참으로 경탄스럽다.

6.4 이미지[56]의 시대

이미지는 사물 혹은 실재의 잔영이다. 인간사회에 횡행하는 모든 현상이 이미지이다. 이의제기가 예상되지만, 형상과 기호는 사물을 반영하는

---

56) Refer to the following definition of image: An image(from Latin: imago) is an artifact that depicts visual perception, such as a photograph or other two-dimensional picture, that resembles a subject—usually a physical object—and thus provides a depiction of it. In the context of signal processing, an image is a distributed amplitude of color(s). A pictorial script is a writing system that employs images as symbols for various semantic entities, rather than the abstract signs used by alphabets." [https://en.wikipedia.org/wiki/Image]

이미지이며, 사물을 상징한다. 사진도 이미지의 반영체이며, 그림도 이미지의 반영체이며, 기록도 이미지의 반영체이다. 아니 인간들도 이미지에 해당한다. 성경에 따라 인간은 신의 이미지를 재현하지 않는가? 이처럼 이미지에 대한 명칭이 다양하다. 그런데 보드리야르는 이미지와 실재의 관계를 다음과 같이 정의한다. 첫째, 이미지는 실재의 반영이다. 물속에 반사된 나르시스의 얼굴이다. 호수 속에 빠진 이태백의 달(moon)이다. 둘째, 이미지는 실재를 은닉하고 변형시킨다. 물속에 감춰진 나르시스의 얼굴과 호수의 파도에 흔들리는 달. 셋째, 이미지와 실재와는 관계가 없다. 사물과 언어처럼 임의적(arbitrary)이다. 창공의 달과 호수의 달이다. 지상에서 3차원의 존재인 나르시스는 물속에서 2차원적인 존재가 된다. 넷째, 인간은 사진 속에서 추억의 잔영이 된다. 그 잔영은 현재의 나의 이미지와 다르다. 마치 자신을 스스로 숙주로 삼아 나 자신과 전혀 달라진 일그러진 좀비가 되듯이. 다섯째, 사물은 인간에 의해 진정성을 상실하고 인간의 기술에 의해 시뮬라크르가 되어 사물보다 더 사물 같은 가짜가 되어 인간사회에서 소통되는 유, 무형의 삶의 수단이 되어 기원을 찾아가는 리얼리티에 기초하는 집을 나와 유랑하는 하이퍼-리얼리티의 오디세이가 된다. 포스트모더니즘을 상징하는 화려한 표상의 유희의 시대는 하이퍼-리얼리티의 시대와 다름없다. 사물을 반영하고 사물을 왜곡하고 사물의 이미지는 사물과 독립한다. 달을 보라고 하는데 손가락을 보는 것이다. 과거 군부대에서 보초를 설 때 눈앞에 흔들리는 버드나무가 보초병의 시각에 포착되어 유령으로 왜곡되고 버드나무는 유령의 이미지로 독립한다.

현대는 이미지의 시대이다. 실재를 왜곡하여 이미지를 교정한다. 말하자면 날카로운 인상을 가진 사람이 부드러운 인상이 되기 위하여 실재로서의 얼굴을 수정하는 성형수술(plastic surgery)을 받는 경우와 같다. 이때 인상이 지각되는 이미지와 동일하다고 볼 수 있다. 그리고 경제적인 분야에서 거래업체에 대금 지급을 지연시키는 회계시스템을 가지고 있는 대기업체는 사회적으로 나쁜 이미지가 생산되고 확산되어 기업발전에 부정적인 영향을 미치므로 좋은 이미지를 주기 위하여 회계시스템을 고쳐 대금 지급을 기한 내에 지급하는 것이다. 사물에서 인간에 의해 파생되는 이런저런 이미지는 왜곡되어 확대 재생산되고 사회적으로 실재에 영향을 미친다. 그리고 인간은 에고(ego)를 통하여 이드(id)를 행사하기에 인간은 태생적으로 시뮬라크르의 존재가 아닐 수 없다. 인간의 의식은 초의식(super-ego)의 검열을 받아 이드의 욕망을 왜곡되게 실현한다. 이드의 욕망은 현실원리(reality principle)에 철저히 구속된다. 불교에서는 원래부터 에고를 신뢰하지 않는다. 그것은 에고가 고정되지 않고 늘 변해가기 때문이다. 무상(無常). 따라서 우리가 퇴행적으로 바라보는 불교도 사실 21세기 시뮬라크르의 시대를 수천 년 전부터 천명한 초-현대적인 종교가 아닐 수 없다. 공(空)이란 텅 비어있는 것이 아니라 사물이 늘 무상(無常)하다는 것이다. 변화무쌍한 사물 혹은 이미지. 그래서 공(空)은 인간에게 진/위를 혼동케 하는 시뮬라크르와 같다. 인간은 본래면목(本來面目)을 결코 찾을 수 없고 서서히 시간의 흐름에 따라 일그러지는 자기의 얼굴과 이미지를 지운다. 주름 접힌 노파의 얼굴은 얼마 전까지 풋풋한 소녀시대의 얼굴이었다.

6.5 시뮬라크르의 현실

현실을 시뮬라크르로 보는 인생이 참 허무하다는 생각이 든다. 사물에서 파생된 이미지는 기호화되어 도서관에 저장되고, 사고의 틀 혹은 의식

프레디 머큐리의 시뮬라크르

의 틀에 박제되고 사물은 기호 속으로 자취를 감춘다. 호르헤 루이스 보르헤스(Jorge Luis Borges)의 말마따나 인간은 진리를 찾아서 거대한 도서관의 긴 복도를 헤매게 된다. 독재자는 기호 속에서 시뮬라크르가 되어 만민의 우상이 된다. 이처럼 현실, 즉 사물과 군상들이 허상, 허구, 재현, 기호, 상징, 모사에 불과한데 현실에서 무슨 진정성을 찾을 수가 있겠는가? 인간의 외부의 환경은 온통 기호적인 2차적, 3차원적인 허위의 의미로 가득 차 있는데 인간이 진정 추구할 것이 무엇이 있는가? 대학생들의 티셔츠에 새겨진 쿠바 혁명가 체 게바라, 반항적인 청춘 제임스 딘, 재킷을 벗고 노래하는 영국 그룹 퀸의 프레디 머큐리는 매체의 기술에 의해 실재보다 더 실재 같은 대중의 시뮬라크르로 둔갑한다. 여기서 부정적인 사건이나 사생활은 사상(捨象)된다. 매체는 특정 인물의 긍정적인 측면의 기호화, 상징화를 무차별 확산시킴으로써 우상화를 도모하여 경제적 이익을 추구한다. 또 전 세계에 걸쳐 체인점을 가지고 있는 코카콜라와 맥도날드의 광고를 보면 그것의 건강에 대한 부정적인 측면은 갈증 해소와 탐식의 기호 속으로 사라지고 인간이 반드시 섭취해야 할 강장제(tonic)로 둔갑한다. 이처럼 미디어에 중독된 현대인들은 보다 더 자극적인 미디어를 요구하고 자아를 상실한다.

현실을 시뮬라크르라고 보는 보드리야르는 미국과 이라크 사이에 벌어진 걸프전(The Gulf War)과 미국의 기상천외(奇想天外)의 요람인 디즈니랜드(Disneyland)를 예로 들고 있다. 그런데 미국과 이라크 전에서 이라크

독재자 후세인이 처형됨으로써 종식되었는데, 보드리야르는 그 전쟁이 주로 전자계기판에서 이루어진 게임 같은 전쟁으로 보고 과연 실제로 전쟁이 일어났다는 것을 실감할 수 없다는 것이다. 피땀을 흘리는 재래식 전쟁이 아니라 스크린과 계기판으로 수행한 전자식 전쟁. 가끔 고전영화에 나오는 영국과 프랑스군 사이의 전쟁 장면을 보면 상호 상대방의 총알을 피하기 위해 신체를 은폐, 위장하지도 않고 패션쇼의 의상 같은 군복을 입고 뻣뻣하게 서서 장총을 쏘는 모습은 그냥 죽기 위해서 싸우는 전쟁이 아닌가 생각해 본다. 허리를 구부리고 기어 다니며 총을 쏘는 것이 유럽의 신사도에 어긋나는 일인지? 미국 대 이라크 전쟁의 참상은 전자계기판 혹은 전자모니터 속으로 은폐되고 그 실상이 노골적으로 드러나지 않았기에 전쟁의 발발에 대해 의문을 품는다는 것이다.

이라크 전쟁에서는 과거 2차 대전 노르망디 해안 상륙작전처럼 처참한 실상을 전혀 느낄 수 없다는 것이다. 물론 시뮬라크르의 일환인 할리우드 영화 『라이언 일병 구하기』(Saving Private Ryan)에서 그 상륙작전에 동원된 수많은 젊은 병사들이 뭍으로 미처 올라오기도 전에 해상에서 허무하게 죽지 않았는가? 총도 한 발 쏘아보지 못하고, 독하게 훈련한 보람도 없이. 비록 현실이 허무하지만 실재가 이미지의 기호 속으로 사라지는 것은 당연하다. 만약 실재를 이미지의 기호로 치환하지 않는다면 전사한 사병들을 쌓아놓고 일일이 확인할 수밖에 없을 것이다. 전사한 병사들을 금속으로 제조된 군번표로 확인하지 않고 시신을 운반하면서 전투할 수도 없는 일이다. 이처럼 실재를 매체로, 시뮬라크르로 둔갑을 시키지만, 여성들이 선망하는 고액의 프라다 가방을 정밀한 기술로 명품보다 더 명품처럼 보이는 시뮬라크르로 둔갑을 시키지만, 정치계에서 실재와 다른 실재를 내세워 매체를 통해 시뮬라크르(허위의 인물)를 확산시켜 정적(政敵)을 제거하는 시도가 한국사회에 몇 번 있었다. 이때 국민의 이성적인 판단력이 중요하지만 미디어의 홍수 속에 파묻혔고 실재는 나중에 드러났다. 특히 선거전에서 진짜보다 더 진짜 같은 가짜 흑색선전(matador)에 의해서 순진한 정치인은 낙마한다. 현재 남한이 북한의 핵폭탄에 위협을 당하고 있지만 우리가 실지로 북한의 핵폭탄을 본 적이 있는가? 물론 북한이 공개할 리가 없지만, 우리가 핵폭탄이라는 실재를 본 적이 없는 상태에서 핵폭탄이 마치 존재하는 것처럼 핵폭탄의 시뮬라크르에 공포를 느끼는 것이다. 이는 서구인들의 카드게임에서 높은 패를 쥐고 있는 사람이 도리어 낮은 패를 쥐고 있는 상대방의 허장성세(虛張聲勢) 허풍에 공포감을 느끼고 게임을 포기하는 것과 유사하다. 나아가 〈자라 보고 놀란 가슴 솥뚜껑 보고 놀란다〉라는 속담도 있다. 이렇듯 시뮬라크르 이론은 인간의 일상에서 정치적, 경제적인 측면에서 부정적으로 원용된다. 보드리야르가 허구로 본 걸프전의 원인이 된 이라크의 대량살상무기는 수색해본 결과 없음이 판명되었다. 물론 이것도 사실은 알 수는 없다. 그 무기를 흔적도 없이 폭파했는지 다른 테러세력에 넘겼는지. 이 점을 히니의 「희생자」("Casualty")에 적용해 보자.

I

혼자 마시곤 했다
거칠어진 엄지를 높은 시렁 쪽으로 들어
럼주 한 잔 더, 검은 건포도를 주문한다
목소리를 낼 필요도 없이.
속히 취하는 흑맥주를 주문하리라
눈을 치켜뜸으로써
병마개를 뽑는 사려 깊은 말 없는 표정으로

문 닫을 시간에 방수 장화와 챙 있는 모자를 쓰고
소나기 내리는 어둠 속으로 가곤 했다.
실직 수당으로 살아가지만
일은 잘하는 사람
나는 그의 거동을 모두 좋아했다.
빈틈없으나 너무 조용하고 무표정하고
슬그머니 다가오는 동작
그의 어부로서의 눈치 빠른 눈
돌아앉아 있으면서도 보고 있는 등.

나의 다른 생활이 그에겐 이해 안 되었지
때로는 그이 높은 의자에 앉아
담배 뭉치를 칼로 바삐 썰며
한 잔 마시고 쉬는 동안에 내 눈을 바라보지도
않고는 내 시를 말했다.
우리는 우리끼리만 있으려 했다
항상 조심하며, 선심 쓰기를 수줍어하며
기발하게 이야기를 뱀장어와
말과 수레로 옮겼다
혹은 민병대에 관해서.

허나 나의 어설픈 솜씨를
그의 돌린 등은 보고 있었다.
그는 산산조각 폭파되었다.
다른 사람은 지키는 통금시간에 나가 마시다가
데리에서 13명을 죽인 공수부대
공수부대 13이라고 벽에 낙서가 있었다.

데리의 보그사이드 근처. 그 수요일
모든 사람이 숨도 쉬지 못 하고 떨었다.

II

13명의 합동 장례식
차갑고 서늘한 침묵이 깃든 날이었다. 바람에
날리는 사제복, 비를 맞으며 꽃이 놓인
관들이 차례로
사람이 **빽빽**한 성당 문간에서
천천히 흐르는 물에 뜬 꽃처럼 떠오는 것처럼.
합동 장례식은 감는 천을 펼쳤다.
감고, 조이고
끝내 우리가 조이고 묶일 때까지.
동그라미 속의 형제들처럼.

그는 자기 동포에 의해 집에 구속되지 않았다
어떤 협박전화가 걸려와도
어떤 검은 깃발이 흔들려도.
눈에 선하다, 그가 폭탄이 터진 도발적인 장소에서
뒤집어졌을 때 아직 의식이 있는 그의
얼굴에는 뉘우침과 공포로 뒤섞였고
그의 구석에 몰리면서도 대드는 부릅뜬 눈이
섬광 속에서 꺼진다.

그는 수 마일을 갔다. 밤마다
물고기처럼 퍼마셨기 때문에

따스하게 불 밝혀진 유혹의 장소를 향해
사람들과 어울리며 인정이 넘치는
연기 속에서 술잔을 부딪치는 가운데
흐리멍덩한 이들이 주절거린다
그가 얼마나 죄를 지었나
그 마지막 밤 우리 종족의 합의를
깬 것.
"자네는 교육받은 사람일 테니"
나는 그의 말을 듣는다, "그 물음에 올바른
대답을 궁리해 알려주게."

III

나는 그의 장례식에 안 갔다
점잖은 영구차의 가벼운 엔진 소리에
맞추어 그 집 골목에서 걸어 나오는
말없이 걷는 사람들. 곁눈질하며
이야기하는 사람들을 못 보았다.
그들은 점잖은 발걸음으로 움직인다, 언제나 그렇듯
꾸물거리는 영구차 엔진 소리에 위안을 받으며
낚싯줄이 걷어 올려졌다. 주먹 위에 한 손을 놓고
물 위에 차가운 햇빛 안개로 뒤덮인 둑
그날 아침 나는 그의 배에 태워졌다.
스크루는 더듬거리며 나른한 길을
하얗게 헤치며
나는 그와 함께 자유를 맛보았다.
일찍 나가 꾸준히 바다에서 걷어 올리며
잡힌 고기를 불평하며, 그리고 웃는다

그대가 리듬을 찾듯이
노를 저어
한 마일씩 천천히
고기 잡기 적당한 장소로
어딘가, 멀어지는, 그 너머로...

새벽 냄새를 맡는 유령이여
한밤중 빗속을 터벅터벅 걷는 자여
내게 다시 질문하게나.[57]

I

He would drink by himself
And raise a weathered thumb
Towards the high shelf,
Calling another rum
And blackcurrant, without
Having to raise his voice,
Or order a quick stout
By a lifting of the eyes
And a discreet dumb-show
Of lpulling off the top;
At closing time would go
In waders and peaked cap
Into the showery dark,
A dole-kept breadwinner
But a natural for work.

---

57) 네이버 블로거 남영희의 번역을 일부 수정하였음.

I loved his whole manner,
Sure-footed but too sly,
His deadpan sidling tact,
His fisherman's quick eye
And turned observant back.

Incomprehensible
To him, my other life.
Sometimes, on his high stool,
Too busy with his knife
At a tobacco plug
And not meeting my eye
In the pause after a slug
He mentioned poetry.
We would be on our own
And, always politic
And shy of condescension,
I would manage by some trick
To switch the talk to eels
Or lore of the horse and cart
Or the Provisionals.

But my tentative art
His turned back watches too:
He was blown to biyts
Out drinking in a curfew
Others obeyed, three nights
After they shot dead
The thirteen men in Derry.
PARAS THIRTEEN, the walls said,

BOGSIDE NIL. That Wednesday
Everybody held
His breath and trembled.

II

It was a day of cold
Raw silence, wind-blown
Surplice and soutane:
Rained-on, flower-laden
Coffin after coffin
Seemed to float from the door
Of the packed cathedral
Like blossoms on slow water.
The common funeral
Unrolled its swaddling band,
Lapping, tightening
Till we were braced and bound
Like brothers in a ring.

But he would not be held
At home by his own crowd
Whatever threats were phoned,
Whatever black flags waved.
I see him as he turned
In that bombed offending place,
Remorse fused with terror
In his still knowable face,
His cornered outfaced stare
Blinding in the flash.

He had gone miles away
For he drank like a fish
Nightly, naturally
Swimming towards the lure
Of warm lit-up places,
The blurred mesh a murmur
Drifting among glasses
In the gregarious smoke.
How culpable was he
That last night when he broke
Our tribe's complicity?
"Now you're supposed to be
an educated man,"
I hear him say. "Puzzle me
The right answer to that one."

III

I missed his funeral,
Those quiet walkers
And sideways talkers
Shoaling out of his lane
To the respectable
Purring of the hearse...
They move in equal pace
With the habitual
Slow consolation
Of a dawdling engine,
The line lifted, hand
Over fist, cold sunshine

On the water, the land
Banked under fog: that morning
I was taken in his boat,
The screw purling, turning
Indolent fathoms white,
I tasted freedom with him.
To get out early, haul
Steadily off the bottom,
Dispraise the catch, and smile
As you find a rhythm
Working you, slow mile by mile,
Into your proper haunt
Somewhere, well out, beyond...

Dawn-sniffing revenant,
Plodder through midnight rain,
Question me again.58)

　　노동자의 삶을 그리고 있다. 일과를 마치고 카페에 앉아 "럼주" 한잔
에 하루의 애환을 망각하려 한다. 세상이 그에게 부여한 사명은 강, 바다
의 물고기를 잡는 일이다. 한편 육상에서는 물고기를 잡는 관점을 그대로
이어간다. 물고기 떼를 살피는 눈으로 사람의 무리를 살핀다. 유물론적인
관점이다. 여기서는 추상의 관점은 부재하고 물고기와 타자를 경계하는
시선만이 중요하다. 이런 삶의 개인적 방식 외에 삶의 방편이 되는 것이
공적인 "실직수당"이다. 알튀세르가 말하는 국가기구(Ideological State
Apparatus)가, 홉스가 말하는 사회질서 유지의 필요악으로서의 [리바이어

---

58) https://www.poetryfoundation.org/poems/51607/casualty-56d22f7512b97

던](Leviathan)이 약자의 사생활에 개입한다. 이것이 인간이 동물과 다른 먹이분배의 배려이다. 전쟁터에서 자신도 목마르면서 목이 말라 죽어가는 병사에게 물을 나누어준 어떤 시인의 희생정신이 인간에게 존재한다. 인간에게는 동물과 달리 소위 성자가 존재한다. 국가는 개인을 대리하여 개인을 보호한다. 그러니까 국가는 개인의 미디어가 되는 셈이다. 개인은 국가기관을 통해 어떤 개인으로부터 입은 부당한 피해를 호소한다. 전시에 개인은 국가를 위해 희생해야 하고 평시에 직장에 나가 봉사한다. 따라서 개인의 삶의 목표는 타자를 위한 것이고 타자의 삶을 위한 미디어가 된다. 개인은 출세를 위해 타자를 딛고 올라가야 하는 것이다. 그런데 타자와 개인의 입장은 교차된다. 그래서 역지사지(易地思之)의 정신이 필요하다. 예수는 인간을 위한 속죄의 미디어가 되고 인간을 천국으로 안내하는 구원의 미디어인 것이다. 한편 인간은 예수를 제물로 삼아 천국으로 입장하는 미디어로 삼는다. 따라서 인간은 타자를 미디어로 삼아 욕망을 실현하려고 한다. 나는 타인을 위해 희생하고 타인은 나를 위하여 희생한다. 밤새워 쓴 나의 글이 타자의 마음에 위로가 되기를 욕망하고, 나는 타자가 애써 만든 식빵을 소비한다.

사물과 추상의 대립이 지속된다. 시적 화자가 보기에 "시"가 신성과 인성의 반영이라고 생각하지만 대중은 "시"에 무심하다. 대신 "말과 수레"에 관한 이야기가 대중의 관심사다. 그것은 현실에 와 닿는 감각적인 것이 1차원적이고 그것을 수반하는 현실과 유리된 추상은 2차원적이기 때문이다. 지수화풍의 존재인 인간은 상호 간의 살육으로, 자연의 흐름으로, 지상에서 사라진다. 전자에 해당하는 "공수부대"의 주 임무는 적을 죽이는 국가의 명령을 받들고 있다. 여기에 인간적인 연민과 감정은 그 임무수행의 걸림돌인 것이다. 인간과 인간은 서로의 본능적인 마찰을 회피하여 충돌을 방지하기 위하여 페르소나[가면]라고 하는 사회적 미디어를 써야 한다. 그것은 감정과 본능의 거세에 해당하는 예절과 도덕의 준수이다.

미디어는 은유이다. 인간의 삶은 미디어가 중계한다. 성당은 인간과 하나님의 관계를 중계하고 장례식은 인간관계의 절단을 중계하고 꽃은 자연의 상태를 반영하고 인간은 사회의 얽힌 구조를 통하여 관계를 맺는다. 여기서 사실과 추상이 뒤얽힌다. 그것은 장례식과 관이 꽃으로 변하는 미디어가 된다. 음울한 관이 화사한 꽃다발로 변신한 것이다. 심미적으로 슬픔의 승화가 이루어진 것이다. 찬란한 슬픔, 행복한 이별 같은 형용모순(oxymoron). 현실은 인간의 말초적인 세포에서 구현되는 것이 아니라 피부 위에 한 껍질 포장된 기호 속에서 재현되는 것이다. 현실을 대변하는 미디어는 기호인 것이다. 코로나로 인한 대재앙의 사태는 CNN에서 기호로 전달된다. 그 끔찍한 사실성을 거세하고 배경음악으로 반죽하여 우리의 고통을 줄여준다. 만약 코로나로 인해 사망한 미국 뉴욕의 희생자들의 관을 넘치게 쌓아놓은 것을 실제로 접한다면 생의 의욕을 상실할 것이다. 그 참혹한 현실은 CNN 방송에서 기호로 포장되어 역사의 탁류 속으로 사라진다. 인간의 출생은 인간의 죽음을 담보한다. 물론 보편적인 출생과 사망에서 제외된 사람이자 신은 예수이다. 인간의 죽음을 배웅하는 대리인은 "사제"이다. "사제"는 서구의 유명한 천지창조의 알고리즘인 [존재의 대사슬](Great Chain of Being) 가운데 두 번째 서열에 위치한다. 그러나 동양에서는 인간이 무위자연(無爲自然)의 존재이다. 단지 자연의 일환으로 자기-의미 속에서 살아가는 먼지 같은 존재인 것이다. 각자의 사연은 무수한 의미의 일환으로 공중에 난무하며 각자의 인생에 수렴된다. 〈내가 누구인가? 혹은 내가 왜 이럴까?〉라는 의심과 반성은 타자가 아닌 자신에게 귀속된다. 이를 어찌하겠는가? 이 기구한 운명에 절망하여 수많은 천재들은 미리 자학하여 자신을 소멸시키고, 물욕, 식욕, 색욕 말고 아무 생각이 없는 대중들은 꾸역꾸역 하루를 소일한다. 인간은 "천"에 둘러싸인다. "천"은 맥루언이 [피부의 확대]로 보았듯이 인간이 타자와의 접촉을 중개하는 보호수단이다. 그래서 맨살로 타인을 상대하지 않고 "천"을 감고 자기의 육신을 감추고 타자를 상대하여야 사회규범에 합당하다. 그러나 인간이 "천"으로 육신을 가림은 사회의 규범에 합당할지 몰라도 순수한 상태는 아니다. 그리하여 인간의 원초적인 상태를 향수하는 바람에서 나체인 상태로 살아가는 자연주의자 혹은 나체주의자들이 존재한다.

나뭇잎으로 육신을 감춘 것이 하나님의 진노를 받아 에덴에서 추방된 결정적인 계기가 되었다. 인간의 세포는 모두 동일한데 왜 특정한 세포를 가리는가? 손등의 세포, 위장의 세포, 생식기의 세포는 모두 동일하다. 그런데 유독 생식기의 세포를 천으로 가리지 않으면 풍속(public moral)사범으로 체포되어 법률상의 처벌을 받는다. 그런데 남태평양의 타히티 섬에서 고갱은 벌거벗은 그곳의 원주민들과 함께 지상에서 천국의 삶을 맛보았다. 고갱의 유작 속에 세 가지 근본적인 물음이 있다. 그것은 〈우리는 어디에서 왔는가? 누구인가? 어디로 가는가?〉이다. 선지자들이 추구하던 물음이다. 여기에 답할 수 있는 인간은 예수 외에 아무도 없다. 그러나 세상이 이분법적으로 구성되어 있기에 반대편의 세상은 있다고 추론된다. 세상과 반-세상, 물질과 반물질, 탄생과 죽음, 청춘과 노화, 빛과 어둠 등.

세상에 진리가 있다고 생각하고 숲속에서 굶주림, 성욕, 갈증, 그리고 벌레들과 싸우며 명상에 빠진 은자(hermit)들도 진리를 발견하지 못한 채 지쳐서, 사막에서 신기루를 오아시스로 보고 모래 속으로 사라진다. 그런데 인간이 무엇을 소유해야 만족하겠는가? 초능력, 미남, 미녀, 돈, 금은 보화, 왕후장상의 자리, 학식, 명예, 산해진미, 명품. 무엇을 가지고 싶은가? 황금 변기를 사용하고 이집트 파라오처럼 황금가면을 쓰면 만족하겠는가? 뇌쇄적인 마릴린 먼로(Marilyn Monroe)와 교제하면 만족하겠는가? 이것은 모두 시간의 흐름 속에 박물관의 유물로, 인간의 역사 혹은 기억 속으로 사라진다. 명백한 범죄 사실은 교묘한 진술 과정에서 무죄로 둔갑되고, 범인은 의인이 된다. 사건이 기사를 만드는 것이 아니라 기사가 사건을 만들고. 그러기에 사건을 신문기사대로, 세일즈맨의 말을, 정치인의 공약을 믿을 수 없기에 진실과 거짓의 극도의 혼란 속에서, 자신이 옳다고 각자 강변하는 의인과 범인의 혼동 속에서 우리는 생존을 위해 분별력(discernment)을 가져야 한다. 이러한 형편이 지금 우리가 대면하는 가짜가 더 진짜처럼 보이는 현대의 아비규환(阿鼻叫喚)의 상황이다.

마지막 스탠자에서 시적 화자는 공동체 지인의 장례식에 가질 않고 고기잡이하러 간다. 그것은 자유의지에 의한 실존적 선택이지만 타율적 자율의 관습에 안주하는 타자적 인식은 대개 부정적이다. 그것은 자아와 타자의 관계가 공동체를 매개로 하여 형성되기 때문에 생존이 걸린 문제가 아닐 수 없을 것이다. 이런 점에서 시적 화자의 입장은 자아와 타자를 연결하는 공동체의 매개를 거부하는 초월주의자적인 입장을 보여준다. 지나간 것은 지나간 것이라는 입장인 것이다. 다시 말해, 과거에 현재를 소비함에 대한 거부를 나타내는 것이다.

6.6 예술과 하이퍼-리얼리티

세상의 사물들의 고정성(fixation), 진정성(authenticity)을 부정한 들뢰즈는 보드리야르의 시뮬라크르 이론을 지지하는 듯하다. 시뮬라크르는 세상의 사물이 끝없이 유동하는 유목적 사고(nomadism)에 부응한다. 여기에 독자들이 부담스러워하는 수학적 개념이 나온다. 그러나 들뢰즈가 이 수학적 개념을 전문적으로 심층적으로 다룰 생각은 추호도 없었을 것이다. 흔히 사물의 활동은 벡터(vector)와 스칼라(scalar)로 귀결된다. 인간의 욕망은 저돌적인 벡터의 움직임으로 확보되는 영역인 스칼라인 것이다. 불철주야 연구에 몰입하는 역동적인 학자의 움직임이 벡터이며 그가 확장시킨 학문의 영역이 스칼라인 것이다. 마치 잠자리에서 몸부림치다 침대 밖으로 나가떨어지는 경우와 같다고 볼 수 있다. 잠자리의 영역이 침대 안에서 침대 밖으로 확대된 것이다. 일본의 야쿠자들이 집단 패싸움을 통해 점차 영역을 확대하는 것도 이와 같은 경우일 것이다. 혹은 인생으로 말하자면 오디세이가 역동적으로 집 밖을 선회하다가 다시 집으로 회귀하는 경우와 같다. 그러니까 누구라도 그러하듯이 집 밖의 활동이 시간이 흘러 흔적도 없이 사라지는 것으로 이것도 시뮬라크르의 사례로 볼 수 있다. 휠체어에 앉아서 사지마비의 고통 속에서 연구에 몰두한 스티븐 호킹의 초인적인 노력의 결실도 시간이 흐르면 지상에서 흔적도 없이 사라지는 것이다.

보드리야르의 예술에 대한 기여는 진본(original)과 모사(replica)의 구분이 불가능하기에 예술의 해체, 다빈치와 미켈란젤로의 작품에서 느껴지는 예술적 아우라의 소멸, 이차원적인 평면의 예술이 삼차원의 영역으로 확장된 것이다. 다시 말해 캔버스(화폭畵幅)에서 공간으로 예술이 이동한 것이다. 설계도의 건물이 실제의 건물이 되듯이. 시뮬라크르가 예술에 적용된 사례는 영화에서 볼 수 있다. 할리우드의 복제기술 혹은 영상기술이 참으로 경탄스럽다. 『벤허』에서 주인공과 그의 가정을 파괴한 원수와의 목숨 걸린 마차경주를 보면 리얼리즘보다 더한 리얼리즘의 경지를 볼 수 있다. 또 기원과 근거를 초월한 현실과 완전히 유리된 영화의 사례로 카메론 감독의 『아바타』(*Avatar*)를 들 수 있다. 영화 속의 자연환경은 기존 인간사회에서 체험할 수 없는 가상의 공간이다. 그런데 그 가상의 공간이 거짓임이 분명한데 우리에게 생생한 현실로 다가오는 것이다. 이 영화의 환경은 판도라(Pandora) 행성의 상호 얽힌 환경을 보여준다. 그곳에는 지상에서 볼 수 없는 나비족(Na'vi)이라는 특별한 존재들이 있다. 당나귀처럼 생긴 원주민들이다. 그런데 그런 곳으로 관객들이 들어가기를 원한다. 그러나 그곳에서 그들의 안전을 보장할 수는 없을 것이다. 그런데 요즘 가상현실을 간편하게 체험할 수 있는 헤드셋(Head-Mounted-Display)이 있다. 그러니 앞으로 낙상의 위험이 있는 그랜드캐니언 공원에 고생스럽게 갈 필요 없이 집안에서 헤드셋을 쓰고 생생하게 체험할 수 있는 것이다. 일종의 [몸의 확대]인 셈이다.

필자가 1999년 미국을 처음 방문 시 유니버설 스튜디오에서 설치한 가상현실 체험을 위한 밀실에 들어가서 해저탐험의 경험을 스릴 있게 했듯이. 잠수정이 해저 동굴을 샅샅이 탐색하는 프로그램. 이것도 일종의 시뮬라크르의 일환이라고 볼 수 있다. 그런데 모든 사물은 예술로 표현되는 순간 리얼리티에 매몰되고 그 모사의 정교함(exquisiteness)의 수준에 따라 하이퍼-리얼리티가 되는 것이다. 홍콩에서 제조한 스위스 롤렉스시계는 전문가도 그 진위를 잘 판단하지 못한다고 한다. 하여튼 하이퍼-리얼리티는 현대 예술의 한 영역을 개척한 장르로 위치하고 있다. 혹은 마약에 취하거나 술에 취한 사람이 새로운 경지의 세계를 체험하는 것도 하이퍼-리얼리티를 체험하는 것과 진배없을 것이다. 갑자기 아스팔트가 벌떡 일어나 자기 뺨을 때리는 체험과 전봇대에 옷을 걸어놓고 그 밑에서 잠을 자는 체험이 자주 회자된다.

시뮬라크르는 사물의 구현이 아니라 상상의 구현에 더 가까울지 모른다. 밀레의 『만종』(*The Angelus*) 같은 사물의 구현 혹은 모사는 리얼리즘 영역이며, 사물의 리얼리티에서 벗어나려고 투구(鬪毆)한 [근대 회화의 아버지]라고 불리는 폴 세잔(Paul Cézanne)의 걸작 『생트 빅투아르 산』이나 반 고흐의 『별이 빛나는 밤』은 리얼리즘의 영역을 초과하여 기원을 상실한 하이퍼-리얼리티를 반영하는 것처럼 보인다. 이 작품들은 사물의 명확한 위계의 도형과 선을 부정하고 환상의 산이나 환상의 별로 보인다. 양자가 그리는 산과 별은 관습적인 대상이 아니라 진리 포기의 자위적인 대상이다. 인간은 스스로 사고적 동물(thinking animals)이라 인식하는 순간, 현실을 시뮬라크르로 보고(simulated state of reality) 그것이 확장되어 하이퍼-리얼리티 혹은 [초과현실]을 느끼게 된다. 솥뚜껑을 보고 자라라고 생각하기. 바람에 흩날리는 버드나무 가지를 보고 유령으로 생각하기. 전자는 후자의 기원이나 근거가 될 수 없음에도. 하이퍼-리얼리티의 위험한 증상은 현실적으로 미지의 사물이 인간에게 가볍게 다가온다는 것이다. 절벽은 언덕에 불과하고 불은 빛에 불과하다. 인간은 사물의 위험을 간과하고 몸을 가벼이 던진다. 당나라를 호령한 최치원은 인생의 할 바를 다했는지 숲속에 옷과 신발을 놔두고 자연과 일체가 되었다고 한다. 최치원이 자연이라는 실재에 천착하는 무위(無爲)와 소요(逍遙)의 도교에 심취했다는 것도 현실이 시뮬라크르적 현상, 김만중의 『구운몽』에 나오는 주인공 "승진"의 꿈에 불과함을 미리 짐작했을 것이다. 그는 실재가 없는 껍데기뿐인 현실을 살아가기가 멋쩍었을 것이다. 자연은 그대로인데 난무하는 의미와 모사들. 세상의 천재들은 이를 알고 자연을 붙들고 헛되이 몸부림치다 제풀에 지쳐 사라진다. 이때 상기되는 아인슈타인의 말, 〈신은 주사위 놀이를 하지 않는다〉(God does not play dice)[59]는 신과 진리에 대한 천재의 욕망을 보여준다. 자연은 인간의 인식에 따라 허위로 변하기에 자연의 정체는 허위에 불과하다. 인간은 인식할 수 있는 것만 알 수 있는 동물이기에. 글로벌 기업 삼성전자에서 아무리 정밀한 화소(pixel)의 화면을 통해 자연을 반영한다 하더라도 그것 역시 하이퍼-리얼리티에 불과할 것이다. 비트겐슈타인(Wittgenstein)은 말할 수 없는 것에 대하여 침묵하라고 했으니 정의(definition)가 불가한 자연에 대하여 침묵하는 것이 진정 자연에 대한 접근법일까? 이제 자연은 인간의 모사에서 벗어나 인터넷을 통한 스크린 위에서 실물보다 더 생생하게 탄생한다.

6.7 지구촌의 화석화(petrification)

전 세계의 사건을 실시간 중계해주는 방송미디어들은 그것들의 논평과 시각에 의해 리얼리티를 왜곡한다. 각자의 이익대로 각자의 시각대로 사건을 분석하고 평가한다. 주로 전 세계의 매체 가운데 영향력이 가장 두드러지는 매체는 미국 애틀랜타에 본점을 둔 CNN 혹은 BBC이다. 지상에 지구촌 이외에 다른 사회가 없고 마르크시스트들이 공언한 공유의 파라다이스도 없다. 오직 지구촌은 대기권에 갇혀서 빛의 속도로 측정되는 먼 은하계를 동경할 뿐이다. 그런데 사실 그곳으로 무수한 시간을 투자하여 잠을 무중력 공중에서 자며, 인간의 오물을 분해하여 재활용하며, 깡통박스 우주선을 타고 간다고 해도 별 의미는 없다. 인간의 존재 근거지는 어디까지나 지구이기 때문이다. 비닐포장지 같은 대기권에 포위되어 거대한 흙

---

59) 이처럼 유신론을 인정하는 듯한 아인슈타인의 말에 보어(Niels Henrik David Bohr)는 "신에게 명령하지 말게"(Einstein, stop telling God what to do)라고 응수했다고 한다. [https://ko.wikipedia.org/wiki/%EC%86%94%EB%B2%A0%EC%9D%B4]

한 덩어리에 매달려 살고 있는 것이다. 지금은 지구를 감싸고 있는 비닐포장지 같은 대기권(atmosphere)의 오존층도 인간의 온실가스, 즉 프레온 가스의 과다방출로 인하여 뚫려 있지만 이 행성 이외 다른 선택의 여지가 없다. 전 세계 선진국 및 개발도상국들의 과도한 자연 개발이 자신을 스스로 질식시키는 자승자박의 행위를 열심히 실천하고 있는 것이다. 억겁의 인연을 가지고 태어났건 아니건. 한국에서 볼 때 아르헨티나가 멀리 있는 것처럼 보이지만 지구촌 어디에서 발생하는 사건이라도 즉시 알려지고 지구촌은 그 여파로 경직된다. 그리하여 기분전환을 위하여 공중으로 바다로 나아가지만 아무리 공중비행을 한다 해도 우주의 천장에 못 미치고 아무리 잠수를 해도 지구의 밑바닥에 불과하다. 그러니 우리는 지구라는 껍데기 위에서 부귀영화, 불로장생을 기대하며, 아웅다웅 살고 있는 것이다. 하지만 그런 욕망을 가졌던 우리의 선조들은 화석이 되어 연대순으로 실험실 공간에 전시된다. 넋은 어디로 가고 뼈만 남았는가? 오직 선조들의 해골이 현대의 우리를 연결하는 미디어가 된다.

현재 지구촌을 경악시키고 지구인들을 도탄의 질곡(桎梏)에 빠뜨리고 있는 중세판 페스트가 [코로나19]이다. 중국 한 지역에서 번져 밀폐된 대기권 속으로 번져간다. 이를 소홀히 여겼거나 이에 대한 과학적 시설이나 장치가 부족한 국가들의 구성원들은 떼죽음을 당하고, 이에 대해 경계를 철저히 한 국가와 어느 정도의 과학기술이 있는 국가들은 그나마 상황이 나은 편이다. 첨단 과학기술을 자랑하는 미국과 유럽은 이를 경시하다 혼 줄이 나고 있다. 상품과 기호가 주로 교환되기에 질병과 경계수준의 기호, 살상피해와 테러리즘의 기호가 관습적으로 둔한히 교환된다. 코로나로 인하여 사망자들의 관과 통계수치, 미국 9/11테러와 그 기념광장 [그라운드 제로]에 새겨진 사망자 이름들과 새로 조성된 건물들.

6.8 기호가치

보드리야르의 주요 관심사는 생산보다 소비였다. 인간욕망의 매개체로서 상품들이 어떻게 소비되는가? 상품의 소비는 국가 경제의 발전이며, 개인 욕망의 실현이다. 개인의 욕망을 대체하는 것이 상품이다. 인간들이 지조와 정절을 상품으로 대체하듯이. 신파극『이수일과 심순애』의 상황처럼. 남자가 지위와 직분을 상품으로 대체하듯이. 다이아몬드에, 골드바에 정조와 지조를 바꾸는 사람들. 그리하여 상품은 물신이 된다[fetishism]. 자본주의 사회에선 상품이라는 물신의 소비로 발생하는 이윤이 자본가에게 일방적으로 환원됨에 비판하고, 보드리야르는 마르크스가 집착하는 상품의 사용가치(use-value) 같은 개인의 욕구에 의한 상품의 본래적 가치(authentic value)가 더 중요하다고 본다. 상품은 필요해서 소비하기보다 사용자를 유혹하는 마력을 가지고 있다. 이런 점이 영화『악마는 프라다를 입는다』(*The Devils Wear Prada*)에서 암시된다. 가정 살림에 필요해서가 아니라 상류사회에 소속되어 있다는 신분을 상징하는 기호가치(sign value)로 작용한다. 미국개척시대 아프리카 출신 노예도 저잣거리에서 일종의 상품으로 거래되었고, 일반상품처럼 나이, 용모, 체력, 성품에 따라 가격이 달라졌다. 그리고 이 노예제도는 오늘날 민주사회에서도 끝난 것이 아니다. 자본주의 사회에서 인간의 가치는 돈으로 측정되지 않는가? 연봉의 수준으로 노예의 등급이 발생한다. 금융기관의 신용도 또한 고객의 경제수준, 즉 노예의 등급이라고 볼 수 있다.

상품은 상징적인 가치를 가진다. 결혼식에서 교환하는 반지는 불변의 사랑을 상징한다. 그 금속 위에 사랑이라는 추상적인 가치와 의미가 포장되는 것이다. 그러니까 인간사회에서 물질이 없이 마음만으로 상대에게 호감을 살 수가 없을 것이다. 물질을 주고 그것에 가치와 의미를 부여하는 것이 사회생활이다. 물론 이것은 정의사회를 지향하는 민주주의 사회의 윤리에는 반한다. 긴밀한 인간관계를 촉진하기 위해 명절에 꼭 선물을 주고받는다. 이 선물은 상징의 교환이며 인간관계의 촉매이자 매체이다. 신라시대 거문고의 명인 백결선생이 설날을 맞이하여 떡을 마련할 쌀이 없자 부인을 위로하기 위하여 떡방아 찧는 「방아타령」 곡을 지었다고 한다. 궁핍한 현실에 대한 상징적 해결 모색. 그런데 이 거문고 소리가 과연 식솔(食率)의 위장에 실질적 위로가 되었겠는가?

　그런데 기능에 별 차이가 없는 물건도 인간관계에 실질적인 영향을 준다는 것이 신통하다. 몽블랑 만년필이나 일반 연필이나 일반 볼펜이나 받아 적는 기능에 무슨 차이가 있으며, 여성들이 선호하는 구찌, 루이뷔통, 샤넬 가방은 물건을 수납하는 기능에서 일반 가방과 무슨 차이가 있는가? 그것은 소위 명품에 덧씌워진 추상적 숭고함으로 장식된 우상을 숭배하는 종교와 같다.[60] 단지 제작회사 로고가 박힌 명품 가방을 구매하기 위해 청춘을 바치는 젊은 직장여성처럼. 마치 철모와 전투복의 실용성과 전투와 무관한 정복을 차려입은 국군묘지의 의전 행사병처럼. 상갓집에 가면 온통 검은색의 상복과 문상객의 검은 색 의상들이 지나친다. 고인을 추모하기 위해 모인 사람을 검은색의 물결이 익사시킨다. 그런데 어떻게 검은

---

60) 언젠가 읽었던 불교의 일화 가운데 하나가 기억난다. 엄동설한, 한 조그만 절에 떠돌이 객승이 찾아왔는데 주지는 없고 추워 얼어 죽을 지경이라 주변에 땔감이 있나 살펴보니 장작은 없고 대웅전의 불상이 목불이라 이것을 도끼로 패서 아궁이에 불을 지펴 뜨듯하게 법당 아랫목에서 자고 있는데, 주지가 와서 보니 대웅전의 부처님은 사라지고 법당에 웬 걸인행색의 객승이 자고 있는 지라 버럭 고함을 질렀다. "이런 때려죽일 놈아, 부처님을 아궁이에 때우다니 천벌을 받을 놈!" 그러자 이 객승은 반문했다. "스님, 부처님이 어디 있소이까? 제가 아궁이에 땐 것은 나무이옵니다." 불상은 사실 인간간의 관습적인 기호가치를 가진 사물에 불과한 것이다.

색이 슬픔을 상징하는 색이 되었던가? 그러니 인간의 삶은 상징의 놀이이 자 상징은 인간을 대변하는 미디어에 불과하다. 상징의 소유에 따라 인간의 급수가 달라진다. 대통령의 휘장을 단 승용차와 캡을 쓴 택시는 같은 인간의 차이지만 그 가치와 본질을 다르게 구분하지 않는가? 필자가 군대 있을 때 별 넷의 군사령관이 타는 지프를 타고 공무를 수행한 적이 있는데 사병에 대해 지나가는 장교들이 경례를 붙이는 것을 보고 당황한 경험이 있다. 그런데 장교들이 사병인 필자를 보고 경례한 것이 아니라 별 넷의 지프를 보고 경례를 했을 것이다. 이때 육군대장의 지프는 별 넷을 달고 숭고의 물신(mammon)으로 둔갑한다. 이처럼 물건에 있어 사용가치보다 기호가치가 더 존중되는 것이다. 가방은 가방이고, 다이아몬드는 광물질이고, 별은 별인데. 기호는 실재의 일차적 재현이며, 상징은 실재의 2차적 재현이다.

언덕에 한 야수가 어슬렁거리는데 이것을 [사자]라 칭했다. 이것이 사물의 [기표]로서 물질성을 가진다. 이 사자는 매우 위엄이 있고, 용감했다. 이것이 기표의 의미로서 [기의]이다. 그래서 위엄이 있고 용감한 인간이 [사자]를 상징한다고 본다. 용감한 병사에게, 전투기에도, 전투함에도 [사자]라고 이름을 붙인다. 우리나라 신형 잠수함에도 위인들의 이름이 붙어 있고 그 인물들의 용맹을 상징한다. 정지[장군]함, 안무[장군]함 등. 그런데 기호는 환원될 대상을 가지고 있지만 상징은 환원할 대상이 없다. 사자라는 기호는 용맹을 상징한다. 용맹이라는 기의는 어디로 환원되어야 하는가? 일종의 [인식론적 단절](epistemological rupture)이 발생한다. 전 패러다임과 후 패러다임에서 단절이 발생하듯이. 태어난 아이는 어미의 자궁 속으로 되돌아갈 수 없고 세상을 떠돌아다녀야 할 운명이다. 사물은 기호를 만나 이름이 붙여지고 의미가 주어지고 이를 비유하는 상징이 발생하는 것이다. 기표는 사물로, 기의는 기표로 돌아가지만, 기의에서 파생된 상징은 돌아갈 곳이 없다. 근본이 없고 표리부동한 것이 상징이다.

6.9 사이버-화폐의 시대

보드리야르가 주장하는 공간은 가상의 공간이다. 그러니까 여태 인간이 살고 있는 공간은 지구라는 행성, 무한한 우주라는 공간, 그리고 가상의 공간, 즉 사이버스페이스이다. 앞의 두 공간은 물질, 구체의 영역에 해당되고, 뒤의 공간은 상상, 추상의 영역이다. 그러나 공허한 상상의 세계가 아니라 구체적인 상상의 실현이다. 예를 들어, 영화『마이너리티 리포트』(*Minority Report*)에 나오듯이 공간에 컴퓨터 그래픽 화면을 조성할 수 있다. 공간에 손가락으로 힘을 주어 데이터를 호출하고 문자를 작성할 수 있는 것이다. 이제 디지털 디바이스처럼 중국산 희토류로 만든 고체의 하드웨어가 아니라 대기공간 자체가 하드웨어가 되는 것이다. 클라우드(Cloud)라는 말이 있듯이 데이터가 공간에 저장되고 공간에서 호출되는 시대가 도래할 것이다. 이제 대기공간에 저장된 데이터를 수신하는 간편한 장치가 필요한데, 의복을 활용할 수도 있을 것이다. 사실 우주복은 그 자체가 하나의 디바이스이자 시스템 아닌가? 이제 의복도 치부(恥部)를 가리거나 멋을 부리거나 온도조절에 필요할 뿐만 아니라 데이터를 발신하고 수신하는 장치가 되는 것이다. 그러니까 맥루언의 개념에 따라 [피부의 확대]로서의 의복이 전자 하드웨어로 확대되는 것이다.

현재 예금, 송금도 가상공간으로서의 네트워크에서 편리하게 할 수 있다. 이는 현재 일반적으로 시행되는 전 세계 금융통신망에 의한 온라인

비트코인

자금 이체, 즉 유동성(fluidity)의 이전을 말하고자 하는 것이 아니라, 암호화폐를 통한 자금의 유통에 관한 것이다. 그러나 아직 대중의 보편성(universality)을 확보한 것은 아니고, 일부 진취적인 가상화폐 마니아들이나 불량한 범죄집단들에 의해 이용 혹은 오용되고 있다. 가상금융거래를 위해 암호화폐(crypto-currency) 혹은 가상화폐(virtual currency)로 불리는 비트코인(bitcoin)과 이를 저장하고 만인에게 공개하는 가상공간[분산원장](distributed ledger)인 블록체인(block-chain)이 필수적이다. 간단히 말하자면, 모든 거래기록은 데이터블록(data-block)에 연속적으로 기록되어 만인에게 공개되므로 해커의 절도 혹은 특정인의 불법조작이 불가능하다. 일반적인 금융거래내용은 물리적인 형태[문서]로 작성되어 중앙은행의 금고나 데이터베이스에 보관치 않고 오로지 사용자 네트워크로만 연결되어 존재한다. 그러니까 금융거래가 중앙에 집중되지 않고 주변으로 분산되는 것이다. 이것이 사실 포스트모더니즘의 기조적 신념인데, 나아가 탈-수목적인(de-arborescent) 증상을 강조하는 들뢰즈가 말하는 편집증(paranoia)적 사회증상에서 분열증(schizophrenia)적 사회로의 전환을 반영하는 노마드(nomad)적 경제를 의미한다고 볼 수 있다. 이런 현상은 정보의 집중이 아니라 정보의 공유라고 볼 수도 있을 것이다. 일종의 포스트-파놉티콘(post-panopticon)의 증상이라고 볼 수 있다. 그러니까 미국, 영국, 일본의 화폐가 전 세계의 무역거래에서 결제통화로 사용되는 기축통화(key currency)[61] 시스템도 흔들릴 수 있음을 방증(傍證)한다고 볼 수 있다.

부정적인 점으로 물질적인 담보성과 가시적인 확인의 미흡에 대한 불안과 의심이 있다. 아울러 대량의 자금이동이 순식간에 가능하다는 점에서 범죄에 오용될 수 있을 것이다. 그리고 불시에 사이버 공격으로 네트워크가 파괴되는 순간 거래내용[분산원장]에 대한 소멸의 위험이 있다. 그러나 말 그대로 원장이 대중에게 분산되어 있기에 그것을 완전히 소멸시킬 수는 없을 것이다. 그러나 아직은 그 시스템의 안전이 미흡한 실정이다. 각국의 네트워크는 한 나라의 흥망을 좌우하는 중요한 기반이다. 그런데 몇몇 불량국가(rogue state)들이 각국의 네트워크에 침투하여[hacking] 암호화폐 거래소가 보관하는 디지털 지갑에서 금전을 절도하는 일들이 왕왕 벌어지고 있다. 그 후 불량국가들은 절도한 암호화폐를 실물화폐로 교환한 뒤 유유히 네트워크에서 사라진다. 치명적인 문제로서 비트코인의 익명성(anonymity)이 있다. 송신자와 수신자의 정체와 그 거래금액을 전혀 알 수 없기에 국가로서는 거래자금에 대한 과세(taxation)가 불가능하다. 그래서 탈세를 방지하기 위한 국가적 개입, 즉 거래추적이 필요할 것이고 그 보안장치를 마련해야 할 것이다.

그런데 비트코인은 상거래처럼 시중에서 구매할 수 없고, 그것을 획득하는 데 컴퓨터를 이용한 두뇌의 엄청난 노력이 투입되어야 한다. 말하자면, 고성능의 컴퓨터를 이용하여 수학문제를 풀어야 비트코인을 획득할

---

61) 기축통화를 보유한 나라는 '시뇨리지 효과'(seigniorage effect)라는 특권을 누린다. 시뇨리지 효과란 '중앙은행이 발행한 화폐의 실질가치에서 발행비용을 뺀 차익'을 뜻하는데 가령, 1만 원권 1장을 찍는 데 도안, 종이, 잉크 등의 비용이 1,000원이라 할 때 시뇨리지는 9,000원이 된다. 곧 중앙은행은 1,000원의 비용을 들여 9,000원의 이익을 얻는 셈이 된다. 한국의 경우 원화발행에 따른 시뇨리지 효과는 원화를 쓰는 국내에서만 국한된다. 하지만, 세계에서 사용되는 기축통화인 달러를 발행하는 미국의 경우 가령 1,000억 달러를 찍어 이를 외국상품 수입에 쓸 경우 1,000억 달러보다 훨씬 적은 화폐발행 비용만으로도 1,000억 달러 가치의 실물 상품을 얻게 돼 세계를 대상으로 천문학적인 시뇨리지 효과를 얻게 된다. [https://100.daum.net/encyclopedia/view/47XXXXXXXX45]

수 있다. 그것을 전문어로 채굴(mining)이라고 한다. 여기에 참여하는 사람은 특정인에 한하지 않는다. 컴퓨터를 소지한 누구나 채굴을 위한 소프트웨어를 다운로드하여 수학문제를 푸는 행위를 채굴행위로 보고 그 대가로 비트코인이 주어진다. 비국가적인 비트코인을 개별적으로 시행함으로써 통화의 국가적 통제를 벗어난다. 이것은 개인 대(對) 개인이 네트워크를 통해 개별적으로 정보를 공유하는 P2P[peer to peer] 방식이다. 이는 푸코의 중앙통제 장치인 파놉티콘(panopticon)[62]을 무화시키는 획기적인 개인적 방식으로 일종의 [안티-파놉티콘](anti-panopticon)[63]이라고 부를 수 있을 것이다. 그러나 〈인간은 사회적 동물〉이라는 아리스토텔레스의 말대로, 인간이 사회 속에 존재하는 한 아무리 나 홀로의 삶(獨居)이 급증한다고 하더라도 파놉티콘의 영향을 받지 않을 수 없을 것이다. 복지시대에 노인들의 안위를 감시하기 위하여 관청에서 복지공무원이 노인의 가정을 방문하는 것도 일종의 파놉티콘의 실천이라고 할 수 있다. 그러니까 한물간 인식소(episteme)로서의 푸코의 파놉티콘이 완벽히 실천되는 시대가 지금 도래하고 있는 것이다. 그것은 사물인터넷(Internet of Things)에서 비롯된다. 인간사회의 모든 사물에 반도체가 심어져 그 사물 자체와 그 주변의 상황이 중앙정부의 컴퓨터 센터(CPU)에 모조리 집중되어 낱낱이 확인되기 때문이다. 나아가 인간의 신체에 반도체가 심어진다면 그야말로 인간은 공권력의 포로가 되는 셈이다. 한편 이런 부정적인 측면과는 달리, 긍정적인 측면은 인체의 이상상태에 대한 지역의료기관의 원격치료(telecare)

---

62) 루이 알튀세르의 개념으로 백성을 일률적으로 통제하는 [이데올로기적 국가기구](Ideological State Apparatuses)와 [억압적 국가기구](Repressive State Apparatuses)와 유사하다.

63) 혹은 들뢰즈의 리좀(rhyzome)이론에 따라 개인이 중앙집권적인 수목적 감시체제에서 점차 벗어나려는 점에서 분열증적인 [포스트-파놉티콘](post-panopticon)의 현상으로 볼 수 있다.

같은 즉각적인 조치나 처방을 받을 수 있을 것이다.

6.10 시뮬라크르 / 시뮬레이션

보드리야르는 맥루언의 이론과 개념에 심취했다. 그것은 사회관계가 소통의 형태에 의해 결정된다는 것이다. 아울러 소쉬르의 기호학과 레비스트로스에게 영향을 준 마우스(Marcel Mauss)의 선물[교환]의 의미에 대해서도 영향을 받았다. 시뮬레이션은 사물이 지시대상 없는 참조물로 구성이 되었다는 것이다. 그러니까 지시대상과 참조물의 임의성을 의미한다. 이는 세상에서의 진실의 소멸 혹은 변용을 의미한다. 이를테면, 변호사가 말을 번드르르하게 잘하여 판사를 현혹해 의뢰인으로 하여금 무죄의 판결을 받게 하는 것과도 유사하다. 사건의 진실과 변론은 임의적인 것이다.

보드리야르가 보기에, 역사적으로 보아 서구인이 무지의 상태에서 개화되는 시점인 르네상스에 이르러 중세 암흑시대에 서구인들이 초인(super-man)과 사물에 대한 진리, 진실, 숭고, 신성에 현혹이 되었으나 사실 그것에 해당하는 것은 없었다는 것이다. 그 후 산업혁명 시대에 사물에 근접하는 유사품을 끝없이 생산해냈다. 사물의 모습과 기능에 유사한 허위의 사물을 무차별하게 재생산하는 모델을 개발해냈다. 인간의 문화가 사물을 복제하는 수준에 이르렀으니 진작 [역사의 종말]을 선언했었어야 한다. 신과 자연을 신성시하던 르네상스 이전의 인류가 산업혁명의 시대에 이르러 인간의 삶과 연관된 사물의 형태와 기능을 유사하게 복제하여 사용하게 되었으니 이제 새로운 기원으로서 [인류세](anthropocene)를 선포할 만하다. 새를 모델로 비행기를 만들고, 고래를 모델로 배와 잠수함을 만들었으니, 지상과 하늘과 바다를 지배하는 명실공히 만물의 영장이 된 셈이다. 이제 지구에서 인간을 넘볼 존재는 없다.

[역사의 종말]을 선언한 사람은 미국이민 일본인 2세 프란시스 후쿠야마(Francis Fukuyama)였다. 그것은 2차 대전 이후 자본주의와 공산주의 사이에 벌어진 냉전이 자본주의의 승리로 끝났다는 것이다. 그리고 앵글로 섹슨 족이 특히 중시하는 친구와 적의 구분이 모호한 세계화 지구촌의 시대(globalization)로 환경이 바뀌었다는 것이다. 당시 대통령 로널드 레이건은 소연방(USSR)의 서기장 고르바초프를 설득하여 개방주의[글라스노스트](glasnost) 노선을 선택하게 함으로써 소연방을 자본주의 러시아로 개조케 하였다. 배급제도에서 무한 자유 경쟁체제로. 이것을 과연 역사의 종말이라고 말할 수 있는가? 이와 달리, 보드리야르는 역사가 종말을 맞이한 것을 역사 과정에서 숭고한 이데아의 붕괴로 본다. 혹은 신성의 종말 혹은 아우라의 종말.

사물의 원본이 지상 너머에 존재한다는 것을 보드리야르는 믿지 않지만 지금도 그 피안의 세계를 신봉하는 무리는 여전히 있다. 비평가들이 작품 너머의 의미를 추구하는 것을 단번에 부정한 데리다는 〈텍스트 밖의 텍스트는 없다〉(There is no outside-text)고 단언한다. 이는 세상에 언어 미디어 외에 다른 수단이 없다는 말과 다름없다. 물론 시각을 통한 사물의

실재의 신기루

인식작용을 생리적 미디어로 볼 수 있다. 그런데 이 슬람교도의 경우, 생/사의 문제는 현실의 인/과의 문제를 떠나 모두 알라(Allah)의 뜻이다. 기독인의 경우

에도 길, 진리, 생명이신 승천한 예수의 재림이 여전히 유효하다. 삶의 소급이 불가능한 인간은 사물의 기원을 증명할 도리가 없어, 사물의 배후를 부정하고 현실에 안주하는 아리스토텔레스를 추종하는 무리와 현실의 배후를 탐구하고 갈망하는 플라톤을 추종하는 무리로 나뉜다. 독자들은 어느 편에 속하는가? 보드리야르의 경우, 원본보다 더 원본 같은 사본[시뮬라크르]을 강조하기에 지상에 진리가 있다고 보기 어렵다는 점에서 전자에 속한다고 볼 수 있다. 헤겔의 경우 세상을 구성하고 형성해 나가는 존재는 [절대정신](Absolute Spirit)의 힘이기에 후자에 속한다고 볼 수 있다. 필자의 경우, 인간이 인식할 수 있는 것은 현상, 현실, 사건이며, 그 배후에 신비한 영역이 있지 않은가를 추측해 본다. 왜냐하면 사물의 모든 것은 안과 밖, 겉과 속, 남성과 여성, 영고성쇠처럼 이분법으로 구성되어 있기 때문에 현실 너머 피안의 세계를 인정하는 편이다. 그러나 무슨 세계가 있을지는 몰라 기원후 2천 년 동안을 담보하는 성경의 역사성을 의지하여 일단 기독교의 영역을 선택한다. 그곳에서 천국의 감로수(nectar)와 만나(manna)를 먹으며 그리스도와 더불어 늘 기쁘고 행복하게 천년왕국에서 살고 싶다. 불교에서처럼 윤회(*samsara*)의 악순환(vicious cycle)에 걸려 생/로/병/사의 삶을 살고 싶지는 않다. 보드리야르의 경우 역사적인 모든 현실과 사건은 꿈에 불과하다. 그의 경우, 인간의 정체성을 탐구하는 생각하는 동물로서의 인간 본질의 상실 증상을 보여준다. 굳이 시뮬라크르로 구성된 세상의 기원과 인간의 정체성을 굳이 탐구할 필요가 없다고 보는 것이다.

21세기 첨단과학의 시대에도 자기정체성의 이론은 라캉이 말하는 [거울이론](mirror theory)에 머문다. 인간이 거울 속에 비친 자신의 영상을 자신의 시선으로 관찰하고 상상력을 동원하여 이리저리 해석하는 것이다. 그런데 자신을 파악하는 미디어는 거울 혹은 타자의 시선인 것이다. 이것이 내면화되어 자아의 정체성을 구축하는 것이다. 그러니까 자아의 정체성은 거울로서의 타자의 시선(sight), 담론(discourse),[64] 기호(code)에 의해서 형성된다. 예수의 십자가 위에 붙여진 로마인의 시선에 의해 형성된 예수의 기호는 [유대인의 왕, 나사렛 예수]였다. 당시 전 세계를 호령하는 로마인의 입장에서 예수를 한 지역의 왕으로 비하한 것이다. 하지만 태어난 후 고릴라에 의해 키워졌다는 타잔(Tarzan)은 기호인식의 부재로 인해 자아의 정체성을 정상적으로 구축할 수 없다. 이 점을 예이츠의 「서커스단 동물들의 탈주」("The Circus Animals' Desertion")에 적용해 볼 수 있다.

I

나는 주제를 찾았다. 찾았지만 허사였다.
거의 6주 동안이나 매일같이 그걸 찾았지만,
결국 늙어 망가진 몸이다.
자신의 마음에나 만족할 수밖에 없었다.
늙기 전에는, 겨울이나 여름이나
나의 서커스단 동물들이 총출연했다.
죽마를 탄 소년들 번쩍번쩍 금칠한 마차.
사자와 여인 그리고 여러 가지가.

---

64) 이 개념에 대해 여태 의견이 분분하지만 필자가 보기에, (1) 규모가 작은 이야기(little narrative)이며, (2) 생성과 소멸이 자유로운 유행적 이야기로 볼 수 있다. 한때 우리 사회의 관심을 받았던 [구성애의 성 담론]처럼 일시 유행하다 사라지는 민주적인 이야기이다. 이와 반대로 지구촌에 장기적으로 고착되어 인간에게 고통을 주는 독재적인 이야기를 [거대담론](grand narrative)이라고 한다. 예를 들어 오이디푸스 콤플렉스, 자본주의, 공산주의, 요즘 우리 사회를 달구는 페미니즘 등이다. 원래 담론의 정의는 인간과 인간 사이를 소통케 하는 매체로서 문장과 문장의 결합을 의미한다. 포스트모던 사상가 리오타르 (Jean-François Lyotard)는 [거대담론]을 인류의 자유를 구속하는 '억압기제'로 간주한다.

II

옛날의 주제를 헤아리는 것밖에 무엇을 하겠는가?
처음은 세 개의 마법의 섬, 그 우의禹意의 꿈속을
코 끌려 바다에서 말 탄 아신,
헛된 기쁨, 헛된 전쟁, 헛된 휴식,
가슴 쓰라린 주제, 그렇게 보였으리라.
옛 노래나 궁중의 쇼엔 어울리겠지만.
아신을 말 달리게 한 나는 무엇을 생각했던가?
그의 신부 요정의 가슴을 애타게 그렸던 나는.
그리하여 반대의 사실 때문에 그 연극이 완성되었다.
극에 붙인 이름은 "캐들린 백작부인"
그녀는 연민에 넘쳐 자기의 영혼을 팔아버렸지만,
전능하신 하느님이 개입하여 그것을 구해냈다는 것.
나는 나의 님이 틀림없이 자신의 영혼을 파멸시킬 것이라 생각했다.
그토록 그녀는 열광과 증오에 사로잡혀 있었으니까.
그러나 하나의 꿈이 생겨 곧,
이 꿈 자체가 나의 생각과 사랑을 송두리째 차지하고 말았다.
다음으론 바보와 맹인이 빵을 훔쳤을 때
쿠후린이 걷잡을 수 없는 바다와 싸웠다는 얘기.
가슴속은 신비롭다. 그러나 그것도 결국 말하자면
나를 매혹시킨 것은 꿈 자체였다.
현재에 열중하여 기억을 억제하려고
실행하는 고립된 인물이었다.
내 열정을 사로잡은 것은 배우와 칠한 무대였지
그들이 상징하는 실체는 아니었다.

III

완전했기 때문에 훌륭한 이미지들이
순수한 마음속에 자랐다. 그러나 출처는 어디인가?
쓰레기더미나 거리의 청소물,
헌 주전자, 헌 병, 찌그러진 깡통,
고철, 메마른 뼈다귀, 헌 누더기,
돈궤를 지키며 미쳐 날뛰는 창녀들
이제 나의 사다리가 없어졌으니,
모든 사다리가 시작된 원점에 누울 수밖에,
더러운 고물 잡동사니를 파는 이 마음의 가게에.

I

I sought a theme and sought for it in vain,
I sought it daily for six weeks or so.
Maybe at last, being but a broken man,
I must be satisfied with my heart, although
Winter and summer till old age began
My circus animals were all on show,
Those stilted boys, that burnished chariot,
Lion and woman and the Lord knows what.

II

What can I but enumerate old themes,
First that sea-rider Oisin led by the nose
Through three enchanted islands, allegorical dreams,
Vain gaiety, vain battle, vain repose,
Themes of the embittered heart, or so it seems,
That might adorn old songs or courtly shows;

But what cared I that set him on to ride,
I, starved for the bosom of his faery bride.
And then a counter-truth filled out its play,
'The Countess Cathleen' was the name I gave it;
She, pity-crazed, had given her soul away,
But masterful Heaven had intervened to save it.
I thought my dear must her own soul destroy
So did fanaticism and hate enslave it,
And this brought forth a dream and soon enough
This dream itself had all my thought and love.
And when the Fool and Blind Man stole the bread
Cuchulain fought the ungovernable sea;
Heart-mysteries there, and yet when all is said
It was the dream itself enchanted me:
Character isolated by a deed
To engross the present and dominate memory.
Players and painted stage took all my love,
And not those things that they were emblems of.

III

Those masterful images because complete
Grew in pure mind, but out of what began?
A mound of refuse or the sweepings of a street,
Old kettles, old bottles, and a broken can,
Old iron, old bones, old rags, that raving slut
Who keeps the till. Now that my ladder's gone,
I must lie down where all the ladders start
In the foul rag and bone shop of the heart.[65]

---

65) https://www.poetryfoundation.org/poems/43299/the-circus-animals-desertion

예이츠의 주제는 차안을 넘어 피안으로 향하는 영구적인 것이었다. 그러나 인간이 할 수 있는 일은 무형의 피안을 설정해 놓고 건너갈 나룻배 혹은 사다리를 만드는 일이다. 시적 화자가 설계 건축하려는 나룻배나 사다리는 궁극적인 진리일 것이다. 하지만 그 목표는 20세기 천재 철학자 비트겐슈타인에 의해 부정되었다. 그는 인간의 진리 추구가 실상 [언어게임]에 불과한 것이며, 말할 수 없는 것에 대하여 [침묵]하라고 주장한다. 그러니 시적 화자의 평생에 걸친 진리추구는 오히려 자신을 소멸시키는 일이었다. 이것이 탄생과 노화라는 자연스러운 과정이기도 하지만, 진리라는 허상을 붙잡기 위해 육신을 소모하는 것은 반-자연적인 것이다. 들판에 핀 꽃을 보기보다 서재의 두툼한 서적을 보는 것. 다시 말해, 자연의 일원으로서 자연 속에서 사슴과 놀지 않고 자기의식 속에 함몰되어가는 자중지란(自中之亂)의 인간들. 청년기에 시적 화자의 의식에 출현하던 "서커스단의 동물"들은 무의식의 담론으로 생산된 결과물, 즉 의식의 매체들이다.

두 번째 스탠자에서는 상상이 풍부한 청년기에 진리를 붙잡을 수 있을 것 같은 열정과 노력이 지나고 보니 환상[사후성의 결과]이었다는 점을 반성한다. 그러나 애초에 인간은 사물의 창조할 수 없는 피조물이라는 수동적인 개체로서 하나님의 기쁨의 매체일 뿐이라는 점을 시적 화자는 간과하였다. 이는 그리스신화에 등장하는 각종 신들의 입장과 동일하다. 신들의 노리개로서의 인간에게 세상은 TV와 같은 미디어에 불과한 것이다. 인간은 일순간 무대에서 연기를 하다 사라지기에, 이는 TV에서 잠시 머물다 사라지는 이미지에 불과한 것이다. 그런데 순간이 길게 느껴지는 것은 시간의 두 가지 작용인 크로노스와 카이로스의 조화일 것이다. 고통은 길게 기쁨은 짧게 느껴지는 시스템을 탑재한 것이 시간이다. 시간은 흐르는데 시간이 정지된 것 같은 상황을 느낀다. 이 와중에 "캐들린 백작부인"은 시적 화자가 추구해온 실재/진리의 단편이 아니라 그의 무료한 상념에 의해 임의로 탄생된 독서대중을 즐겁게 해주는 시뮬라크르 혹은 미디어에 불과한 것이다. 배우가 의상을 벗고 분장을 지우면 백작부인은 어디론가 사라진다. 얼음 조각이 물이 되듯이. 얼마나 허탈한 일인가? 인간의 마스크는 서서히 소멸된다. 얼굴의 이목구비가 세월에 따라 서서히 일그러진다. 그리하여 자신도 자기의 얼굴을 낯설게 인식하는 경우가 있다. 거울 속에 나 아닌 웬 늙은이가 서 있는가?

인간의 정체성은 감시기제로서의 타자[거울, 시각, 도덕, 관습, 법, 종교, 토템]에 의해 공동체에 적합하도록 형성된다. 여자는 여성성(femininity)에 적합하도록, 남자는 남성성(masculinity)에 적합하도록, 군인은 군대에 적합하도록, 대통령은 대통령직(presidency)에 적합하도록, 장군은 장군의 직에 적합하도록 기대된다. 그렇지 못할 경우 사회에서 배척되고 처벌을 받는다. 영화『파리넬리』(Farinelli)에서 이탈리아의 어린 카스트라토는 소프라노의 음역에 적합하도록 거세를 당한다. 이는 인간의 정체성으로 구성된 공동체에서 각자의 역할놀이에 불과한 것이다. 그 역할을 벗어나면 정체성의 혼란 혹은 정체성의 위기를 겪는 것이다. 재벌 회장의 역할을 하던 늙은 배우가 의상을 벗고 쓸쓸히 단칸방으로 들어갈 때 정체성의 위기를 겪지 않겠는가? 이처럼 가공된 정체성은 인간을 공동체에 연결시켜주는 미디어인 것이다. 그러므로 각자의 본성은 공동체에서 발휘될 수 없고 꿈속 같은 자폐적인 상황에서 돌출하는 것이다. 그러나 꿈속마저 타자의 이미지가 출몰하기에 인간은 자유를 안팎으로 향유할 수 없도록 설계되어 있다. 그래서 영화『이터널 선샤인』(Eternal Sunshine)처럼 두 연인이 이별의 아픔을 잊기 위해 기억을 지우는 영화도 있지 않은가? 이런 점에서 "내 열정을 사로잡은 것은 배우와 페인트칠한 무대였지/ 그들이 상징하는 실체는 아니었다."에 나오는 배우는 인간 각자가 되고 무대는 공동체가 된다. 인간의 정체성은 바로 무대 위 배우의 정체성인 것이다. 만약 공동체에서 요구하는 정체성에 반(反)하는 연기를 할 경우 도태된다.

사물은 엔트로피 원리 속에서 시들어 간다. 영고성쇠는 모든 사물에 적용되는 보편의 원리이다. "주전자"와 "깡통"의 원형은 일그러져 소멸하고, 여성은 외적인 물질을 과잉 추구하다 몸이 망가져서 "창녀"가 되고, 물론 하나님께 몸을 바친 수녀도 창녀와 마찬가지로 몸이 거룩하게 망가진다. 창녀는 남성을 수용하므로 여성의 구실을 하지만, 수녀는 이를 포기하므로 비자연적인 존재이다. 시적 화자는 형이상학을 추구하다 창백한 철학자로 늙어가고, 하늘을 찌를 듯한 진리의 "사다리"는 이제 허물어져 바닥에 드러눕는다. 결국 모든 사물은 예외 없이 드러눕는다. 히말라야 정상에 오른 등반가가 잠시 머물다 정복의 희열이 채 식기 전에 하산해야 하듯이 그리하여 사물 속의 인간은 처음과 끝의 반복으로 수십 억 년을 이어왔다.

이것이 인간의 운명이다. 자신의 정체를 파악하기 위하여 일종의 나르시시즘(narcissism)의 상태에 빠진다. 이는 마치 호수 속의 달을 잡으려다 호수에 빠진 이태백의 사연과 비슷하다. 그러나 이는 어쩔 수 없다. 사물은 누구를 막론하고 인간의 인식 속에서 파악이 되기 때문이다. 그래서 사물은 인간의 감각기관에 의해 포착되는 순간 감각소여 혹은 센스-데이터(sense-data)가 된다. 이것이 세상과 인간을 연결하는 미디어가 되는 것이다. 세상사는 시각에 의해 대부분 좌우된다. 그래서 운전 중 전방주시를 해야 하고, 상거래, 로맨스, 자연현상, 인간관계에 대해 서구인들은 〈살펴주의하라!〉(watch out!)고 인사말을 하는 것이다.

그런데 사물에 대한 즉각적인 파악은 동물처럼 매체의 기능을 수행하는 사고기능이 없는 경우, 혹은 오랜 명상을 통해 자아를 상실한 착각한 듯한 물아일체(物我一體)의 경험을 했다는 일부 성자의 경우에 한한다. 붓다와 제자 사이의 이심전심. 인간의 주변을 에워싼 모든 사물은, 인간이 지상에서 부르짖는 주장들은, 모두 시뮬레이션의 산물에 불과한 것이다. 매체를 통해 인간과 인간이 연결되는 것을 소통이라고 하는 것이다. 좌측의 그림은 법열에 빠진 마리아의 모습을 상상하여 계몽기 이탈리아 화가 베르니니(Gian Lorenzo Bernini)가 그린 그림이다. 이것도 일종의 시뮬라크라이다. 그가 생전에 마리아를 결코 본 적이 없으므로 지시대상(referent)이 부재하기에 이 기호가 참조되거나 환원될 곳이 없지만, 그러면서도 독자에게 숭고하고 거룩한 느낌을 주는 것이다. 이 그림은 라캉에 의해서 자주

인용된다. 언어도단의 숭고한 환희 혹은 황홀에 빠진 마리아가 머무는 세계는 라캉이 말하는 기호로 장식된, 결코 기호가 근접할 수 없는 삶과 죽음의 경계를 넘어선 실재계(the Real)에 해당한다고 볼 수 있다.

　인간에게 허용된 쾌락의 한계를 넘어서면 나타나는 고통 속에서 느끼는 형용 불가의 희열로서의 주이상스(jussiance)[66]에 해당한다

실재계의 희열

---

66) For more significant definition, we can refer to an opinion of an anonymous scholar in the worldwide web: "Yet according to Lacan, the result of transgressing the pleasure principle is not more pleasure, but instead pain, since there is only a certain amount of pleasure that the subject can bear. **Beyond this limit, pleasure becomes pain,** and this "painful principle" is what Lacan calls jouissance. Thus jouissance is suffering (ethics), something that may be linked to the influence of the erotic philosophy of Bataille, and epitomised in Lacan's remark about "the recoil imposed on everyone, in so far as it involves terrible promises, by the approach of jouissance as such". Lacan also linked jouissance to the castration complex, and to the aggression of the death drive." [https://en.wikipedia.org/wiki/Jouissance]

고 볼 수 있다. 그런데 이 의미도 정확한지는 모르겠다. 하도 주이상스의 해석이 학자에 따라 천방지축이기에. 그래서 현상학, 해체주의에서 구태의연한 개념의 확립은 금기시되고 있다. 그런데 마조히즘처럼 고통이 처음엔 고통이지만 점차 쾌락이 되지 않는가? 사실은 언어 부재의 사물 자체가 실재계의 진면목이다. 사물에 기호가 부여되지 않는 한 모든 사물은 의미 없는 시체나 마찬가지이다.[67] 불교에서 말하는 [무문관]이라는 무아의 경지와는 달리 세상에서 모든 사물은 이 미디어라는 문을 통과해야 하기에 주/객관이 일치하는 실재계를 넘어설 수 없다. 마치 오르페우스가 뱀에 물려 죽은 에우리디케(Eurydice)를 찾아 지옥으로 들어가듯이. 그것은 마치 블랙홀 속으로 빨려 들어간 죽음의 상태이기에. 인간이 아는 실재계는 태초에 하나님이 아담과 이브에게 금지한 금단의 열매처럼 죽음의 세계인 것이다. 사물이 세상에 존재하기 위하여 이름을 불러주어야 하기 때문이다. 그렇지 않을 경우 사물은 죽은 목숨이나 다름없다. 하나님은 사물에 이름을 붙임으로써 발생하는 차이와 차별의 폐단을 알고 계셨을 것이다. 이제 금단의 과일을 먹고 사고하는 능력을 가진 인간은 실재계 혹은 천국에 머물 수 없으며, 실재계로서의 천국에서 추방된 인간이 사는 세계는 인간 사이에 합의된 기호를 사용하여 하나님의 가호에서 벗어나 인간 스스로 제정한 공존을 위한 방편적 윤리와 법을 준수하며 살아갈 뿐이다. 이를 이행치 않으면 전쟁이 발생하며, 기인(freaks)이나 정신병자로 낙인이 찍혀 사회로부터 소외되고 격리된다. 그런데 침묵도 사실 언어에 해당한다. 무

---

67) 이 점이 함축된 「꽃」이라는 시작품에서 김춘수 시인은 소쉬르, 바르트, 방브니스트 등의 기호이론을 인식하지 않았나 생각한다. "내가 그의 이름을 불러주기 전에는/ 그는 다만/ 하나의 몸짓에 지나지 않았다./ 내가 그의 이름을 불러주었을 때/ 그는 나에게로 와서/ 꽃이 되었다."

대에서 무언의 상태에서『백조의 호수』를 공연하는 무용수의 율동, 토굴 속에서 침묵하는 선승의 고행도 그 자체가 무언의 기호에 해당하며, 또 무언의 저항이란 말도 있다.

보드리야르는『상징적 교환과 죽음』(*Symbolic Exchange and Death*)에서 인류의 역사 과정에서 변화하는 시뮬라크르의 양상을 설명한다. 그러나 일리(一理)가 있는 말도 있고 그렇지 않은 말도 있다. 그저 참고할 뿐이다. 첫째는 중세에 횡행한 위조(counterfeit) 사건이다. 위조는 원본(original)과 대립하여 중한 처벌의 원인이 된다. 원본의 탈을 쓴 경제적 이득이 목적인 위조는 르네상스, 산업혁명의 시대를 막론하고 현재에도 횡행하고 있지 않은가? 둘째는, 원본의 대량 생산, 기계에 의한 재생산을 통해 대중의 욕구를 충족시키는 시대이다. 이때 원본 발명자는 로열티를 받고 생산자에게 팔아넘긴다. 원본이 기술에 의해 대체되어 원본의 희소가치를 소멸시킨다. 이 시기는 원본과 사본의 구분이 가능하다. 세 번째는, 사본이 원본을 대체하는 시뮬라시옹의 시대가 된다. 이 시기는 상품의 사용가치보다 기호가치가 중요하며, 사회와 인간이 코드와 모델에 의해 좌우되는 유례 없고 근거 없는 시대가 된다. 그리하여 원본/사본, 미/추, 좌파/우파, 사실/거짓, 자연/문화의 경계가 사라진다. 이를테면 시장에 유통되고 있는 바나나는 숲속에서 자생적으로 자라났는지, 온실에서 재배했는지 구분이 모호하다. 고성능 복사기에서 출력한 반 고흐의『별이 빛나는 밤』이라는 작품이 원본인지 사본인지 모호하다. 얼마 전에 천경자 화백의 어떤 그림『미인도』의 진위에 대한 시시비비가 있었지만 여태 논의가 분분하다. 21세기 복지를 지향하는 추세에서 우파 정책과 좌파 정책의 구분이 모호하다. 양쪽 다 경제는 진보적인, 국방은 보수적인 입장을 견지한다. 이런 점에서 세상이 온통 복제의 시대 혹은 미메시스의 시대가 됨을 예견하셔서

뒤샹의 예술 파괴

하나님이 모세에게 내린 십계명 속에 〈내 앞에 우상을 두지 마라〉라는 계명이 있다. 사실 대부분의 교회에 걸린 신성한 예수님의 얼굴은 참조 대상 혹은 지시대상이 없는 전형적인 시뮬라크르인 셈이다. 그러므로 예수님의 온화하고 곱상한 초상은 사실상 그 실재를 훼손하는 신성모독(blasphemy)인 셈이다. 마찬가지로, 사찰 대웅전에 좌정하고 있는 자비롭고 인자한 모습의 불상도 시뮬라크르에 해당한다고 볼 수 있다. 그러니 소변기를 그대로 모사하지 않고 아예 소변기 자체를 전람회에 전시한 마르셀 뒤샹(Marcel Duchamp)은 우상파괴자(iconoclast)인 셈이다. 인간은 신, 자연, 사물, 진리와의 일체성 혹은 동일성을 끝없이 목숨을 걸고 추구하지만 결국 그 허깨비 혹은 우상을 만들고 자족한다. 최근 방영된 드라마 『스카이 캐슬』에서 보듯이 강남의 부유한 가정에서 한 아이를 그 아이의 의사와 상관없이 의사나 법조인을 만들기 위해 온갖 학습 수단을 동원하는 것도 빛 좋은 개살구와 같은 시뮬라크라 현상의 일환으로 볼 수 있다.

6.11 시 / 공과 시뮬라크르

시간은 시뮬라크르의 무대이다. 시간이 없다면 시뮬라크르는 의미가 없다. 시뮬라크르는 시간의 돛단배를 타고 흘러간다. 시간은 가역성이 없다. 영화 『백 투 더 퓨처』(Back to the Future)처럼. 일직선으로 흘러간다.

현재 주후(AD) 1-2022년이 되었다. 현재인 시간은 금방 미래의 시간으로 변한다. 그래서 시간은 미래적 현재(futuristic present)를 살고 있는 것이다. 굳이 내일, 내일모레가 미래가 아니다. 시시각각 미래를 향해 돌진하고 있는 것이다. 그런데 누가 시간의 바퀴를 돌리는지는 확인할 수 없다. 시간이 존재하려면 동작 혹은 행동이 있어야 하고 동작의 추이[시작과 끝]는 시간의 경과를 증명한다. 인간의 삶의 시간에 대해 세상에 어느 누가 감히 언급하겠는가? 매일 거울을 보고 자족하던 절세 미녀도 어느 날 갑자기 사후적으로 시간이 흘렀다는 것을 감지할 뿐이다. 그런데 인간에게 무한정 수명이 주어진다면 과연 삶이 행복할까?

일반적으로 성경의 역사는 5천 년에 해당하고, 과학의 역사는 약 150억 년에 이른다. 항상 필자의 화두는 하필 내가 이 시점에 태어났느냐는 것이다. 누구의 의도로, 무엇을 위하여? 물론 시간은 직선적인 통시적 시간인 크로노스(chronos)와 수직적인 공시적인 카이로스(kairos)에 의해 강물의 상태 혹은 상황을 매 순간 형성하며 계속 흘러가고 있다. 그러니 헤라클로이토스(Heraclitus of Ephesus)의 언명처럼 〈같은 강물에 두 번 발을 담글 수는 없는 것이다〉. 이처럼 시간의 역사에 대해서 관심이 지대한 차에 1999년 미국대학의 수업상황을 체험하고 자료수집을 위해 갔다 오는 길에 애틀랜타 공항의 매점에 잔뜩 쌓인 서적이 있었는데 그것이 당시 베스트셀러인 스티븐 호킹의 『시간의 역사』(A Brief History of Time)였다. 그런데 인문학도인 필자가 과연 이해할 수 있

호킹의 『시간의 역사』

을 것인가에 대한 고려 없이 단지 시간에 대한 석학의 고견이라는 선입견에 그리고 지적 허영심에 사로잡혀 덜렁 사서 겉표지만 살펴보고 모르는 내용은 모른 채 지나가고 주마간산(走馬看山) 식으로 대충 읽어보았다.

이 저술은 우주과학과 물리학의 [통일이론](unification theory)[68]에 관한 견해였다. 아인슈타인을 계승하는 불후의 물리학자인 그는 가보지 못한 우주에 대해 인도 밀림의 수행자처럼 시간이라는 순수이성의 화두에 대해 선험적인 이해를 하는 듯했다. 대개 인간들은 선험적인 것에 대한 탐색을 포기하고 우리보다 더 미개한 원시인의 신화에 의존하며 살아간다. 여기서 미개하다는 것이 문화적인 것보다 더 열등하다는 것은 아니다. 오히려 자연 속의 원시인이 기호에 감금된 현대인보다 더 감각적으로, 직관적으로 자연현상에 대한 통찰력을 가지고 있을지 모른다. 과학과 수학의 도구를 들고 자연현상에 인과론으로 접근하는 현대인보다 그 복잡한 공식이 없어도 원시인들은 자연현상을 직관적으로 파악하는 신통력을 가지고 있었다고 본다. 아니면 인간과 사물의 구어적 동시성(colloquial synchronism) 같은 것으로 볼 수 있다. 자연과 밀접한 삶을 통해 원시인들은 논리와 기호에 의해 거세된 현대인보다 더 실재에 근접한다고 볼 수 있다. 매일 집 주위를 맴돌며 인간의 정체성이라는 궁극적 주제에 일생을 바친 칸트(I. Kant)마저 순수이성으로서의 시간과 공간에 대한 연구를 포기했다. 현실적으로, 시공 속에서 활동하는 인간의 역동성을 수학적으로 증명할 사람이

---

68) We, reading public, can rather easily refer to the below comment: "Grand unification theory or GUT is a model that tries to describe the universe. It was formed by combining three forces—**electromagnetic, weak and strong forces**. These are three of the fundamental four forces of nature, which are responsible for all of the pushes and pulls in the universe. If **gravity** is also combined with these forces, then the GUT will become the proposed Theory of Everything." [https://simple.wikipedia.org/wiki/Grand_unification_theory]

과연 몇 명이나 있겠는가? 그런데 그것을 증명한들 인간의 생/로/병/사를 어찌 설명할 수 있는가?

호킹은 시간의 연구에 대한 통시적인 발전과정을 기술한다. 기원후 2세기에 고안된 그리스의 프톨레마이오스(Ptolemaeus)의 우주 모형은 기독교 창조론에 부합하는 우주현상으로 채택되었으며, 지구 바깥에 천국과 지옥을 설정해 놓았다. 1514년 폴란드의 성직자 코페르니쿠스가 화형을 각오하고 익명으로 또 하나의 혁신적인 모형을 제안했는데, 그것은 알다시피 모든 천체가 태양을 중심으로 회전한다는 것이었다. 그런데 누가 목숨을 걸고 마녀심판(witch trial)의 화형이 예상되는 이 모델을 지지하겠는가? 그러다 100년이 지나 독일의 요하네스 케플러와 이탈리아의 갈릴레오 갈릴레이가 용감하게 코페르니쿠스의 이론을 지지했다. 그러나 갈릴레오는 혹세무민(惑世誣民)의 이단으로 몰려 사형을 당했다. 이로써 교회에서 주장하는 지구중심주의는 타격을 받았고 모든 천체가 지구를 중심으로 돈다는 프톨레마이오스의 이론은 풍비박산(風飛雹散)되었다. 이에 힘입어 케플러는 코페르니쿠스의 이론을 개선하여 행성들이 타원을 따라 움직인다고 주장했다. 지구의 자전과 공전에 마침표를 찍은 사람이 1687년 아이작 뉴턴이었다.

시간이 없으면 공간이 없기에 양자는 색즉시공의 색/공처럼 상보적인 관계를 유지하지만, 만약 인간의 활동이 없다면 시공 또한 아무런 의미가 없는 무에 불과할 뿐이다. 인간이라는 존재는 시간과 공간의 무대에서 각자 일시적으로 출연하다 사라질 뿐이다. 인간이 시공의 무대 위에서 사라지면 무료한 정적의 세계가 영원히 펼쳐질 것이다. 인간이 착륙하기 전의 달의 모습처럼. 이와 달리 실재와 시뮬라크르는 임의적인 관계를 유지하며 인간은 실재를 이용하여 모방을 초월하여 실재에 근접하는 시뮬라크르를 제작한다. 이런 점에서 득도했다고 확신하는 수행승들도 실재를 포착한 것이 아니라 실재의 그림자로서의 시뮬라크르를 붙든 셈이 될 수 있다. 그러니까 이는 호수 위에 비친 자기의 얼굴에 매혹당하여 호수 속으로 빠져 죽거나 호수 속에 빠진 달을 건지러 호수 속으로 뛰어 들어간 이태백의 경우와 흡사하다. 시간은 무한히 흐르며 시간 속의 사물은 공간을 바탕으로 무수한 시뮬라크르를 양산하며 명멸한다. 그런데 시뮬라크르는 〈진짜보다 더 진짜 같은 가짜〉(something false like something truer than something true)로서의 명품에만 해당하는 것이 아니라 인간 자체가 기원, 진리, 실재와 무관한 시뮬라크르들이다. 특히 수시로 언행을 바꾸는 정치인(politician)들은 시뮬라크르의 극치를 보여준다. 인간은 시공의 지배자를 찾아가 시공의 변동을 로비할 수 없고 단지 시공의 흐름을 따라 무력하게 흘러가는 무리 가운데 존재하는 진리와 실재를 상실한 시뮬라크르들이다. 만약 한 도승이 돈오돈수(頓悟頓修)의 단계에 이르렀다면 사물의 경계가 사라지는 경지로서, 인간과 사자가 함께 공생하는 초월적인 무욕의 경지라고 할 수 있을 것이다. 이럴 경우, 생/로/병/사의 구분과 진짜/가짜의 구분이 사라지는 자연 그 자체로 환원된 것이다.

7 월터 옹과 미디어 생태론

7.1 미디어 생태

인간의 삶이 문명의 개발로 자연에 위해를 가해 자연의 반작용에 인간이 역습을 당하여 많은 인적 물적 피해를 모면하기 위해 겉으로는 자연을 복원하는 보호주의(conservationism)와 자연과 친화적인 생태주의(ecology)가 등장한다. 그러나 원상회복은 불가능할 것이다. 그것은 자연이 끊임없이 유동할 뿐 아니라 인간의 작용에 대한 반작용의 태도를 취하고 있기 때문이다. 그러니까 인간의 행동에 따라 자연의 태도가 수시로 바뀌는 것이고 인간이 반성적인 태도를 취한다고 해서 이미 변화된 자연을 원상으로 되돌릴 수가 없는 것이다. 그러니 현재진행 중인 자연복원(conservation)이 또 다른 자연파괴와 다름 아닌 것이다. 이런 점에서 [놀이하는 인간](homo-ludens)으로서 인간의 운명은 각자의 인생 동안 끝없이 자연을 개척[파괴]하여 결국 자연의 반작용으로 소멸될 수밖에 없는 것이다. 그래서 백두산 근처에서 북한이 핵실험 하는 것은 그 정상의 칼데라호수[화산폭발 후 생성된 호수]의 대폭발을 부르는 파멸적인 놀이이다. 그러나 인간이 자연을 다스린 기록이 성경에 나와 있다. 모세가 홍해를 가르고, 엘리야가 비를 부르고, 다니엘이 용광로에 들어가서 멀쩡히 걸어 나오고, 죽은 나사로가 살아나고, 예수가 바다 위를 걷고 거친 바다를 잠재운 기적.

아울러 생태계에 대한 관심은 가시적인 자연의 세계에만 해당하는 것이 아니라 비가시적인 사이버세계의 생태계에도 해당된다. 사이버세계의 생태계 또한 자연이 훼손되는 것처럼 인간의 심신을 파괴할 정도로 심각하다. 현실을 외면하는 중독성, 인간관계를 파괴하는 소외성, 현실과 초현실의 혼동으로 미디어의 좀비가 되어간다. 인간과 인간의 소통과 관계를 중시하는 대신, 인간은 디지털미디어와 더욱 친밀하다. 인간의 역사와 현실이 인간의 기억과 일기장보다, 인터넷의 저장고(archive)에 생생하게 축적된다. 인간의 꿈과 소망이 재현된 미디어 세계의 생태계를 주목하는 사람이 월터 옹(Walter J. Ong)이며, 맥루언의 이론에 충실히 동조한다. 그러니까 자연환경의 범주에 미디어환경이 포함된 것이라 볼 수 있다. 옹은 혈거(穴居) 혹은 동굴시대의 미디어에서 소리, 문자, 기계, 전기, 전자, 사이버시대의 미디어에 이르기까지 미디어 생태계를 탐구하고 있다.

인간은 새를 잡기 위해서 팔의 확장으로서 돌멩이라는 미디어로부터 이제는 자신의 역할을 대리하는 이미지의 세계, 즉 아바타의 미디어에 이르렀다. 이제 미디어의 종점은 어디로 향할지 모르겠다. 인간의 자리에 미디어가 존재하고 인간은 기업과 공장에 노조가 필요 없고, 불평도 없고, 복지후생 시스템도 필요 없이 24시간 쉬지 않고 노동하는 지니(genie) 같은 미디어를 개발했다. 만물이 참과 거짓, 선과 악, 행복과 불행의 이분법으로 되어 있듯이, 미디어가 문명의 이기가 아니라 인간의 생명을 위협하는 흉기가 될 가능성이 농후하다. 그리하여 인간은 현실과의 괴리감, 소외감, 과대망상증, 분열증을 겪다가 인공지능을 탑재한 로봇에 의해 전멸을 당할지 모르겠다. 마치 시저(Caesar)가 양아들 브루투스(Brutus)의 칼을 맞듯이 인간을 위해 봉사하던 로봇의 반란에 죽임을 당할 수도 있다. 이때 인간의 외마디 절규는 〈로봇 너마저!〉(Robot, you too!)일 것이다.

이와 관련한 SF 영화들이, 미디어들이 할리우드에서 해마다 수없이 제작된다. 필자가 보기에 주목할 만한 영화는 『터미네이터』 시리즈, 『매드 맥스』, 『트랜스포머』(Transformers) 시리즈이다. 그러나 인류는 이를 예측한 듯 인공지능 혹은 자동기계에 의해 전멸당하기 전에 미리 죽을 장치를 이미 준비해두었다. 순간적인 폭발로 인해 인류가 고통을 느낄 겨를도 없이 모두 가루가 되는 고성능 핵폭탄, 수소폭탄이 세계 곳곳에 산재해 있다. 이는 인류의 고통을 최소화하는 자살도구인 셈이다. 이때 인류의 생활수준을 매개하는 돈, 증권, 보석은 사용가치와 기호가치를 모두 상실한 채 타이타닉 호처럼 해저에 투기(投棄)될 것이다. 자연의 망각 속으로.

7.2 구두성과 식자성(Orality and Literacy)

옹은 외향적인 매스컴 학자라기보다 내향적인 보수적인 학자이며, 맥루언이 인간능력의 확장을 위해 인간과 기계의 결합을 의미하는 포스트 휴머니즘에 치중하는 반면, 옹은 주로 역사적인 언어적 미디어에 치중한다. 그는 언어의 기술적 진보를 주장한다. 인류의 역사에서 구두적인 문명이 압도적으로 우세했다고 주장했다. 읽고 쓰는 능력의 결핍. 쓰기가 구두적 문화에 도입되었으나 일종의 낯선 기술로 간주되었다. 그는 그리스 문화에서 쓰기가 문화를 나쁜 방향으로 이끌어 나아간다고 주장했다. 요즘 일상에서 필수적인 인터넷, 비디오 게임, 문자메시지에서 쓰기의 오용과 남용을 본다. 그것은 진정성의 상실과 정체성의 결핍으로 볼 수 있다. 그 것은 문자가 표층구조와 심층구조로 이분화하여 인간을 분열시키기 때문이다. 말과 행동이 다른 언행 불일치를 초래한 것이다. 비디오 게임에서 화면에 등장하는 이미지로서의 시뮬라크르와 아무런 감정 없이 투쟁한다. 쓰기와 그 부수적 기술들은 동전의 양면과 같은 식으로 발전해 나가고 있다. 인간의 무료함을 해소하는 한편 사물을 대하는 감수성을 고갈시키는 것이다.

현대인은 기계적인 쓰기를 말하기보다 선호하며 전자식 쓰기(texting)를 손가락으로 쓰는 글보다 선호한다. 이른바 비-균질적인 자필로 쓰기보다 균질적인 인쇄체 문자를 더 선호하는 편이다. 지금 전자적 글쓰기를 옹은 제2차 구두성의 시대(the age of secondary orality)[69]라고 명명한다. 정치인들이 인터넷 매체 페이스북(facebook.com)에 올리는 글은 일종의 구두적 의사표명과 다름없다고 볼 수 있다. 그리고 이 글은 매체 운영자에 의해 관리되고 보존되어 추후 사건의 실체파악을 위한 실마리가 될 수 있다. 전자매체적 쓰기는 말하기와 다름없다. 그래서 인간은 2중의 말하기 수단을 가지고 있다. 스마트폰으로 문자 보내기(texting)와 이-메일(emailing)은 말하기(speaking)와 다름없다. 현대인의 3가지 소통을 위한 미디어. 그래서 구어와 문어가 혼재되어 구어적 문어가 통용되고 있는 실정이고 쓰기를 간결히 하기 위하여 압축어, 신조어가 통용되고 있다. 그러기에 인간이 문자를 쓸 때가 말할 때보다 신중해진다고 볼 때 말하기가

---

[69] 월터 옹은 전자미디어가 시각의 폐쇄회로에 갇혀있던 말의 청각적 감각을 회복하고, 유기체 집단을 제어하는 소리의 즉시성, 즉흥성, 상황성, 현존성을 확보한다고 주장한다(이동후 28).

쓰기와 혼용되는 지금 표층적 사고의 경박성, 그로 인한 사회문화의 질적 저하를 지적하지 않을 수 없다.

거듭 옹의 주장을 말하면, 쓰기와 말하기는 소통의 상보적인 수단이며, 인간은 지금 쓰기와 말하기의 이중적인 구두성의 시대에 살고 있다. 인간은 다중 소통시대에 살고 있어 소통의 수단이 선택된다. 현재 인간이 접하는 세계는 세 군데이다. 지상의 현실, 사이버 세계의 현실, 우주시대의 현실. 앞의 두 현실 속에서의 이런저런 삶은 인간의 삶과 직결되어 인명을 좌우하고, 최후의 현실을 곧 당면할 것이다. 지구의 환경이 산업혁명 이후 불과 200여 년 만에 탄소의 과다 연소로 인한 온난화로 악화되어 예측 불가한 천재지변이 자주 발생하고 대기권 오존층이 균열을 일으켜 인간의 삶을 위협하고 있다. 이에 인간은 지구탈출(exodus)을 고려하고 있지만 그곳은 자연의 세계가 아니라 인공의 세계가 될 것이다. 각종 전자계기판으로 무장된 깡통형의 돔(dome)으로 만든 온실 같은 생체보존의 집이 건축될 것이며, 유럽식의 거창한 포만적 식단은 사라지고 비타민 알약 같은 압축된 영양소를 섭취하게 될 것이다. 인간의 불치병은 거의 퇴치되어 자동의료기 속에서 전신을 진단하고 이상 부위를 자동으로 치료하게 될 것이니 인간의 수명은 무한정이 될 것이다. 그리하여 목숨이 연장된 무료한 지상에서 『구토』의 로캉탱(Roquetin) 같은 실존주의자들의 처절한 비탄이 얼마나 클 것인가? 오염된 지구를 탈출하여 또 다른 불모의 행성에 내던져진 인간의 비극적인 운명이여!

앞으로의 소통은 인간과 인간, 인간과 자연, 인간과 과학이 될 것이다. 학자가 논문을 쓰는 경우와 엔지니어가 기계를 수리하는 경우는 세 번째의 소통이 될 것이다. 옹의 구두성과 식자성은 인간의 수준이 발전된 수준을 상정하지만 가끔 자연 연구 매체인 [내셔널지오그래픽]을 보면 아직도 원시시대와 비슷한 삶을 영위하고 있는 인간들이 세계에 산재해 있고 그들 나름대로 소통방식을 가지고 있음을 인지할 수 있다. 소리든, 그림이든, 아니면 행동이든. 인간의 야성은 점차 문화화되어 에고와 기호를 내세우며 은폐한다. 마치 인간이 기호, 문자, 상징으로 문화화되는 것이 정상인 것처럼 이런 미디어가 부재한 원시인은 정말 미개하고 비정상적일까? 펄펄 끓는 야성의 마그마가 평화스러운 산과 들로 장식된 표층의 지하에 은닉되어 있듯이.

7.3 감성의 소멸과 재현의 파괴

옹은 대중에게 좀 낯선 프랑스 교육자 라무스(Peter Ramus)의 수사학을 연구하여 박사논문을 썼다. 그는 역사적으로 사물에서 파생되는 언어의 궤변(sophism)을 특징으로 삼는 수사학(rhetoric)이 점점 축소되고 논리학(logic)이 부각됨을 느꼈다. 그는 인쇄술의 발명에 따른 문화의 영향을 연구했다. 문화의 발달과 정보소통의 발달은 비례하고, 특히 자아정체성 확립과 인간관계에 심대한 영향을 주는 것으로 본다. 느림의 미학에서 빠름의 미학으로의 전개. 며칠 아니 몇 달 동안 기다리던 편지의 시대가 가고 즉각적으로 수신되는 인터넷의 시대 속에 구체적인 인간으로서 [현존재](dasein)가 존재한다.

이런 속도의 미학에 대해선 트로이 전쟁의 종말을 예언한 카산드라(Cassandra) 같은 미래의 예언자 폴 비릴리오(Paul Vilirio)의 관심 주제이다. 그가 보기에 지금은 르네상스 이래 보는 것과 아는 것이 사물의 미디어로 획일화되고 정형화되어 인간의 감성이 소멸되어 스스로 인상의 전체성을 훼손시킨 오만(hubris)의 시대에 살고 있으며 원근법에 의한 시각적 집중과는 달리 시각의 분열 혹은 소멸의 시대에 이르렀다고 주장한다. 뒤샹이 예술품을 인공물로 대체하고, 잭슨 폴록(Jackson Pollock)이 사물의 구도를 잡지 않고 물감을 화폭에 멋대로 마구 뿌리고, 깡통, 정치인, 연예인, 상업적인 사물의 이미지를 화폭에 배치하고, 그리기의 행위를 파괴하는 반미술적 행위를 앤디 워홀(Andy Warhol)이 자행한다. 이제 캔버스 속에 사물의 형상으로써 산, 바다, 나무, 꽃, 나신(裸身)이 없다. 그리하여 사물을 있는 그대로 재현하려는 미디어의 기능은 실종된다. 비릴리오가 보기에 이것이 바벨탑을 쌓았던 인간의 오만이라는 것이다. 이 점을 예이츠의 「쿨 호의 야생백조」("The Wild Swans at Coole")에 적용해 보자.

나무들은 가을빛으로 아름답고
숲속 오솔길은 메마른데
시월 황혼 아래 물은
고요한 하늘을 비춘다.
바위 사이 넘치는 물 위엔
백조 쉰아홉 마리.

내 처음 세어본 이래
열아홉 번째의 가을이 찾아왔구나.
그때는 미처 다 세기도 전에
모두들 갑자기 솟아올라
커다란 부서진 파문을 그려 회전하며
날개 소리도 요란히 흩어지더니.

저 눈부신 것들을 보아온 지금

내 가슴은 아프다.
맨 처음 이 물가에서
머리 위의 요란한 날개 소리
황혼에 들으며
발걸음도 가볍게 걸었는데
모든 게 지금은 변하였구나.

아직도 지치지 않고 사랑하는 것들끼리
차가운 정든 물결 속에 헤엄치거나
하늘로 날아오른다.
그것들의 가슴은 늙지 않았다.
어디를 헤매든 정열이나 패기가
아직도 그들을 따르고 있다.

그러나 지금 그들은 고요한 물 위를 떠간다.
신비롭고, 아름답게
어느 골풀 속에 그들은 집을 짓고
어느 호숫가나 연못에서
사람들의 눈을 즐겁게 할 것인가, 내 어느 날 깨어
그것들이 날아가 버린 걸 알았을 때. [정현종 역]

The trees are in their autumn beauty,
The woodland paths are dry,
Under the October twilight the water
Mirrors a still sky;
Upon the brimming water among the stones
Are nine-and-fifty swans.

The nineteenth autumn has come upon me
Since I first made my count;
I saw, before I had well finished,
All suddenly mount
And scatter wheeling in great broken rings
Upon their clamorous wings.

I have looked upon those brilliant creatures,
And now my heart is sore.
All's changed since I, hearing at twilight,
The first time on this shore,
The bell-beat of their wings above my head,
Trod with a lighter tread.

Unwearied still, lover by lover,
They paddle in the cold
Companionable streams or climb the air;
Their hearts have not grown old;
Passion or conquest, wander where they will,
Attend upon them still.

But now they drift on the still water,
Mysterious, beautiful;
Among what rushes will they build,
By what lake's edge or pool
Delight men's eyes when I awake some day
To find they have flown away?[70]

---

70) https://www.poetryfoundation.org/poems/43288/the-wild-swans-at-coole

여기서 필자가 계속 생각해온 것은 "백조"가 "59마리"라는 것이다. 왜 하필 59마리일까? 인간은 사물에 대해 계속 생각하는 버릇이 있다. 그것의 정보를 파악하고 그것을 미디어로 저장한다. 시적 화자가 백조를 보는 순간 그것은 이미 과거의 사물이 되어 인간의 뇌 속에 이런저런 이미지로 기록되는 것이다. 인간은 백조 59마리가 호수에의 재림이 무엇을 의미하는 조짐인가에 대해 골똘히 생각한다. 불길한 조짐인가? 길한 조짐인가? 그것은 인간의 불완전한 사고에 의해 판단된다. 아니 그 불완전 사고가 인간에게 완전한 사고이다. 인간은 자기의 사고를 완전한 것으로 신봉하기 때문이다. 그러니까 백조 59마리가 무슨 하늘나라의 신성한 미션을 가지고 하강한 것이 아니라, 59마리의 백조가 비행을 하다가 중력의 저항으로 하강하였다고 볼 수 있다. 전자는 신비주의자이고 후자는 과학주의자에 해당한다. 결국 백조의 수가 백조에게 상관이 없는 것은 시적 화자가 백조의 수를 임의로 헤아린 것에 불과하기 때문이다.

백조가 호수에서 솟아오르는 장관을 본 지 19년이 흘렀고 그 모습을 보고 시적 화자는 서글픔을 느낀다. 저 역동이 무엇을 위한 것인가? 그것들은 어디로 가는 것일까? 과거와 현재의 괴리에 슬픔을 느낀다. 우리가 흔히 말하는 인생무상이다. 인생은 우리가 항상 그대로인 것이라는 바람과는 다르게 매일 조금씩 변화해간다. 그럼에도 인간은 몸과 마음이 변치 않기 위한 불가능한 시도를 계속한다. 얼굴이 변화하지 않기 위해 여성들은 얼굴에 화학물질로 만든 화장품을 덕지덕지 바르고, 연인들은 서로의 마음이 변치 않기 위하여 금반지를 교환하고, 관리와 상인들은 변치 않는 거래를 위해 뇌물과 선물을 주고받는다. 그러나 사물의 변화라는 것은 지극히 당연한데 인간은 이를 배신이라고 느끼고 슬픔을 느낀다. 하지만 신선한 음식은 오물이 되고, 싱싱한 육체는 시들고, 열정적인 사랑은 차갑게 식는다. 한편 인간은 새로운 체제, 새로운 주제, 새로운 연인을 찾아 방황한다. 인간은 특정한 것이 변치 않는 것을 좋아하면서도 변화를 추구하는 모순덩어리의 동물인 것이다. 인간은 변화를 아쉬워하면서 한편 변화를 추구하는 괴상한 동물이다. 변화가 없는 것은 오직 죽음뿐이다. 사물의 변화는 사물 내부에 잠재하는 역동의 탓이다.

백조가 만약 정열과 패기가 없다면 그것은 힘차게 비상할 수 없을 것이며, 물 위에서 유유자적(悠悠自適)할 수도 없을 것이다. 시적 화자의 생각은 백조의 행동에 반하는 자의적이고 이기적인 것이다. 온순해 보이는 백조가 인간을 즐겁게 하기 위해 세상에 존재하는 것이라는 생각은 인간만의 독단이다. 백조와 인간의 삶은 무관하여 단지 각각의 사물이 교차하는 지점에서 백조는 인간을 경계하며 인간은 백조를 거세된 애완동물처럼 생각하지만 어디까지나 백조는 야성의 동물이다. 인간은 백조가 자기 주변에서 애완견처럼 머물기만을 원하지만 백조는 그만의 장구한 행로가 있는 것이다. 그러므로 백조는 인간의 눈을 즐겁게 하기 위해 존재하는 미디어가 아닌 것이다. 이 작품에서 시적 화자의 감정소멸은 보이지 않고 감정과잉과 자기주도성이 드러난다. 인간은 사물을 보고 그것을 자기 마음속에 추억의 미디어로 내재화시키고 수시로 상기시킨다. 비틀즈의 노래를 들으며 과거의 연인을 추억하듯이. "쿨 호의 야생백조"를 자기 마음속에 내재화하려는 것은 진리를 포착하려는 의식의 확대와 같으며 진리의 포착, 진리의 사유화를 포기하는 반-진리적인 포스트모던의 경향에 역행한다. 만에 하나 백조는 하나님의 계시를 전달하는 미디어로서의 구실을 하는지도 모른다. 천사가 마리아에게 수태(conception)를 고지하듯이.

인간의 쓰기, 그리기, 말하기는 어디까지나 사물의 재현을 위함인데 인간이 미디어의 기능을 인위적으로 왜곡시킴에 대한 과거의 끔찍한 트라우마를 상기시킨다. 옹의 예언에 따라 미디어를 파괴한 데 대하여 조물주로부터 어떤 징벌을 받을지 모르겠다. 물과 불과 대기. 인간이 미디어를 파괴하면 인간의 사회도 파괴될 것이다. 그런데 언어의 경우, 전 세계의 공용어로 영어를 사용하고 있다. 이것은 전 세계인의 소통을 원활하게 하는 측면이 있어 다행한 일이다. 아시아 지역의 일부의 나라는 영어를 아예 국어로 사용하고 있고 문화적 자존심이 강한 독일이나 프랑스에서도 영어를 학습하고 있다.

　　미디어의 정의에 대해서 포괄적으로 혹은 협의적으로 볼 수 있지만 옹은 미디어를 사물을 재현하는 수단, 즉 [쓰기, 인쇄술, 전자장치에 의한 말을 다루는 기술]이라고 협의(狹義)적으로 본다. 하지만 광의적으론 모든 사물이 미디어에 속한다. 자연과 인간 모두가 미디어인 것이다. 자연은 조물주의 미디어이고 성경에 따라 하나님의 형상에 따라 창조된 인간도 조물주의 미디어이다. 그리고 인간은 인간의 미디어이다. 인간은 가정, 사회, 국가의 미디어이다. 인간이 만든 기계와 상품은 모두 미디어의 미디어이다. 그것은 인간과 자연이 미디어이기 때문이다. 인간의 죽음도 삶의 결과이자 미디어이다. 그러니까 미디어의 속이 비어있는 무형의 공간일 수 있다는 말이다. 삶에서 죽음으로 인도하고 사물의 인식론적 정체성을 밝히는 일종의 계사[be동사]인 것이다. 라캉은 남근을 의미하는 팔루스(phallus)를 현실로 규정하고 인간정체성을 지시하는 계사(繫辭)로 본다(비트머 90-91).

7.4 구어와 반-기억

옹은 유사 이래 문자시대 이전 구술(speaking)이 한순간 존재했다가 사라지는 소리의 덩어리(mass of sound)라는 점을 주목한다. 구술은 라캉의 관점에서 일종의 실재계의 범주에 들어간다. 그 구술을 포착한 문장은 그것의 존재론적(ontological) 생물학적인 요소를 제대로 반영할 수 없는 결핍(lack) 혹은 틈(leak)을 남기기 때문이다. 그러니까 구술을 포착한 문장은 미완의 청자, 즉 일종의 이 빠진 항아리가 되는 것이다. 구어(colloquial tongue)는 현장성과 동시성을 담보하지만 문어(literary tongue)는 김빠진 맥주가 된다. 그러니까 2000년 전 사도 바울(Paul)이 부활 승천한 그리스도의 계시를 받아 목숨을 걸고 유럽 연안을 순회하며 말씀을 전할 때 그 순간의 상황과 동시적 실제성이 문자의 성경책에는 부재한 것이다. 문어의 현장성 부재는 상상적 무의식으로 대체할 수밖에 없을 것이다. 그런데 그 이전의 모세(Moses)는 천둥, 번개, 불같은 하나님의 십계명을 석판에 받아온다. 실재를 전달하는 미디어는 변통적으로 기호 혹은 기표일 수밖에 없다는 것이고 이를 보충하는 것이 기의 혹은 상상력 혹은 믿음이 되는 것이다. 만약 그렇지 않다면 문자에 대한 인간의 태도는 그야말로 의미 없는 [쇠귀에 경 읽기]가 되는 것이다. 거품을 물고 밀려오는 파도는 시인의 시작품 속에서 박제된 기호에 불과한 것이다. 이 순간 유치환의 시작품 「파도여 어쩌란 말인가」와 박목월의 "술 익는 마을마다 타는 저녁놀"이 상기된다. 비록 메마른 문자로나마 실재의 현장감을 불러일으키는 공감각을 유발하는 시인이 시인다운 시인일 것이다. 물론 시인 엘리엇(T. S. Eliot)이 시인의 급수를 재능에 따라 1류, 2류, 3류로 삼등분해놓았다. 그는 기표와 기의의 1대1의 관계를 거부하고, 의도하는 주제가 되는 기표 혹은 사물을 담보하기 위하여 제3의 사물을 기의로 등장시키는 [객관적 상관물](objective correlative)의 수법을 구사한다.

구어는 기억에 의존하여 사물, 사건에 대해 타자와 소통한다. 그래서 기억하기 좋은 방법을 고안하게 되고 그것을 필사하게 된다. 기억나는 것만 기억하고 나머지는 잊어버리고. 그러니까 사물에 대한 인간의 입장은 장님의 코끼리 더듬기와 같음은 분명하다. 사실 사물을 대함에 있어 정상인이나 장님이 진배없다. 잊어버린 부분을 억지로 기억하려고 애를 쓰다 보니 군더더기가 붙는다. 수사관은 범인을 다그치지만 억압적인 상황에서 기억이 점점 흐려지고 거짓말로 사건이 포장되는 것이다. 그리하여 잊어버린 부분은 현장성을 상실하고 범인의 진술은 사건과 무관한 임의적인, 즉 참조대상이 없는 것이 된다. 인간은 국가검열의 대상임을 강조한 푸코의 말대로 기억은 역사의 단절과 불연속성을 의미하는 반-기억(counter-memory)[71]이 되는 것이다. 무모하지만 심층의 잊어버린 기억을 채굴하기 부분을 위하여 자유연상(free association)의 일환으로 최면술(hypnosis)을 사용하기도 한다. 사실 인간이 두 눈을 멀쩡하게 뜨고 있지만 사물을 제대로 파악하거나 정확하게 묘사하기 어렵다. 그러니 모든 인간은 원래부터 시각장애와 기억장애를 겪고 있는 것이다.[72] 이런 점을 히니의 「퍼스널

---

71) 프리드리히 니체(Friedrich Nietzsche)가 이미 19세기에 계보학에서 사용했던 반체계적 방법과 전제들을 채택한 미셸 푸코는 철학과 역사에서 발굴하고자 하는 '심층적 의미(집단적 의식)'란 모든 사상과 존재의 절대적 기반이 아니라 담론(談論)에 의해 만들어진 일종의 추상적 구축물에 지나지 않음을 입증하려고 하였다.
[https://blog.naver.com/PostView.naver?blogId=xbanya&logNo]

72) 한국인의 경우, 두 눈과 두 귀와 정상적인 의식의 상태에서 판단이나 선택을 잘못했을 때 흔히 말하는 "내 눈이 삐었어."라는 말은 사실이며, 정도의 차이가 있지만, 모든 인간은 원래 눈이 삐고, 귀가 먹고, 의식이 흐릿한 존재다. 다만 자기도취, 독선(doxa)과 아집(self-will)으로 역사성과 현실성을 유지해 나갈 뿐이다. 그래서 성경은 "귀 있는 자는 들어라!"라고 일갈(一喝)한다.

헬리콘」("Personal Helicon")에 적용해 본다.

어린 시절, 동네 사람들은 나를 우물로부터 떼어 놓을 수 없었다
물동이와 도르래가 달린 고물 펌프로부터.
나는 검은 구멍, 우물에 갇힌 하늘, 수초의 냄새,
곰팡이와 축축한 이끼.

우물 하나, 벽돌공장 안에서, 낡은 뚜껑이 있는.
나는 풍덩 소리를 음미했다 두레박이
밧줄의 끝에서 수직으로 떨어질 때.
너무 깊어 그대는 그 속에서 아무런 반영을 보지 못했다.

얕은 우물 마른 돌 도랑 아래
어떤 수족관처럼 같이 부풀어 오른
그 부드러운 지푸라기에서 긴 뿌리를 걷어내면
바닥 위에 떠 있는 하얀 얼굴들.

다른 것들이 메아리치며, 그대만의 외침을 되돌려 주었다
그 속에서 깨끗한 새 음악으로. 그리고 그것은
무서웠다, 왜냐면 그곳에, 고사리와 키 큰 디기탈리스로부터,
쥐가 나의 반영을 가로지르며 철벅거렸기 때문이다.

지금, 뿌리를 파헤치는 것, 손가락으로 진흙을 만지는 것,
어느 샘 속에서 큰 눈의 나르시스를 바라보는 것은
어른의 체면을 구긴다. 나는 운율을 맞추노라
스스로를 보기 위해, 그 어둠이 메아리치도록.

As a child, they could not keep me from wells
And old pumps with buckets and windlasses.
I loved the dark drop, the trapped sky, the smells
Of waterweed, fungus and dank moss.

One, in a brickyard, with a rotted board top.
I savoured the rich crash when a bucket
Plummeted down at the end of a rope.
So deep you saw no reflection in it.

A shallow one under a dry stone ditch
Fructified like any aquarium.
When you dragged out long roots from the soft mulch
A white face hovered over the bottom.

Others had echoes, gave back your own call
With a clean new music in it. And one
Was scaresome, for there, out of ferns and tall
Foxgloves, a rat slapped across my reflection.

Now, to pry into roots, to finger slime,
To stare, big-eyed Narcissus, into some spring
Is beneath all adult dignity. I rhyme
To see myself, to set the darkness echoing. [73]

여기서 시적 화자는 "우물"을 인간이 파야 할 진리와 연계시킨다. 우물과 시적 화자의 관계는 지각의 표층구조와 심층구조의 관계와 같다. 후

---

73) https://www.ibiblio.org/ipa/poems/heaney/personal_helicon.php

자는 전자의 심연에 은폐된 것에 대한 관심이 무한정하나 사실 그 심연의 비밀을 알아내기가 요원하다. 그가 확인할 수 있는 것은 고작 우물 속 주변의 사물들이다. 그러니까 인간이 우물 속의 진리를 알아낸다는 것은 우물의 변죽을 울리는 것과 같다. 그 누가 [블랙홀]에 들어가서 생방송을 할 수 있겠는가? 그런 의미에서 시적 화자는 신-플라톤주의를 지향한다. 추상보다 현실을 살피기. 진리추구를 위한 몸부림은 요란하게 평지풍파를 일으킨다. 수면에 재현되는 사물의 이미지는 유동적이라서 잘 포착되지 않는다. 아니면 어떠한 진리추구라도 삶의 구실이 되고 주어진 에너지로 단지 지표면에 공연히 소란을 일으킨 셈이다. 진리추구를 위한 에너지의 낭비는 필연적이다. 살인적인 땡볕 아래 끝도 없이 펼쳐진 모래밭의 여정을 통해 심신의 에너지를 고갈시키고도 결국 진리의 "반영"은 신기루로 나타나 허황된 인간들을 유혹한다.

그러나 여기서 상상의 나래를 접고 현실을 바라본다. 일종의 에포케(epoche), 즉 현상학적인 [판단중지]이다. 칵테일의 화려한 색깔에서 파생되는 실없는 사색을 중단하는 것. 우물 속의 반영은 진리의 반영이 아니라 컴컴한 주변의 반영일 뿐이다. 이는 천둥 속에서 하나님의 목소리를 들어보려는 시도와 같다. "바닥 위에 떠 있는 하얀 얼굴들"은 마치 파운드의 「지하철에서」("In a Station of the Metro")에서 나오는 "유령처럼 나타나는 이 얼굴들"을 연상케 한다. "우물"에 반영되는 얼굴들을 가리는 "지푸라기", 인간이 사는 세상은 "수족관"의 환경과 다를 바 없다. 그것은 양자가 인간과 물고기의 삶의 원천이 되기 때문이다. "우물" 속의 "지푸라기"가 자기를 바라보는 또 하나의 자기의 얼굴을 가리고 있다.

물 위의 "지푸라기"는 본래면목을 방해하는 타자의 시선이자 인식이다. 그것은 자기의 주위를 맴도는 미디어의 끝없는 행렬이다. 미디어의

"긴 뿌리"를 걷어내는 행위는 자아각성의 행위일 것이다. 여기서 필자는 "그대만의 외침"에 대한 의미를 모색하고 있다. 개인인가? 우물인가? "쥐"인가? 누군가 우물에 소리를 질렀는가? 그것이 다른 소음 속에서 유독 두드러진 소리인 것인가? 우물 속의 정적 속에서 들려오는 소리 가운데 구분되는 "그대만의 외침." 다중성 속에서 특수성이, 대중 속에 개인이 존재하고 그것들이 뒤섞여 있다. 우물 속 나의 모습은 "쥐" 한 마리의 개입으로 인하여 일그러진다. 맑은 아이의 얼굴에 피어 있는 수심(愁心)의 그림자. 존재를 존재답게 하는 것은 타자의 개입으로 인하여 가능하다. 만약 존재에 대한 아무런 타자의 개입이 없다면 그 존재는 무의미하다.

인간의 눈 위에는 무엇인가 씌워져 있다. 물 위에조차 무엇인가가 덮여 있다. 그러니 그것이 자연의 본질이 오해되는 이유가 될 것이다. 자연 위에 씌워진 색안경의 시각과 천태만상으로 갈라진 의미의 굴레와 함정으로 인하여 인간은 좌절하지 않고 오히려 그 공허한 터전을 바탕으로 굳건한 모래성을 쌓는다. 그것이 기원전 소크라테스 시대 이래 21세기 지금까지 인간이 구축해온 철학의 철옹성인 것이다. 감각과 감정의 존재론적 인식과 "나르시스"를 만나려는 인식론적 사색은 시적 화자가 보기에 구태의연한 유치한 일이다. 그러므로 시작품을 보지 않고, "나는 운율을 맞추노라"에서 느껴지는 직접적인 진리전달의 중개자로서 음유시인의 진리중심주의(logocentrism)적인 이상을 감지한다.

7.5 구두(口頭)와 문자

구두로 진술된 말은 비논리적이고 비문법적이고 두서가 없다. 그것은 생각과 동시에 말을 하기에 생각과 말을 검토할 시간이 없기 때문이다. 랑그[무의식의 언어]와 파롤[의식의 언어]이 동시에 작동하기에 랑그의 욕망을 파롤이 검열 혹은 조절할 틈이 없기 때문이다. 그러나 화자의 무의식이 문자보다 더 노골적으로 드러난다. 물론 구두로 말을 하더라도 자기의 진정성을 숨기는 것이 인간의 방어본능이다. 그것은 상대에게 진정성을 드러내는 것은 생존의 위협이 되기 때문이다. 한편 문자로 말을 하면 시간의 여유를 두고 논리적이고 문법적이고 상대에 대한 태도를 점검한다. 그래서 사회적으로 전자보다 후자를 더 존중하고 중시하는 듯하다. 아이러니하게도, 현재 각국의 법원에서는 진정성이 배인 구두보다 2차적 매체인 문서를 결정적인 증거로 더 선호하지 않는가? 하지만 21세기 스마트폰을 통한 문자의 소통(texting)으로 문자가 경박해지는 경향이 있다. 그런데 구두는 현장감이 있어 현장의 상황적 진정성을 파악할 수 있지만 문자는 현장감(reality) 대신 무의식적 임의성(arbitrariness)을 제공한다. 그러니까 문자와 현장이 무관할 수 있다. 아울러 문자에는 수사법이 동원되고 논리학이 작용되어 현장의 목소리는 더욱 더 멀어진다. 나아가 문자에 대한 해석 방법이 다양한 것도 문자의 진정성을 의심케 한다. 유권해석(authoritative interpretation), 확대해석, 유추해석, 객관적 해석, 주관적 해석 등.

옹은 구어를 전투적이고 생활적이고 참여적이고 현실적인 매체로 본다. 그러니까 구어는 시장바닥에서 사용하는 저급한 매체로 인식될 수 있다. 중세유럽에서 영어보다 프랑스어를 더 고상하게 생각하던 것처럼. 그러나 태곳적 하나님의 말씀, 원시시대 인간의 소리, 음유시인(bards)의 낭송에서 진리와 진실을 찾았던 시절이 있었으니, 호흡, 이, 혓바닥, 입술, 목구멍으로 조성되는 생생한 존재론적 구두를 생기 없는 문자에 비해 비하할 수는 없을 것이다. 생리적이고 생체적인 것은 기표로서 시녀인 기의의 수행을 초래하기 때문이다.

　구두는 악보 없는 선율과 같다. 마치 재즈의 카덴차(cadenza)처럼. 구두가 현실과 심하게 유리될 때 우리는 그런 사람들을 광인(狂人)이라고 부른다. 구두는 물론 인간의 현실을 방어하는 기능을 수행했지만 그래도 진정성의 여지를 남겨두고 있었다. 그러나 구두마저 인간에게 거짓될 수 있기에 수행자들은 아예 입을 봉쇄하기도 한다. 묵언(默言). 이를 통해서 인간은 비로소 기호로부터 해방이 된다. 자연의 한 귀퉁이에 존재하는 미물로 전락한다. 아니 말이 없는 인간이 자연의 일부로 귀환한 것이다. 또 인간에게 담론을 제거하면 사물에 대한 모든 판단이 유보되는 현상학적 환원의 상태가 되는 것이다. 한국영화『봄, 여름, 가을, 겨울, 그리고 봄』에서 절간의 주지는 제자의 비행으로 인해 스승으로서 책임을 통감하고 스스로 눈, 코, 입, 귀를 봉하고 자신의 몸을 소각한다. 스승의 말이 제자의 인격 변화에 영향을 주지 못했다는 자책감에서.

　소리는 청각적인 기능을 활성화하고 문자는 시각적인 기능을 오히려 약화시킨다. 소리는 공간으로의 전달력의 한계로 인하여 미시적인 차원에서의 소통이며, 시각은 무한히 우주를 관찰하는 점에서 거시적인 공간의 확대를 초래한다. 시각의 공간은 현실의 공간, 환상의 공간, 우주의 공간으로 확장되어 간다.『폭풍의 언덕』(*Wuthering Heights*)에서 히스클리프가 죽은 캐서린의 유령을 보았다는 것은 환각의 순간이다. 외부의 대상이, 자극이 없는 상태에서 지각되는 상황. 비가시적인 하나님이 자기 이름을 불렀다는 것도 환청에 속한다. 21세기 디지털 세계에서는 인위적으로 환상의 공간을 만들어 현실과 유사한 공간을 체험케 한다. 요즘 일종의 시뮬레이션 박스로서 전자 게임장에서 적군과 전투를 할 수 있고 해저탐험과 우주여행과 같은 모험여행을 할 수 있다. 그리고 군대에서도 전자적 시설로

적과의 가상전투 훈련을 하고 있다.

옹은 시각을 통해 문자를 해독하는 행위가 개인과 사회의 분리를 초래하여 개인은 문자를 통하여 내적인 의지를 강화하여 사회에 대한 비판적인 의식을 가지게 된다고 본다. 그러니까 문자가 다수의 독자에게 내적인 반성을 가지는 계기를 부여하게 된다고 보는 것이다. 선이 죽죽 그어진 산스크리트어 불경을 죽도록 낭송하는 티베트 수행자처럼. 저자와 독자의 소통은 즉각적이 아니라 기약 없이 지연된 채 해후하는 것이다. 그러나 저자와 독자 사이의 소통을 용이하게 하기 위하여 인적 물적인 매체가 개입한다. 비평가와 해설서.

입에서 흘러나오는 말은 프로이트의 원리에 따라 의식의 단계, 즉 무의식 — 전의식(preconscious) — 의식의 단계를 거쳐서 나오기에 인간의 진심 혹은 진실은 왜곡되지 않을 수 없고, 말은 문자화되어 해석의 대상, 다양한 해석이 가능한 외교적 표현이 된다. 말에 관한 다양한 학문의 장르도 있지 않은가? 논리학, 수사학, 변증법, 언어학 등. 또 말은 매체로서 전달과정에서 화평 혹은 전쟁의 원인이 된다. 이런 점에서 말은 사회생활을 위한 소통을 위해 사용하는 경우 외 판단중지(epoche)되어야 할 파르마콘 (pharmakon)의 약/독의 양면을 가지고 있다. 한 사나이가 평소 연모하는 여인에게 사랑한다는 말을 못 하고 다른 말을 한다. 또 직설적으로 말을 못 하고 에둘러 말한다. 그러므로 말이 무의식에서 입 밖으로 나올 때까지 여러 가지 심리적인 제약을 받는다. 이처럼 말은 표리부동하다. 저자는 말을 세상에 출산하고 말과 이별을 한다.

말은 내뱉는 순간 도로 주워 담을 수 없다. 말은 기억 속에, 종이 속에 저장되고, 요즘은 컴퓨터에, 스마트폰에 저장된다. 인간의 기억은 매체에 의존하므로 점점 기억이 흐려지고 타자화된다. 피와 땀이 서린 혹독한 군대시절은 남의 이야기처럼 멀어진다. 말[경험]과 문자의 분리. 인간은 문자에 점점 의존하게 되고 인간과 인간 사이는 점점 분리된다. 정부에서는 국민에게 공지사항을 알리기 위해 게시판에 방을 붙인다. 정부는 국민에게 지시사항을 우편으로 통지한다. 이런 점에서 문자는 개별적이고 탈-집단적이다. 옹은 이를 [사고의 재구조화]라고 칭한다. 서면시험은 경험과 철저히 분리된 내용뿐이다. 그럼에도 지웠다 썼다를 반복하며 점점 경험에서 멀어지고 허위의 답안을 붙들고 몸부림친다. 쓰기를 통하여 공동체의 규범을 의식에 각인시키고 구성원으로 정상화되어 간다. 이때 과거 어린 시절에 인간의 지침이 기록된 천자문(千字文)을 읽고 써본 경험이 상기된다. 이때는 시각과 쓰기와 읽기가 동원되었던 시절이다. 글을 보고 쓰고 읽고 외우고 하여 현실과 분리된다. [하늘 천, 땅 지, 검을 현, 누를 황, 집 우, 집 주, 넓을 홍, 거칠 황]. 하늘은 검고 땅은 누렇고 우주는 넓고 거칠다. 여기서 천지와 우주 사이에서 인간은 언어매체로 인하여 분리된다. 그리하여 인간은 현실과 무관한 초월적인 존재가 되는 것이다. 조선의 선비는 뒤주에 양식이 있든 없든 가정살림과 무관하게 학문에 진력한다.

7.6 시각주의(visualism)의 확대

원시인이 다른 원시인과 소통을 위하여 소리를 지르다가 그림과 기호를 사용하면서 시각주의가 발달한다. 이 점을 옹이 지적한다. 인쇄술의 발명과 함께 시각주의는 더욱 활성화된다. 이제 청각의 시대에서 시각의 시대로 패러다임이 바뀐 것이다. 원시시대 사람들은 사건현장을 몸소 체험했던 사람들이고 현대인들은 사건현장을 문서로 검토한다. 원근법적 관점에서 사물을 바라보고, 현재 인간은 사물 자체 문자 자체에 대한 의문을 가지고 사물의 이면과 문자의 이면을 탐색하기 시작한다. 감히 블랙홀(black hole)로 들어가볼 생각을 하고, 물론 스티븐 호킹은, 인간이 블랙홀에 대해 알 수 있는 것은 그 입구뿐이라고 했지만, 설사 블랙홀에 들어간다 하더라도 이미 몸이 소멸되는 상태에서 지상에 그곳의 상황을 전해줄 매신저는 없다. 그러니까 블랙홀은 죽음의 세계처럼 전-언어적 실재계의 영역인 것이다.

주야로 문자 속에서 진리를 추구하는 사람들에게 문자 이면에 문자 외에 아무것도 존재하지 않음을 데리다가 선언했다. 〈텍스트 너머에 아무것도 없다〉. 만약 산속의 나무를 나무라고 발화할 때 나무 외에 존재하는 것은 무엇인가? 그리고 나무를 나무라고 호명(appellation)할 때 나무가 인간의 의식 속에 존재하고, 그렇지 않을 경우 나무는 자연의 일환으로 의미 없이 존재할 뿐이다. 사물을 바라보는 다양한 시각의 문화화로 인하여 현재의 인간들은 사물에서 파생된 복제물을 보고 삶을 즐기며 나아가 참조 대상이 없는 복제물인 시뮬라크르를 향유하며 원시의 야성을 재현하려고 한다. 예술은 사물의 복제이며, 과연 시뮬라크르는 지상에 근거가 없는가? 지상에서 볼 수 없는 독립적인 존재인가? 필자가 보기에 시뮬라크르는 인간의 전-언어적(pre-linguistic)인 무의식에 내재한 원시 혹은 원형의 실현이라고 볼 수 있다. 인간의 현실은 시각적으로 사물을 계량하고 그에 따라 반응하는 것이 생존에 유리하다고 본다. 말하자면 상대의 얼굴을 보고 그 기분을 짐작하고 이에 맞추어 적합한 언행을 적용하는 것이다. 이는 현실이 내면의 상황과 괴리가 생기기에 안팎의 갈등이 발생하여 응축되는 것이다. 포커페이스(pokerface)의 외면을 보고 그 내면을 파악하는 것은 어려운 일이다. 시각은 의식을 동반하여 사물의 정체를 파악하여 지식의 보관소에 저장하고 정보화하여 인간의 삶을 규정하고 획일화시킨다. 그리하여 남성성(masculinity), 여성성(femininity), 인간성, 국민성, 사회성을 확립하여 공동체의 정상화를 도모한다.

7.7 시각과 청각의 합성: 제2의 구술성

인간이 원시 구술문화에서 인쇄술의 개발로 인하여 문자문화로 나아갔으나 디지털 문화의 결과로 인하여 과거의 구술을 복원함이 가능해졌다. 이제 인간은 시각과 청각문화를 동시에 경험하고 과거를 지금 재확인할 수 있다. 나아가 초현실의 문화를 현재에 재현할 수 있다. 메마른 책은 말이 없이 독자의 시선을 요구하지만, 라디오, TV를 포함한 디지털 디바이스는 인간의 시선과 청각을 사로잡는다. 그리하여 인간은 지루한 100년의 수명을 과거처럼 따분하게 지내지 않고 즐겁게 보내게 되었다. 손바닥만 한 스마트폰으로 지인에게 연락을 하고, 뉴스를 보고, 음악을 청취하며, 독서를 하고, 지구 반대쪽의 상황을 목격하고, 자신의 글을 대중매체에 올린다. 옹은 이런 전자미디어의 출현으로 과거의 구술시대와 유사한 제2의 구술시대를 선언한다. 이제 구술은 전자미디어에 저장하고 인쇄매체의 원료인 종이는 사라지고 대신 이를 스크린에 나오는 문자이미지로 대신한다. 그런데 옹이 제2 구술성에 대해서 인간의 인위적이고 의도적인 부분을 지적한다. 제2 구술성은 제1 구술성과 달리 소수에 대한 메시지 전달이 아니라 다수에 대한 메시지 전달의 효과를 달성한다. 제1 구술성의 재현이 제2 구술성이라는 점에서 미메시스의 원리를 벗어나지 않는다. 제2 구술성이 설사 현존성, 집단성, 즉흥성을 가지고 있다 하더라도.

전자매체가 소리를 재생함으로써 시각의 공간에 갇힌 청각을 복원하여 과거로 안내한다. 마치 주크박스(jukebox)에 동전을 넣고 흘러간 노래를 들으며 과거를 추억하는 것이다. 짐 리브스, 이브 몽탕, 빌리 홀리데이, 루이 암스트롱, 엘비스 프레슬리의 노래가 얼마나 정겨운가? 그러나 미디어에 의한 청각의 복원은 자연스러운 것이 아니라 인위적이고 의도적인 것이어서 사물의 모습을 순간적으로 포착하여 보여주는 사진과 다름없다. 그런데 전자문화는 원시문화와 유사한 점이 있다. 그것은 인간이 미디어를 통해 원시시대의 현장성, 현재성, 즉흥성을 향유할 수 있다는 것이다. 전자미디어로서 사이버 고글(cyber-goggle)을 쓴 우리를 아마존 밀림과 인디언 부족의 삶 속으로 생생하게 안내하고 접촉시킨다. 이제 우리는 전자 안경을 쓰고 극한의 히말라야를 등반할 수도 있고 티베트의 승원에서 명상할 수도 있다. 그렇다고 문자미디어가 사라지는 것은 아니다. 오히려 문자미디어의 바탕 위에 전자미디어가 융성해지는 것이다. 이것이 미디어의 상호 관계성 혹은 [관계주의](relationism)라고 옹은 말한다. 시각과 청각미디어의 상보적 관계. 전자의 중시로 인해 협소한 2차원의 공간에 갇힌 인간들은 전자매체로 인하여 3, 4차원의 공간을 활보한다. 여기서 4차원은 현실과 또 다른 현실을 가리키는 사이버 공간으로 볼 수 있다. 여기서 우리의 주체성은 분열(disintegration)된다. 현실세계의 이름과 사이버 세계에서 통용되는 이름. 그리고 사이버 세계 속에서 결혼하는 사람들도 있다고 한다. 현실의 부부와 사이버 세계에서의 부부. 이처럼 미디어 발달에 따른 사회환경의 변화, 즉 전자생태계에 대한 전 지구적 관심이 요구되며, 옹은 과거와 현재와 미래의 미디어의 관계성을 탐문한다. 미래의 미디어 생태계를 영화『마이너리티 리포트』(*Minority Report*, 2000)가 잘 보여준다. 이제 물질을 바탕으로 하는 보드, 종이, 스크린에 글을 쓰지 않고 허공에 글을 쓰고 바이러스, 해킹 등, 보안이 취약한 각자의 컴퓨터가 아닌 [네이버, 구글] 같은 보안이 철저한 대형 미디어 회사의 중앙컴퓨터에 저장하여 인터넷으로 검색하는 클라우드(Clould) 시스템이 개발되었다. 그러니까 우리나라의 경우, 국민 각자의 정보를 각자의 컴퓨터에 저장하지 않고 네이버라는 대형 정보회사의 중앙시스템에 저장하여 인터넷으로 각자의 데이터를 활용하는 것을 말한다. 네이버는 수많은 사람이 출입하기에 기업체에 광고를 수주하여 영위한다. 그런데 개인정보의 악용을 누가/어떻게 방지할지가 심각한 문제로 대두된다. 현재 개인정보보호법이 존재하지만 전 세계 해커들과 각국 사이버 정보기관들이 우글거리는 마당에 실질적으로 그 효과를 기대할 수가 있겠는가?

실재와 미디어: 예이츠의 「재림」

쿤(T. S. Kuhn)의 말에 따르면 현행 정상적으로 운용되고 있는 과학 시스템 혹은 과학원리의 기반을 정상과학(normal science)이라고 확신하지만 사실 이는 새로운 변화 혹은 [혁명적 과학]을 위한 하나의 기준에 불과하다고 본다. 이것이 [패러다임의 전환](paradigm shift)이며, 모든 분야에 적용되고 있다. 이를테면, 세계 굴지의 반도체 기업 삼성전자의 반도체 메모리 수준이 현재는 정상적인 공정에 의해 원활히 유지 운용되고 있지만, 이는 어디까지나 잠정적인 기간에 불과하고 더 혁신적인 수준을 향하여 나아가지 않으면 이 자리를 다른 반도체 회사가 차지하고 삼성의 기존의 제조방식은 비정상적인 공정이 되어 버리는 것이다. 그러니 반도체의 공정은 끝없이 정상과 비정상 공정을 반복하고 있는 것이다. 이것이야말로 불교에서 말하는 무상(無常)의 법칙인 셈이다. 진공관(vacuum

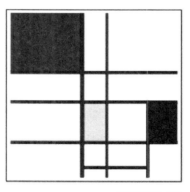

비정상적인 예술

tube)에서 트랜지스터로 그리고 반도체로 진화. 정상이 비정상이 되어버리는 과학법칙에 따라 삼성반도체는 밤낮으로 첨단의 연구와 개발을 게을리할 수가 없는 것이다. 아울러 산업스파이의 침투도 막아야 한다. 그럼에도 후발 국가들은 삼성의 모델을 신속하게 복제하여 겉으로 보아 진짜보다 더 진짜 같은 가짜를 생산한다.

마찬가지로 사물의 모방을 예술의 미덕으로 삼아 사물에 대한 핍진성(verisimilitude)을 강조하던 정상적인 예술이 공교롭게도 과학의 패러다임이 바뀌듯이 비정상적인 예술로 바뀌어 가고 있다. 지금 캔버스 위에 사물과 사람의 흔적은 눈을 씻고 봐도 없는 실정이다. 시인 예이츠처럼 신지학에 경도(傾倒)되었던 몬드리안(Piet Mondrian)의 그림을 보면 사물은 부재하고 오직 기하학적 문양뿐이다. 이는 사물에 대한 사실성을 사실상 포기하는 철저한 추상적이고 관념적인 작품이다. 이제 도화지와 물감만을 이용하여 사물과 사람을 보다 더 섬세하게 재현하던 정상과학으로서의 리얼리즘의 시절은 사라져 버렸다. 그 후 내적 표현과 잠재의식과 같은 추상을 모티브로 하는 다양한 유파를 거쳐 뒤샹이나 워홀은 변기, 깡통 등 기성상품(ready-made goods)조차 버젓이 예술작품이라고 전시장에 전시하는 실정이다. 그리하여 초월미학 혹은 반-미학의 시대가 도래한 것이다. 다시 말해, 패러다임의 변화에 따라 초월미학이나 반-미학이 정상과학으로 자리한 것이다. 우리가 정상적이라고 생각하던 것들이 이제 비정상적인 것으로 퇴물이 되었다. 물론 예술에 대한 과거지향적인 취향(retro-tastes)도 여전히 존재하고 있기는 하다. 디지털 음반(CD) 대신 엘피(LP) 음반을 선호하는 족이 등장하고 있다.

그러니까 정상과학이라고 하는 것은 영구히 존재할 수 없는 잠정적이라는 것이다. 1~13세기 동안 인간의 정체성에 대한 종교적 신탁과 위임의

암흑시대에서 벗어나 의식이 점차 개화되는 14세기 르네상스 이래 17세기 데카르트의 〈나는 생각한다, 고로 나는 존재한다〉라는 파격적인 선언도 20세기 중반 라캉의 〈나는 내가 생각하지 않는 곳에 존재한다〉에 의해 전복되었다. 인간은 늘 생각하는 명정한 상태를 유지하는 듯하지만 잠, 꿈, 상상과 같이 그렇지 않은 순간도 있는 것이다. 그리하여 이제는 의식의 시대가 아니라 잠재의식의 시대가 정상적인 의식이 된 것이다. 수학, 철학, 종교를 사모하는 인간은 점점 추상화되어간다. 고정된 물체의 한계와 닫힌 공간으로부터의 탈출이 인간의 목표가 된다. 그리하여 사물과 사람에 대한 과거의 정상적인 시각은 포스트모던 시대에 이르러 더 이상 유지되기가 힘든 개혁의 대상이 된 것이다. 물론 개혁의 대상이 되어야 할 통치자가 오히려 자기보다 더 개혁적인 사람을 개혁의 대상으로 선포하는 포복절도(抱腹絕倒)할 일이 왕왕 있다. 그러나 강자의 정의는 불편하지만 불가피한 생존의 본질이다. 19세기 후반과 20세기 중반에 걸쳐 문화적 추이를 예리하게 지켜보던 마법사이자 시인인 예이츠가 미래를 주시하는 듯한 입장을 「재림」("The Second Coming")의 일부에서 밝힌다.

돈다 돈다 점점 넓어지는 가이어 속에서
매는 더 이상 매 주인의 소리를 들을 수 없다;
만물은 흩어지고; 중심은 지탱할 수 없다;
단지 무질서만이 세상에 만연하다,
피로 얼룩진 파도가 흩어지고, 그리고 모든 곳에
순수의 제식이 익사한다;
최선은 확신을 모두 상실하고,
최악은 격정에 가득 차 있다.

Turning and turning in the widening gyre
The falcon cannot hear the falconer;
Things fall apart; the centre cannot hold;
Mere anarchy is loosed upon the world,
The blood-dimmed tide is loosed, and everywhere
The ceremony of innocence is drowned;
The best lack all conviction, while the worst
Are full of passionate intensity.[74]

　　여기서 사물의 성장과 쇠퇴를 상징하는 소용돌이 꼴의 모형으로서의 가이어("gyre")가 확장되는 것은 영고성쇠의 자연의 원리를 답습하는 것이다. 문명이 확장되었으므로 이제는 쇠할 일만 남아 있기 때문이다. "매"가 "주인"의 말을 듣지 않는 것은 "매"가 "주인"에 대한 저항을 나타내는 탈·식민주의적인 발상이나 한편으로 "매"와 "주인"과의 의사소통의 부재로 볼 수 있다. 마르크스주의식으로 노예로서의 "매"가 "주인"을 타도하는 프롤레타리아의 반란으로 볼 수도 있을 것이다. 정상과학으로의 지구의 중심을 이루는 이론, 법칙은 와해되고, "중심"은 주변으로 밀려나 또 다른 정상과학이 출현할 때까지 당분간 [다다]의 상태, 즉 무질서의 파국을 맞이할 것이다. 아니 이미 이색적인 정상과학이 출현해 있다. 그것이 이때까지 논의한 미디어의 시대, 확장의 시대, 이미지의 시대, 시뮬라크르의 시대인 것이다. 그러나 그 과정은 험난하다. "피로 얼룩진 파도"가 암시하듯 새로운 시대를 맞이하기 위해 구시대와 결별을 위한 "피"와 땀과 눈물의 갈등이 초래된다. 고대의 제식과 고전에서 중시하던 이념과 계율같이 "순수의 질서"로 인식되던 기존의 질서는 와해되고, 아울러 "최선"이라고 주장하는 기

---

74) https://www.poetryfoundation.org/poems/43290/the-second-coming

존의 세력은 사라지고 "최악"으로
여겨졌던 미지의 세력이 등장한다.
한 가지 분명한 것은 일시적인 정
상이 영원히 정상일 수가 없다는
것이고 끊임없는 혁신이 자연의 법
칙에 합당한 정상이라는 것이다.

실재와 미디어

정상에 안주하는 것이 정상이 아니라 더 높이 올라가는 과정이 정상이라
는 것이며 정상과 정상이 교체될 때 혼란은 필연적이다. 이것이 현상에 대
한 반성적인 사고 혹은 시각이 되는 것이다.

　　진리, 실재, 사물로부터 발생하는 미디어적 과정인 모사, 재현의 문제
에 대해서 필자의 의견은 플라톤이 말하는 이데아론을 긍정하는 편이다.
그것은 실재로서의 사물이 어차피 미디어 혹은 기호로 묘사, 표현되어 전
달될 수밖에 없기 때문이다. 그렇다면 사물은 2, 3, n차적 대상으로 전락하
여 진리로부터 멀어진다. 그리하여 진리는 사라지고 미디어만이, 심층의
진리가 아닌 표층의 의미만이 유희하는 세상이 작금의 포스트모던 현실인
것이다. 이 점에 대해 참조할 수 있는 권위 있는 미디어가 상기된다. 그것
은 한국교육방송(EBS)에서 방영된 [인문학 특강]인데 유튜브에서도 검색되
는 현재 케임브리지 대학의 석좌교수로 왕성하게 활동하여 한국의 국위를
선양하고 있는 장하석 교수의 강연이다. 강좌 타이틀은 [장하석의 과학, 철
학을 만나다 5강]인데, 여기서 그는 절묘한 예를 제시하여 진리, 실재, 사
물과 미디어[기호, 이미지, 그림, 의미, 책 등]와의 관계를 보여준다. 위 그
림 속에 호수 옆에 이층 양옥[a] 이 있고, 호수 속에 이층 양옥의 그림자[b]
가 있다. [a]는 사물 자체, 즉 실재에 해당하고, [b]는 [a]의 2차적 미디어이
다. 그런데 인간이 애호하는 것은 명료하고 선명한 것이기에, [a]처럼 기호,

원리, 법칙으로 명료하게 정의하고, 주장하고, 묘사하지만, 그것은 어디까지나 결함투성이의 흐릿한 미디어[b]에 불과하다는 것이다. 그러니까 [a]는 선명한 사물 자체이면서, 동시에 인간의 자가당착의 산물인 명백한 원리, 법칙, 이론이 될 수 있지만, [b] 또한 인간이 의식 속에 그린 허위의 정의이면서, 동시에 인간이 사물 자체를 정확히 알 수 없기 때문에 흐릿한 사물 자체가 되는 것이다. 그것은 사물을 정밀하게 묘사하는 정물화에 해당된다. 이처럼 사물 자체와 기호 혹은 미디어는 인간에게 이중구속(double bind)에 속한다. 뚜렷하게 보이지만 사실은 흐릿한 것. 사물 자체를 바라보는 관점은 두 파로 나누어진다. 실재론자(essentialist)와 반-실재론자(non-essentialist). 우주의 정체규명에 목숨을 거는 실재론자는 끝없이 진리를 추구하는 사람이고, 회의론자 혹은 반-실재론자는 지상에 진리는 부재하고 의미만이 난무한다고 본다.

요즘 한국에서 범인을 수사하는 데 혁혁한 공헌을 하는 것이 거리의 전봇대에 매달린 CCTV(closed circuit TV)이다. 일정한 지역을 집중 감시하여 화면의 상황을 즉시 혹은 사후 공권력이 확인할 수 있는 폐쇄회로이다. 그러니까 담당지역을 순찰하는 경찰 대신 경찰의 역할을 수행하는 기계 미디어이다. 그리고 남북한의 경계선도 폐쇄회로가 보초병 대신 감시하고 있다. 거리 요소요소에 걸려있는 폐쇄회로는 그곳을 지나가는 통행인들의 일거수일투족을 낱낱이 저장하고 있다. 전자기술이 세계에서 가장 발달한 한국은 전 세계에서 가장 많이 폐쇄회로를 설치한 중국 못지않게 이 검열기계를 전봇대에 많이 매달고 24시간 담당구역(beat)을 감시한다. 그러나 이 감시시스템은 민주공화국의 금과옥조인 프라이버시(privacy)를 저해하지만 공적인 이익인 시민안전이 보다 더 중요하기에 대중들이 마지못해 감내하고 있는 실정이다. 물론 권력에 위협을 주는 민간인 사찰에 이용할 수 있을 것이다. 미국 영화를 보면 미국 정보부 CIA가 어떤 공간에 위치하는 혐의자를 24시간 감시하고 있지 않은가? 물론 영화지만 실지로도 가능할 것이다. 이처럼 공적이익을 사적이익보다 더 중요하게 보는 것은 사실이다.

푸코(M. Foucault)가 제기한 대중 억압체제로서의 중앙감시체제[권력이 개인을 감시하지만 개인은 그 권력의 정체를 확인할 수 없는 체제]인 파놉티콘을 주장한 지 수십 년이 흘렀으나, 이제 중앙감시체제는 보이지 않는 중앙에서 개인들을 은밀하게 감시하는 제3의 눈이 아니라, 거리에서 개인들이 다른 개인들의 행동거지를 늘 감시하고 있다. 스마트폰의 세밀한 화소(pixel)에 의해 보다 정밀하게 촬영된 실제 사건과 상황들이 인터넷이라는 전 세계전자통신망(World Wide Web)을 통해 국가, 기관, 대중들에게 전달되고 있는 일명 블록체인(block-chain)[75]적 상황[비밀을 은폐하는 것이 아니라 오히려 공유하는 시스템]에 처하고 있다. 현재 전 세계 미디어를 장악하고 있는 장치가 월드와이드웹과 인터넷인데, 전자는 정보검색 시스템(searching system)이며, 후자는 정보연결 시스템(linking system)이다. 개인과 개인의 정보를 인터넷이 연결해주고 이 정보가 월드와이드웹 혹은 대형 클라우드(cloud: 대기업 정보저장장치)에 저장되는 것이다. 그리하여 인터넷만 연결하면 마음껏 활용할 수 있는 것이다.

나라와 나라 사이 철조망으로 그어진 국경을 지워버린 비가시적 노매드(nomad)적 미디어로서의 인터넷의 역사는 아주 일천하다. 1950년대에

---

75) 간단히 말하여 [블록체인]은 정보를 특정인 혹은 특정기관이 소유하는 것이 아니라 대중들이 공유하는 것을 말한다. 정보를 특정인만이 소유할 경우 조작, 오용의 위험이 있기 때문에 대중이 정보를 공유함으로써 권력의 정보조작과 오용을 방지하는 시스템이다. 현재 이것이 금융에도 활용되어 금융사고의 우려가 있는 금융거래의 중심화를 배제하고 정보를 고객들과 공유하여 공정성을 담보할 수 있다.

단순히 계산기의 역할을 수행하던 컴퓨터의 개발과 발맞추어 등장했다. 그 구조는 단순하다. 중앙에 정보 집중센터인 메인 컴퓨터(CPU)와 하부구조로서 원거리 혹은 근거리에 위치하는 단말기(terminal) 간의 통신과 더불어 개시되었고, 이후 여러 국가, 여러 기관 간의 메인 컴퓨터의 연결로 확장되어갔다. 그런데 정보이용이라는 긍정적인 측면이 있는 반면 정보절도(hacking)라는 부정적인 측면이 있다. 이를테면 북한이 미국정부의 컴퓨터 시스템에 침투하여 정보를 해킹하는 것. 그리고 컴퓨터는 인체의 상황처럼 바이러스가 기생할 수 있다. 인간의 최후의 미디어로서 인터넷이 도입된 지 50년이 지난 지금 세상의 문화는 인터넷 세상이 되었다. 편지가 사라지고 이-메일이 등장하고, 지구반대쪽의 소식이 광속으로 전파된다. 서류보관함 속의 A4 문서 대신 컴퓨터 화면에 떠오른 [하이퍼-텍스트](Hypertext)를 검색한다. 그리고 인터넷 통신망에 자기만의 방[블로그]76)을 만들어 지인들과 소통할 수 있으며, 고객들을 유혹하는 종업원으로부터 은근히 구매 압박을 받는 백화점 쇼핑 대신 느긋하게 인터넷 검색을 통해 종업원의 따가운 시선과 간섭 없이 쇼핑을 자유로이 할 수 있다. 이제 터미널 화면으로 화상통화, 화상게임, 화상회의, 화상토론, 화상투표를 할 수 있고, 인터넷 여론을 조성할 수 있다. 그리하여 인간의 거대한 도서관은 전자기호 혹은 전자신호로 변하여 손톱만 한 반도체 칩 속으로 사라진다.

이제 푸코가 제시한 중앙감시 장치로서의 파놉티콘은 다른 이름으로 바꾸어야겠다. 중앙정부가 일방적으로 비밀리에 대중을 감시하는 시대가

---

76) 요즘은 남녀에게 모두 일반화된 현상이지만, 버지니아 울프(V. Woolf)는 여성들이 글을 쓸 수 있는 그들만의 방(a room of one's own)이 없어 여성들의 열악한 입장을 제대로 표현할 수 없다고 주장했는데, 이제 21세기 인터넷 세상에서 그 불평이 가상현실의 블로그에 의해 실현되었으며, 타자 아니 남편도 함부로 그 블로그를 열람할 수 없도록 법적으로 보장받았다.

아니라 대중과 중앙정부가 쌍방향(interactive)으로 소통하는 시대가 되었다. 백악관, 청와대가 대중들에게 전자문서를 보내거나 전자메일을 보내어 정책을 제시하고, 토론하여, 여론을 조성한다. 역으로 대중은 중앙정부에 무수한 사이트를 통해 정책에 대한 의견을 개진한다. 그래서 파놉티콘은 다시 태어나야 한다. [포스트-파놉티콘]으로. 타자의 검열은 쌍방향 통신으로 많이 개선되었으나, 자신에게 귀속되는 자기검열(self-censorship)은 어쩔 수가 없다. 그것은 인간이 사회화 과정에서 자기를 수련하는 내적인 미디어로서의 자기(Self)의 통제를 받아야 정상적인 인간으로 구실을 할 수 있기 때문이다. 결국 인간이 인간을 감시하는 자율적인 미디어는 공적인 장치가 아니라 사회에 대한 자신의 행동 혹은 작용에 대한 반성적 태도인 것이다. 다시 말해, 파놉티콘이든지, [포스트-파놉티콘]이든지 모두 권력이 대중에 대한 감시, 통제장치임이 분명하고 인간은 그 속에 갇힌 수인의 신세에 불과하다. 결국 자기반성적인 태도가 인간의 미래와 그 중심주제로서 미디어의 운명을 결정할 것이다.

본서에 인용된 예이츠와 히니의 주옥같은 텍스트의 일부는 아일랜드 인들에게 자긍심을 부여하는 의식개혁의 미디어로서 기능할 것이며, 비평가들은 식민지적, 탈식민지적 입장에서 그들의 텍스트를 논할 것이다. 실재론자들은 마법사로서의 예이츠의 고고한 진리추구의 자세를 찬양할 것이며, 실존주의자들은 히니의 토속적인 생활방식의 리얼리티에 찬사를 보내겠지만, 본서에서는 예이츠와 히니의 문학적 전통과 문체적 가치를 낱낱이 발굴하려는 것이 아니라 단지 그들의 시작품 속에 스며들어 있는 미디어에 대한 그들의 생각을 읽으려는 시도일 뿐이다. 그리하여 미디어로서의 본서에 접근하려는 식자들이 생산하는 무수한 기의들은 기원과 원천을 상실한 채 허공을 부유하는 시뮬라크르가 된다.

| 인용문헌과 사이트 |

김경용. 『기호학의 즐거움』. 서울: 민음사, 2001.

이동후. 『미디어 생태이론』. 서울: 커뮤니케이션북스, 2013.

장하준. 『나쁜 사마리아인』. 이순희 역. 서울: 도서출판 부키, 2011.

최인호. 『길 없는 길』. 서울: 여백, 2020.

한국프랑스철학회. 『현대 프랑스 철학사』. 서울: 창비, 2015.

Barker, Chris. *Cultural Studies*. London: SAGE, 2012.

Mcluhan, Marshall. *The Medium is The Massage*. New York: Bantam Books, 1967.

https://www.poetryfoundation.org/poems/47555/digging

https://www.poetryfoundation.org/poems/43295/crazy-jane-talks-with-the-bishop

http://contents.nahf.or.kr/id/NAHF.edeao_002_0020_0010

https://www.poetryfoundation.org/poems/43285/adams-curse

https://search.naver.com

https://blog.naver.com/gjtmsla/222024821067

https://www.poetryfoundation.org/poems/50981/blackberry-picking

https://www.poetryfoundation.org/poems/43292/leda-and-the-swan

https://www.hankookilbo.com

https://music.bugs.co.kr/track/2708276

https://www.poetryfoundation.org/poems/154170/after-long-silence

http://famouspoetsandpoems.com/poets/seamus_heaney/poems/12705

https://www.poetryverse.com/william-butler-yeats-poems/high-talk

http://famouspoetsandpoems.com/poets/william_butler_yeats/poems/10492

https://www.ibiblio.org/ipa/poems/heaney/bogland.php

https://www.poetryfoundation.org/poems/57587/the-tower-56d23b4072cea

https://www.poetryinternational.org/pi/poem/23607/auto/0/0/Seamus-Heaney

https://www.poetryfoundation.org/poems/55687/the-song-of-wandering-aengus

https://www.poetryfoundation.org/poems/51607/casualty-56d22f7512b97

https://100.daum.net/encyclopedia/view/47XXXXXXXX45

https://www.poetryfoundation.org/poems/43299/the-circus-animals-desertion

https://www.poetryfoundation.org/poems/43288/the-wild-swans-at-coole

https://www.ibiblio.org/ipa/poems/heaney/personal_helicon.php

https://www.poetryfoundation.org/poems/43290/the-second-coming

sachara.wordpress.com

wiki.com

| 참고문헌 |

김경용. 『기호학이란 무엇인가』. 서울: 민음사, 2012.
김상환 외. 『매체의 철학』. 서울: 나남, 1998.
김성도. 『현대기호학 강의』. 서울: 민음사, 1998.
김주환. 『디지털미디어의 이해』. 서울: 생각의 나무, 2008.
디터 메르쉬. 『매체이론』. 문화학연구회 역. 서울: 연세대출판부, 2009.
발터 벤야민. 『발터 벤야민의 문예이론』. 반성완 역. 서울: 민음사, 1983.
수잔 벅 모스. 『발터 벤야민과 아케이드 프로젝트』. 서울: 문학동네, 2004.
움베르토 에코. 『기호학 이론』. 서우석 역. 서울: 문학과 지성사, 1985.
장 보드리야르. 『보드리야르의 문화읽기』. 배영달 역. 서울: 백의, 1998.
테오도로 아도르노. 『계몽의 변증법』. 김유동 역. 서울: 문예출판사, 1995.
페르디낭 드 소쉬르. 『일반언어학 강의』. 최승언 역. 서울: 민음사, 1990.
Baudrillard, Jean. *Simulacra and Simulation*. Trans. Sheila Faria Glaser. Michigan:
U of Michigan P, 1994.
_____. *Symbolic Exchange and Death*. tr. Iain hamilton Grant. London: SAGE,
2007.
Benjamin, Walter. *The work of art in the age of mechanical reproduction*. New
York: Schocken Books, 1968.
Best, Steven and Kellner, Douglas. *The Postmodern Adventure*. New York: The
Guilford P, 2001.
Bloom, Harold. *Yeats*. Oxford: Oxford UP, 1972.

Brown, Terence. *The Life of W. B. Yeats: A Critical Biography.* Oxford: Blackwell, 1999.

Corcoran, Neil. *The Cambridge Companion to Seamus Heaney.* Cambridge: Cambridge UP, 2009.

Eco, Umberto. *A Theory of Semiotics.* Bloomington: Indiana UP, 1976.

_____. *Semiotics and the Philosophy of language.* London: The Macmillan, 1984.

Ellmann, Richard. *Yeats: The Man and Masks.* New York: Macmillan, 1948.

_____. *The Identity of Yeats.* London: Faber and Faber, 1983.

Fiske, John. *Introduction to Communication Studies.* London: Methuen, 1982.

Foucault, Michel. *The Order of Things: An Archaeology of the Human Sciences.* New York: Pantheon, 1970.

Heaney, Seamus. *Selected Poems: 1988-2013.* New York: Farrar, Straus and Giroux, 2014.

Heidegger, Martin. *History of the concept of time.* Trans. Theodore Kisiel. Bloomington: Indiana UP, 1992.

Jameson, Fredric. *Postmodernism or The Cultural Logic of Late Capitalism.* Durham: Duke UP, 1993.

Lyon, David. *The information society: Issues and illusions.* Cambridge: Polity Press, 1988.

Lyotard, J.-F. *The Inhuman: Reflections on Time.* Stanford: Stanford UP, 1991.

Marshall, McLuhan. *The Gutenberg Galaxy: the making of typographic man.* New York: Signet, 1962.

_____. *Understanding Media: the extensions of man.* Cambridge: MIT P, 1994.

Ong, Walter. *Orality & Literacy: The technologizing of the word.* New York: Routledge, 1995.

Heaney, Seamus. *Poems, 1965-1975.* New York: Noonday Press, 1988.

_____. *Selected Poems 1988-2013.* New York: Farrar, Straus and Giroux, 2014.

Hoopes, James. ed. *Pierce on signs: Writings on semiotic.* NC: The U of North Carolina P, 1991.

Mason, Stephen F. *A History of Science.* New York: Collier Books, 1962.

Poster, Mark. *The Mode of Information: Poststructuralism and Social Contexts.* Cambridge: Polity P, 2007.

Ricoeur, Paul. *Interpretation of Theory: Discourse and the Surplus of Meaning.* Fort Worth: The Texas UP, 1976.

Suler, John R. Contemporary Psychoanalysis and Eastern Though. New York: State U of New York P, 1993.

Turkle, Sherry. *Life on the screen: Identity in the age of the Internet.* New York: Simon&Schuster, 1995.

William, Fred. ed. *Measuring the information society.* Cambridge: SAGE, 1988.

Yeats, W. B. *A Vision.* New York: Collier Books, 1966.

_____. *The Collected Poems of W. B. Yeats.* ed. Richard J. Finneran. New York: Scribner, 1996.

찾아보기

저자 이규명

부산외국어대학교 영문학박사 [영시/현대문화/정신분석학]
부산외국어대학교 영어학부 외래교수 및 초빙교수 역임
부경대학교 영문과 외래교수 역임
부산대학교 교양교육원 내국인 교수 역임
현) 한국예이츠학회 부회장, 한국연구재단 학술교수

저서

- *Reading Cultural Symptoms through A Korean Narrative*, Pittsburgh: Dorrance, 2019.
- *Pigmalion's Reverie: A Korean's Misreading of major American and British Poetry*, London: Partridge, 2018.
- 『필로멜라의 노래: 영시와 신화이론』, 서울: 도서출판 동인, 2020. 6.
- 『영시와 에콜로지: 대상화에 대한 메타모더니티』, 파주: 한국학술정보, 2016. 8.
- 21세기 영시와 미학의 융합 『영시의 아름다움: 그 객관적 독사doxa의 실천』, 서울: 도서출판 동인, 2015. 8.
- 21세기 디지털 실존 『영/미시에 나타난 '참을 수 없는 존재의 가벼움'과 무거움』, 서울: 도서출판 동인, 2014. 2.
- 21세기 포스트-휴먼을 위한 『영/미 여성시인과 여성이론』, 서울: 도서출판 동인, 2011. 12.
- 21세기 문화콘텐츠를 위한 『영/미시와 철학문화』, 서울: 도서출판 동인, 2011. 6.
- 21세기 문화인을 위한 『영/미시와 과학문화』, 서울: 학술정보, 2011. 1.
- 21세기 교양인을 위한 『영/미시와 문화이론』, 서울: 도서출판 동인, 2010. 7.
- 『영시(英詩)에 대한 다양한 지평들』, 부산: 부산외국어대학교 출판부, 2007. 8.
- 『예이츠와 정신분석학』, 서울: 도서출판 동인, 2002. 10.

논문

- "A De-constructive Reading: The Gateless Gate in W. B. Yeats's Poetry", *The Yeats Journal of Korea*, Vol. 65 (2021.8).
- "Post-humanism in Yeats and Contemporary Films", *The Yeats Journal of Korea*, Vol. 62 (2020.8).
- "The Aesthetics of Disappearance: Re-reading Yeats's Varition on the Theme of Paul Virilio", *The Yeats Journal of Korea*, Vol. 60 (2019. 12).
- "Yeats, Kristeva, and Bataille: A Reverie about Subalterns as Wastes", *The Yeats Journal of Korea*, Vol. 57 (2018. 12).
- "Text of Bliss: A Reading of W. B. Yeats's "Michael Robartes and the Dancer"", *The Yeats Journal of Korea*, Vol. 55 (2018. 4).
- "Reading Yeats's Poems in the Era of the Fourth Industrial Revolution: An Interdisciplinary Approach", *The Yeats Journal of Korea*, Vol. 53 (2017. 8).
- "Yeats and AlphaGo: A Poetics of Otherness", *The Yeats Journal of Korea*, Vol. 51 (2016. 12).
- 「예이츠와 S. 지젝: 실재의 탐색」, 한국예이츠학회, 2016. 4.
- 「예이츠와 파트리크 쥐스킨트: 연금술의 시학」, 한국예이츠학회, 2015. 8.
- 「예이츠와 하이브리드 문화: 불신의 자발적 중단」, 한국예이츠학회, 2013. 12.
- 「T. S. 엘리엇과 St. 아우구스티누스—이중구속의 비전」, 한국엘리엇학회, 2013. 7.
- 「엘리엇, 예이츠, 스티븐스와 禪: 경험적 자아의 실존적 경계」, 한국동서비교문학학회, 2012. 12.
- 「예이츠와 T. 아퀴나스: 존재론적 실재의 향연」, 한국예이츠학회, 2012. 8.
- 「『21세기 신인류의 탄생』: Narcissism의 부활: 주체의 사망과 타자의 부활」, 서울: 文藝韓國, 2008. 봄.
- 「『다빈치 코드』: 원형의 경고」, 서울: 文藝韓國, 2007. 봄.
- 「『노수부의 노래』 다시 읽기: 그 보편주의의 산종(散種)에 대한 탈-식민주의적 저항」, 새한영어영문학, 2007. 봄.

- 「예이츠와 보르헤스의 상호 텍스트성: 그 연접과 이접」, 한국예이츠학회, 2006. 12.
- 「영화『괴물』버텨보기: 키치[kitsch]에 대한 찬사」, 서울: 文藝韓國, 2006. 겨울.
- 「영화『왕의 남자』삐딱하게 보기: 그 퍼스나의 진실」, 서울: 文藝韓國, 2006. 가을.
- 「『J. 알프레드 프루프록의 연가』에 대한 G. 들뢰즈적 읽기: '이미지 없는 사유'의 비전」, 한국엘리엇학회, 2005. 12.
- 「『학교 아이들 속에서』에 대한 융(C. G. Jung)적 접근: '태모'(Great Mother)와 영웅 신화」, 한국예이츠학회, 2005. 6
- 「『Ash Wednesday』다시 읽기: 삶의 실재와 그 '궁극적 전략'」, 한국엘리엇학회, 2004. 12.
- 「W. 워즈워스 다시 읽기: 퓌지스(physis)와 시뮬라시옹(simulation)」, 새한영어영문학회, 2004. 8.
- 「텍스트에 대한 라캉(J. Lacan)적 읽기: 「벤 벌벤 아래에서」의 '오브제 쁘띠 아'」, 새한영어영문학, 2002. 8.
- "A Buddhist Perspective on Kim So-wol's and W. B. Yeats' poems", SC/AAS(미국동아시아학회), 2002. 1.
- 「Ode on a Grecian Urn」다시읽기: 그 신화에 대한 저항」, 신영어영문학회, 2000. 8.
- 「『황무지』에 대한 프로이트적 접근: 초-자아의 전복」, 대한영어영문학회, 1999. 8.
- 「W. 스티븐스의 「일요일 아침」에 대한 정신분석학적 접근」, 신영어영문학회, 1999. 8.
- 「W. B. 예이츠의 『장미』에 대한 원형적 접근」, 부산외대 어문학 연구소, 1999. 2.
- 「『The Waste Land』에 대한 정신분석학적 접근」, 부산외대, 1992. 6.

21세기 미디어와 표층의 유희

미디어 이론으로 예이츠와 히니 다시 읽기
발터 벤야민, 마셜 맥루언, 장 보드리야르

초판 1쇄 발행일 2022년 8월 20일

이규명 지음

발 행 인   이성모
발 행 처   도서출판 동인 / 서울특별시 종로구 혜화로3길 5, 118호
등록번호   제1-1599호
대표전화   (02) 765-7145 / FAX (02) 765-7165
홈페이지   www.donginbook.co.kr
이 메 일   dongin60@chol.com
I S B N   978-89-5506-866-5 (93840)
정   가   18,000원